花颜策

卷十一

西子情 著

目錄

第一百三十七章　山雨欲來風滿樓

蘇子斬盯著花顏看了片刻，讓大夫和玉漱他們都出去！

青魂在此時也拿開按在蘇子斬肩膀的手，躬身而立，擔憂地詢問：「公子？」

蘇子斬低頭看著花顏，嗓音低啞：「四百年前，我不知她最想要什麼，但如今，我知她最想要什麼。她一直以來，最想要的，便是一個孩子。我若是為了救她的命，而殺了她的孩子……」

「那……公子，該怎麼辦？」青魂白著臉閉了嘴。

花顏昏迷不醒，他比誰都知道她對公子的重要，若是她活不成，一屍兩命，公子怕是也會自刎在她面前，一樣活不成的，那他和十三星魂，也不必活了。

蘇子斬定了定神，冷靜地吩咐：「你去找蘇子折要人參，最好的人參，熬了湯端來。」話落，薄唇抿成一線，臉色明明滅滅，「她既在後樑皇室陵寢裡能出來，昏迷七日，能醒來，如今，也能醒來。別的藥不敢用，就用參湯吧！她怎麼能捨得死？她還有孩子沒生下來，若是她就這麼狠心死了，我陪著就是了。」

青魂抿唇應是，立即轉身去了。

早先花顏住的那間屋子，已被人清掃乾淨。

蘇子折坐在屋中，閆軍師正在與他說蘇子斬：「二公子破了牽夢陣後，不知是怎麼隱藏的蹤跡，讓我們的人查無所蹤，卻悄無聲息的這麼快找上了門，找到了這裡，尤其是這處農莊的暗衛今日受傷了不少，二公子帶來的人卻沒折損幾個。沒想到二公子這麼厲害，屬下本以為二公子……」

蘇子折臉色難看：「你本以為他沒什麼能耐是不是？」

閆軍師默了默：「屬下沒以為二公子沒能耐，只不過是沒想到二公子超乎了屬下想像。如今看二公子，雖恢復了記憶，但狠辣卻比四百年前傳揚的溫良仁善的懷玉帝差異極大。如今二公子住在了這裡，不知主子接下來如何打算？」

蘇子折狠厲地說：「他能隱藏行蹤，悄無聲息找上門，自然是那幾個老東西在知道他有了記憶後，投靠了他，認他為主了。」

閆軍師看著蘇子折，不由有些憂心：「屬下早就覺得統領您動手早了，若是再晚半年，不止花家的暗線能收服一半，就是侯爺的人，也能都收服過來。如今，花家暗線只十之二，侯爺的人，您也只收服了一半而已，真與二公子打起來，真怕是魚死網破，誰也落不得好，今日便可窺見一斑。雖是二公子闖進了這裡，但我們的人傷重的比他多。」

在他的想法裡，當初在宮宴，統領殺了花顏自是最好最俐落的法子，殺了花顏，就能殺了雲遲，二公子即便不自殺，也廢了。

那麼，統領奪了江山，輕而易舉。

可是他偏偏不殺花顏，且還留著帶來了這裡，被二公子這麼快就找上了門，還將人給了他。雖然兄弟二人未骨肉相殘，暫時相安無事，二公子也暫住在了這裡，但是，若是依著兩個人的脾性，以後還真不好說會不會再動手，若是再動手，怕就是大動干戈，血流成河。

蘇子折冷厲地警告地看著閆軍師：「我已經說了，不要打她的主意，你敢動她試試。」話落，沉沉地道，「你目前只做好一件事情就行，先對付雲遲，至於蘇子斬……」

他話音未落，外面有人稟告：「主子，南跨院出了事兒，請了大夫，二公子又將大夫給趕出來了。」

蘇子折打住話，沉聲問：「怎麼回事兒？」

外面的人搖頭：「屬下不是十分清楚……」

蘇子折怒道：「去把大夫叫來。」

外面人應是，立即去了。

很快，那大夫便被叫了來。

「說。」蘇子折目光冰冷。

大夫跪在地上，在蘇子折的目光下，將花顏嘔血昏迷不醒，十分危險，他不敢救治，若是非要救治，除非下重藥，恐傷害腹中胎兒之事哆囉哆嗦地說了一遍。

他話音未落，蘇子折拿起桌子上的茶盞，猛地砸在了大夫的腦門上：「沒用的東西，救不了人，要你何用？」

大夫駭然地跪在地上，不敢躲，也躲不過，腦門頓時被砸出了一道口子，霎時鮮血直流。

閆軍師沒想到花顏交給了二公子後竟然還是出事兒了，他心裡是盼著花顏出事兒的，只要花顏死了，那麼一切便無須這麼費力了，很多事情都好解決。

蘇子折站起身：「來人，將這個沒用的東西給我……」

閆軍師嚇了一跳，立即跟著起身，連忙截住蘇子折的話：「統領，這已是神醫谷最好的大夫了，不能殺啊！夫人本就身子骨不好，大約是乍然知道許多真相，一時受不住，再加之懷有身孕，才會……」

蘇子折淩厲的目光轉向閆軍師。

閆軍師立即住了口。

這時，晉安在外稟告：「主子，二公子派了青魂來要一株上好的人參。」

蘇子折眯了眯眼睛，出了房門，來到門口，果然見青魂站在院外，他陰沉著臉道：「他不讓大夫給她下重藥，捨不得給她落胎，只喝人參，能救她的命？」

青魂不卑不亢：「公子自有道理，請大公子拿一株上好的人參。」

蘇子折盯著青魂，看了片刻，冷笑一聲：「好，我給他人參，若是人參救不了她，我看他當如何？很想落個生不同時，死能同穴嗎？笑話！」

千年人參稀少，但蘇子折不吝惜，一下子拿出了兩根，給了青魂。

青魂恭敬地接了，立即捧了人參去熬湯，心下想著，大公子雖心狠，殺人如麻，但卻對花顏不同，可以稱得上好了，他也實在不明白，這不同因何而來。

牧禾正在廚房熬藥，見青魂來了，連忙站起身說：「這藥很快就好了。」

青魂對他擺手：「這藥不必熬了，熬了也無用，夫人如今十分危險，尋常湯藥方子無效，公子吩咐我從大公子處要了上等的人參，熬了湯餵夫人喝下。」

牧禾面色大變：「夫人她……怎麼危險了？早先不是……還好好的嗎？」

青魂一言難盡地搖搖頭。

牧禾也不再問，扔下快熬好了的湯藥，連忙接過他手中的千年人參：「你不會做這個，我來吧！」

青魂點點頭，等在一旁。

熬參湯，火候大了小了都不行，要適中，否則都失了效用。

費了一番功夫，一碗參湯熬好，牧禾交給青魂拿著，他後面跟著，去了正屋。

此時，蘇子斬已將花顏放去了床上，他守在床邊，見青魂端來了參湯，他伸手接過：「給我。」

青魂立即將參湯給了蘇子斬。

蘇子斬端著碗，拿著勺子輕輕攪拌，待參湯溫度適中了，他舀了一勺餵花顏。花顏自然緊閉著嘴角，緊扣著貝齒，咬著牙關，他試了兩次，餵不進去。

他盯著花顏看了一會兒，低聲開口：「你如今情況十分危險，不敢對你用重藥，恐傷了腹中胎兒，唯獨這參湯，方可一試，你張開口。」

花顏依舊閉著嘴。

蘇子斬又低聲道：「你不是最在乎孩子嗎？他折騰了你這麼久，你就不想將他平平安安順順利利地生下來看看什麼模樣？」

花顏無聲無息地躺著，沒有動靜。

蘇子斬又開口，聲音暗啞：「過往之事，當下之事，都先放下好不好？花顏，你知道的，若你出事兒，你腹中胎兒也會與你一屍兩命，我也不會活著，自然要陪著你死的，我們都死了，那就真便宜了蘇子折，他一日屠一城的話說得出來，自然也做得出來。」

他說完，試探地又往花顏嘴角遞了遞勺子，花顏依舊抿著嘴。

蘇子折靠近她，聲音大了些：「我知道你有意識能聽到我說的話，乖，張嘴好不好？只要你醒來，讓我如何都行。」

說著，他又用勺子碰了碰她唇角，花顏嘴角終於鬆動，吞下了他餵的參湯。

蘇子斬鬆了一口氣，她有意識就行，有活的意識，就死不了。

他一邊餵著花顏參湯，一邊腦中閃過無數畫面，眼前恍惚起來。

在那些記憶裡，她著實是個活潑愛嬌的性子，初見，就是她靈動活潑讓他心儀，但也不想深深宮苑拘束她，故壓制下，但不料她卻偷偷進了東宮見他，表明心跡，那時本年少，他抗拒不了心中的念想和奢望，便不知覺地點了頭。

後來得知她是南陽王府小姐，遂迎娶入了東宮。

也就是在大婚那日，他驟然病倒，拜了天地後昏迷不醒，再醒來，才讓他陡然驚醒，覺得自己這副隨時踏進棺木的身子迎娶了她怕是害了她。

但當時，已為時已晚。

尤其是在登基後，他得知她其實是臨安花家的女兒，彼時，自是知道，臨安花家是隱世的世家，天下一家，立於臨安，遠離皇權不懼皇權，她自逐家門，以南陽王府的小姐身分嫁給他。

若不是遇見他，她本來該是何等快意在外生活，又何必處處被皇室規矩束縛？也是在那時，才下定了決心，待他有朝一日撐不住，也要給她留一條後路。

卻沒想到，他給的後路，是她最不想要的路，待明白時，已是連黃泉都沒路的天人兩隔。

那些年，最多的，便是她餵他喝藥。

她身體很好，很少鬧毛病，但也有少數的幾次，染了風寒，說什麼都不吃藥，他便哄著她吃，她其實是極其好哄的，幾句好話，她就依了，乖乖的將藥喝掉。

也就像如今這般，他不過說了幾句話，她便把藥喝了，雖愛嬌，卻不磨人。

她生性活潑，但沒想到耐得住宮牆深深，時而悶不住時，便在夜深人靜，躍上皇宮的高閣上，每逢這時，都是在他睡下時，她似乎不想讓他知道她想家。

雖然他已知道，但她不說，他只能裝作不知道。

她雖大多數時候都乖覺的不打擾他處理事情，甚至幫他念奏摺，批閱奏摺，但偶爾也怕他勞心太過，也會磨人的，磨著他歇著，磨著他陪她在御花園遊逛，磨著他在他生病怕傳染給她不得不分床時，賴皮的死活不肯分床。

他那時也是捨不得的，但實在是覺得她怕喝藥，每回染了風寒，她喝湯藥都皺著一張臉，雖好哄，但那難受的模樣讓他心疼，他不想她陪著他一起受罪罷了。

還有很多……

一碗藥不知不覺餵完，蘇子斬舀了一勺空，才發現，怔怔地放下碗，看著昏迷不醒的花顏，手一時間抖個不停。

他不想要這些記憶！

但他又暗恨，這些記憶為何不早出現！

青魂和牧禾立在一旁，看著蘇子斬，不敢出聲打擾，直到見他身子抖個不停，青魂才開口：「公子，您也受傷了，若是不喝藥，您會撐不住的。」

只有他們跟在公子身邊的人知道，公子已三日夜沒休息了。

蘇子斬不語，身子依舊在抖。

牧禾脫口說：「公子，您若是撐不住，大公子那邊不好對付，誰來看顧夫人？您可不能出事兒。沒有您，屬下們對付不了大公子的。」

蘇子斬閉了閉眼睛，壓住心底奔湧的情緒，沙啞地說：「天不絕早先給我開的方子，不是一直留著嗎？就按照他早先的方子，給我煎一副藥來就是。」

牧禾見蘇子斬已冷靜下來，立即應是，連忙去了。

青魂這時才稟告：「大公子給了兩株千年人參，並未為難屬下。」

蘇子斬「嗯」了一聲，面無表情。

青魂又道：「大公子怕是對京城動手了，利用的是花家暗線，不知花家暗線被他收服了多少，沒打探出來，消息在半日前傳了出去，京城動手大約是三日後。」

蘇子斬沉默片刻，目光定在花顏的臉上，輕聲說：「暗主令落在他手裡不過一年時間，就算收服花家暗線，不過十之二三，我失蹤後，雲遲一定會去春紅倌找鳳娘，早先，我已吩咐了鳳娘，若我有朝一日出事兒，我京城一帶的勢力，都給他，有東宮的勢力，加上鳳娘帶領的人，就算是花家暗線，也奈何不了他，不必管了。」

青魂點點頭，也看著花顏，心疼地說：「公子，您不該將京中勢力留給太子殿下，除了十三星魂和暗衛營，我們如今沒有多少人手，才如此被動。雖然有侯府傳給您的千機令，但已被大公子收服了一半人手，實在……」

蘇子斬的視線，從花顏臉上轉看向窗外，夜色一團漆黑，就如他心中，此時無光亮，他低聲道：「給他就給他了，這些我都不在乎。」

青魂心下一動，閉了嘴。

蘇子斬默然地坐了片刻，站起身，向外走去。

青魂立即跟了出去。

外間畫堂，玉漱守在外間，見蘇子斬出來了，連忙見禮，十分小心恭敬。

蘇子斬看了她一眼，吩咐：「你進去將她血汙的衣裳換掉，清潔一番，別讓她帶著血腥味難受。」

玉漱應是，立即進了裡屋。

蘇子斬坐在畫堂裡，對青魂擺擺手：「下去吧！」

青魂退了出去。

玉漱給花顏收拾了一番，輕手輕腳地換下她身上血汙的衣裳，用絹帕沾了溫水，給她擦了染了血跡的地方，清潔之後，又給她換了乾淨的衣裳，才出了房門。

牧禾按照天不絕早先給蘇子斬開的藥方子，端來了熬好的藥。

蘇子斬接過喝了。

牧禾見蘇子斬喝完藥一動不動地坐著，他等了一會兒，見他沒有休息的打算，開口勸說：「公子，歇了吧！再熬下去，您的身體會熬不住的。」

蘇子斬點點頭，站起身，卻沒進裡屋，對玉漱吩咐：「你去裡屋歇著守著。」話落，又吩咐牧禾，「你守在外間，若是她醒來，立即喊我。」

玉漱立即應是。

牧禾愣了一下，也立即應是。

蘇子斬轉身出了房門，去了別處。

這一日，雲遲在御書房處理奏摺，心口忽然一陣撕心裂肺的疼，讓他一時間連筆都握不住，「啪嗒」一聲掉在了案桌上，汙了一大片墨漬。

小忠子正侍候在一旁，見了面色大變：「殿下，您怎麼了？」

雲遲伸手捂住心口，只覺得這疼痛從心口處蔓延至四肢百骸，鑽心入骨，他一時白著臉說不出話來。

小忠子嚇死了，立即對外喊：「快！來人，去喊神醫！」

雲影立即衝了進來，看了一眼雲遲，面色大變，連忙去了。

不多時，天不絕匆匆而來，見到雲遲白著臉捂著心口的模樣也嚇了一跳，連忙伸手給他把脈。

須臾，他眉頭皺起：「奇怪啊！」

小忠子立即問：「什麼奇怪？」

天不絕看著雲遲：「殿下，你是怎麼個疼法？」

雲遲搖搖頭，這種感覺他說不出來，但又覺得十分熟悉，統共有過兩次，第一次是花顏在北地出事兒，一次是花顏在從北地回到臨安進入雲山禁地之前，他捂著心口，臉色更白了。

天不絕見雲遲不說話，皺眉道：「我診殿下脈象，氣血翻湧，奔流逆行，心緒十分不平，內腹傷勢極重。但雖是如此，但卻流於表象，又不像是殿下脈象……」

雲遲身子晃了晃，喃喃地說：「一定是花顏……是她……」

天不絕恍然想起，太子殿下與花顏感同身受，她每逢出事兒，他都能察覺。

他看著雲遲的模樣，暗想著這可真不好，還不如他自己受傷呢，畢竟這樣的脈象，尋常大夫可救不了，而他不在她身邊。

他撤回手，心下也有些發急，看著雲遲，也發起急來，片刻，用沒有法子的法子，咬牙說：「殿下既然與太子妃感同身受，若是你喝了藥，她興許也是管些用處的，老夫這就給你開一副藥方子，殿下立即服下，看看可否起得效用？」

雲遲點頭：「好。」

天不絕連忙提筆開藥方，寫完藥方，交給了小忠子。

小忠子連忙接過，去藥庫抓藥煎藥。

天不絕對雲影道：「趕緊扶殿下去榻上躺著，我再仔細給他把把脈。以前殿下發作時，我未曾跟在殿下身邊，不明情況，但如今，我倒要好好探究探究，這究竟是怎麼回事兒，這事兒也未免太稀奇了。」

雲影點頭，扶雲遲去了書房的榻上。

天不絕跟了過去，又伸手給雲遲把脈，片刻後，他口中又道：「奇怪。」

雲遲躺在床上，不知道花顏到底出了什麼事兒，他雖能感同身受，但是感知不到她的想法以及發生的事兒，他啞聲問：「怎麼奇怪？」

天不絕換了左手換右手，看著雲遲道：「這氣血之傷，不像是外傷，倒像是……」

「你只管說，不要隱瞞本宮。」雲遲盯著他。

天不絕猶豫了一下，還是如實道：「倒像是悲傷至極，情緒大慟，難以承受，導致內腹氣血逆行，傷重如此。」

雲遲面色蒼白，不知道她在哪裡？發生了什麼事兒？他只能咬牙問：「可有性命之憂？」

天不絕立即搖頭：「小丫頭命硬著呢，能有什麼性命之憂？不是絕脈，死不了。」不過這般大慟，胎兒能不能保住，就難說了。不過又想都失蹤這麼些日子了，估計胎兒早折騰沒了。

雲遲閉上眼睛，須臾，又睜開：「除了這些，還有什麼？」

天不絕搖頭：「從脈象上，再看不出什麼了。這樣的稀奇事兒，老夫也診不透。大抵是因為殿下情深吧！」

雲遲不再說話。

天不絕站在一旁看著他，心下歎息，情之一字，如蝕骨毒藥，真是沾染不得啊！

小忠子很快就煎來一碗藥，雙手捧著，進了房內，見到雲遲，立即說：「殿下，快用。」

雲遲睜開眼睛，費力地起身。

雲影立即扶雲遲。

雲遲擺手，逕自坐起身，接過藥碗，小忠子連句「殿下，小心燙。」都沒來得及說，他已經一飲而下。

小忠子閉了嘴。

雲遲喝完藥後，將藥碗遞給小忠子，又躺回了床上。

小忠子小聲問：「殿下，漱漱口吧！」

雲遲搖頭：「你們都出去，本宮獨自待片刻。」

小忠子看向雲影，雲影看向天不絕，天不絕點頭，覺得讓雲遲自己待著應該也出不了大事兒，便一起出了書房。

三人剛出書房，安書離和梅疏毓得到了消息，來到了書房外，見三人從裡面出來，梅疏毓立即問：「太子表兄怎麼了？出了什麼事情？可是身體哪裡不適？」

他們知道天不絕是突然被雲影叫來的，若不是雲遲出了急事兒，不至於天不絕連鞋都沒顧上穿，只穿著筒襪就來了。

天不絕看了二人一眼，道：「又是感同身受罷了。」說完，對小忠子說：「快！給我找一雙鞋來，我不能就這麼走回去，今年春天冷死個人，地面上還沒化凍了。」

小忠子瞧了一眼天不絕腳下，連忙應了一聲去了。

梅疏毓和安書離自是隱約知道雲遲對花顏感同身受之事的，二人對看一眼，安書離立即問：「可嚴重？」

天不絕道：「看著凶險而已，不至於要命。」

安書離鬆了一口氣。

梅疏毓搓了搓手：「這兩日京中又平靜的很，我總覺得不踏實，太子表兄可千萬別倒下。」話落，對天不絕問，「太子表兄呢？歇著呢？小忠子都在外面，那誰在裡面侍候？」

天不絕搖頭：「沒人，太子殿下想獨自待一會兒，不想人打擾。」

梅疏毓看了一眼關著的書房門，不說話了。

不多時，小忠子找來了一雙鞋給天不絕，天不絕穿上，提著藥箱走了。

雲影也退了下去。

小忠子看著二人，小聲說：「殿下現在不想見人，書離公子、毓二公子，要不您二人先回去？等殿下休息一會兒，奴才再喊您二人？」

「可別自己又憋著出什麼事兒吧！上次突然發熱，實在嚇死個人。」梅疏毓不放心地說，「要不然我喊喊，太子表兄萬一見我們呢？我們看過了他，也能放心不是？」

小忠子猶豫，但琢磨了一下，心裡也沒底，點頭：「那您喊吧！」

梅疏毓當即對著門內喊：「太子表兄，你還好吧？我和書離……」

他喊聲未落，書房內傳出雲遲低暗的聲音：「你們進來。」

小忠子睜大眼睛，想著這兩位公子在殿下面前的面子果然不同。

梅疏毓一喜，立即推開了房門，走了進去，安書離隨後跟了進去。二人進了書房，一眼便看到最裡面的榻上躺著的雲遲，他臉色蒼白，閉著眼睛。

梅疏毓走近，輕聲喊了一聲：「太子表兄？」

雲遲睜開眼睛。

安書離也來到近前，想到他對花顏感同身受，這般模樣，定然不是好事兒，一時不知道該說什麼，索性沒說話。

梅疏毓撓撓腦袋，見他看起來是清醒的，一時也不敢提花顏，杵在了那裡。

雲遲慢慢坐起身，看著二人道：「加強京中戒備，不可懈怠。」

梅疏毓脫口問：「太子表兄，你又要離京嗎？」

這些日子，他一直未鬆懈，尤其是五皇子，每日都親自帶著人盯著京城巡邏，連自己的府邸都很少回，十分盡心。

雲遲搖頭：「不出京，但我感覺京中要出事兒。」

梅疏毓立即說：「我也有這個感覺，覺得心裡不踏實，像是要出什麼大事兒。」話落，他問安書離：「你有沒有感覺？」

安書離平穩地說：「京中是早晚要出大事兒的，敵在暗，我們在明，既查不出來，只能以不變應萬變了。」

「還有幾日是趙宰輔出殯？」雲遲問。

梅疏毓這些日子多數時候待在趙府徹查趙宰輔之死，雖沒查出什麼眉目，但自然清楚趙府之事，立即說：「還有兩日。」

「趙宰輔出殯，本宮自然要送他一程！如有人要動手，總要尋個契機。」雲遲看著安書離，「書離，你安排一下，若是起亂子，務必拿活口。」

「殿下放心，定不能讓京城大亂。」安書離點頭，若是有人想動手，便不會放過趙宰輔出殯這個契機。

雲遲難受了約兩個時辰，發現不再撕心裂肺的疼了，心緒也漸漸平緩下來。

他從榻上起來，想著花顏不管出了什麼事情，危險一定是過去了吧？不知她如今在哪裡？經歷了什麼樣的事情，才會讓她有這樣撕心裂肺的痛苦。

「殿下，您半日沒用膳了，多少用些吧！」小忠子推開門，探進身子，小心翼翼地說，「剛剛太后打發了周嬤嬤來，奴才沒敢讓周嬤嬤見您，怕她見了您更讓太后擔心，只說您正在忙，周嬤嬤說太后囑咐您一定要仔細身子骨。」

雲遲點頭，其實沒什麼胃口，但還是道：「將飯菜擺來吧！」

小忠子應了一聲是，想著殿下近幾日都不回東苑了，大約是待在東苑總是想太子妃，徹夜難眠，倒不如書房，能小憩一時半刻，所以幾乎吃住都在書房了。

他立即帶著人將飯菜擺到了書房。

往日，安書離陪著雲遲用膳，梅疏毓偶爾作陪，但今日二人都出了東宮，安排部署去了，所以，只雲遲自己用膳，頗有些冷清。

以前，沒有太子妃那些年，小忠子是陪著雲遲冷清過來的，但是體會到了熱鬧，便受不了這冷清了，就是小忠子也受不了。

用過飯菜後，天幕也黑了下來。

雲影現身：「殿下，陸世子的書信，沒像往日一般走花家暗線，走的是兵部的八百里加急，剛剛到。」

雲遲轉過頭，伸手接過書信打開，陸之凌這封信十分簡短，七日前，有人禍亂西南兵馬大營，人數有上千人之眾，被他察覺，已經鎮壓下，但還是造成了亂象，折損了一萬兵馬。只說了一件事，除了這件事兒，再沒說別的。

雲遲看著信箋，走兵部八百里加急，需要通過層層驛站，雖只這一件事兒，但也是間接地告訴了他三個資訊。

一是一直以來用的花家暗線已不可用；二是他自己的暗衛怕是另有所用調度不開，所以，不能派來京城送信；三是通過此事說明有人對軍營動手了，敢動西南兵馬大營，那麼，是不是就敢動京城的京麓兵馬大營？

「去將梅疏毓喊來。」雲遲對小忠子吩咐。

小忠子應是，立即去了。

不多時，梅疏毓匆匆而來，見了雲遲，立即見禮問：「太子表兄，是不是有重要的事情讓我做？」

雲遲點頭，對他道：「從今日起，你只專心守好京麓兵馬大營，不准讓城外五十萬京麓兵馬出絲毫差錯。」

梅疏毓一愣：「太子表兄，五十萬京麓兵馬不是親自掌控在你的手中嗎？」

雲遲道：「只東宮的幾名武將盯著每日操練，本宮不放心。」

梅疏毓立即道：「那我手中的內城兵馬……」

「讓小五全權統領。」雲遲道，「本宮就在東宮，可控皇城，但外城三十里地外的京麓兵馬大營，本宮只能交給你了。」話落，又道，「能堪一用的人緊缺，本宮即日會將程顧之調來京城。」

梅疏毓詢問：「太子表兄，京麓兵馬大營一直很是安穩，難道是要出什麼事情？」

雲遲將手中陸之凌的八百里加急遞給他看。

梅疏毓看罷，頓時明白了，西南境地的百萬兵馬大營都出了這等事情，看來是有人要從軍中亂起來。軍隊是顧國之本，自然不能亂，他頓時覺得肩頭的責任重大，立即說：「太子表兄放心！我一定守好京麓兵馬大營。」

雲遲點頭，將手諭遞給他：「即刻去吧！」

梅疏毓拿了雲遲手諭，出了書房。

梅疏毓出了東宮後，想著還是要跟趙清溪說一聲，畢竟他出城去駐守京麓兵馬，短時間內，自然寸步不能離開，不知要何時回來，連兩日後趙宰輔出殯，他怕是都沒法陪著她送一程了。

他來到趙府，門童一見是他，都不必通報，連忙請了他進去。

自那日趙清溪與梅疏毓定下許婚之事，梅疏毓自此可以光明正大地幫襯她，再加之梅疏毓如今深得太子殿下重用，手握重權，前途不可限量。趙府旁支族親本來懶懶散散不想再管趙清溪孤母寡女，如今有了梅疏毓，一個個為了巴結他，都盡心了起來，也解了趙清溪大半壓力。

趙清溪雖經此大難，清瘦了很多，但她素來堅韌，好歹沒倒下。

這一日，聽人稟告梅疏毓來了，她立即吩咐：「趕緊將毓二公子請到報堂廳。」有人應是，立即去了。

趙清溪趕去了報堂廳，來到門口，梅疏毓也正好來到。

趙清溪見梅疏毓一身緊身勁裝，騎射打扮，她聰明地立即問：「是要出城？」

梅疏毓點頭，將他要前往京麓兵馬大營駐軍之事說了，短時間內自然不能回城，連趙宰輔出殯他也不能跟著她送上一程了，特來告訴她一聲。

趙清溪看著他問：「是京麓兵馬大營出了事兒？」她猜測，否則京城正是用人緊缺，太子殿下怎麼會將梅疏毓安排進京麓兵馬大營？

梅疏毓搖頭：「暫且未出事兒，太子表兄怕出事兒，派我去盯著。」

趙清溪頷首：「京麓五十萬兵馬，內城五城兵馬司和御林軍禁衛軍加起來不過二十萬兵馬，還是京麓兵馬大營重要，是得有太子殿下信任的妥貼的人去盯著。」

梅疏毓笑道：「我還算是那個信任妥貼的人吧？」

趙清溪笑看了他一眼，上前一步，伸手幫他理了理衣袍，囑咐道：「你自然是的，否則這麼重要的事兒，太子殿下豈能交給你？你小心些。」

梅疏毓眨眨眼睛：「我將我的暗衛留給你些人，我們的事兒誰都知道了，我怕有人起壞心，拿了你，捏住我的軟肋。」話落，補充，「就像是太子表兄一樣，有人抓了表嫂，等於去了太子表兄半條命，這些日子他咬著牙挺著，我都不忍看他。」

趙清溪搖頭：「爹雖然去了，但是趙府這麼多年，瘦死的駱駝比馬大，趙府有暗衛和護衛，爹沒有子，只我一女，我自小就跟著他學著御下之術，安危之事，你大可放心。」

梅疏毓抿唇，想著趙清溪是趙宰輔自小培養做太子妃皇后的，護衛自然有，內事兒外事兒都想必學了很多，這麼個不用他操心的女人，溫婉的大家閨秀，他總覺得哪怕到了這時候，他也配不上她，他那日不過是乘人之危罷了。

這心情著實有些不美妙。

趙清溪看著他神色，這般聰明的女人，最善於察言觀色，她話音一轉，笑著說：「你若是便於與我書信往來，就給我兩個人吧！可以做傳信之用。」

梅疏毓看著她，心下漸漸歡喜，但即便過了這麼幾日，還是覺得不夠真實，又忍不住確認了一遍：「你……你這幾日沒後悔吧？」

趙清溪心下一歎，想著這般赤誠純粹的人，就算她以前沒與他見過幾面，從不曾喜歡他，但這幾日，也足夠讓她喜歡上了，雖距離愛重有些遠，但對她來說，目前喜歡就夠了，以後隨著天長日久，總能一日比一日深。

她伸手拉過梅疏毓的手，她從未如此拉過男子的手，只覺得手掌厚實溫暖，她有些許不自然的臉紅說：「後悔什麼？我是不會後悔的，難道你後悔了？」

「我才沒有！」梅疏毓覺得心都快跳到嗓子眼了，耳根子快速地爬上紅暈，他一時間手足無措，想反握住這隻柔軟無骨的小手，但又怕忍不住唐突佳人，他最終憋的臉通紅，反駁了一句話後，再沒說出什麼話來。

趙清溪瞧著他，莫名地覺得心情好，放開他的手：「快去吧！既是正事兒，耽誤不得。」

梅疏毓大腦轟轟轟一陣後，才吶吶地說：「那我給你留兩個人。」

趙清溪笑著點頭。

梅疏毓想他忒沒用，人家姑娘都握了他的手了，偏偏他不敢握回去，但就這麼走了，有些不甘心，心頭鼓起勇氣，對她憋紅著臉問：「我……我想抱你一下再走。」

趙清溪看著他，本就紅了臉，如今更紅了，她撇開臉，過了一會兒，才點頭。

梅疏毓立即伸手將她抱進了懷裡，多年夢寐以求，真覺得像做夢，如今才感覺到了真實。

第一百三十八章　棋高一著逼真相

梅疏毓離開後，雲遲便又將安書離、五皇子、程子笑叫進了東宮。

程子笑早先被雲遲破格提拔入戶部，官任戶部侍郎，雲遲本是想讓他熟悉戶部，掌控戶部，然後將蘇子斬替換下來，讓蘇子斬接手京城兵馬。但沒想到，還沒等他熟悉透戶部，蘇子斬就出事兒，失蹤了。

雲遲不得不重新改了方案，用了五皇子和梅疏毓掌管京城兵馬。

其實，本來他打算讓五皇子進禮部，他一是皇子的身分，二又跟著花顏磨礪見識了一番，眼界開闊了極多，禮部最是合適，而梅疏毓是從軍中走出來的，進兵部最為合適。

但因蘇子斬失蹤，戶部一大攤子事兒以及他手下的所有事兒都丟了下來，程子笑本是為接替他而準備的，只能硬趕鴨子上架了。

好在程子笑是個有能力本事的，近日來，勉勉強強掌著戶部，總算沒出事兒。

失蹤了個蘇子斬不說，趙宰輔又出事兒了。

趙宰輔一人之下萬人之上，這些年，輔助皇上輔政，輔助太子監國，他有根基，有經驗，雖有些小私心，但能力還真沒問題。以前，雖有些氣惱自己女兒無法嫁入東宮，倒也沒真撒手不管，出了安陽王府大鬧趙府之事，雲遲從中調停，他心下也明白雲遲小懲大誡，雖失了財帛，但救災名垂青史，又盡心起來。

所以，有他在，雲遲對於朝政之事還是很省心的。

但如今，趙宰輔莫名其妙死在家中，武威侯又被雲遲困在了東宮，所有朝政一下子都壓在了雲遲的頭上。

幸好一眾老臣裡還有個安陽王和敬國公，另外還有個年紀輕輕文武雙全能力出眾的安書離。敬國公幫著五皇子掌管內城，讓五皇子這個從沒掌過兵的人總算上了手，沒出亂子，而安陽王則分了一大部分事情處理，朝中的多數事務，都被安書離幫著雲遲擔了。

這麼短短時間，接連好幾個人出事兒，朝中一下子用人緊缺起來。

今日，雲遲收到了陸之凌的八百里加急，安排走了梅疏毓，自然也要重新再改變策略，所以，又叫來了安書離、五皇子、程子笑，將部署皇城內外之事，重新安排了一番。

程子笑近來瘦了一大圈，聽聞雲遲要調程顧之進京，他開口說：「二哥自小得程家培養，某些地方是比我強多了，太子殿下早就該調他進京。另外，蘇家的兩兄弟，太子殿下不妨也將他們調進京，也是十分得用的。」

「如今北地的地方兵馬，都是蘇輕楓在掌管吧？」安書離詢問。

雲遲點頭：「兵馬是蘇輕楓在管，文政是程顧之在管。將程顧之調進京是必然的，文政可由別人接手，但兵馬甚重，怕是無人能接替蘇輕楓替本宮掌管好。北地雖已肅清，但也難保如西南境地一般，有人再從軍中生亂。」

「的確。」安書離道，「就將程顧之先調進京吧！另外給蘇輕楓傳個信，看好北地兵馬，不得生亂，切莫懈怠。」話落，又說，「西南境地有陸之凌，北地有蘇輕楓，都是可靠之人，但嶺南之地和東南之地，雖一直安平，如今也未有動亂，但殿下是否也該提前做些準備？」

安書離提議這話不是沒有道理，他是在知道梅疏延在查往年從兆原縣的通關商隊，沒想到最終查到了一支商隊從嶺南出發，途經兆原縣，再周折到北地，再換個商隊，轉往南疆，且販走的是私鹽，尤其最終那個商隊的背後東家是嶺南王府。

可以說，這件事情，直指嶺南王。

畢竟，嶺南算得上是嶺南王的地盤，發生這事兒，實在不能懷疑嶺南王不知情。

只不過雲遲自從收了密信後，暫且將此事先壓下了。

如今西南境地和北地以及京中都做了準備，若是嶺南和東南生亂的話，怕也不是小亂子。

可是如今，還能騰出人手去嶺南嗎？自然是不能的，已無人手可用。

雲遲揉揉眉心，想起，當初梅疏延傳密信來，走的是花家暗線，花家暗線既然早就出了事兒，自然消息已洩漏出去了。他沉聲道：「先顧好西南境地、北地和京城這三處，至於別的，暫且先不管。若真是嶺南王所為，本宮倒是不怕他明面上生亂。」

安書離想想也是，明面生亂，直接派兵就是了，就怕暗地裡不知道多少陷阱。如今人手緊缺，還是守好這三處為是，無論是西南境地，還是北地，不能讓那些辛苦的收復和肅清都白費。

與三人安排部署商議妥當，夜已經深了。

五皇子對雲遲道：「四哥，你要顧著身體，這般局勢嚴峻，你可不能倒下，否則兄弟們誰也頂不起來，你可別有什麼想法，否則我就算陪你死，也……」

也不願意接這個位置！

他不傻，隱隱約約知道雲遲做了準備，所以，一再地提拔他，但他怕，近日來都不敢如梅疏毓和安書離一樣來東宮了，他甚至怕見到雲遲。

雲遲也感覺出了他的害怕，伸手拍拍他肩膀：「本宮曉得。」

五皇子鬆了一口氣。

安書離看著五皇子，心想著歷朝歷代同室操戈的不計其數，就連當今皇上登基，兄弟間也鬥了個你死我活，唯獨太子殿下這些兄弟，一個個的生怕他出事兒。

顯然，這也跟皇上自小只生不教養有關，也跟雲遲自小天賦絕頂，兄弟們誰也不及有關，也跟他監國涉政之日起就威震朝廷，且把兄弟們一個個提溜起來教導有關。

總之，不止他們，在所有人的心裡，沒雲遲，等於沒了南楚江山。

五皇子和程子笑先一步離開了書房，安書離留了下來，看著雲遲：「殿下今日又在書房休息？」

雲遲「嗯」了一聲。

安書離這些日子住在東宮，有他一處院子，他歎了口氣，站起身，剛要離開，有人前來稟告：「太子殿下，十七公子求見！」

安書離腳步一頓，安十七？不是去臨安送信了嗎？這才幾日就折返回來了？

雲遲騰地站起身：「可是安十七？讓他進來。」

外面人應了一聲是。

小忠子連忙迎了出去，走到門口，一看到安十七，好半天沒認出這個土人，驚呼一聲：「十七公子，您這是一路上沒吃沒喝沒休息急著回來的？」

安十七一身風塵，腳步虛晃，實在是累的硬撐著一口氣來見雲遲，他生怕來晚了，發生什麼事兒，所以在接了花灼的命令後，他都沒歇著，一路騎快馬進京了。

跑死了兩匹馬，他也受不住，不過幸好已經來到東宮能見著雲遲了。

安十七抹了一把臉上的灰，有氣無力地應了一聲。

小忠子見他像是一陣風就要刮倒，連忙伸手扶了他，將他扶進了書房。

安十七已沒力氣拜見，喊了一聲：「太子殿下！」

雲遲見他這副模樣，就知道有要事兒，他立即說：「你先坐下。」話落，又吩咐小忠子，「去吩咐廚房給他熬一碗補充體力的湯品來，再快些做些飯菜端來。」

小忠子立即應是，扶著安十七坐下後連忙去了。

安十七坐下後，喘歇了片刻，看了一眼安書離。

安書離想著看安十七這副樣子，怕是事關重大，本來雲遲對他十分信任，很多事情都不會瞞他並且倚重他，安十七是知道的，但他偏偏還看了他一眼，想必這事兒已經超出了信任的範疇。

於是，他開口：「殿下，我……」

雲遲擺手：「你坐著吧！」話落，對安十七道，「有什麼急事兒，讓你這般急著趕回來？哪怕天大的事兒，也不必避諱書離，只管說就是了。」

他甚至曾經將南楚江山都託付給了安書離扶持五皇子，自然不會隱瞞他任何事情。

安書離聞言只能坐下身，心裡不是很想知道，直覺不是什麼好事兒。

安十七聞言點頭，既然太子殿下不避諱，他便放心地說了。

東宮的廚子動作極快，不出片刻便弄來了一碗滋補的湯品和七八個菜。

安十七的確也餓了，對雲遲道：「殿下，此事說來話長，我吃飽了，才有力氣撐著說完。否則他怕說到一半就暈過去。

雲遲點頭：「吃吧！」

於是，安十七先喝了湯，讓胃裡暖和了些許，然後一陣風捲殘雲，一邊吃著，一邊暗暗地想著怎麼做開頭，怎麼敘述，怎麼結尾，將那些隱祕的事情原原本本的說個全。

小忠子給雲遲和安書離一人倒了一盞茶，想著不知道是什麼大事兒竟然讓十七公子累成這般地趕回來，可千萬別是能塌了天的大事兒，他怕殿下受不住。

安十七吃的很快，不多時，便吃了個七八分飽，不敢多吃了，放下了筷子。

小忠子見他吃完，連忙也給他倒了一盞茶。

安十七喝了兩口茶，才謹慎地說：「此事非同尋常，殿下還是命可靠的人在外面守著，守死這書房為好，隻言片語，都不能傳出去啊！」

雲遲對外吩咐：「雲影，帶著十二雲衛，守好這裡。」

「是，殿下。」雲影應是。

小忠子雙腿打了個寒顫，但他是殿下近身侍候的人，雲遲沒吩咐，他自然也不必避開，小心翼翼地豎起了耳朵。

安十七吃飽了有了精神，於是，按照他早先打好的腹稿，將從花灼那裡聽來的關於四百年前懷玉帝和淑靜皇后死後之事，以及當今花家祖父一直隱瞞之事，還有花家暗主令暗線之事，依照花灼的吩咐，半絲沒隱瞞地都說了。

在聽到一半時，雲遲的臉漸漸地白了。

安十七有些不忍，但想著自家少主兩輩子，也沒能求仁得仁，她那樣擁有一顆赤子之心的人，素來做什麼事情，依憑著天性，義無反顧，卻是被命運作弄了一回又一回。

普天下，再沒有第二個如她一般被上天辜負的了。

或許，還有子斬公子，他不算是被上天厚愛的人，若是上天厚愛他，便會給他一副好身體，不至於兩輩子，都因沒有一副好身體，而心有餘力不足。

至於太子殿下，他待少主情深似海，如今怕是分毫不比少主和子斬公子好過。

安書離聽著，心裡又驚又震，已經不知用什麼來形容聽到這件事情的心情。在西南境地時，他是早就知道，花顏為了蘇子斬前往南疆奪蠱王，與太子殿下悔婚後，她選的人是蘇子斬。

彼時，連他都感歎不已，如今聽了這些事情，這樣的跨越四百年的糾葛，以及二人早先就有的糾纏，他都覺得有些受不住，更遑論是雲遲？

他看向雲遲，只見他雖然坐的穩，與其說是穩，不如說是一動不動，如木頭人雕塑一般，臉上沒有絲毫的血色，睫毛垂著，看著案桌上的茶盞，茶盞被他早先喝了一半，早已經涼透了。

他一手垂在一側，一手放在桌子上，可以清晰地看到手指的每一根骨節都泛著青白。他雖沒別的情緒，但周身死寂的氣息，彌漫了整個書房。

安十七說完之後，便不止閉緊了嘴，甚至屏了呼吸，不再發出聲音。

小忠子早就驚駭的軟了腿跪在了地上，作為近身侍候太子殿下的人，知道每一件事情的人，他有多清楚當初殿下讓太子妃答應了嫁給他當時的心情。

太子妃是為了救子斬公子的命，而太子殿下只要她做太子妃。

那個機會，是殿下奪來的，幾乎是破釜沉舟。

那一日，將自己低到塵埃裡的殿下，讓他這個近身侍候殿下的人偷偷地躲在犄角旮旯裡哭了好幾回。他從沒見過那樣的殿下，為了要太子妃，將自己生生地踩進泥裡。

如今，子斬公子竟然是四百年前懷玉帝魂魄，是被雲族的送魂術而生來，那麼，殿下該怎麼辦？能怎麼辦？太子妃和子斬公子都找不著了，如今會不會在一起？

他想著想著，再也顧不了地嗚嗚哭了起來。

小忠子的哭聲，打破了書房死一般的死寂。

安書離看了一眼小忠子，不但不覺得他不該在這裡哭，甚至因為他哭而鬆了一口氣，終於明白為何雲遲選了他擱在身邊近身侍候，這麼笨的小太監，卻是個寶貝。

人就怕繃緊一根弦，繃到了極致，不喘一口，就會崩裂了。

他趁機深吸一口氣，也喊了一聲：「殿下？」

安十七也趁機喊了一聲：「太子殿下！」

雲遲慢慢地動了一下睫毛，僵硬地伸手，握住了桌子上的茶盞，如玉的手指緊緊地扣住杯壁，然後，似費了很大的力氣，才捏起，仰脖將半盞涼茶一飲而盡。

入口冰涼的茶水，一下子就洗禮了他灼燒的疼的連呼吸都似上不來氣的心。

他慢慢地放下茶盞，慢慢地撤回手。

就在他撤手的同時，安十七和安書離同時看到了他剛剛喝茶的茶盞，陡然地無聲無息地化成了一小堆碎粉，觸目驚心。

這是何等的功力？

不，這不是功力的事兒！

安十七驚駭地看著，脫口又喊了一聲：「太子殿下！」

安書離騰地站了起來，大聲說：「殿下，這麼說太子妃一定是落在了蘇子斬同胞兄長的手裡，只有同胞兄弟，才會那麼相像。而他那個同胞兄弟利用了蘇子斬，怕是已奪了四百年本該傳到他手裡的花家暗主令。」

安書離從來沒這麼大聲說過話，他想讓雲遲清醒。

雲遲不語，放下茶盞後，又一動不動地坐著。

安書離狠狠地咬牙，又道：「這件事情雖聳人聽聞，但就看殿下怎麼想了。若是殿下覺得太子妃不堪為太子妃，承受不了太子妃與蘇子斬有這些糾葛，那麼，以殿下的身分，完全可以昭告天下，休了太子妃。」

他剛開口，雲遲陡然暴怒：「不可能！」

安書離心裡暗暗地一鬆，能說話，能聽得進話就好，他就怕他傷到了至極！這些日子以來，因為太子妃被人劫走不知下落，繃著的那根弦若斷了，生怕這件事情壓垮他，成為壓死駱駝的最後一根稻草。

只要他能承受得住，那麼就倒不了，只要倒不了，就能一直立著，只要立著，就能無論多少打擊，都會堅韌不拔地立於不敗之地。

這件事情，對花顏，對蘇子斬來說，是殘忍的，但對於雲遲來說，誰又能說不殘忍？

安書離說出這番話，也不過是敲醒雲遲，此時見他開口，頓時緩了語氣：「既然殿下說不可能，無論發生什麼事情，你都不休了太子妃，那麼，就……」

他頓了頓，一字一句地說：「就看太子妃對你的感情了！若是她待殿下深重，那麼，哪怕知道了這些事情，也會想著殿下，顧及著殿下，不至於棄殿下於不顧，畢竟她與殿下已然大婚，殿下明媒正娶，她是堂堂正正的太子妃。若是她待殿下不夠深重，天平的兩端因此傾斜的話，那也不是殿下休不休就能說了算的，以她的本事，再加上蘇子斬的本事，一輩子讓殿下找不到，也不是不可能，殿下也就不必念著了。」

雲遲閉上了眼睛，面色一片慘澹，半晌，低低暗啞的聲音有些輕顫，雖微乎其微，但他這樣素來內斂沉穩泰山崩於前面不改色的人，尤其揪心揪肺：「她能嫁給本宮，是本宮爭搶來的，本宮從來在她面前不敢自信，對於一個作古的死人，本宮還不至於怕，但蘇子斬是懷玉帝，二人合一，本宮可真是怕的很啊！」

小忠子聞言又哭的更大聲了。

雲遲在小忠子的哭聲中笑了笑，笑比哭還難看，聲音低不可聞：「本宮怕她一狠心，真不要本宮了。有時候狠一狠心是很容易的事兒，扔下本宮，哪怕與蘇子斬一起死，也全了他們兩輩子的情意。若是這樣，難道本宮真要追去九泉下找他們？」

安書離一時再沒了話，沉默下來。

東宮靜寂，書房靜寂，雲遲慢慢地站起身，伸手緩緩地打開了窗子。

窗外，是濃的伸手不見五指的黑夜。

他盯著黑夜看了片刻，心海腦海裡依舊不能做到鎮定冷靜，他有些頹然地一手扶住窗框，一手按在眉心，低啞地說：「她落在蘇子斬的同胞兄弟手裡，我不敢想她知道這些事情會不會不要我，我應該想她會不會平安才是。對比這個，我應該最希望她好好活著才是，哪怕她與蘇子斬在一起好好活著……」

他說著，又猛地搖頭：「不，我沒那麼大度，我最想陪著她一起活一起死，陪著她的那個人是我，誰也不行，蘇子斬也不行，即便他是懷玉帝也不行……」

他說著，忽然激動起來，一手劈向窗框。

轟隆一聲，窗框承受不住雲遲的力道，霎時接連著幾個窗子的木質窗框都應聲碎裂，一股冷風大面積地吹進書房，吹在了雲遲的臉上，冷寒的氣息將他罩住。

小忠子霎時嚇的停止了哭聲。

安十七面色驚駭。

安書離也被驚住了，他上前一步，一把按在了雲遲的肩頭上：「殿下！」

也許，發洩出來，比一動不動地憋在心裡好，但雲遲這般不冷靜，這般模樣，若是讓朝臣們任何一個見到，怕是都會眼睛瞎掉，誰見過太子殿下為情所困竟然這般折磨自己？失了一貫的從容不迫，失了一貫的泰然自若。

他將手放在雲遲肩上，才感覺到雲遲此時身子在抖，手也在抖，他面色微變，生恐他再做出什麼事兒來，於是，咬牙說了句「殿下，得罪了。」，話落，伸手劈在了雲遲後頸。

雲遲眼前一黑，陷入了昏迷。

安書離伸手接住他，對小忠子道：「去！趕緊請神醫過來。」

小忠子抹掉臉上的淚，從地上爬起來，駭然地說：「書離公子，你……你竟然劈暈殿下……」

安書離無奈地道：「難道我眼看著殿下發瘋不成？萬一他傷了自己怎麼辦？」

小忠子沒了聲，立即帶著哭音說：「奴才這就去請天不絕。」說完，趕緊跑出了房門。

安書離將雲遲扶到了榻上，然後站在床前揉揉眉心，看向安十七。

安十七見安書離劈暈雲遲，鬆了一口氣，他是不敢對雲遲出手的，想著書離公子不愧得太子殿下如此信任，這等事情都不避諱他，如今也只有他才能以如此方式讓太子殿下冷靜下來。

他見安書離盯著他，他拱了拱手，有氣無力地說：「書離公子，你可還有什麼要問在下的？

只管問，在下知無不言言無不盡。」

安書離確實有些話要問安十七，他不是雲遲，他能冷靜地分析這件事情。

他抿了抿唇，問：「花灼公子將此事告知太子殿下，是什麼意思？」

安十七立即說：「我家公子覺得此事他既然知道，便不該瞞太子殿下，早晚都要知道的事兒，早知道總比晚知道的好。」

安書離點頭，這件事情太子殿下的確晚知道不如早知道，否則一直被蒙在鼓裡，太子殿下處理起事情來，怕是十分被動，易出差錯。他挑眉：「你家公子是在幫太子殿下？」

安十七十分實誠地搖搖頭：「公子說了，他只將花家從這潭深水泥潭裡撈出來，至於別的，南楚江山不是花家的，是雲家的，他不會管。但因花家暗線出的事情，公子自然能料理便料理了。」

安書離抓住他話中重點問：「你家公子怎麼料理花家暗線？」

「廢除暗主令，重設臨安令，臨安令只聽公子一人調令，非公子下令，概不遵循。不聽臨安令者，便逐出花家，自此不再是花家人。公子會派人下手鉗制，鉗制不住的，便剷除。」安十七也不隱瞞，痛快地說了。

安書離聞言頷首：「據你所說，暗主令已被人利用了一年？」

四百年後能調用暗主令，如今已是南楚四百零一年。

安十七點頭：「暗主令被人利用花家暗線做了些事情，公子也是剛知道此事，正在徹查清洗花家暗線。」

安書離頷首：「可查出蘇子斬的雙胞兄弟叫什麼名字？」

安十七搖頭：「暫時未曾查出來。」

安書離又問：「也就是說，如今你家公子也不知道太子妃在哪裡了？」話落，他蹙眉，「他也不找太子妃，不管太子妃死活了？」

安十七歎了口氣：「少主既然說不讓太子殿下找她了，公子得了信，覺得少主不會有事兒，自然也不必找了。公子首要之事，是先清洗花家暗線，否則那人以花家暗線作亂的話，後果不堪設想。」

安書離也明白，花家暗線遍布天下，一旦被人利用，輕則禍亂，重則覆國，花灼通過花顏留話，自然知道她既然能留話，性命無憂，也就不再擔心了。

他該問的也問了，便對安十七擺手：「十七公子去歇著吧！」

安十七擔憂地看了雲遲一眼：「我再等片刻，天不絕來了我再去。」

安書離沒意見。

不多時，天不絕便提著藥箱匆匆來了，他其實都怕見雲遲了，上一次太子殿下發了高熱，來勢洶洶，這才好了，今日又因為花顏感同身受撕心裂肺的病了，如今又出了事兒，他真生怕他再這樣下去，自己哪怕是大羅金仙，也有救不了他的一日。

安書離見天不絕來了，讓開了床前，溫聲道：「煩勞神醫了，太子殿下情緒太過激動，我怕他損傷自己，將他劈暈了，但依舊怕他已內傷傷身，故而請你來一趟，也可放心。」

天不絕至今尚且還不知道發生了何事，聞言看了安書離一眼，又看向雲遲，果然見他臉色蒼白，全無血色，他點點頭，上前給雲遲把脈。

誠如安書離猜測，雲遲的內腹的確是受了內傷，這內傷由內而發，顯然是他自己傷了自己。

天不絕把過脈，捋著鬍鬚皺眉臉色難看地道：「出了什麼事兒？竟然讓太子殿下自己傷自己？

這傷勢可不輕。」話落，他看向安十七，「有小丫頭的消息了？且不是什麼好消息？」

「你先給太子殿下治傷，回頭我慢慢與你說。」安十七沒什麼精神地道。

天不絕伸手入懷，掏了一瓶藥，扔給安十七：「吃兩顆，讓你精神精神，看你的模樣，跟被吸血鬼吸了精血似的。」

安十七接過瓶子，二話不說，吞了兩顆藥。

天不絕提筆給雲遲開了一個藥方，遞給小忠子：「盯著他吃七天。」話落，又改了主意，「罷了，你盯著怕是不管用，明日開始，我按時過來盯著，我老頭子對太子殿下還有些用處，他總能聽我一二。」

小忠子千恩萬謝：「多謝神醫。」話落，立即拿著藥方下去了。

天不絕提起藥箱，對安十七說：「走吧！」

安十七點點頭，跟安書離告辭，與天不絕一起出了書房。

書房內獨剩下了安書離，雲影進來，對安書離拱手：「書離公子，你去歇著吧，太子殿下交給屬下看顧。」

安書離想著雲遲一時半刻不會醒來，如今他經此一事，受了內傷，哪怕醒來，恐怕也一時難以承受，他少不了要更操心些京中事兒，是該休息好了，打起精神。於是，他點點頭：「好。」

安書離邁出房門，頓時又想起書房已沒了窗子，冷風吹進去，冷的很，他又囑咐雲影：「還是將太子殿下送回東苑吧！這裡太冷了。」

雲影看了一眼被破壞的窗戶，點頭，扛起雲遲，送回了鳳凰東苑。

福管家早就聽聞動靜，此時帶了幾個人來，連夜修窗子。這是太子殿下的書房，明日殿下醒來會用，自然不能耽擱。

小忠子煎好了藥，送去了東苑。

雲遲緊閉著嘴，小忠子只能依照早先提花顏的法子讓殿下張嘴，果然管用，雲遲很快就喝了藥。

安書離出了書房後，本欲回去休息，忽然想起東宮住著的武威侯，今日這事兒與武威侯可脱不開關係，於是他索性轉了道，去了武威侯住的院子。

他來到門口，守門人立即見禮：「書離公子。」

安書離點頭：「侯爺睡了嗎？」

守門人向裡面看了一眼，頷首：「侯爺每日都睡的很早。」

「好吃好喝好睡嗎？」

「是，侯爺按時用膳，按時入睡，每日看書，自己與自己對弈，也並不怎麼出房門。」

安書離笑了笑：「這東宮侯爺住的倒是舒服。」話落，吩咐，「去詢問一聲，就說我今夜抽出些空來，特地來尋侯爺下一局棋。」

「是！」

那人進去，不多時，正屋便亮了燈，須臾，說武威侯已醒來，同意了，有請書離公子。

安書離進了院中，來到正屋畫堂，武威侯已穿戴妥當從裡屋出來，見到安書離，挑了挑眉：「難得你又想起了本侯，有興趣來找本侯對弈。」

安書離淡淡淺笑：「據聞侯爺棋藝高深，一直以來未有機會，今夜特意來尋，侯爺不嫌我叨擾就行。」

武威侯大笑：「說什麼叨擾不叨擾的，本侯在東宮說好聽是做客，難聽就是被太子殿下軟禁，你來詢問我一聲，是給本侯面子。即便不詢問，強行讓本侯陪你下棋，本侯也得起來。」

「侯爺說笑了！」安書離搖頭，「侯爺在東宮住著，好吃好喝，就是做客。」

武威侯不置可否。

有人擺上棋盤。

安書離不再說話，與武威侯你來我往對弈起來。安書離身為四大公子之一，最擅長的就是棋藝，武威侯見他人雖溫和，但棋風卻不溫和，笑道：「你與你父親的棋風倒是大為不同。」

安書離聞言看了武威侯一眼，落子道：「那侯爺嫡出的那位生下來就被藏起來的公子，可與侯爺的棋風相同？」

武威侯手一頓，面色微變。

安書離揚眉：「侯爺真人不露相，這等事情，隱瞞二十年，實在非常人能及。我倒是很想知道，侯爺最疼的是哪個兒子？」

武威侯盯著安書離，見他雖說著這樣的話，但面色依舊溫和，他沉聲道：「原來今夜你來找我，不是為下棋。」

安書離搖頭：「侯爺覺得，我這一局可能贏了侯爺？」

武威侯看著他：「你怕是贏不了，本侯從不喜歡下廢子，而你短短時間，已經下了兩步廢子了。」

安書離失笑：「侯爺怎知廢子不會因時而異變成了要命之子？」

武威侯瞇了瞇眼睛：「是嗎？那本侯就看看廢子如何變成要命之子。」

安書離慢慢地落子：「我覺得我這一局定能贏了侯爺，不如就賭一局如何？」

「賭什麼？」

「賭若是我贏了侯爺，侯爺告知被你出生就藏起來的那位公子的名字與一些事兒，以及將他藏起來的原因。若是我輸給侯爺，我就懇請太子殿下放侯爺出去，對侯爺所做之事，暫不追究如何？」

武威侯眼底漆黑，沉默片刻，應允：「好。本侯與你賭。」

武威侯答應賭約後，安書離的棋風便換了。

武威侯見他連落兩個子，棋風一下子變幻莫測起來，他愣了愣。

一個人的棋風，很多時候，是固定的，但也有少數人會包羅幾種棋風，那是自小浸淫棋藝，將棋藝專攻到爐火純青的人。

被譽為南楚四大公子，據傳言安書離文武雙全，詩詞歌賦，琴棋書畫樣樣涉獵，所學頗雜，最擅長的是棋藝。

但武威侯也沒想到他是這麼個擅長法，方才與安書離對弈小半局，見他下了兩個廢子，想著到底是個後生，還嫩的很，可是轉眼間，他就不這麼想了。

年紀輕輕，如此城府，可真是後生可畏。

武威侯收起了輕視之心，但已晚了，在安書離轉換棋風之初的那三步棋他沒反應過來時，已入了安書離下的套，局勢一旦被安書離掌控，他雖棋藝好也是出了名的，又素來城府深密，但在對手面前，晚了一步先機，也難以有回天之力。

一局棋落，安書離淡笑：「承侯爺相讓，略勝三子。」

武威侯不說話，本來，他與安書離的棋藝應該是旗鼓相當的，但是有他轉換棋風占了三子的先機，他正是輸在這三子，還有被他稱為那兩顆廢子的棋子，的確起到了最大的效用。

他沉默許久，道：「是本侯輸了。」

安書離笑看著武威侯，承認輸了就好：「那麼我可以洗耳恭聽了。」

武威侯是個願賭服輸之人，更何況在小輩面前，他沉聲道：「當年我夫人確實生有兩子，一子先生，取名子折，一子後生，取命子斬。子折生下來很是健康，子斬生下來帶有寒症，奄奄一息，本侯暗中名人送走了蘇子折，留下了蘇子斬。」

「侯爺為何送走蘇子折，留下蘇子折？」安書離挑眉。

「你既然今夜來找本侯，知曉雙胞胎之事，想必對有些隱祕了四百年之事也是知道些。」武威侯沉聲問。

「不錯。」安書離點頭，「知道一些，但想聽聽侯爺的版本。」

武威侯聞言看了他一眼：「當年懷玉帝生母，出自雲族，她生有兩子，一子是懷玉帝，一子是梁慕。在太祖爺兵臨城下之前，懷玉帝安排好了七歲的梁慕，也就是當年的世家蘇家。但後來不成想花家介入，懷玉帝死而復生，為了淑靜皇后，追隨她魂魄，以送魂術送到四百年後，當然投生在別家，自然不如自己家。所以，送到了四百年後的蘇府，成了梁慕的嫡系後裔。」

安書離頷首。

武威侯府繼續道：「梁慕一脈，雖無雲族傳承，但因其母原因，也略微懂些雲族術法的皮毛，檢驗一個剛出生的孩子是否體內有送魂術的印記，還是不太難。所以，在蘇子斬剛出生，我便確認了他的身分。」

「然後？你就送走了蘇子折，留下蘇子斬，意欲何為？」安書離問。

「自然是遵循祖宗留下的訓誡教導。」武威侯道，「撫養他長大，然後，將本來屬於他的東西，都交到他手裡。」

安書離瞇了瞇眼睛：「侯爺說的好聽，但不見得吧！你明明知道花顏就是淑靜皇后，可是還是任由事態發展，未曾告知。」

武威侯大笑，無奈道：「你說錯了，本侯並沒有任由事態發展，本侯做了許多讓他記憶甦醒的法子，只不過都沒用而已。包括本侯在其母親死去屍骨未寒時娶了柳芙香，也是逼迫過他，可是他經此大難，竟然還沒甦醒記憶，反而與本侯疏遠了，處處不再受本侯左右，更是讓本侯連在他身上再想法子的機會都不給了。」

安書離揚眉：「侯爺就沒想過不如直接告訴他？」

武威侯看著他，眼底黑沉：「怎麼沒想過？但你與子斬沒有與太子殿下相熟，自然不清楚他的脾性。我若是直接告訴他，他只會覺得荒謬，世間怎麼會有這樣的事兒？他是不會信我的。」

「即便如此，那後來呢？蘇子斬與花顏相識後，明顯對她分外上心時，侯爺為何不趁此機會相告？」安書離又問。

「本侯那時受了蘇子折威脅，已沒辦法告知了。」武威侯臉色難看地說，「蘇子折那個逆子，想取而代之，從本侯手裡盜取了流傳了四百年的暗主令。一旦本侯告知，他就用暗主令大開殺戒，先殺了蘇子斬。」

安書離恍然，觀武威侯面色，這話顯然做不得假。

「一個本來是本侯給蘇子斬鋪路的棄子，卻反過來讓本侯受制。本侯能做的，也就是與他周旋。不過後來幸好，花顏引走了蘇子斬，解了他的寒症之毒，我本以為寒症之毒都已經解了，他的記憶也該甦醒了，誰知道，竟然還未恢復。」

「所以，在你得知蘇子斬去北地幫助雲遲，與你作對時，讓你損失慘重時，你就放棄了蘇子斬，改為真正替換他的蘇子折？」

「不錯！本侯那時想明白了，左右是本侯的兒子，是後樑皇室後裔，即便蘇子斬記憶甦醒，以懷玉帝悲憫天下的仁善慈悲之心來說，也不見得會推翻南楚復國後樑。蘇子斬雖性情大變，但也不失有一顆仁善之心，他對雲遲雖素來看不對眼，但也未曾真正做過什麼傷他之事？他母親死在東宮，查不出原因，他憤怒，但也沒殺雲遲，既然如此，那本侯還堅持什麼？就讓蘇子折代替了蘇子斬又如何？」

安書離抓住他話中意思：「侯夫人的死，是侯爺你出的手？就是為了蘇子斬殺了雲遲？」

武威侯承認不諱：「不錯，本侯不後悔娶了她，但是本侯後悔那些年讓她教導蘇子斬，說什麼讓他與雲遲兄弟齊心，互相親和，守望互助，簡直是笑話！本侯發現時已經晚了，不可挽回。待雲遲從川河口啟程回來之日，本侯就算準了，讓她死在東宮。」

安書離心寒不已：「侯夫人到底是侯爺的妻子，為侯爺孕育兩子，侯爺怎麼忍心？」

武威侯大笑：「本侯喜歡的人是她姐姐，本侯連她姐姐都殺了，更何況是她？」

安書離驚訝地睜大了眼睛，這可真是第一次聽見了，沒想到武威侯喜歡的人竟然是當今皇后，梅府大小姐。他沉聲問：「既然侯爺喜歡梅府大小姐，為何娶了二小姐？」

武威侯哼道：「皇帝那時喜歡梅府大小姐，一個女人而已，本侯便不與他爭奪，免得他此後二十年一直看本侯不順眼，對比深受他的器重，暗中謀事娶二小姐，與他成了連襟，才是最好。」

安書離聞言不得不感佩：「侯爺果然是背地裡做大事兒的人，如此取捨，真是分明。」話落，他問，「侯夫人可知道？」

「她自然是知道的，畢竟是本侯的妻子。不過她心中心心念念的是神醫谷那個醫癡，本侯還不將他看在眼裡。」武威侯不屑。

「可是侯爺大抵沒有想到，就是這個讓侯爺不看在眼裡，侯爺找了十年的人，最後還是他為蘇子斬解了寒症之毒。」安書離笑了笑：「如今他是東宮的座上賓，而侯爺也只是座下客。」

武威侯大笑：「不錯，本侯若是早想到，當年就該將他抓到武威侯府，放在我眼皮子底下，待我兒子生出來，讓他治病。」笑罷，對他擺手，「該說的本侯都已說了，你也該聽夠了，可以走了。」

安書離點頭，的確，這一局贏了武威侯，將他緊閉的嘴撬開了，聽了這一耳朵，也值了，不枉他三更半夜，來這一趟。他道：「再問侯爺最後一個問題，東宮那株鳳凰木，可是侯爺從南疆王手中所得，藉由南疆王送給梅府小姐之手植入東宮的？」

「不錯。」武威侯點頭，「本宮本就沒想讓梅府大小姐所出的嫡出皇子活著。不過雲遲確實命大，這麼多年，竟然沒碰那鳳凰木。」

安書離站起身，拱手：「侯爺好生歇著，在下告辭了。」

「不送！」武威侯擺手。

安書離出了武威侯所住的院子，想著武威侯果然是個人物，武威侯府這一脈，能在南楚皇室的眼皮子底下隱藏暗中謀算了這麼多年，每一代的侯爺，想必都十分厲害。

安書離走出武威侯所住的院落後，站在院外，望向鳳凰東苑。

無論是花家祖父，還是武威侯，都因為自己的思量和打算，而使得如今的蘇子斬和花顏成了這般境況，也使得太子殿下陷入了這般境地。

也許，真應了那句話，命運弄人，上天給了花家先祖父送魂的本事，給了懷玉帝追來四百年後的希望，但也給了他蘇子折這個變數和反亂。上天給了花顏記憶，也給了她折磨，多年不想踏足京城，以至於錯過蘇子斬，更給了她雲遲，這也是另一個變數。

他深深地歎了口氣，棋局好下，但死局，如何解開？

他如今倒有幾分理解花灼目前只管花家，不找花顏了，找到了又能如何？

他這樣想著，抬步往自己住的院子走去，走到一半，方才想起，也許他想錯了，花顏也許已經知道了。否則，不至於撕心裂肺到太子殿下感同身受。

那蘇子斬呢？是被蘇子折控制了起來？還是他躲避了起來？或者被蘇子折殺了？再或者，他更大膽些想，他如今與花顏在一起？

若是與花顏在一起，那花顏知道了他是懷玉……

安書離倒吸了一口冷氣，一時間也不能冷靜了。

他正想著，福管家匆匆而來，臉色煞白：「書離公子，不好了！」

安書離轉過身，看著福管家，見他腳步踉蹌，氣喘吁吁，來到他近前，險些栽了個跟頭，他連忙伸手扶住他：「福伯，你別急，出了什麼事兒？」

福伯站穩身子，哆嗦地說：「謝……謝書離公子，出大事兒了！梅府……梅老爺子去了。」

安書離心裡「咯噔」一聲，面色大變，「什麼？」

福管家慌張地說：「剛剛梅府派人送來的消息，說梅老爺子睡到半夜，醒了要喝茶，後來茶還沒喝上，人便栽倒在了地上，人事不省了。請了府中大夫，又請了太醫，據說人沒了氣，這便趕緊來東宮報信了。」

安書離臉色也白了，趙宰輔這才死了沒幾日，還未曾出殯，屍骨未寒，宰輔位置還空著，人心正惶惶，如今梅老爺子又突然死了，接連死了二人，京城怕是會陷入恐慌。

更何況，皇上至今昏迷不醒。

梅老爺子雖然早已經退下朝堂，但畢竟是當今國丈，再加之，梅舒延和梅舒毓深受雲遲重用，尤其是梅舒毓剛剛去了京麓兵馬大營，他們二人都是梅老爺子的嫡出孫子，一旦得知消息，豈能不趕回來？

梅舒毓若是回來了，那麼，京麓兵馬大營可就沒人管了。

安書離只覺得從腳底下冒涼氣，有人趁著京中亂起來時作亂的話，太子殿下如今……

「書離公子，你快說話啊！可怎麼辦？殿下如今在昏迷著，老奴得了消息，就趕緊來找您了。」福管家看著安書離，六神無主地問。

安書離咬牙：「出了這樣的事情，殿下自然不能不露面。我這就去將殿下喊醒。」話落，又吩咐，「你立即請天不絕去東苑，待殿下醒了，他怕是要跟著去一趟梅府。」

福管家躊躇：「書離公子，一定要強行喊醒殿下嗎？殿下的身子骨……」

安書離歎了口氣：「如今顧不得了！趙宰輔死了，梅老爺子死了，兩位舉足輕重的人物，相隔短短時間，消息傳出去，京中朝臣百姓們不止會陷入恐慌，還會有人趁機作亂是一定的。殿下必須要出面坐鎮，主持大局，否則，一旦別人有機可乘，後果不堪設想。」

福管家也知曉厲害，聞言立即說：「老奴這就去請天不絕。」說完，匆匆去了。

安書離立即向東苑走去，是他打暈的雲遲，無論用什麼法子，也得喊醒他。

不多時，他來到了東苑。

東苑亮著燈，雲影已得了消息，正在門口等著安書離，見他來了，立即拱手：「書離公子！」

安書離沉聲道：「喊醒太子殿下吧！你可有法子？」

雲影抿唇：「先試著喊，若是喊不醒，就只能利用太子妃了。」

「跟我想的一樣，進去吧！」安書離說著，進了屋。

屋中，雲遲喝了藥，沉沉地睡著，臉色十分慘澹，安書離來到床前，小忠子立即爬起來，看著安書離：「書離公子？」話落，還想說什麼，但見了隨後跟進來的雲影，見他臉色也白著，立即住了嘴。

安書離在床前站定，喊了兩聲「太子殿下」，雲遲沒動靜，似不想醒，按理說，以他的功力，即便被他劈暈，也不過半個時辰的事兒就能醒來，如今不醒，可見是不願意醒。

他咬牙，重聲道：「太子妃有消息了！」

雲影在一旁也開口：「是啊！殿下，剛剛有太子妃的消息了！」

這樣騙雲遲，實在是不該，但他們也沒別的法子了，太子殿下最在意的人是太子妃。

小忠子還不瞭解發生了什麼事兒，頓時大喜：「太子妃當真有消息了？」

他話落，床上終於有了動靜，雲遲毫無預兆地睜開了眼睛，猛地坐起身，一下子盯住安書離和雲影。

雲影見雲遲醒來，頓時單膝跪在了地上：「殿下恕罪。」

雲遲看著雲影，掃過他頭頂，目光盯住安書離。

安書離也拱手請罪：「殿下恕罪，迫不得已劈暈殿下，如今出了一件大事兒，需要殿下出面，不得不利用太子妃喊醒殿下。」

雲遲臉色一黯，收回視線，看了看坐在床上的自己，又抬頭看了看窗外，外面夜色黑的很，還是他最後劈碎了窗子時看的夜色，他開口，聲音沙啞：「說吧！出了什麼大事兒？」

安書離立即說：「剛剛梅府派人送來消息，梅老爺子去了。」

「什麼？」雲遲面色驚動。

安書離點頭，將從管家那裡聽得的消息說了一遍：「一刻前傳來的消息，殿下聰明，應該能想到如今梅老爺子突然去了，實在是……」

雲遲靜了片刻，他自然想到了，甚至一時間比安書離想的更多，沉默片刻，沙啞吩咐：「備車，立即去梅府。」話落，又對安書離說，「書離，你說派何人去代替梅舒毓？」

安書離來東苑這一路就琢磨了，此時京中還有什麼人可用，京麓兵馬大營一定不能亂，否則京城危矣。他將程子笑、五皇子、敬國公、甚至他大哥安書燁，以及夏澤，都篩選了個遍。

程子笑把持戶部，五皇子掌控京城三司五城兵馬，敬國公掌管兵部事宜並協助五皇子管內城，他大哥安書燁有些文采武功，但酒色掏空了身子，去了怕是也鎮不住，而夏澤，年歲太小不說，剛進翰林院不久，恐怕也難以獨當一面。

他自己，如今幫助太子殿下統管之事太多，太子殿下這副樣子，若是他走了，只怕他突然倒下，那可就真亂了。

他咬了咬牙，想到了一個人，立即說：「讓安十七去吧！他雖是花家人，更是太子妃的人。殿下若是還相信太子妃，那麼，如今他就在東宮，想必歇了這麼一會兒，應該也喘過了一口氣，估計還是能動身的。」

雲遲點頭，吩咐雲影：「去請安十七。」

雲影應是，立即去了。

安十七回到住處倒頭就睡，雖睡的很沉，但有人進屋時，他還是騰地坐了起來，喝問：「什麼人？」

雲影暗想好敏銳，果然不愧是太子妃一直器重跟在身邊培養的人，他拱手：「雲影奉殿下之命來請十七公子，請十七公子去東苑走一趟。」

安十七愣了愣，揉了揉眼睛：「太子殿下喊我？」

雲影點頭。

安十七立即下了床，快速地披好了衣裳：「走吧！」

出了房門，冷風一吹，安十七的睏意掃了個乾淨，雖然依舊疲憊，但不至於走兩步就倒下，他與安十六畢竟是花家這一輩最出色的人。

第一百三十九章 暗夜剿殺

來到東苑，天不絕已經到了。

安十七拱手給雲遲見禮。

雲遲已換了一身黑色錦袍，更襯得面色蒼白，眉眼間雖隱著幾分虛弱，他威儀天生，不細看，幾乎看不出。他對安十七道：「本宮知曉你送信來回一趟時間倉忙，十分疲累，但目前實在找不出人，只能勞頓你走一趟了，你可願意？」

「殿下請說！」安十七肅然而立。

雲遲將梅老爺子突然去了，梅舒毓距離這麼近，得到消息自然要回京奔孝，他一旦離開京麓兵馬大營，萬一有人生亂，東宮的幾名幕僚怕是掌控不住京麓五十萬兵馬，所以，如今合適的，有能力的人，只有請安十七走一趟，駐守些日子。

安十七聽罷，立即拱手：「太子殿下放心，我這就前往京麓兵馬大營替換毓二公子，一定替殿下守住京麓兵馬大營。」

雲遲上前一步，伸手拍拍他肩膀，遞給他一塊令牌：「多謝。」

安十七接過令牌，不再多言，轉身立即去了。

雲遲對天不絕道：「煩勞神醫跟我走一趟梅府吧！」

天不絕心裡歎氣，這些日子，可真是多事之春，一樁接一樁的，不知道梅老爺子是不是也是因為死蠱，還是要他去看過才知道，他點頭：「行。」

雲遲抬步出了東苑，安書離陪同，天不絕、小忠子跟隨。

福管家早已命人備好了馬車，安書離陪同雲遲上了車，天不絕與小忠子坐後面的車。

上了車後，安書離想著距離梅府還有一段路程，便將他方才不久前去找了武威侯，與他對弈打賭之事，以及從他嘴裡聽到的事情說了一遍。因事關武威侯，蘇子折，蘇子斬，還有皇后、武威侯夫人之死，所以，他說的詳細分毫不差。

雲遲聽罷，臉色沉寒：「原來我母后之死和姨母之死都是他的手筆。」話落，他冷笑，「這麼多年，還真沒看出來，武威侯是個狠角色。」

安書離暗暗輕歎，誰能想得到呢？原來一切的事端出自武威侯府，就在南楚的眼皮子底下，且深入了南楚朝堂內部，四百年啊！且是後樑的嫡系後裔。

馬車來到梅府，梅府已四處亮著燈，一片哭聲。

梅府管家聽聞太子殿下來了，連忙見禮，請了雲遲進去，一邊哭一邊說：「太子殿下，老家主白日裡還好好的，聽聞二公子去了京麓兵馬大營，還吩咐奴才讓人給他遞個話，好好在京麓兵馬大營待著，可是沒想到，這轉眼，人就沒了，府中的大夫和太醫都沒診出原因來，如今府中的老夫人、夫人、小姐們亂成一團，大公子和二公子都不在家，其餘的小公子還年幼，沒人主事，只能派人去請了您來。」

「嗯。」雲遲點頭，「我帶了天不絕來，先去外祖父住處。」

梅府管家已看到了後面進門的天不絕，連連點頭，在前頭領著雲遲前往梅老爺子的住處。

梅老爺子所住的院中，此時聚集了府中一眾人等，梅老夫人已哭的暈了過去，大夫人、大少奶奶也哭的上氣不接下氣，下人們更是哭成一團。

見雲遲來了，大夫人和大少奶奶抹了抹淚，哭著上前見禮。
雲遲虛扶了大夫人一把，跟著大夫人去看梅老爺子。
只見梅老爺子躺在床上，如趙宰輔突然死去那般，無聲無息的，他側過身，讓天不絕查看。
天不絕上前把脈查看一番後，沉聲對雲遲道：「如趙宰輔一般，怕也是死蠱。」
他此言一出，一眾人等又驚又駭，哭的更凶了。
雲遲點頭，若是死蠱，顯然不是一朝一夕中蠱，若是與東宮那株鳳凰木有關的話，那也如趙宰輔一樣，是四十九日前做下的。
出了趙宰輔，梅老爺子外，不知朝中還有什麼人也被算計安排了？
是武威侯在進入東宮之前動的手？還是蘇子折劫走花顏之前？總之，目的就是亂了京城了。
雲遲在梅老爺子旁邊站了好一會兒，梅老爺子待他不錯，這麼多年，時常對他教誨，他真正的啟蒙還是梅老爺子給他啟蒙的，只不過近幾年，他年歲大了，他也在朝中立穩了腳跟，他管的就少了。唯一插手的一次事情，便是花顏千方百計毀婚利用梅老爺子讓他罷手，他雖氣的跳腳，但也沒真正硬攔著他。
對於這個外祖父，雲遲的感情還是頗深的。
他真沒想到會有人動到他的頭上，畢竟他已經到了頤養天年的年歲，早已頤養天年幾年了。
若是想讓他自亂陣腳，這還真是一步好棋。
因他沉默，屋中的人雖也哭著，但儘量壓低聲音。
大夫人又哭了幾聲，發現雲遲臉色蒼白，這才驚問：「殿下，您這是怎麼了？生病了還是……」

「偶染風寒，一直不曾好，不過無礙。」雲遲離開床前，溫聲道，「我已派人將梅舒毓替換回來，由他在府中主持大局，同時徹查府中人手以及飲食等等。」

大夫人點頭：「那延兒……」

雲遲琢磨著道：「本宮也會派人去替他，讓他回京奔喪。他們二人都是外祖父的嫡親孫子，外祖父故去，他們自然該回來盡孝。」

大夫人頷首：「多謝殿下了。」

雲遲擺手：「本宮明日再來府中。」

大夫人點頭，親自送雲遲出房門。

夜色黑沉，如重重黑紗，雲遲出了梅府，上了馬車，對安書離問：「書離，你覺得下一個是誰？還是說，沒有下一個了。」

安書離也在琢磨：「這顯然是一連串的連環計，怕是在太子殿下大婚時就著手準備了，大婚無縫隙可鑽，便等著機會，宮宴便是一個機會。先是皇上，再是太子妃，然後是趙宰輔，如今是梅老爺子，顯然都是謀算著殿下來的。」

雲遲垂眸：「是啊！都是謀算著本宮來的。」

雲遲回到東宮，連夜召集幕僚，商議了一番，又琢磨再三，暫派一名幕僚前往兆原縣替換梅舒延，之後又將六部的官員召集到了東宮，商議應對京城接下來可能發生的動亂。

六部官員看著太子殿下雖面色蒼白卻沉穩有度的神色，恐慌的心也都定了定。

商議出了個章程後，雲遲又請了天不絕，挨個給六部官員把脈。

六部官員瞧著天不絕，他們相信天不絕這個神醫的醫術，比太醫院的太醫強太多了，他一直居住東宮，與殿下的御用大夫一般無二，誰都不想莫名其妙如趙宰輔、梅老爺子一樣沒了命，於是，一個個對太子殿下感恩戴德。

天不絕倒也沒有不情願，板著臉一個個給把了脈，沒發現一個有中死蠱的，倒是身體多多少少都給把出了些問題，於是，索性他給太子殿下的恩賞做到底，給他們都開了治病的藥方子。

這下一個個頓時都有了精神，驚慌的神色去了大半。

朝臣們領著各自的部署命令離開後，雲遲又吩咐人請了敬國公、安陽王、御史台的一眾老大人們以及翰林院的一眾人等來了東宮。

天不絕抖著鬍子，想說什麼，終是沒說，於是，挨個又給一眾人等把脈。這一回把脈，還真把出了一個人身上帶有死蠱。

那個人是敬國公。

天不絕當時沒說話，面色如常地把完脈後，看著在一眾人等裡最有精神頭的敬國公，他對雲遲拱了拱手：「國公爺身體不大妙。」

敬國公一愣。

眾人也都看向敬國公。

雲遲面色一動，盯了敬國公兩眼，真沒發現他有什麼不太妙的地方，但是，如今他就是為了給朝臣們檢查死蠱而來，天不絕檢查出敬國公，說不太妙，顯然說的是他身上帶有死蠱了？

安書離開口問：「可是死蠱？」

天不絕卻搖搖頭：「國公爺的倒不是死蠱，竟然與皇上所中的蠱毒一樣，叫做噬心蠱，只不過顯然沒被催動，沒有發作。」

敬國公震驚地看著天不絕，伸手指指自己：「神醫，你沒弄錯吧？老臣竟然中有噬心蠱？」這蠱毒，如今誰都知道，宮裡皇上在宮宴上吐血昏迷，就是中的噬心蠱。

天不絕鬍子一翹：「老夫的醫術國公爺信不過？」

敬國公聞言沒話了。

雲遲臉色發沉：「義父體內的噬心蠱，如今是個什麼程度？可會為害？」

天不絕道：「噬心蠱無人催動，會在體內休眠，有心血養著，尋常時候，看不出來危害，但一旦被下蠱毒者催動，就會立刻甦醒蠶食人心，被催動時，危害自然極大，就如皇上此時依舊昏迷不醒一樣。」

「可有辦法先將它制住，或者引出來，不至於催動時要了性命？」雲遲冷靜地問。

天不絕捋著鬍鬚道：「除非子斬公子在，太子妃在也行。他們二人的血能解蠱毒。至於殿下說的引出來，噬心蠱不能引，也沒辦法引，除非有南疆蠱王，如今你也知道蠱王沒有了。」

「那本宮呢？就如救父皇時一樣呢？」雲遲問。

天不絕抿唇，歎了口氣：「殿下，你如今本就有內傷，上次為了救皇上，已動用過了，這才沒多久，若是再動用第二次，哪怕老夫是大羅金仙，也確保不了沒有性命之憂。」

敬國公在一旁算是聽明白了，這時才回過味來，立即反對說：「殿下萬不要做此想法，老臣的命哪裡能讓殿下捨命相救？那樣的話，老臣萬死難辭其咎，老臣寧願一死。」

雲遲沉聲道：「太子妃認你為義父，你便也是本宮的義父，哪有義父有恙，本宮不救的道理？國公莫要再說了。」

敬國公聞言嚇的「噗通」一下子跪到了地上，「老臣死活不敢讓殿下救，若是殿下捨己救老臣，老臣寧願一頭撞死，也不要這條命了。」

敬國公是一條硬漢，說出來做得到，他這條命，怎麼能跟皇上比，讓太子救？

眾人都看著敬國公，見他認真的，眼見雲遲不點頭，他就要動真格的，齊齊也跪下駭然道：「太子殿下尊體金貴，國公爺所言極是。」

安書離在一旁問天不絕：「除了殿下救皇上的法子，就沒有別的法子了嗎？」

天不絕搖頭：「這是噬心蠱，沒別的法子。不過……」

「不過什麼？」安書離問。

天不絕琢磨著道：「若是花灼那小子在，凍結個噬心蠱，將其鎖住，不讓其被人利用催動發作，輕而易舉。」話落，他看著雲遲說，「但是他會進京嗎？」

這個時候，花灼正在肅清花家，撈出花家，坐守臨安。

安書離眼前一亮，道：「若是別人請不動花灼公子，但是因為敬國公，想必能請他來京一趟吧！畢竟，敬國公府是太子妃的半個娘家，基於太子妃這層關係，花灼若是聽聞國公爺出了此事，也不會坐視不理。」

敬國公立即說：「老臣一條命而已，實在沒必要勞動花家公子。」

他活了一把年紀，對生死看的開，他兒子再不是吊兒郎當沒出息的人了，也不用他操心了，他死也沒關係，只是可惜京城面臨亂象，以後怕是殿下治理江山還有一番折騰，他幫不上忙了而已。還有夫人，她怕是會傷心，那也沒辦法，他在下面等她幾年就是了。

雲遲早先沒想起花灼，如今聽天不絕提起花灼，他若是來京，自然比他容易救人。他雖肅清花家，擺明態度，但也還是讓安十七給他來送信，他的朝政之事他可能不出手，但救敬國公，他覺得他若是知道，一定會出手的。

臨安花家對於敬國公府，是有著極大的好感和善意，以及花顏從敬國公府出嫁，全權由敬國公府操持，花家應該覺得是欠了敬國公府交情的。

雲遲當即道：「本宮這就修書一封給大舅兄，用我蓄養的那隻飛鷹，一日書信就能到臨安。」話落，見敬國公滿眼不贊同，還想表態，他沉聲道，「父皇、趙宰輔、我外祖父，都接連出事兒，義父可不能再出事兒了，既然有救，必須救，豈能輕易捨棄性命？義父糊塗了嗎？」

敬國公頓時將話吞回了肚子裡，他也知道如今他若是出事兒，更人心惶惶了，死了才是給雲遲找麻煩。於是，歎氣：「老臣聽殿下的。」

雲遲上前，親手將他扶起來：「義父今日起，就住在東宮吧！」話落，對天不絕道，「在大舅兄沒來之前，就交由神醫看顧了。」

「好！」天不絕痛快答應。

於是，敬國公留在了東宮，眾人千恩萬謝的離開。這時天也已經亮了。

一息晨光透過修好的窗子射進書房，晨光雖弱，但看著也讓人心裡生出一絲亮光。

雲遲負手而立，對安書離問：「書離，你說，這個手筆，是武威侯的手筆，還是蘇子折的手筆？」

安書離琢磨道：「臣也不敢肯定，也許是武威侯和蘇子折以前就安排下的，也許是蘇子折自己安排的。」說完，他看著雲遲，「殿下不若去見見武威侯？」

雲遲冷聲說：「本宮再見他之日，就是殺他之日。」

安書離沉默下來，殺母之仇，不共戴天，的確，雲遲現在不見他，是還不想殺了他，畢竟，一切的事情剛揭開一小團謎團。

過了一會兒，安書離又開口：「殿下去歇片刻吧！我來盯著京中動靜。」

雲遲搖頭：「派人去請鳳娘，本宮再見見她。」

安書離一愣：「殿下打算詢問鳳娘？上次見她的樣子，不像知道此事。」

雲遲伸手打開窗子，冷風拂面，他人也越發地清醒：「蘇子斬說京中勢力都給本宮，他敢給，本宮就敢用。」

安書離恍然，是啊！蘇子斬在京中一帶的勢力是從他性情大變開始培養的，至今培養了五年，也是不可小覷的。

只不過蘇子斬的身分如今實在是難以言說，他敢給，太子殿下若是敢用的話，便多了份勢力。只不過，他有些擔心，開口道：「殿下，這話是他一年前留下的，如今不知可否真作數。」

雲遲抿唇：「本宮別的不敢說，但他對這些不看重，還是會作數的。」

安書離點點頭，那就沒必要擔心了，多一份勢力，也多一份對京城的保障。但又想著，蘇子斬不看重這個，看重什麼？自然是花顏了！他入朝，就是為花顏。

他又歎了口氣，他發現最近一段時間，他變得愛歎氣了。

鳳娘很快就被請到了東宮，恭敬地對雲遲見禮。

雲遲負手而立，看著她：「你查了幾日，可查出了什麼？」

鳳娘搖頭，無奈地說：「殿下恕罪，奴家從上到下篩查了一遍，都清白的很。當初公子擇人時，擇的就都是孤兒、乞丐，奴家沒發現有人有異常。」

她也懷疑是否有人埋的太深了，如今才沒查出來什麼，也許還需要更多時間繼續查。

雲遲沉聲道：「不必查了！」話落，盯著她，「那日你說，蘇子斬曾經說有朝一日他身亡，或有大變動，他名下所有產業與勢力，都悉數交給本宮。是否？」

鳳娘抬眼看向雲遲，恭敬垂手：「正是。」

雲遲點頭，淡淡問：「本宮若是，暫且在他不在時收用你們，你可願意？」

鳳娘當即單膝跪下，鄭重地說：「鳳娘和所有人的命都是公子的，公子有命，莫敢不從。若殿下收用我等，鳳娘自是願意。」

「好，你起來吧！」雲遲吩咐，「你帶所有人，從今日起，守好各大朝臣府邸，京中官員們府邸的安全，就交給你了。」

鳳娘也得知了昨夜梅老爺子去了的消息，知道京城怕是真要出事兒，當即道：「鳳娘遵命。」

鳳娘離開後，安書離笑著說：「難道是武威侯和蘇子折在暗中謀劃這麼多年，不曾對蘇子斬的勢力摻和動過手？」

雲遲目光寡淡：「他一直以來，即便不知，也防著武威侯，或許當年他性情大變，不見得是因為武威侯娶柳芙香，而是隱約懷疑姨母的死跟武威侯有關，接受不了。畢竟，他沒那麼喜歡柳芙香，是姨母喜歡柳芙香而已。」

安書離想起昨夜武威侯的話，武威侯一直在逼蘇子斬甦醒記憶，作為蘇子斬本人，興許是有感覺，只不過是武威侯做的隱祕又是他親生父親，蘇子斬雖懷疑又一直不敢面對相信罷了。

二人又商議了片刻，算是將一切能做的準備都做了，只能等著有人冒頭亂起。

小忠子看看天色，小聲問：「殿下，該用早膳了，神醫剛剛離開時吩咐今日書離公子盯著您吃藥，他累壞了，要睡一日。」

「嗯，端來吧！」雲遲點頭。

小忠子立即帶著人將早膳端到了書房。

同一時間，梅舒毓由安十七替換回了京城。他在聽到梅老爺子突然去了的消息時，整個人都懵了，時常活蹦亂跳著想對他動家法的祖父，怎麼突然就死了？

他呆怔了老半晌，一把抓住安十七：「此事是真的？」

安十七拿出雲遲給的令牌：「毓二公子，我怎麼可能騙你？太子殿下念及你在京麓兵馬大營，距離京城近，老爺子去了，怎麼能不回京奔孝，特讓我來替你，你回去就知道了，具體怎麼出的事兒，說是很突然，怕是與趙宰輔一樣。」

梅舒毓身子晃了晃，白著臉，一路紅著眼睛，騎快馬回了京城。

他進了城，還沒靠近梅府，便聽到高一聲低一聲的哭聲，他猛地勒住馬韁繩，忽然不敢靠近梅府，他不敢去看每次見了他都鼻子不是鼻子眼睛不是眼睛，對他吹鬍子瞪眼的老頭硬邦邦地躺在棺材裡。

他一直混帳，祖父對他恨鐵不成鋼，氣的動家法，他動他的，他跑他的，但在西南境地時，他卻是收到了他好幾封書信，雖然是罵居多，但字裡行間也隱晦地表揚不少。

更甚至，在趙宰輔靈堂前，他與趙小姐定終身，事情傳回來，他也沒說什麼，只在他回來請罪時，拿著雞毛撣子朝著他身上敲了兩下，比撓癢癢還不如。

哦，他還罵了他一句：「老趙小子前腳剛走，你後腳就拐騙了人家閨女，還在人家靈堂前訂婚，讓人家估計走都憋了一肚子氣，你可真出息！少不得等我下去給他請罪了！混帳東西！傳的沸沸揚揚的，你做的這叫什麼事兒！懶得說你，滾滾滾！」

如今，那日話語剛過去幾日，歷歷在目，但他卻真去請罪了。

如今，不知道見著趙宰輔了沒有？

他騎在馬上，不知不覺默默流淚。

前來梅府弔唁的人，一大早上，車馬都聚在了梅府門口，排出了長長的一條街。別看梅老爺子對待梅舒毓時常氣怒暴躁，但他為官時卻是平和得很，不與人交惡，與如今的梅舒延差不多，退了朝後，更是安心頤養，也只為太子選妃時出面過。所以，前來弔唁的人極多。

大家也都看到了騎在馬上無聲地淚流滿面的梅舒毓。

其實，梅老爺子最操心的，好像就是梅舒毓了，因為梅舒延太乖了，不用他操心，凡事都儘量做好，偏偏梅舒毓天生反骨，是他口中的不肖子孫。

不過如今，梅舒毓自成才，深受太子殿下器重，梅老爺子就算這般走了，應該也是放心的。

安陽王妃一早就來了，下了馬車後，見到梅舒毓，愣了一下，連忙上前說：「你這孩子，剛從京外回來嗎？趕緊進去吧！」

梅舒毓這才發現自己哭了，他用袖子抹了一把眼淚，下了馬，對安陽王妃見禮。

「走吧！真沒想到出了這事兒。」安陽王妃拍拍他肩膀，心裡想著趙清溪和這孩子也算是般配，如今兩個人一起守孝了。

進了梅府大門，前院已搭建了靈堂，府中的夫人小姐小公子們，都聚在靈堂前，一個個或是正哭著，或是正眼睛紅腫著，見梅舒毓回來了，都給他讓開了一條道。

梅舒毓紅著眼睛站在靈堂前，棺木沒蓋，搭了一塊黑紗布，他站了一會兒，一手掀開，露出了梅老爺子的屍身。

梅老爺子就跟睡著了一樣。

梅舒毓盯著梅老爺子看了一會兒，伸手戳了戳他的臉，大夫人驚呼一聲，立即上前喝止：「毓兒，不准大不敬，死者不能亂動。」

梅舒毓彷彿沒聽見，沙啞地開口：「老頭子，你說你，走這麼早做什麼？還沒看見我娶媳婦兒呢！」

大夫人瞧著他，他雖這時沒哭，但剛剛門房來報，說二公子回來了騎著馬站在門口哭，這孩子多傷心啊！或許比他們所有人都傷心，那祖孫倆雖時常一個打一個躲，但感情自然是在打打鬧鬧中更深厚的，老爺子其實最喜歡的就是他了。

於是，她不說話了，眾人又都傷心地哭起來。

梅舒毓又摸了摸他的手臂，沙啞地說：「硬梆梆的，這回抬不起來，打不動我了吧？魂兒呢？已走了？還是如今就站在邊上看著我？你若是魂兒還沒走，就鬧個動靜，讓我知道知道。」

這時，一陣冷風，刮起了白帆，不知是聽了他的話，還是碰巧來了風。

但這時候，都信鬼神，眾人頓時都覺得梅老爺子就在這靈堂邊上站著呢，倒沒有膽子小嚇破膽的，梅老爺子除了對梅舒毓橫眉怒眼，對其餘人，沒個不和藹。

梅舒毓抬眼看了一眼那飄動的白帆，收回視線，啞著聲，漫不經心地說：「行吧！你還沒走，所以，你看著，你死了，我才不哭呢。」

梅老爺子去了，趙清溪雖然還沒給趙宰輔發喪，但梅老爺子也後腳跟著發生了這樣的事兒，她既然與梅舒毓定了終身，自然不能不來見一面的，哪怕她家中停著靈。

於是，她在清早時，吩咐了人照看家裡，便比梅舒毓晚一步來到了梅府。

梅府管家見她來了，可不敢小瞧，也不敢托大，前幾日毓二公子在趙宰輔靈堂前鬧的那一齣，雖然滿京城傳的沸沸揚揚，但多數都是好話，而梅老爺子生前也算是默認了這個孫媳婦兒的，如今她前來弔唁，也是符合身分，不來才會讓人覺得她對梅舒毓怕是沒上心。

梅府管家一邊恭敬地請趙清溪進府，一邊派人往裡面傳話。

靈堂前的眾人聽聞趙清溪來了，都齊齊地看向梅舒毓。

梅舒毓傷心到了極處，在外面哭了一場，如今到了靈堂前，見到了如沉睡一般的梅老爺子，反而還真如他所說，就不哭給他看了。

他筆挺地站在靈堂前，連人稟告說趙清溪來了，無數人都看著他，他一時間也沒聽到。

大夫人看著二兒子，又看了一眼大少奶奶，立即說：「你親自去迎趙小姐。」

大少奶奶點頭，趙清溪可是將來的二弟妹，是趙宰輔自小培養的太子妃，才華冠滿京城，她早先就猜測，她落不到東宮，不知落到誰家？沒想到，落到了她家了。

她也十分佩服小叔子，怎麼看趙小姐和小叔子都不是一路人，沒想到，竟被小叔子給拐到了手，這二人還真走成了一路人。她上門來，她這個做大嫂的親自迎，也代表了梅府認可她的態度，妯娌間的關係要早早就得打好了，反正都是聰明人。

趙清溪這些日子折騰瘦了一大圈，紅著眼眶，弱不禁風，見了大少奶奶親自來迎，她也知道這是梅府認可她，大方給大少奶奶見禮，然後說：「我來弔唁老爺子。」

大少奶奶系出名門，是個玲瓏人，連忙伸手拉住她的手，紅腫著眼睛說：「真沒想到，不知道是什麼人這麼壞心，先害了宰輔，如今又害祖父。」

趙清溪輕聲說：「太子殿下總會查出來的。」

梅大少奶奶點頭，攜著她手往裡走：「你來之前，二弟剛剛回來，正在靈堂呢。」

趙清溪點點頭，她來之前已命人打聽過了，梅舒毓回來了。

梅大少奶奶想了想，隱晦地很有說話藝術地說：「其實，外人只聽到祖父對二弟動輒打罵，但其實則不然，就我嫁進來梅府後，也有幾年了，祖父動家法的次數不少，倒真是一次也沒打著他。其實，祖父要真打，還是能打得到的，哪怕他逃去子斬公子府邸，祖父追去，子斬公子還能真與祖父翻臉？說白了，祖父還是捨不得，嘴裡說著他沒出息，但其實最喜歡他的性子。」

趙清溪是聰明人，聽了這話就明白了，梅老爺子最疼梅舒毓，最喜歡他，那反過來，如今梅老爺子出事兒了，梅舒毓如今當該是那個最難過的人。

她在最難過的時候，有他在，如今，她來了。

她懂梅大少奶奶的意思，也不害羞，低聲說：「我陪著二公子給老爺子叩幾個頭吧！」

這樣的話，梅舒毓應該喜歡寬慰的。

梅大少奶奶點頭，拍拍她的手說：「老爺子在天之靈，一定很高興。」話落，又壓低聲音說，「那一日，聽聞你和二弟定終身，老爺子晚上多喝了好幾盞酒。」

這意思是高興呢！

趙清溪承了梅大少奶奶的情：「多謝大少奶奶告知我。」

梅大少奶奶立即說：「雖你與二弟還沒三媒六聘，但太子殿下說了待皇上好了，太后心情也好了，就請太后給你與二弟賜婚。有了太子殿下這話，你和二弟也是板上釘釘了。雖然喊大嫂太早，但你就先喊我一聲姐姐，否則未免太生疏了。」

趙清溪從善如流：「姐姐。」

梅大少奶奶也喊了一聲：「妹妹。」

二人說著話，來到了靈堂，這時，不知道梅府眾人是因為梅舒毓站在那裡，還是因為聽聞趙清溪來了，都停止了哭聲，靈堂前，雖然聚集了無數人，但頗有些安靜。

趙清溪一來，所有人的目光都定在了她的身上。

誰能想到，這位昔日京城的第一花，能落到老爺子常罵紈褲混帳的二公子的手裡？趙清溪的才與名，明明可以做宗婦長媳的，按理說不會嫁次子。

這可真是二公子的本事，也是福氣。

趙清溪先給梅府的長輩們見了禮，梅老夫人昨日暈倒後，一時接受不了，還在昏睡著，如今以大夫人為首，也就是梅舒毓的娘，都在靈堂前。

大夫人對這個二兒媳婦兒從來是沒敢想的，如今自然是怎麼都滿意，不看已故去的趙宰輔，只看她這個人，就是他們家求都求不來的。於是，在她見禮時，親手上前扶起她，握著她的手不鬆手，紅著眼睛說：「我就知道你會來，老爺子早先還說，待宮裡皇上好了，趙宰輔百日過了，請你過府來坐坐，沒成想……」她說著，哭起來，「老爺子突然也就這麼去了。」

趙清溪心中也難受，她爹與老爺子這是先後腳，才幾日而已，她也落下淚來，低聲說：「正好我爹與老爺子有個伴，不至於路上寂寞。」

大夫人哭著說：「說的也是，也只能這麼寬慰著了，不知是哪個該遭天殺的，早晚待太子殿下查出來，定不饒他。」
趙清溪點點頭：「自然是不饒的。」
這麼說話間，梅舒毓也聽到了耳裡，他轉過身，紅著眼睛看著趙清溪，他眼裡的血紅嚇了趙清溪一跳。
大夫人鬆開手，示意趙清溪過去。
趙清溪也不扭捏，她走到梅舒毓面前，看著他的模樣，這麼多人盯著呢，也不好拉了他的手寬慰他，便立在他身邊低聲說：「我過來跟你一起在老爺子面前磕幾個頭，也請老爺子走的安心，我……以後會好好照顧你的。」
梅舒毓心裡被她這一句話說的暖了暖，點頭，沙啞地「嗯」了一聲，趙清溪不能拉他的手，畢竟是女兒家，在人前不能太過孟浪，但他本就有混帳名聲，所以，這時就好用了，他伸手拉住了趙清溪的手，痛快地拉著她跪在了梅老爺子棺木前。
趙清溪循規守禮十幾年，與梅舒毓相處後，讓她覺得有時候放開不守禮數似乎沒什麼不好，自己最起碼自在暢快，想做什麼事情，可以任性隨心所欲，不委屈虧待自己。
她不敢做的事情，梅舒毓敢做，讓她挺喜歡的，她來了之後，是想拉他手的。
於是，她順從地依著梅舒毓，讓他拉著手，齊齊地跪在梅老爺子棺木前。
大夫人瞪大了眼睛，梅大少奶奶也瞪大了眼睛，所有人都瞪大了眼睛。其實，自從二人定終身後，都想知道他們二人相處是個什麼樣，傳言無論怎麼說，也不如親眼所見。
如今，親眼所見了，都心想著，原來是這個樣。
這樣看二人，還是十分般配的，以前怎麼就不覺得二人性格互補，很是般配呢？

梅舒毓與趙清溪跪地叩了幾個頭，然後沒立即起來，梅舒毓拿了紙錢遞給趙清溪，趙清溪扔進了火盆裡，看著紙錢燒成灰。

二人跪了好一會兒，還是梅舒毓怕跪壞了趙清溪的膝蓋，這些日子，她在趙宰輔靈堂前，也是沒少跪的，於是，拉了她起來。

二人又在靈堂前站了一會兒，梅舒毓說：「我送你回府。」

趙清溪立即搖頭：「你怎麼能走開，我自己回去就行。」

梅舒毓低聲說：「老頭子曾經說過，梅家的男人要對女人好，他如今還沒走呢，就在這靈堂站著看著我呢，京中這般不安平，我若是不送你回去，他大約能詐屍起來揍死我。」

趙清溪一時無言。

大夫人是個通透的，梅老爺去了雖傷心，但她兒子和趙清溪這般相處極好，讓她寬慰許多，便開口道：「他說的對，他留在這裡，也是氣父親，就讓他送你回去吧！」

既然大夫人都發了話，趙清溪便不說什麼了，對梅舒毓點了點頭。

梅舒毓送趙清溪回府後，便回梅府徹查梅老爺子這四十九日內都接觸了什麼人，吃了什麼東西，碰了什麼事物，梅府內可有人有異常。

雖然知道也許如趙府一樣，什麼也查不出來，害人的人埋的太深，但是，該查的也要查。

雲遲來時，梅舒毓正在大刀闊斧地大徹查，如今梅府就他頂事兒。

太子殿下昨日雖然來了梅府一趟，但是今日才是正式前來弔唁。梅府的一眾人等得了消息，再不像昨日那般亂麻一團，都守禮地恭敬地迎接雲遲入府。

雲遲與安書離一起，來到靈堂前弔唁之後，便詢問梅舒毓徹查的進展。

梅舒毓充血的眼睛搖了搖頭：「恐怕與趙府一樣，一時半刻查不出來，賊人藏的太深。」

他還不知道安書離與武威侯賭一局，已知曉了皇后和武威侯夫人之死出自武威侯府，正是武威侯利用那株鳳凰木，若是知道，怕是也聯繫了趙宰輔和梅老爺子之死，此時就能衝去東宮，把武威侯殺了。

雲遲見他一夜之間邋遢頹靡的不成樣子，伸手拍了拍他肩膀：「總會查出來的。」

梅舒毓看著雲遲，點點頭，也發現了雲遲不對勁：「太子表兄，除了祖父之死，是不是還出了別的事情？」

「昨夜，敬國公查出了噬心蠱，不過暫時無性命之憂，不算大事兒。」雲遲嗓音淡淡，絕口不提安十七稟告之事。

梅舒毓驚了一跳：「皇上所中的噬心蠱？」

「嗯，已派人去請花灼了。」

梅舒毓不再多問，但還是覺得哪裡不對勁，他道：「祖父知道我本來就是個不孝的，我就算想給他守靈，他估計還不樂意見我用我給他守呢！昨日安十七替換我時，我見他似不大好，硬撐著的樣子，我還是去京麓兵馬大營吧！等七日後，祖父發喪，我再回來送他一程。」

雲遲看著他：「你確定？」

梅舒毓點頭：「祖父就算去了，也不想我為了他，每天守著，什麼都不做。他生前我不孝，死後再裝也是不孝，我放心不下京麓兵馬大營，表兄你既然將之交給我，我便不能不管。」

「行，你去吧！」雲遲頷首。

梅舒毓見雲遲點頭，便也不再多說什麼，告知了大夫人一聲。

大夫人知道皇上、太子妃、趙宰輔、梅老爺子接連出事兒不簡單，也不敢攔著梅舒毓，問他是否危險，梅舒毓搖頭，她便放心地囑咐他小心，哪怕為了人家趙小姐，也得照顧好自己。梅舒毓點頭，大夫人又告訴他別操心，梅舒延最多一日，就回來了，這個梅舒毓是知道的，他大哥回來，這也是他放心再去京麓兵馬大營的原因。

於是，他很快就騎馬又出了京城。

梅舒毓走了，梅府的人便等著梅舒延回來，沒想到，等了一日深夜，梅舒延也沒回來。

按理說，兆原縣到京城五百里，騎快馬，傍晚就能到，但已到深夜還不到。梅府的人就坐不住了，大夫人擔心不已，派人去了東宮。

東宮內，雲遲也覺得梅舒延再慢也該回京了，可是還沒回京，不是消息沒送到，那麼就是他路上耽擱了，或者是出了什麼事情。

難道有人對梅老爺子下手，還順帶也對梅舒延下了手？

梅舒延畢竟是梅府嫡長孫，是要繼承梅府的，若是真出什麼事情，梅府可就真亂了套。

雲遲吩咐雲影：「派人出京去查查，梅舒延怎麼還沒進京？」

雲影應是，立即派了人出京。

雲遲剛派人走，大夫人派的人便來了東宮，雲遲親見了大夫人的人，平和地說：「告訴大舅母，稍安勿躁，也許人在路上，本宮已派人出京去查了。」

那人應是，連忙回梅府回話。

大夫人心裡不踏實，大少奶奶也心中憂急，梅府的一眾人等更是心裡擔心。聽了雲遲回話，只能按壓著心中著急，心想著太子殿下已派人去查了，保佑大公子一定平平安安地回京，梅府已莫名死了老爺子，大少爺可千萬不要出事兒。

轉日清早，梅舒延依舊沒有消息。

到傍晚時，東宮派出的人傳回消息說梅舒延在收到梅老爺子去了的消息後，便立即離開了兆原縣，可是，他們沿途一路追蹤到兆原縣，都沒見到梅舒延的影子，怕是梅舒延出了事兒。

梅舒延離開兆原縣時，是帶了梅府暗衛的，沿途沒看到打殺的痕跡。

雲遲收到消息，暫且壓下，命小忠子去梅府傳話告訴大夫人，梅舒延下落不明，再繼續查。

大夫人盼了一日夜消息，聽聞後差點兒昏過去，屋漏偏逢連夜雨，她想著還不如不讓梅舒延回京奔喪。出了這事，若把命搭進去，她……一時間也亂了分寸，梅大少奶奶更是哭的不行。

在梅府亂作一團時，梅老夫人醒了過來，早先傷心至極，昏迷了兩日後，梅老夫人似乎接受了梅老爺子的死，看開了。聽聞梅舒延回京奔孝至今音訊無蹤，她比別人鎮定：「延兒是他祖父一手帶大的，你們要相信他的本事，若非如此，他也不會被太子殿下派去治理兆原縣。如今就算音訊全無，也不見得人真出了事兒，太子殿下既然派人在查，都給我穩住。」

大夫人和大少奶奶以及一眾人等這才定了神。

又過了一日，梅舒延依舊沒有消息，這一日，到了趙宰輔發喪之日。

趙宰輔發喪，是擇好的吉日吉時，趙家的宗族墓地在城外二十里地的西山。趙宰輔為官三十多年，有不少人都是他的門生故舊，尤其是太子殿下說了要親送趙宰輔一程，以示對有功之臣敬別，所以，官員中有不少人也都前往送行。

天亮趙府便準備了起來，巳時才出了門，午時後出了城，徒步走二十里，到西山時，已是未時三刻，正好是吉時，下葬等諸事妥當後，已是申時二刻。

回城便輕鬆多了，可以騎馬坐車。

雲遲本預料有人會趁著趙宰輔發喪發難，但沒想到一日下來，動靜全無。

回到東宮，安書離也正在疑惑，他本來與雲遲想的一般無二，趙宰輔發喪，是個機會，可是，一日下來，都無動靜，難道是他們二人都料錯了？

雲遲看著天色漸黑下來，想了想，對安書離道：「再等等，這一日，也不算過去。」

安書離心神一凜：「不錯，這一日到現在還不算過去。難道是等著所有人都疲憊不堪精力不濟時，再出手？那麼，這個夜晚，還真是比白日動手好。」

二人達成一致後，便等著動靜。

深夜時分，雲影稟告：「殿下，收到消息，梅舒延回京了，不過是一路被人追殺，他如今身邊只剩零星幾人護衛，似是受了重傷。」

雲遲面色一寒，當即吩咐：「立即派人去接應他。」

雲影應是。

「來了！」安書離道。

「不錯！」雲遲點頭。

二人話落，不過片刻，京城內外四周響起無數響聲。

雲遲推開書房的門，仰頭看向半空，無數信號彈炸開，似乎整個京城內外在這一時間都亂了起來。雲遲第一時間道：「書離，你守東宮，看好武威侯，護好敬國公，本宮去皇宮守父皇和皇祖母，雖已安排好了，本宮仍是不放心。」

安書離頷首，雖一切都準備妥當，只等著今日夜，但敵暗我明，雲遲身上又有傷，他仍有些不放心：「殿下小心！」

雲遲披上披風，又道：「梅舒延被救回來，一定會先帶來東宮，讓天不絕給他治傷。不說他是本宮表兄，就是他的才能，既然活著回了京，到了京城地界，就萬不能再讓他有失。」

「殿下放心！」安書離點頭。

雲遲出了東宮，帶著十二雲衛去了皇宮。

他離開時，東宮尚無動靜，他前腳剛走，便有大批黑衣人闖進了東宮。安書離帶著東宮護衛與他自己的護衛，與黑衣人打了起來。

皇宮、各大府邸，同一時間同樣有黑衣人潛入，而鳳娘早就帶著人守株待兔。

雲遲走到半路，也遇到了大批的黑衣殺手。

十二雲衛自小跟隨雲遲，明刀暗箭本就見過不少，如此狠辣詭異的殺招，還是第一次見到。

一時間，喊殺聲、血腥味，彌漫整個京城。

這是自當今皇上登基之前有過一次大規模奪嫡之爭後，第二次，京城大規模地亂了起來。

雲遲坐在馬車裡，並未露面，對十二雲衛下命令：「留個活口，留不到，都殺了也行。」

雲影應是。

但他沒想到，殺了一波，還來一波，雲遲的馬車沒走到宮門，便遇到了三波殺手。

雲影終於明白，殿下本來已將皇宮布置妥當，如今去皇宮，怕就是為了以身吸引殺手前來，將殺手都引到他身上才是最主要目的。

十二雲衛漸漸有人受傷，在殺了第三波殺手後，又來了大批黑衣人。

這大批黑衣人的殺氣，與早先三波殺手相同卻又不同，但這氣息，雲遲卻是最熟悉不過。

他面色微變，一把挑開了車簾，看著圍住馬車的數百殺手，他眉峰如利劍：「本宮不知，何時太祖暗衛也被人收買了？」

十二雲衛這時也覺得膽寒起來，怪不得太子妃失蹤，太祖暗衛也不見了，原來，這些人早就都被收買了！什麼人能收買了太祖暗衛？

雲影在幾百人裡，沒有看到雲暗的影子，暗想著難道有人代替了雲暗？太祖暗衛才謀反了？其中一人見了雲遲，大笑起來：「在太子殿下沒出生時，太祖暗衛就不再是太祖暗衛了！」

雲遲眯了眯眼睛：「你是何人？雲暗呢？」

「他？」那人又大笑，「死了！」話落，對雲遲道，「念在太子殿下今日死在這裡，我就告訴你我的名字，在下雲幻，也叫蘇幻。」

「哦，原來是武威侯府的人，潛入了太祖暗衛，如今，將太祖暗衛策反，據為己有了。」

「太子殿下聰明，可惜，這麼聰明的太子殿下，今日這通往皇宮的路，便是你的葬身之地黃泉路。」雲幻眼中迸發出殺氣，揮手一聲令下，「殺了他，主子重重有賞！」

數百人蜂擁而上。

就在同時，雲遲揚手，袖中一物直飛天際，在高空中炸開，是璀璨的鳳凰花的模樣，十分絢麗。

雲幻一怔，但還是帶著人拔劍上前，怒喝：「速戰速決！」

黑衣人應是，齊刷刷無數寒氣森森的寶劍對著以雲遲為中心的十二雲衛砍。須臾之間，如地獄魔鬼，彷彿要將雲遲連帶十二雲衛都吞下腹中。

雲遲引來的人，這四波殺手，前三波以車輪戰，這一波才是真正的殺人之鬼。太祖暗衛反叛，這是南楚皇室的悲哀。

雲遲的劍，就是在揚袖放出信號後出的，鮮少有人看見過雲遲出劍，但凡危及性命，讓雲遲出劍的人，都已死了。

就比如，南疆蠱王宮第八層地下看守蠱王的那個暗人之王，雲遲的劍將他一片片削了。

所以，在他出劍後，清喝一聲：「都退開！」

雲影一揮手，還沒看清雲遲怎麼動作，只見眼前寶劍的寒光劃出一道刺眼的弧度，黑衣人瞬間倒下二三十人，皆是一劍斃命。

雲遲一招，殺了二三十一等一暗衛，震驚了雲幻。

雲幻雖然一直在太祖暗衛中知道雲遲的厲害，世人傳太子雲遲，文武登峰造極，但雲幻覺得，也許因為雲遲的身分，很多人才對他大誇其誇。

今日，他親眼見到了雲遲出手，才知道自己錯了。

世間劍術好的人，有很多，但這般將劍術使得登峰造極，還真是少之又少，目前為止，他只見過眼前的太子雲遲。

他沒看過統領出劍，倒不知統領是否比得過雲遲。

雲幻本來想以多勝少，如今眼見雲遲一招殺了二三十人，怕是誰也靠近不了他，再往前衝上去殺他，怕是都會如那二三十人一樣在他劍下送命。

他當即喝了一聲：「都退後，放毒箭！」

他喊聲剛落，脖頸上一涼，冰涼的劍刃瞬間刺痛後脖頸的皮膚，他渾身血液陡然凝固，腳底下冒出森寒的涼氣，直達心口，讓他倒吸了一口冷氣。

正月末的風，比數九寒冬還要嚴寒。

雲幻沒看到雲遲怎麼出現在他身邊的，他是被圍在數百暗衛中間，可是，雲遲幾乎瞬間就到了他身邊，讓他連躲避反應都不及，就被他架了劍。

這不止是劍術，武功何其可怕？

雲遲面無表情地看著他，眸光同時掃了一圈被驚住的數百暗衛，語氣清冷涼薄：「想活？還是想死？」

他開口，數百暗衛本來要遵命放毒箭，此時，都停了手。

雲幻不同於一般的暗衛死士，他是自小混入暗衛死士中，有思想，有謀算，藉著機會，算計了雲暗，策反了太祖暗衛。他要的，可不是一個暗衛頭目，而是前程。武威侯府的前程，蘇家的前程，後樑皇室復國後的前程，只有蘇子折能給他的前程。

他若是現在死了，那就什麼都沒有了。

他咬牙：「想活如何活？想死如何死？」

雲遲笑了一下，明明是光照日月的容色，在這一刻，黑暗裡，火把照耀下，山河傾動，他淡漠地說：「活，我可以放了你，死，現在就殺了你。」

他一開口，雲幻又倒抽了一口冷氣，但心口滋滋冒著的寒氣下，是激動的想要活著的希望和熱血。他手指頭都顫起來，勉強冷靜地說：「你怎麼才能放了我？」

「簡單！告訴本宮，本宮的太子妃在哪裡？」雲遲涼聲問。

雲幻立即說：「不知道。」

雲遲瞇起眼睛：「這個答案，你是想死？」

雲幻不敢搖頭：「太子妃在統領手裡，我也不知統領將她帶去了哪裡？」

「統領是誰？蘇子折？」

雲幻震驚：「你知道蘇子折？」

雲遲冷笑：「是不是他？」

雲幻僵著身子道：「是他。」

「你不知道本宮的太子妃在哪裡，看來本宮留你活命也沒用。」雲遲的劍向前逼近了一寸，劍刃頓時割破了雲幻的後脖頸，刺破了皮膚，鮮血直流。

雲幻驚恐和疼痛以及面臨的鬼門關臨門一腳讓他一下子慌了，他大聲說：「雖然我不知道統領將太子妃帶去了哪裡，但你若是想知道別的，比如蘇子斬的消息，我可以告訴你，但你必須放我一命。」

他清楚，在雲遲的心裡，太子妃花顏，是他的軟肋，但蘇子斬，也是半個。

果然，雲遲劍一頓：「你的消息要有價值，最起碼，抵得過你這一條命的價值。」

雲幻咬牙：「除夕前一日，蘇子斬前往武威侯夫人墓前拜祭，統領得到消息，提前在武威侯夫人墳頭的枯草上放了攝魂香，迷暈了蘇子斬，將他扔進了松峰山的牽夢陣裡，為著是讓他甦醒記憶。」

「牽夢陣如何能讓他甦醒記憶？」雲遲沉聲問。

雲幻憋著氣說：「是後樑傳承的古陣法，以人心血為陣，再輔助以蠱毒靈幻之術布陣。甦醒記憶則生，不甦醒則死。」

「那他是甦醒了？還是死了？」

「破陣甦醒了！」

「哦？」雲遲看著他，「如今他在哪裡？」

「下落不明！」雲幻咬牙道，「我得到的消息就是這樣，蘇子斬沒被牽夢陣困住身死，反而破了牽夢陣，帶著人不知所終了。」

「南疆王和葉香茗被抓走，就是為了布置牽夢陣？」雲遲瞳孔縮了縮。

「不錯！南疆蠱毒已被你滅絕十之八九，在這世上，存者不足萬一，唯南疆王和葉香茗的血，才能代替蠱毒布置成牽夢陣。」

雲遲抿唇。

「我都告訴你了，你該放了我吧！蘇子斬的消息，值得換我一命。」雲幻說完，怕雲遲不放了他，「堂堂太子，難道說話不算話？」

「本宮說話自然算話！說放你一命，自然放你一命。」雲遲說著，手中的劍卻沒鬆開，依舊放在他後脖頸上。

「那你如今什麼意思？」雲幻忍著怒意問。

雲遲不語，目光看向黑漆漆的前方。

雲幻的心提了起來，他不會忘記早先雲遲脫手而出的信號彈，他不知道雲遲在等什麼，但知道雲遲一定不是如他小看的一般，他低估了雲遲，也許統領也低估了雲遲，他手裡一定有最厲害的底牌，怕是比十二雲衛要厲害的存在。

果然，他想法剛落，四周黑壓壓地出現了數百人，他們幾乎與黑夜融為一體，對比他帶著的太祖暗衛，才更像是從地底下走出來的人。

雲幻看著這批人，面色又驚又駭，從氣息上，他就知道，他帶的這些人不是對手，他立即問：

「他們是什麼人?」

他自小待在太祖暗衛裡，卻竟然也不知道雲遲還有這樣的底牌。

「你可以走了!本宮說過不殺你一人，但他們的命得留下。身為太祖暗衛，背叛南楚皇室，一次不忠，百次不用。本宮今日，就要了他們的命。」雲遲說著，撤回了架著雲幻的劍。

雲幻渾身血液都能動了，腦中轉的是，他就這麼走了?這些他好不容易策反的人都讓雲遲殺了?他能不能再反抗一下?

「怎麼?反悔了?不想走了?」雲遲揚眉，「也想留下你的命來?」

雲幻猛地一咬牙，如今形勢不如人，已容不得他反悔，他狠狠心，先自己活命要緊，這些人，既然都殺不了雲遲，不要也罷。於是，他當即轉身，消失在了夜色中。

雲遲既然放了他，自然無人攔阻他。

數百已背叛的太祖暗衛齊齊駭然，握緊了手中的劍。

雲遲背轉過身，冷冽寒涼地吩咐:「鳳凰衛聽令!這些人都殺了，一個不留!以他們的血，祭太祖暗衛消亡。」

「是!」

雲遲一聲令下，鳳凰衛頃刻出劍，霎時，烏雲蔽日，血腥彌漫，死神降臨。

雲遲上了馬車，落下簾幕，不再對外看一眼。

半個時辰後，這一處，橫陳了數百屍體。

鳳凰衛收了劍，恭敬而立，其中一人開口:「主子，已全部絞殺。」

「好，退了吧!」雲遲嗓音淡淡，「給本宮查蘇子斬的下落。」

「是！」

鳳凰衛如來時一般，悄無聲息地融入了黑夜中。

雲遲靠著車壁，散漫地想著，她不讓他找她，沒讓他不准找蘇子斬吧？也許，找到了蘇子斬，也就找到了她。

無論如何，不管她會不會真扔下他不要，就此消失，他也絕不准許。

雲影壓低聲音問：「殿下，可還去皇宮？」

「去！看看父皇和皇祖母可無恙。」雲遲吩咐。

雲影應是。

第一百四十章　耗盡靈力為救人

這一次，通往皇宮的路再無阻攔，馬車很快來到了皇宮，宮門守衛見到太子車駕，立即開了宮門。有一人稟告：「殿下，皇宮進了大批賊人，如今還未平亂。」

「父皇和皇祖母可安然？」雲遲詢問。

「皇上和殿下安好，帝政殿重重守衛，沒被人闖進去。」

「那就好！」

馬車駛進皇宮，果然依舊有刀劍砍殺的聲音，雲遲吩咐：「雲影，你帶著人去，速戰速決。」

「是！」

雲影立即帶著人去了。

雲遲的馬車還沒走到帝政殿，皇宮內的打殺聲便停了，安靜下來。

來到帝政殿，雲遲還沒下車，雲影低聲稟告：「皇宮來的這批人亦十分厲害，是花家暗衛。不過，屬下去時，已解決完了，沒用屬下出手，花灼公子進京了。」

花灼進京了?!雲遲聞言一怔。

按理說，飛鷹傳書剛送去臨安沒兩日，花灼哪怕是騎最快的馬，也到不了京城，除非他在沒收到他書信時，便已經動身來京城了。

他下了馬車，掃了一圈，沉聲問：「他人呢？」

「累了，在摘月臺的牆根下歇著呢。」雲影向摘月臺方向看了一眼，「花灼公子似進京後，就先來皇宮了，被他收拾的這批花家暗衛數百人，都十分厲害，若非他親自進宮，趕在了這批人動手時，恐怕如今皇上和太后也不見得能相安無事，帝政殿的守衛雖重，但也不及這批人。」

雲遲「嗯」了一聲，看了一眼重兵守衛的帝政殿，寂然沒動靜，的確一隻蒼蠅都沒放進去，「我去見他。」

雲影側身，讓開了路。

雲遲理了理衣袍袖角，緩步走向摘月臺。

皇宮裡到處都彌漫著濃郁的血腥味，或者說，整個京城如今都彌漫著血腥味。

雲遲來到摘月臺，果然見花灼靠著摘月臺的廊柱，一臉累慘了的疲憊，黑色錦袍皺皺巴巴，滿身滿臉灰塵邋遢，他似乎也無所謂，就那麼靠在那裡。

他的身邊站著安十六和安十七。

見雲遲來了，安十六和安十七連忙見禮：「太子殿下！」

雲遲點點頭，目光落在花灼身上，誠懇地一拜：「多謝大舅兄幫本宮解了皇宮之危。」

花灼抬起眼皮瞅了雲遲一眼，見他臉色蒼白，氣息虛弱，皺著眉：「你堂堂太子，對我拜什麼？我如今沒力氣起來與你回拜，本是我花家暗衛出了問題，用不到你謝。你這是受了內傷？」

雲遲直起身：「你本可不用理會辛苦，畢竟這批人，既已反叛，又被你掃地出門，已經算不得是花家的暗線了。可你還是來了京城親自處理，本宮自然也當謝大舅兄辛苦來京。」

「行，謝就謝吧！一會兒回你的東宮，給我兩壇好酒。」花灼無力地說。

「好說，別說兩壇，十壇也有。」

「有醉紅顏嗎？」

雲遲一頓。

花灼懶懶散散地盯著他看，這話語說的隨意，風輕雲淡，似乎只當這世間難求的好酒一般，不甚在意釀酒的人是誰。

雲遲垂眸，淺淡地說：「有，我與花顏大婚之日，子斬送了百壇醉紅顏，怕宴請賓客都喝了，新娘子喝不到，特意囑咐福伯給她留了十壇，但不久後她就懷有身孕了，是以，一直沒喝，還留在酒窖裡。」

花灼拍拍衣袖，費力地站起身，面對雲遲：「既然有，就喝醉紅顏！」

「行！」

花灼倏地一笑，手放在雲遲的肩膀上，懶洋洋地說：「妹婿啊！帶我去見見親家唄！」

雲遲也跟著彎了一下嘴角：「皇祖母若是見到大舅兄，一定很高興。」

「那走吧！」花灼撤回手，「我這副模樣，太后不會嫌棄我吧？」

「今日大舅兄救了皇祖母，皇祖母豈會嫌棄你？天家人也是知恩的。」雲遲抬步引路。

花灼吸了吸鼻子：「滿城的血腥味，難聞死了。」

雲遲腳步一頓：「雲影，你帶著人去，速戰速決。」

「是！」

花灼回頭瞅了一眼，吩咐：「十六、十七，帶著人去幫忙。」

「是！」

轉眼間，身邊人被分派走，只剩下了雲遲和花灼二人，二人不再說話，並排走著，清淺的腳步聲，響徹在寂靜宮牆的夜裡。

不多時，二人來到了帝政殿。

守衛對雲遲見禮：「太子殿下，太后剛剛還問起您了，很是擔心您的安危。」

雲遲「嗯」了一聲，帶著花灼進了帝政殿。

帝政殿一派安靜，殿門口的臺階上站了兩個人影，正是太后和周嬤嬤，不知等了多久了，見到雲遲，太后大喜，快步走下臺階：「遲兒，你可還好？」

說著，上上下下打量他。

雲遲上前一步，扶住太后，蹙眉：「皇祖母，您怎麼出來了？該在殿內等著，夜風涼寒，仔細染了風寒。」

太后見他完好，鬆了一口氣：「哀家聽說不止皇宮進了賊人，整個京城都亂起來了。哀家擔心，知你已進宮，怎麼待得住？」她看到了雲遲身邊的人，一愣，疑惑地問，「這位是？」

花灼拱手見禮：「在下臨安花灼，拜見太后。」

太后眼睛一亮，鬆開了雲遲，瞧著花灼：「原來你就是花灼，顏丫頭的哥哥？你怎麼進京了？什麼時候進京的？快免禮。」

花灼直起身，笑道：「剛剛進京。」

太后還要再問，雲遲攔住她的話：「皇祖母，咱們先進去說。幸虧大舅兄今夜進京，在孫兒被人纏住時，平了宮裡的動亂，否則，孫兒沒進宮前，怕是您和父皇難得安穩。」

太后「哎呦」了一聲，「好好，進去說。」

周嬤嬤打起簾子，三人進了大殿，自從皇上昏迷不醒，太后就一直待在帝政殿沒回甯和宮，住在了距離皇上內殿最近的一間暖閣裡。

「皇上也一直想見你，如今昏迷著，你也請個安吧！咱們就在他的內殿說話，他想必也聽得見，就是醒不來。」太后道。

花灼沒意見，點了點頭。

三人進了內殿，皇帝躺在床上，昏迷不醒些時日，人消瘦的不行，他本就身子骨不好，如今幾乎可以用骨瘦如柴形容了。

花灼上前，對著床上躺的皇帝看了看，拱手見了禮，然後坐下身，與太后、雲遲說話。

屋中夜明珠蒙了一層薄紗，不刺眼的亮，但也不因為夜色濃郁而昏暗，太后雖眼神不好，但還是能比院外更清晰地看清花灼，連聲誇讚了好幾聲花灼好品貌。

太后又問了花顏下落，花灼搖頭，太后試探地問：「花家可還傳承著占卜術？你也不能卜算出顏丫頭在哪裡嗎？還有她腹中的胎兒，好不好？是吉還是凶？」

花灼歎了口氣：「妹妹的命格特殊，與帝星國運牽扯，卜算不出來。」

太后也歎了口氣：「這可怎生是好？」

雲遲站起身：「皇祖母年歲大了，別操心這些事兒了，已三更了，早些歇著吧！我帶大舅兄回東宮歇著，他一路奔波而來，也累得很了，改日大舅兄歇過來，再與皇祖母說話。」

太后這才發現花灼一身風塵僕僕衣袍盡是褶皺臉色疲憊，但因他氣質斐然，所以讓人忽視了他此時狀況，她當即點頭：「好，你們快去歇著吧！」

二人出了帝政殿，雲遲又對皇宮安排了一番，帶著花灼離開了皇宮。

這時，京城已安靜下來，街道上，京城府衙三司的人馬正在清洗處理屍體，血腥味還未消散。

五皇子見到雲遲的馬車，臉色發白地上前對雲遲見禮：「四哥！你還好吧？」

雲遲挑開車簾，看了他一眼，點點頭，落在他肩膀，對他問：「受傷了？」

五皇子搖頭：「沾染到別人的血跡，幸好鳳娘帶著人救了我，差點兒再也見不到四哥。」

這是他出生以來，第一次見到的京城大規模的動亂和殺戮，那些人，不知從哪裡冒出來的，就在同一刻，闖入了京城各大府邸，也進了三司京都府，雖早就做好的防備，但也沒想到攻勢這麼不要命。

他覺得死裡逃生一回，至今仍是心有餘悸。

「沒事就好。」雲遲溫聲道，「今夜之事過去了，京城短時間內就安平了，明日之後，你也歇歇。」

五皇子點頭，隱約看到雲遲馬車內有一個人：「四哥車內還有人？」

雲遲回頭看了一眼，見花灼閉著眼睛已睡著，他道：「是我大舅兄，他今日累乏了，明日你再見他說話吧！」

五皇子恍然，這才知道花灼進京了，點點頭。

馬車回到東宮，進了宮門，福管家白著臉說：「殿下，您還好吧？書離公子為救國公爺，中了毒，正由天不絕醫治。」

雲遲立即問：「可是劇毒？可有解？」

「據說是前朝失傳的一步殺，很是難解，幸虧神醫醫術高絕，暫且壓制住了。幸虧這毒中在書離公子身上，書離公子仗著內功高強，及時封了心脈，若是中在國公爺身上，怕是國公爺當場就斃命了。」福管家道，「如今在國公爺住的院子裡呢，沒敢挪動地方。」

「本宮去看看。」雲遲說著，看了一眼花灼，見他已醒來，吩咐道，「福伯，給大舅兄安排院落。」話落，改口，「就讓他住去鳳凰西苑吧！那裡反正早已空了下來。」

福管家看到車內花灼的臉，愣了一會兒，普天之下，讓雲遲稱一聲大舅兄的人，唯陸世子和臨安花灼公子。他恍然見禮：「老奴給公子見禮，公子隨老奴來吧！」

花灼揉揉眉心：「不急，我對書離公子也好奇的很，先隨妹婿去看看他。」

雲遲沒意見，下了馬車，福管家引路，二人一起去了敬國公住的院落。

花家暗線十之二叛亂，與太祖暗衛被策反，一起聚集到京城禍亂，這一夜，當真是將京城攪得天翻地覆。東宮、皇宮、以及雲遲身邊，都聚集了十分厲害狠辣殺人如麻的一批人。

幸好，雲遲有鳳凰衛，宮裡有花灼及時趕到，東宮有安書離。至於京中各大府邸的動亂有鳳娘帶著的人以及五皇子帶著三司五城兵馬，總算平息了。

但是雲遲沒想到，安書離竟然為救敬國公中了前朝失傳的劇毒一步殺，這一步殺，他隱約從古籍上看到過，沾毒後一步也不能挪動，否則，沾上即死。

若是安書離出事兒，安陽王妃一定會瘋了。

二人來到敬國公住的院落，府中的人正向外抬屍體。

福管家低聲稟告：「闖進來的人有數百人之眾，分別去了侯爺住的院落和國公爺住的院落。書離公子是命自己的親衛都去了侯爺住的院落，怕人將之劫走，自己帶著人守在國公爺的院落。老奴和府中的下人們，聽了書離公子的吩咐，一直都沒敢出屋，貓著了。」

雲遲點頭。

福管家又道：「梅府大公子被救回來了，奄奄一息，也幸好神醫的醫術高絕，如今給他吊著命呢，說他若是三日內醒過來，人就活了，若是醒不過來，人估計就完了。」

雲遲又點頭。

福管家又想了想：「書離公子的親衛折了一半，暗衛也折了不少，大約有上百人，東宮的護衛折的少些，但也有數十人。這些人太厲害了，若非十六公子和十七公子回來，怕是還要折的更多。」

「他們人呢？」雲遲問。

「抓了兩個活口，去審問了。」

雲遲頷首。

福管家覺得該稟告的都稟告了，便不再多言了。

說話間，來到了門口，雲遲當先走了進去，花灼跟了進去。

屋內，敬國公和天不絕坐著，安書離躺在床上，印堂發黑，臉色朱紫，嘴唇青紫，一看就是中了劇毒，且毒素沒解。

雲遲看了一眼，薄唇抿成一線。

敬國公臉色蒼白，悔恨不已：「都怪老臣，書離公子若非為了保護老臣救老臣，也不至於中了這樣的毒。老臣一把年紀，死就死了，可是他這麼年輕有才……」

說著，敬國公竟然落下淚來，他是個糙漢子，從沒想過欠了人家救命之恩。

雲遲溫聲說：「書離心善，既然留在東宮保護義父，自然不遺餘力，義父別自責了。」話落，看向天不絕：「真沒辦法？」

天不絕歎氣，一臉的疲憊神色，眼皮都快抬不起來了，坐在椅子上，如今連給雲遲見禮都沒力氣了，看到了花灼，也只是有氣無力地掃了一眼，幾乎半個身子都趴在桌子上，這麼些日子，他救了這個救那個，沒片刻喘息，快熬不住了：「沒辦法，他中的是一步殺，是前朝最厲害的毒藥，無解。幸好他自己及時封住了心脈，否則，我連個施針施救的機會都沒有。」

雲遲蹙眉：「按理說，書離武功不比本宮差，怎麼會沒躲開這毒？」

敬國公立即說：「怪我非要幫忙，反而添亂，那些人，殺人如麻，武功詭異狠辣至極，若非有我拖累，也不至於讓他為我擋了一劍。」

雲遲也注意到了安書離的袖口，劍痕雖不深，淺淺一小道，但因為是一步殺劇毒，沾染不得，才導致致命。

他轉向進來一直沒說話的花灼，對敬國公介紹：「這是本宮的大舅兄。」

敬國公這才看到了人，抹了一把老淚，看向花灼。

花灼拱手：「臨安花灼，見過國公爺，多謝您在京城對妹妹的照拂。」

敬國公連忙擺手，也顧不得讚揚花灼品貌人才：「老臣無能，沒照拂太子妃什麼，萬萬當不得花灼公子的謝。」

花灼笑了笑，當謝不當謝，自然不是嘴上說說的，他也不與敬國公爭執這個，轉頭對天不絕問：「他的毒，你能保幾日性命？」

天不絕立即說：「最多一日。」

「行，一日夠了，讓我歇歇，我來給他解毒。」花灼說完，指指茶盞，「給我倒盞茶，渴死了。」

天不絕突然精神了，對他問：「你怎麼解這一步殺？」

花灼不說話，坐在了桌子前。

小忠子立即從門口跑進來，快速地給花灼倒了一盞茶，又給雲遲倒了一盞茶。

花灼真渴了，端起來也不管熱不熱，一飲而盡，之後對上雲遲也看過來的視線說：「雲族的起死回生之術，人死了，都能讓之活過來，更何況，如今這還有一口氣保著命呢，驅除毒素，也是能做到的。」

「對啊！你來的太及時了。」天不絕一拍大腿，「可是，還有一個梅舒延呢，如今也吊著一口氣，他沒有書離公子武功深厚，我懷疑他挺不過來會一命嗚呼。」

「那就一起救了。」花灼漫不經心。

天不絕收了精神勁兒，皺眉：「救兩個人，你能受的住嗎？」

「大約是天罰雲族術法，這種傳承存在，一旦用到，打破的就是平衡。自從雲族從雲山搬出去，融入塵世，沾染了人氣，也沾染了恩怨糾葛，所以，一代代傳承下來，越來越微薄，妄圖以術法打破世間尋常規律者，都要受罰，長此以往，雲族術法早晚要絕跡於這世間。就如祖父，如妹妹，如今還剩下個我。不過為了救人，也沒什麼捨不得的，雲族術法是上天厚愛，回報上天善德，也是應該。至於救兩個人，我還是有這個能力的。」花灼神色淡淡。

天不絕沒了話，看向雲遲。

雲遲沉默片刻，事關兩條人命，自然不能見死不救。他對花灼深深一禮：「多謝大舅兄！」

「謝什麼？中善因，積善果，不見得上天就不給雲族的傳承留一線生機。」花灼擺手，「我趕上了，便是他們命不該絕。」話落，又似笑非笑地看著他，「你若是要謝，我妹妹還願意跟著你做你的太子妃，那你就好好待她，既往不咎。若是她不願意不回來不想再做你的太子妃了，你不如放過她，如何？」

雲遲眼底忽地一片死水深潭，嗓音瞬間暗啞：「你覺得，她會放棄本宮嗎？」

花灼搖頭：「我怎麼知道！」

雲遲神色一黯，低垂下眼，呢喃：「本宮也不知道，不敢對自己太自信。」

畢竟，那個人是蘇子斬！是誰都好，偏偏是蘇子斬！

花灼瞧著他，暗想著自己收到安十六傳書花家十之二暗衛湧向京城，立馬動身來救京城，彼時，他想著，因是花家惹的亂子，自然該由花家來收場，但如今見了雲遲，方才覺得，這樣的雲遲，他見了，都不忍看沒眼看，若是花顏見了，怕是會心疼死，他來這一趟，算是來對了。

這樣的人，明明是太子之尊，站於雲端，卻將自己對花顏的感情低到塵埃，也難怪花顏會愛上他，既然愛上了，又怎麼能是說放下就放下，說丟棄就丟棄的？

以他對花顏的瞭解，那麼重情的一個人，做不出來。

他早先怕是想的簡單了。

花灼想著，站起身，重重地拍了雲遲肩膀一下：「行了，你厲害。」話落，道，「誰都別打擾我，我睡一日，醒來給你將他們的命救回來。」說完，又看向敬國公，「至於國公爺的噬心蠱，既然沒發作，想必還能挺些日子，屆時再想法子保命就是了。」

敬國公立即說：「老臣一條命，不值錢，不救也罷，只要書離公子好了，老臣死不足惜，多謝花灼公子，你救了他，就是救了老臣了。」

花灼笑了笑：「國公爺可不能這樣想，好人的命，還是活著的好。壞人，還是死了的好。」說完，他抬步出了房門。

福管家見他出來，連忙領路帶著他前往鳳凰西苑，一邊走，一邊說：「太子妃沒大婚前，入京時，就住在鳳凰西苑。本來西苑就是皇后給太子妃建造的住處，但大婚後，殿下捨不得與太子妃分院，所以，就將西苑棄了，殿下與太子妃一直住在東苑。」

花灼點頭：「若是孩子出生，可以住在西苑。」

福管家立即說：「若是小殿下出生……」他實在不敢想小殿下是否還好好的在太子妃肚子裡揣著，但也不想說不好，「太子妃一定捨不得與小殿下分開的，她特別喜歡小殿下。」

花灼笑了一下：「可不是嗎？她最喜歡小孩子了！我家也有一個，以後，不如也送來給她作伴，讓她一塊看著，我倒省心了。」

花灼進了鳳凰西苑沐浴更衣後歇下，福管家回到敬國公的院子給雲遲回話。

福管家心情頗為激動，將路上花灼與他說的話與雲遲重複了一遍。

雲遲聽了一怔。

福管家幾乎要哭了：「花灼公子既然這樣說，小殿下是不是如今還好好的？」

敬國公也聽明白了，插話說：「那自然是好好的。」

「嗯，好著呢！」天不絕也點頭。

他們誰都不願意相信花顏肚子裡的孩子不在了，都想著一定是在的，如今好好的在花顏的肚子裡揣著呢。

小忠子也要哭了：「花灼公子會卜算之術，他這樣說，小殿下一定平安著。」

幾人你一言我一語，話落都看向雲遲。

雲遲回過神，笑了一下，沒說什麼，只對敬國公說：「義父歇著吧！本宮命人去國公府給你報個平安，免得義母擔心。」說完，便出了房門。

雲遲從屋中出來，寒冷的風一吹，他頭腦清醒了些，涼聲吩咐：「小忠子，傳本宮命令，今日一晚，將所有地方的屍體血汙都清除乾淨，明日一早百姓起來，務必不能讓見到一絲汙穢。」

「是，殿下！」小忠子應聲。

天不絕這時從裡屋追出來：「太子殿下，老夫還是給你請個脈吧！方才見你，傷勢似乎又加重了？你動用內力了？」

雲遲「嗯」了一聲，將手遞給他。

房檐掛著羊角燈，天不絕就著燈光給雲遲把脈，又觀察他面色，片刻後，放下手：「藥方子要改一改，殿下稍等。」

雲遲點頭。

天不絕回了裡屋，不多時，便開了一張藥方子拿了出來，遞給小忠子。

小忠子伸手接過，對天不絕道謝，天不絕擺擺手，雖累的很，也不敢回去歇著，生怕安書離突然毒發，乾脆就躺在了屋中的腳踏下，親自守著，當然屋中也留了安書離的親衛，一旦有事兒，可以立即喊醒他。

敬國公也是一樣的想法，同樣守著安書離，生怕他等不了一日花灼施救。

今夜動亂，京中受波及的地方太多，所以，如今平了動亂後，不少人都連夜來東宮稟示雲遲，因此，雲遲自然不得歇著，連夜在書房中見了一波又一波的人。

直到天亮，東宮的宮門才漸漸安靜下來。

梅舒毓也派人送來了消息，昨夜京麓兵馬大營果然有人造反，大約萬人之眾，不過幸好早有防備，鎮壓了下來，為首七人，被他以軍法處置當即就殺了，沒留活口，恐怕不殺鎮不住所有人，之後，死了五千多人，剩下五千多人，都被拿下了，請雲遲示下，這五千人該如何處置。

雲遲命一名東宮幕僚帶著他的旨意前去，將這些人開除軍籍，永不錄用，其家眷發配千里。這懲罰不輕，但也算不得重，謀反之亂，總歸是留了這些人的性命。

這一夜之間，京中無數人看到了太子的果決殺伐，也看到了太子的仁善。

清晨，一縷陽光升起，投進書房，罩在雲遲疲憊的臉上，他迎著陽光，瞇了瞇眼，對小忠子吩咐：「藥呢？」

小忠子驚訝地睜大眼睛，這還是太子殿下第一回主動喝藥，他立即說：「殿下，您先用早膳，再喝藥，早膳都已準備好了，奴才這就去吩咐廚房端來。」

雲遲「嗯」了一聲。

小忠子立即去了。

用過早膳，喝了藥，雲遲熬了一夜，也受不住了，便不用小忠子勸說，主動回了鳳凰東苑歇著了。

小忠子瞧瞧東方的日頭，想著這太陽也沒打西邊出來啊！殿下這是怎麼想開了？難道是因為花灼公子來了，昨日又說了那般話，殿下心情好？

京城的百姓早早起來，街道、房舍、屋脊，任何地方，都已看不到昨夜腥風血雨的血跡，雖然昨夜不少人都聽到了動靜，隱約猜測京城出了亂子，但今日見了天光，見京城一如既往，茶樓酒肆照常營業，也無人說起昨夜之事，也就無人探究了。

梅府的人收到梅舒延回京的消息，梅大夫人、大少奶奶一早來東宮看望，福管家領著二人進了梅舒延安置的院子，當二人看到床上奄奄一息吊著一口氣的梅舒延，都哭的不能自己。

福管家告訴二人，花灼公子昨夜進京了，有辦法救大公子，二人又喜極而泣。

因梅府還擱著梅老爺子的靈堂，府中一堆事宜要做，況且梅舒延在東宮既然有人救，二人也就放了心，所以，梅大夫人和梅大少奶奶看過之後，還是沒留下來，將帶著的人留了兩個侍候梅舒延，便一同回府理事兒了。

花灼睡了整整一日，醒來時，神清氣爽。

這一日，無論是安書離，還是梅舒延，都十分安穩，天不絕也跟著睡了個安穩覺，人也多了幾分精神，見花灼醒來，對他詢問：「需要準備什麼？」

花灼漫不經心地說：「準備？將你的好藥給我準備點兒，估計接下來我要在東宮養傷了。」

天不絕點頭又低聲問：「昨日你與福管家說的話是什麼意思？你家也有個？夏緣有孕了？」

「你倒是聰明。」花灼彎了嘴角，「也有一個半月了。」

天不絕「哎呦」了一聲，「那你可得給我惜命點兒，我聽十七說，四百年前花家先祖父為了救懷玉帝，最後搭進了自己的命，你這一次救兩個人，可不要搭了命，否則花家誰來承繼？別以為後繼有人了，萬一是個女兒家呢？」

花灼笑看了他一眼：「你在東宮待著，倒是比以前強多了，以前眼裡只有醫術，哪裡會想這些事兒？看來東宮是個有人情味的地方。」

天不絕默了默，誠然說：「太子殿下的確不錯，待顏丫頭的好，我這個老頭子每日見了反正挑剔不出什麼來。」

花灼見他一臉擔心，拍拍他肩膀：「放心吧！我還沒給她個大婚之禮，不敢死，否則她那個愛哭包，還不得哭死？」

「你明白就好。」天不絕住了嘴。

花灼救人，不需要人在身邊，將梅舒延移到安書離的房間，讓二人並排躺下，然後，便將人都轟了出去，包括天不絕。

屋子內落下簾幕，昏暗的很，從外面透不進一絲光。

雲遲也不放心，歇了一日後，人也有了幾分精神，過來時，見花灼正在往外趕人，他也要說些什麼，花灼毫不客氣地將他也趕了出去，意思是，他這副弱不禁風的樣子，不需要他幫忙，歇著吧！

雲遲便坐在外間等著。

安書離受傷的消息東宮雖捂的嚴實，但安書離的親衛有幾名是安陽王妃在他小時候撥給他的，自然瞞不住安陽王妃。所以，安陽王妃擔心兒子，幾番拷問後，終於問出了如今安書離的情況，立即與安陽王匆匆地來到了東宮。

二人拜見雲遲後，敬國公對安陽王和王妃行了個致歉大禮，說明安書離是為了救他。

安陽王妃眼淚雖在眼圈裡轉，但她倒不是個胡攪蠻纏的人，只說：「這孩子寧可捨命也要救國公爺，那必是有他的道理。若是花灼公子真能救了他，就是我們安陽王府的恩人。」

三人一番話落，便都與雲遲一起等著結果。

這一等，便等到深夜。裡面無聲無息的，聽不見什麼動靜，眾人雖知道花灼救人，定沒那麼容易，但也是等的既擔心又心焦。

福管家吩咐廚房送來夜宵，也沒人有心思用。

五更時分，裡面終於有了動靜，花灼啞著嗓子有氣無力地喊人：「天不絕！」

天不絕騰地站了起來，嘴裡連忙回話：「可需要我幫忙？」

花灼聲音虛弱：「你給我準備的好藥呢？拿進來。」

天不絕連忙從懷裡掏出一堆瓶瓶罐罐，捧著推開門走了進去。

雲遲也站起身，跟著走了進去。

安陽王和王妃、敬國公等人不知道該不該這時候也跟著衝進去，怕裡面沒完事兒，壞了花灼的事兒，你看我，我看你，到了門口，都沒敢進。

屋內，花灼臉色蒼白，血色盡失，氣息濁重，靠著床榻坐在地上，整個人似被掏空了精血一般，沒半點兒精神勁兒，就連那光風霽月的容色，也萎靡的暗淡無光。

天不絕見了，駭了一跳，幾步奔到了花灼面前，一股腦兒將手裡捧的藥都扔在花灼懷裡，伸手給他把脈：「你怎麼樣？看看這些藥，吃哪個？」

花灼不答話，似乎連抬手的力氣都沒有，任由天不絕給他把脈。

雲遲來到近前，也蹲下身，對他問：「大舅兄，你還好吧？」

「死不了。」花灼看了他一眼，有氣無力，「人都給你救活了。」

雲遲向床上看了一眼，安書離臉上的黑紫色已消失不見，梅舒延面色如常，氣息均勻，二人都安靜地睡著，不必天不絕診脈，他也能看出二人已性命無憂。他收回視線，低聲說：「即便你幫我都救回了人，我也不會答應你對花顏放手的。」

花灼翻了個白眼：「氣我是不是？」

雲遲抿唇一笑，看向天不絕。

天不絕一臉生不如死地說：「可惜我花了多少年在你身上，這一回，真是前功盡棄了，雖性命無憂，但這身子也算是敗的厲害，比當初顏丫頭在北安城好上那麼一點點，以後，每日用好藥養著，索性臨安花家也不缺好藥。」說完，從那一堆瓶瓶罐罐裡挑出四五個來，每一個裡倒出三顆藥，放在手裡就是一捧，遞到花灼嘴邊，「都吃了。」

花灼沒意見，張嘴，將天不絕遞到面前的一捧藥勻了三次，都吞了下去。

雲遲親自倒了一杯水，見他吃藥都沒力氣，乾脆自己將水杯放到他嘴邊喂他。

花灼瞧了雲遲一眼，默然地就著他的手喝了兩口水。

天不絕在一旁對雲遲說：「東宮藥庫房上好的人參都送去了宮裡，因為宮裡的皇上需要人參養著，但他這副身子骨，也需要人參。」

雲遲點頭：「這個不必擔心，本宮命人搜尋就是了。」

安陽王妃此時實在忍不住，衝了進來，一眼見到自己兒子，似乎得救了，心裡歡喜不已，但看著花灼救人後的模樣，十分心悸，感謝的落下淚來，接過話說：「花灼公子大恩，安陽王府怎麼能袖手不管？我府內有上好的人參，我這就讓人都送來東宮。」

安陽王也跟了進來，對花灼大拜：「多謝花灼公子對犬子救命之恩。」

花灼沒力氣起來，虛弱地笑了笑：「王爺、王妃不必謝我，我救他們二人，可是對太子殿下有條件的，不白救，你們若是道謝，謝太子殿下就好了。」

安陽王和安陽王妃一怔，齊齊對看一眼，雖然不明白二人在打什麼啞謎，但兒子得救了是事實，無論是花灼，還是雲遲，都當謝，當即又對雲遲道謝：「謝太子殿下。」

雲遲搖頭：「王爺和王妃不必謝本宮，書離為本宮做事，救了國公之命，既然大舅兄能救他，自然不會見死不救。」話落，也不客氣，「既然王府內有上等人參，那本宮就不必另外搜尋了，倒也省了力氣。」

「不必了，不必了。」安陽王妃立即對外面貼身婢女喊，「荷葉，快去！將府中藥庫房的人參全都拿來東宮，現在就去！」

荷葉立即應是，連忙去了。

敬國公也吩咐：「來人，去我府中，也將藥庫房的人參都取來。」

外面有人應是，也立即去了。

敬國公看著花灼，老淚縱橫：「花灼公子啊！老夫無以為報，定書信一封，告之犬子，讓他記下你這份大恩。」

花灼失笑，虛弱地說：「救了一個人的命，倒是落了好幾個救命之恩。」話落，擺手，「我都說過了，謝太子殿下吧！」

敬國公又對雲遲道謝，心中卻想著，怪不得臨安花家累世千年，子孫繁衍，至今相安無事，行善而不求報，居功而不邀功，這般處事之道，若是一直如此再立世千年也不奇怪。

他這樣想，安陽王和王妃自然也這樣想。

雲遲見花灼雖吃了不少藥，顯然已支撐不住，便吩咐小忠子：「派人抬一頂轎子，送大舅兄回西苑歇著。」話落，又對天不絕說，「你也跟去！」

小忠子應是，立即去命人抬轎子。

天不絕點點頭，對花灼問：「他們什麼時候能醒來？」

「一日後吧！」花灼道，「也許將你的好藥喂兩顆，更早些。」

天不絕上前，伸手給二人把脈，之後，依照花灼所言，擇選了兩瓶藥，喂進了二人嘴裡，說：「書離公子半日後應該就能醒來，梅府大公子大約需要個一兩日。」

安陽王妃心中高興，雖然花灼說不必謝，心裡還是記下了他的大恩。

小忠子命人抬來了轎子，雲遲蹲下身，親自扶了花灼上轎。

花灼小時候不能見光時，常年臥床，偶爾能出一次屋，坐的便是封閉嚴實的轎子，他看到轎子，蹙了蹙眉，但還是任由雲遲扶著他上了轎子。

轎夫抬的穩穩當當，天不絕跟著，一行人送花灼回了鳳凰西苑。

雲遲看著轎子走得沒了影，回轉身對福管家吩咐：「福伯，去梅府傳個信，就說大公子被救回了，不過還昏迷著，現在東宮安養。」

福管家應是，立即命人去了。

荷葉回了安陽王府，很快帶著人拿了十幾盒子上好的人參來了東宮，見過安陽王妃後，立即送去了鳳凰西苑。

敬國公夫人在府中得了話，親自帶著人，同樣帶了十幾盒子上好的人參來了東宮，見到敬國公，並沒有哭，反而笑著罵他：「你這個老東西，你一條老命，不好好自己看顧著，連累孩子們，我都替你羞的慌。」

敬國公也覺得自己該罵，點頭：「夫人罵的對，是我不好，人老了，幫不上忙，真是添亂。」

「你知道就好。」敬國公夫人將東西交給福管家，看了安書離和梅舒延，對雲遲說，「我早就想見見花灼公子，不過如今他還是歇著要緊，我改日再來。」

雲遲微笑：「義母若是住在東宮也可，義父身上的噬心蠱沒解，暫時還是留他在東宮看著妥當。」

敬國公夫人搖頭：「我若是不在府中，怕一幫子奴才亂了套，他在東宮我真沒什麼不放心的，就讓他在這待著吧！若是那什麼噬心蠱救不了，太子殿下也別強求費心，你本就朝事兒一大堆，他這條老命，既然沒用，要不要兩可。」

敬國公在一旁說：「夫人說的對！」

敬國公夫人白了他一眼：「你可真是給我兒子丟人。」說完，不再理敬國公，對雲遲告辭後就走了。

敬國公覺得臉上鼻子都是灰，連聲哀歎。

安陽王妃看著直樂，對敬國公說：「舒欣素來是個明白人，嘴上雖然這般說，但你若是真出事兒，她保准懸梁追了你去。」話落，又說，「若是這樣，陸世子最可憐。」

雲遲笑道：「義父再不可做此等想法，需愛惜性命，義兒為本宮駐守西南境地，若是聽聞你出事兒，還如何能好好替本宮看守西南境地？義父可不是沒用。」

敬國公想想也對，改口道：「一把老骨頭，不能死，那就努力活著好了。」

安陽王妃笑：「你這樣想就對了！也不枉離兒救你一場，又累得花灼公子救他一場。」

敬國公連連點頭。

安陽王和王妃倒也沒久待，知道安書離沒事兒，心中一塊大石落下，便也回了安陽王府。安陽王妃更是琢磨著，再多命人搜尋點兒人參，聽天不絕的意思，花灼公子以後都要靠這個養著了，這東西可不能缺了。

安陽王沒意見，只感歎：「臨安花家的人，就是厲害。」

不止太子妃花顏，公子花灼，都是一樣的厲害人。

安陽王妃收了笑容：「我回府後，每日三炷香，一定求菩薩保佑太子妃好好的，雖然說離兒是為了救敬國公，但這份大恩，無論是對太子殿下，還是花灼公子，我們安陽王府都當記住。」

「嗯。」安陽王點頭，「太子殿下一直想要拔除世家把控朝局的網，肅清天下各大世家把控的官場官風，給寒門有才學子開出一條錦繡路來，讓天下盛世清平，我們安陽王府先自己清理門戶吧！也省了太子殿下的心。」

兒子是東宮的人，安陽王沒失去兒子，比安陽王妃更知道怎麼感謝報效雲遲。

梅大夫人與梅大少奶奶得知梅舒延脫離危險得救了的消息，高興地來了東宮。

見過了梅舒延後，梅大夫人詢問福管家，得知花灼為救梅舒延和安書離，如今身子骨十分不好，需要人參滋補，便想著梅府也有這東西，雖然不及安陽王府和敬國公府收藏的多，但也立即命人送來了東宮。

福管家看著堆了小半個藥庫房的人參鹿茸等好藥，心下也祈禱著，看花灼公子那模樣，實在虛弱的緊，希望這些東西滋補下去，能將他將養好。

雖然他這麼想，但也知道心血耗費過度，沒那麼好養的。

半日後，安書離果然先醒來了，他本以為那一夜命喪於毒藥，卻沒想到，被花灼給救了。他還不曾見過花灼，去年雲遲收復了西南境地轉道臨安，他本也要跟著去臨安瞧瞧，奈何安陽王妃每一日一封書信，硬是將他催回了京。

如今他醒來，周身無任何不適，梳洗了一番後，便去鳳凰西苑謝花灼。

他來到鳳凰西苑，花灼吃了藥喝了一碗人參湯，還在睡著，他自是不好打擾他，便離開去了雲遲的書房。

雲遲在這半日又見了好幾撥朝中官員，大臣們忽然覺得殿下自昨日後，一改頹然之色，又恢復了以往的處事從容，把控朝局，事無巨細，有條不紊，轉眼就將京城安穩的絲毫不亂。

趙宰輔、武威侯、蘇子斬等人的位置如今都空缺，這些位置自然要儘快安排人替補上，不能空太久。朝臣們雖沒幾人知曉武威侯是怎麼回事兒，但也隱約猜到，怕是那些動亂，都與武威侯府脫不開關係。不過既然雲遲不說，不公之於眾，他們自然也不敢胡言亂語。

安書離來時，已快晌午，雲遲見了他，上上下下打量了一眼，淺笑：「不錯，總算沒丟了命，否則本宮怕是也要內疚一輩子。」

安書離笑了笑，揉了揉眉心：「是我大意了，沒想到那批人如此厲害狠辣，倒是沒去劫走武威侯，而是將重心都放在了殺敬國公身上。」

雲遲自也是知道，他將大半親衛都安排去了武威侯所住的院子，雖親自看守敬國公，但也還是人少力薄了，他擺擺手，示意安書離坐下：「大約蘇子折是藉由我父皇知曉我們有辦法克制噬心蠱，所以，乾脆不利用噬心蠱了，而是直接殺了敬國公，至於目的，顯然是為了西南境地的百萬兵馬，讓陸之凌心亂。」

安書離點頭：「看來殿下將亂象都平定了？」

「嗯。」雲遲頷首，「幸好大舅兄來了！有他帶的一批人，幫了本宮，也救了你和梅舒延，真是幫了大忙。」

安書離微笑：「能讓花灼公子出手相助，實屬不易，看來他是認可殿下的。」

雲遲眸光微動，親手給安書離倒了一盞茶，將花灼說不白幫他的話說了。

安書離聽罷，愣了愣，然後啞然：「那殿下怎麼想？」

「不放手！」

安書離淺笑：「花家人都聰明絕頂，花灼公子我雖還未見，但想必也是絕頂聰明之人。有些話，他說出來，也許只是試探殿下態度罷了。既然殿下已然決定，那就無須多說。」

雲遲「嗯」了一聲。

安書離對雲族靈術救人不太瞭解，便打住這個話題，仔細詢問花灼一次救了他與梅舒延，如今後果可是十分嚴重？有多嚴重？他不過是醒來時從福管家那裡瞭解了隻言片語。

「比花顏當初在北安城救人時強些，恐怕短時間都要留在東宮將養，受不得疲累。」

「靈力全失？」安書離壓低聲音，他自是知道，雲族的傳承術法有多重要。

「嗯。」雲遲點頭。

安書離沉默下來。

雲遲將花灼決定救安書離和梅舒延前的那一番話與他說了，之後，拍拍他肩膀：「書離，你也別自責，善有善報，天賜福祉，救善於人，德行善舉，才是雲族傳承之本，靈力算不得是傳承之魂，他既願意救你們，便是看得開，捨得的。」

安書離長舒一口氣，點了點頭。

雲遲止住此話，將官員名錄與兩份邸報遞給他：「你看看，你可願意接替趙宰輔的位置？」

安書離接過官員名錄與邸報，看過後，沉凝道：「殿下，我年紀輕輕，入朝時間連前往西南境地都算上，滿打滿算，不到一年，官任宰輔，怕是恐難服眾。」

「你的能力有目共睹，無論是西南境地，還是川河谷修築堤壩，都功不可沒，如今再加上幫本宮穩定京城，救敬國公，這兩件大功，都足以讓人無話可說。」雲遲看著他，「你若是不能勝任，本宮還真找不出第二個人了。」

安書離抿唇，朝中重要職位空太久的確不好，尤其是如今局勢雖亂後平定了，但蘇子折此次吃了這麼大的虧，定然不會善罷甘休。於是，他思索片刻，坦然接受：「既然殿下這麼說，如此信我，我便接了。」

雲遲微笑：「本宮自然信你。」

安書離放下官員名錄：「那武威侯的位置和蘇子斬的位置，殿下可要找人代替？」

「武威侯的位置本宮調程顧之來接替，他過兩日應該就進京了。這麼多年，武威侯的職位雖重，但本宮也不曾重用他，大概這便是對他所作所為雖然不知，但母后和姨母庇佑，才讓本宮心裡總對他有所設防，不敢重用。」

「嗯，程二公子是個有大才的，我雖未曾見過，但北地動亂時，太子妃與我書信中，提過他，能讓她費心將其從程家摘出來，自是不錯。更何況殿下見過他，既讓殿下打算重用，便是能放心用的。」

雲遲點頭：「至於蘇子斬，他的位置，本宮給他留著。」

安書離看著雲遲，想著京城動亂時，也幸虧了鳳娘帶著人護了各大府邸，否則今日怕是朝中已死一半大臣，無人可用了。

不得不說，蘇子折實在太狠辣，竟然打算一舉都殺了京城人，從皇宮，到東宮，到各大朝臣府邸，到三司府邸再到京麓兵馬大營，真是殺人如麻，手段殘酷，這樣的人，若是謀了南楚江山，真不敢想像，百姓們會有好日子過嗎？

而蘇子斬，本性純善，自然與蘇子折不同的，只是，他不敢說，蘇子斬是否還能回來？是否還願意回來？

但雲遲願意給他留著他的位置，也是一種態度，十分難得。

他贊同：「殿下心懷寬廣。」

雲遲笑了笑，看向窗外，陽光明媚：「本宮能容得下南楚山河，豈能容不下一人？前塵舊事，與本宮無關，本宮不認，只認本宮的太子妃，是本宮明媒正娶的；只認蘇子斬，是姨母的兒子，是母后很疼的外甥，便就夠了。」

安書離動容，站起身，單膝跪地：「書離此生，鮮少敬佩於人，如今心甘情願效忠殿下，願輔佐殿下，共創南楚社稷，肝腦塗地。」

雲遲一愣，站起身，伸手扶起安書離，無奈地笑：「跪什麼？你就是不願，本宮也要拉著你幫我，你如此才華，豈能放你閒情逸致不理世事？豈不屈才？」

安書離聞言也無奈地笑了，想想還真是。

二人重新落坐，開始著手商議官員趁機調配，穩定朝局之事。

一直商議到過了晌午，小忠子催了好幾遍，才作罷，擺了飯菜，在書房用了。

第一百四十一章 和離?!

用過飯菜後，雲遲發出調派旨意，一道接一道，傳出東宮。

這是南楚自皇上登基以來，最大的一次官員調動，涉及了大半個朝堂。

有人歡喜有人憂，雖掀起了極大的動靜，但卻無人反對，畢竟，那一夜的驚心動魄，血腥殺戮，雖然無人說，但短短時間，依舊讓朝臣們心有餘悸。

他們都心知，若非太子殿下，換一個人，南楚江山在那一夜就塌了。

轉日，雲遲恢復早朝，又一連氣頒布了太子七令，有安撫朝臣的，有惠利於民的，也有修改地方各州郡縣的官員考核制度的，還有關於新春農耕的，等等。

太子七令頒布後，一眾朝臣和京城百姓不明白太子殿下怎麼在這時候弄出如此大動靜？消息如雪花般地傳了出去，沒多久，便傳遍了天下。

花灼足足睡了三日，才養回了幾分精神勁兒。

安書離在花灼醒來的第一時間就去了鳳凰西苑對他道謝。

安書離在沒見到花灼之前，便暗想著花灼該是怎樣的一個人，臨安花家出人才，卻都淡薄於世，他想著，花灼也許應該是個淡漠的性子，但見了他之後，當即推翻了自己的想法。

當真是百聞不如一見！

他不知該怎樣形容因為救他與梅舒延，身體損耗太甚，但依舊看起來光風霽月的男子。

花灼倒沒有因為第一次見安書離而有所拘謹，他淺笑熟稔地打趣說：「當初妹妹利用書離公子，使得你豔名傳天下，我其實是盼著你前往臨安找上門問罪一番的，可惜你太淡薄於世，並不理會，害的我大為可惜了好久。」

安書離一怔，隨即啞然失笑，他本想著人家是不是淡薄的性子，如今轉眼自己就得了個淡薄於世，這現世報來的未免太快了。他輕咳了一聲，拱手笑道：「早就聽聞臨安是一片祥和之地，幸好當時不曾去臨安，否則我如今怕是賴在臨安不回京了。」

花灼大笑，覺得安書離也是個有意思的人，自始至終，不敢沾染半絲紅塵氣，但偏偏還逃不脫這紅塵裡，且他醒來便聽說如今年紀輕輕，被雲遲力排眾議，接替了趙宰輔的位置，官居宰輔了。好一個年輕的宰輔，他今年不過二十歲，怕是歷史上最年輕的宰輔了。

二人也算是一見如故，說笑著閒聊起來。

梅舒延是在一日後醒來的，醒來後聽聞是花灼救了他，先要去謝過花灼，但花灼睡著未醒，他便去見了雲遲，將他得到梅老爺子去了的消息後帶著人輕裝簡行匆匆回京，卻不想半途中被人追殺，最後如何擺脫追殺之人回京之事與雲遲說了一遍。

原來，他昔年與人狩獵，曾走丟到了闞坪山的一處深山裡，迷路了三日，才走出來，所以，在發現追殺他的人太多，他帶著的人不是對手時，便一頭衝進了闞坪山他昔年迷路的山林裡，這才失蹤了兩日。

但他沒想到追殺他的人十分有耐力，生生找了他兩日，在他從闞坪山出來後，又一路追殺他到京城。若非雲遲得到他回京的消息及時派人救他，他一準死在回京的路上了，也不會留著一口氣等著天不絕和花灼救他了。

梅舒延是梅老爺子培養的梅家繼承人，雖溫和有禮，但是該教的梅老爺子也都教了他，雖然追殺他的那一撥人沒能留下活口，但他也從與之交手中，得了些訊息，追殺他的這撥人，雖然刻意隱藏口音，但還是被他聽出了嶺南的音腔。

他特意想與雲遲說的便是這個。

雲遲聽罷後，瞇了瞇眼睛，想著怕是早先梅舒延查到嶺南王府頭上，雖祕而不宣，但消息還是走漏了，至於通過的途徑，想必是花家暗線，而蘇子折與嶺南必然有牽扯，所以，這是藉由嶺南之手，來除掉梅舒延順勢讓京城更亂。

他沉沉地想著嶺南王府是該要抽出空來理會了，先讓梅舒延回府弔唁。

梅舒延匆匆回了梅府，在梅老爺子的棺木前痛哭了半日，便著手料理亂作一團的梅府，將梅府上下打理的井井有條後，聽聞花灼醒了，便又連忙來東宮對他道謝。

他來的很快，來時安書離與花灼正在閒談。

梅舒延不同於安書離，正兒八經端端正正地對花灼道了謝，一板一眼，端的是君子端方。

花灼瞧著他，笑著伸手扶起他，偏頭對安書離笑問：「據說昔年蘇子斬行止端方，德修善養，與梅府大公子有的一比，是不是就是這副模樣？」

梅舒延一愣。

安書離笑起來：「差不多。」

花灼伸手拍拍梅舒延肩膀：「怪不得當年我祖父見了他人後說什麼都要瞞著。」

他這話梅舒延不懂，但安書離知曉內情卻懂的。花顏性子散漫活潑，太過一板一眼端正的人，她怕是敬而遠之。

這話意欲在說蘇子斬。

當年花家祖父，多方考量，原因太多，不管花灼說的這話對不對，玩笑也好，認真也罷，總之，誰能想到後來蘇子斬性情大變，而花顏在見了他後便相中了他。

梅舒延不明白花灼打什麼啞謎，有些不明所以，但見花灼拉著他坐下，言語隨意，與他含笑閒談起來，他心想著臨安花家的公子，果然非尋常人，這份氣度，鮮少有人能比。

救命大恩，該怎麼還？少不了要記著了。

晌午時，雲遲吩咐福管家將飯菜擺在西苑的報堂廳，他陪花灼、安書離、梅舒延三人用午膳。

花灼看了一眼菜色，笑道：「這大半都是小丫頭愛吃的，她人不在東宮，這東宮的廚子倒是想念她的緊。」

雲遲低眸，看著桌子上的菜色，沒說話。

安書離眸光動了動，他住在東宮這段日子，只要陪雲遲吃飯，似乎都是這些菜色，不帶換樣的，好些頓都是，不陪著他時，倒不是這些菜色。

小忠子瞧著雲遲不開口，躊躇了一下，才在一旁小聲說：「太子妃懷孕後，挑剔得緊，東宮的廚子做的都是太子妃愛吃的飯菜，後來太子妃失蹤後，殿下想念太子妃，吩咐廚房每日飯菜照舊，就如太子妃還在一般……」

花灼挑了挑眉，沒說什麼，夾了一口茶，放進嘴裡，須臾，面色古怪：「這麼酸不酸甜不甜鹹不鹹辣不辣的菜，她每日裡是怎麼吃的？真愛吃？」

小忠子舉手保證：「太子妃很愛吃，不信您問方嬤嬤。」

方嬤嬤在門口，聞言立即回話：「回花灼公子，太子妃是很愛吃。」話落，她猶豫了一下說，「這廚子還是子斬公子命人送來的，自從進了東宮，太子妃吃了這廚子做的菜，孕吐的症狀都好了很多。」

花灼無言片刻：「有孕的人，口味這麼奇特嗎？」他想著夏緣口味沒有這麼奇特，她懷孕後，往日吃什麼，還是吃什麼，對天不絕問，「據說酸兒辣女，你從這菜上看，那孩子是男孩還是女孩？可別是個小怪物吧？」

說太子妃肚子裡的孩子是個小怪物，這話也就花灼敢說，換一個人，還真不敢。

小忠子和方嬤嬤都低著頭躲遠了些，他敢說，他們也不敢聽。

天不絕對花灼翻了個白眼：「我哪裡知道！那小丫頭自己本身就是個怪性子，自從進了東宮後，變得嬌氣又挑剔。」

花灼轉頭對雲遲問：「這樣的飯菜，你也吃得下去？」

雲遲這些日子吃什麼飯菜都沒味道，所以，並不覺得，如今聽花灼這樣說，他也夾了一口菜，面色如常：「很奇怪嗎？我吃的挺好吃。」

花灼嘴角抽了抽，撂下筷子：「我可吃不下。」話落，問方嬤嬤，「還有別的菜嗎？」

方嬤嬤機敏，立即回話：「回花灼公子，有的，奴婢這就吩咐廚房去做，您……想吃什麼？」

「照著以前妹妹初來東宮時的口味。」花灼比較能接受以前的花顏。

方嬤嬤自然記得，連忙點頭，立即去了。

安書離陪著雲遲吃了好些日子這些菜，聽聞有別的菜可吃，也不拿筷子了。

梅舒延看了看雲遲，又看了看花灼和安書離，默默拿起筷子，陪著雲遲用膳。

雲遲沒意見，神色都不曾變一下。

花灼瞧著雲遲，心裡嘖嘖了兩聲，他從進京後，昏睡了三日，與雲遲算上這一頓飯統共見了兩面，但這兩面，已經讓他覺得，雲遲這樣的人，若是花顏真對他沒了良心，怕是狗都嫌棄會咬死她。

就他這份心，別說要一個女子的真心以待，就是挖她的心，估計都會捧出來交給他。有的人就是這樣，一旦遇到了，想放也放不開。

梅舒延覺得，這是他吃的最口味奇特的一頓飯，吃完後，他自己都有些懷疑味蕾，不由心下敬佩雲遲，能吃的這麼津津有味面不改色。

花灼不是個委屈自己的人，待東宮的廚子做了一桌子正常的飯菜，他才動筷。用過飯後，他懶洋洋地對雲遲說：「夏緣有法子聯絡她，是她們二人昔年躲避我用的聯絡法子，你要不要找她試試她的法子？」

雲遲聽了花灼的話，喝茶的手一頓。

花灼看著他：「就算有這個法子，這個時候，她被人劫持，也不知道能不能管用，不過總好過沒有法子找她。」

雲遲抿唇，一時間沒說話。

花灼看著他，挑眉：「怎麼？真不打算找她？」

雲遲放下茶盞：「找是自然要找的，不過嫂子既然也懷有身孕，就不必煩勞她了。昔日花顏受傷，提筆給我寫信，我尚且能從信中知道她受傷故意瞞我，若是你這時候動筆寫信，嫂子也一定能知道，畢竟，她也不是不聰明。」

花灼看著他，不置可否：「你找你的人，我自然不會幫你寫信問，要問，也是你自己問。」

雲遲搖頭：「既是她們躲避你的聯絡法子，她自然是不希望被你知道的。」

言外之意，他若是問了，那也就被花灼知道了，既然如此，他也不用。

花灼氣笑，站起身：「行，你自己慢慢找吧！」說完，逕自去歇著了。

他身體損耗太過，容易疲累，與安書離、梅舒延又敘話半晌，用了午膳，自然累了。

梅舒延告辭回了梅府，安書離自從醒來後還沒見過安陽王妃，也打算回安陽王府瞅瞅，天不絕累了好多天，總算能緩緩了，也去午睡了。

雲遲出了鳳凰西苑，走在青石磚上，想著被他放走的雲幻說的話。

蘇子斬記憶甦醒，找到花顏的話，他會如何？任誰有了上一輩子的記憶，恐怕也難以當作沒有吧？更何況是陪伴七年的記憶。

哪怕隔著四百年時間，哪怕滄海桑田，也難以磨滅。

雲影無聲無息出現在雲遲身後，恭敬道：「殿下，雲意傳回消息，他在三百里地外跟丟了雲幻。」

雲遲「嗯」了一聲，「他能混跡在太祖暗衛中多年，策反了數百太祖暗衛，自然不是等閒之輩，跟丟了也不奇怪。」話落，吩咐，「給雲意傳消息，讓他不必回京了，帶著人去嶺南查嶺南王府，若截殺梅舒延的人是嶺南王府的人，那麼，順藤摸瓜，便能摸到蘇子折的下落。」

「是！」

雲遲又吩咐：「大婚前，她體內的冰寒之氣在雲山禁地被治好了，可是，那一日，本宮感同身受時，感到她身體似乎冷的厲害。若是在南方，這個時節，已是春暖花開，是不會冷的，所以，本宮懷疑，她如今在北方。」

雲影一怔，猜測道：「殿下感覺到太子妃身體冷的厲害，是不是也許不是身體上，是心裡發冷？所以才覺得冷？與南方北方無關。」
雲遲蹙眉，沉思半晌，搖頭：「不，心裡雖冷，但身體也是極冷的。本宮的感覺不會錯。自從大婚後，這一段冬日裡，無論屋中的暖爐多麼的暖和，她手足都是冰冷的。她說過，這是她身體自小娘胎裡帶出來的，冬日裡凍手凍腳，夏日裡便會好很多，就不會冷了。由此而推測，她如今大約在京城以北的地方。」
雲影聞言肅然道：「難道太子妃如今被帶去了北地？」
北地這時節，是比京城還要冷的，京城如今倒春寒，以北千里怕是還在下雪呢！況且，當初在北安城下建有地下城，後來蘇子折帶著兵馬從北地失蹤了，顯然，北地怕是不止北安城一處據點，太子妃和子斬公子肅清北地時，估計時日太短，也未曾全部徹查肅清乾淨。
雲遲思忖片刻，沒說話，去了書房。
雲影跟去了書房。
雲遲在一幅輿圖前站定，看著京城以北大片南楚國土，西北、東北、正北，從京城到極北的苦寒之地最遠三千里，北方歷史以來便人煙稀少，不比江南嶺南，人流聚集，更不如京城繁華，北地最大的城，便是北安城，在北安城以北，大片人煙稀少之地，朝廷設立的州郡縣也是稀少幾個。
這麼大的面積，還真不如南方好找個人。
看到這幅輿圖，他越發肯定，蘇子折劫持了花顏，應該是去了北方。因為，臨安在南，花家世代積累勢大，南方不是個好選擇，難以藏匿太久，萬一出了紕漏，就會被花家發現。而北方就不同了，偌大的國土山河，荒涼的很，找個人太不容易。
雲遲沉聲吩咐：「雲影，你親自帶著人，化整為零，去京北。」說著，他隨手一指，劃出一道線來，「沿著黑龍河，向北查找，西北、正北、東北，都不能放過，不查太子妃，查蘇子斬。」

雲影遲疑：「殿下，我若是離開，那您身邊……」

「沒事兒，天下少有人能近本宮的身，你只管去。」雲遲吩咐，「順便可以查查雲暗，他是太祖暗衛首領，沒那麼輕易被雲幻害死，也許，是追著蹤跡去了，怕被人發現，沒留下痕跡也說不定。」

「是！」

雲影見雲遲堅持，躬身領命。

接了命令的雲影，很快帶著人離開了東宮。

雲遲負手而立，站在窗前，晌午陽光烈的很，哪怕這天氣倒春寒冷的很，但絲毫不影響這陽光的濃烈，天依舊冷，風依舊寒，陽光卻奪目。

雲遲想著花顏現在不知在做什麼，可有一絲一毫地想他？或者說想起他？

花顏依舊昏迷未醒，七日過去，她依舊睡著，蘇子斬每日白日裡守在床前，什麼也不做，便就那樣看著花顏，腦中蹦出的不屬於他這一輩子的事兒，他也不刻意地壓制，任其洶湧的一個畫面一個畫面地在他眼前放映。

四百年前的花顏，在人前是端莊賢淑的，宮儀規訓，挑不出半絲錯來。

但只有他知道，她性子活潑，稱得上古靈精怪，沒人的時候，愛睡懶覺，有些小懶散，且愛玩，投壺、蹴鞠、擊鼓傳花、騎射，她都玩的很是精通，但她為了顧及皇室規矩儀態，嫁給他後，很多愛玩的東西都扔了。

她壓制著自己的性子，凡事對他很是遷就，陪著他憂國憂民的讓人心疼。

那時，他比她年長幾歲，怎麼忍心她一天的好日子沒過，就那麼隨他去？

後來，起死回生，最後悔的也就是這「不忍心」三個字。

如今……

他攤開手掌，攥了攥，又鬆開，苦笑，還是不忍心。

大約人的秉性無論活了多少世，都是難改的。

「公子，不能讓……夫人再這麼睡下去了。」青魂壓低聲音，「只靠參湯，也不足以保胎。」

蘇子斬抬起眼皮：「去問問蘇子折，他當日是怎麼喊醒人的？」

青魂立即說：「大公子是靠一碗打胎藥。」

蘇子斬沉默，能用一碗打胎藥喊醒，說明她即便睡著，大約也是隱約有感知的，只不過不願意醒來。片刻後，他對花顏啞聲說：「你不願意醒來見我是不是？你大可以當作我是個死人，死的透透的，化成灰的那種，從沒醒過來過，也沒有記憶。」

青魂退去了門口，默默地垂下頭，心疼不已。

蘇子斬又道：「如今已不是四百年前，如今是南楚天下，我是蘇子斬，你是花顏，你大可不必想太多，我認識你時，是在順方賭坊，你認識我時，亦是。蘇子斬對花顏有的是三十里地背負之情，花顏還的是救命之恩。」

花顏依舊睡著，睫毛都不動一下。

蘇子斬又說：「你醒來，你若是不願意見我，我……」

花顏倏地睜開了眼睛，盯住蘇子折，昏睡許久，嗓音啞到發不出聲音：「你怎樣？你自刎死在我面前？蘇子斬，別忘了，你的命是我救的，你再敢給我死，你試試看看。」

蘇子斬見她醒來，先是一喜，隨後沉默地看著她。

花顏瞳孔縮了縮，費力地抬手：「我是不願意見你，你……」

「我這就出去！」蘇子斬站起身，腳步踉蹌了一下，向外走去。

「站住！」花顏啞著嗓子怒喝一聲，伸手指著他，「有本事，你將我腦子裡那些記憶幫我清除了，你再說我當作你是個死人，死的透透的，化成灰的那種。」

蘇子斬停住腳步，身子僵硬，默然的無言以對。

魂咒，刻進靈魂裡的記憶，如何清除？他能做到的，就是將命給她，但偏偏是這將命給她，才最是傷她。

花顏想坐起身，躺的太久，身子又軟了下去，一時間氣血不順，捂住心口，咳嗽起來。

蘇子斬立即走回床前，伸手去扶她，被她不客氣地伸手打開。

花顏的確是不願意醒來見蘇子斬，但她更不願意他死在她面前。

不，不止是不能死在她面前，是死都不能，死在哪裡都不能！

她捂著心口咳嗽半晌，見蘇子斬被她打開木訥地站在床前，她心中恨恨的同時，看著他臉色蒼白瘦成竹竿模樣，整個人沒了意氣風發，飛揚神色，頹廢黯然的不成體統，又升起怒意：「你就這麼想死嗎？不能殺了自己，就折騰自己？你折騰給誰看呢？」

蘇子斬動了動嘴角，啞聲說：「大夫說你情緒不宜過激，對身體不好，你打我罵我都好，切莫激動。我沒想死，你吐血昏迷，我心中難安，這幾日，便囫圇地過來了。」
花顏聽著他的話，心中忽然升起一陣悲涼，眼眶倏地發紅，伸手指著他：「蘇子斬，你還說什麼讓我當作你是個死人，死的透透的，化成灰的那種，說什麼你是蘇子斬，我是花顏，可是你看看你，蘇子斬怎麼會與我這般說話？你可還記得蘇子斬怎麼與我說話嗎？」
蘇子斬面色一僵，身子也瞬間僵直了。
花顏惱怒又嘲諷地看著他：「若你真是蘇子斬，你會與我說，不就是前世今生陰差陽錯嗎？有什麼大不了的，死都不怕，更遑論旁的？瞧你這點兒出息，至於連見我都不敢見了！又怎麼會與我說切莫激動的話。」
蘇子斬閉了閉眼睛，啞然：「是，你說的沒錯，我如今……」
「呦，這剛醒，就吵起來了？」蘇子折冷笑的聲音忽然從外面響起，「夠熱鬧啊！蘇子斬，你行不行啊？一個女人都擺不平，要不然，將她讓給我？」
蘇子斬猛地轉過身，臉色頃刻間難看至極：「你來做什麼？」
蘇子折冷笑地看著他：「自然是來看看你，都七日了，你再喊不醒人，人就要睡死過去了。我過來看看，用不用幫你準備一碗墮胎藥。」話落，他嘖嘖一聲：「看你這副邋遢的樣子，活過兩輩子，原來也不過如此，比別人多吃了鹽，也沒什麼用，還是照樣窩囊廢。」
他話音剛落，一個枕頭對著他的腦袋砸了過去。
蘇子折眸光一厲，揚手接住，瞇著眼睛看向床上坐著的花顏，她躺著的床上已沒了枕頭，他眸子縮了縮，語氣森然：「怎麼？護著他？」
花顏抿唇不語，繃著臉看著他。

蘇子折掂了掂枕頭，冷笑：「力氣不小啊！睡了這七日，都能用枕頭砸人了。」

花顏一怔，目光落在他手中的枕頭上，蕎麥皮的枕頭，裝了二斤，還是有些分量的，她剛剛是怎麼扔出去的？她蜷了蜷手指，忽然沒了怒意，對他說：「你扔回來給我。」

蘇子折揚眉：「你確定？」

花顏點頭：「廢什麼話！你扔回來！」

蘇子折冷哼一聲，當即將枕頭對著花顏的腦袋揚手砸了過去，他用了自己三分氣勁和力道，若是砸中花顏，她剛剛醒來，身子虛弱，定然能再被砸暈過去。

蘇子斬伸手截住了枕頭，冷眼看了蘇子折一眼，將枕頭遞給花顏。

花顏伸手接過，放在手裡掂了掂，壓的手腕疼，她受不住，軟軟地扔在了床上，虛弱地吐了一口氣。

蘇子折嘲諷地看著她：「我倒想知道，若是雲遲在這裡，你護著誰？」

花顏臉色冷下來：「熱鬧看完了，你可以走了。」

蘇子折偏不走，靠著門框而立，冷寒地說：「關於雲遲的消息，你想不想聽？別有了舊愛，就真忘了新歡吧？」話落，又改口，故意道，「也許我說錯了，這新歡舊愛，以如今的你來說，著實難分，到底誰算新歡，誰算舊愛？」

花顏攥了攥手，指甲扣進手心的肉裡，疼痛鑽心，她面色平靜，冷聲道：「什麼新歡舊愛，我臨安花顏，只有一個夫君，就是太子雲遲。你樂意說就說，不樂意說就滾。」

蘇子折瞇起眸子，眸光瞬間迸發出森寒的利劍：「怎麼？我看你活的太好了是不是？到了如今，在我的地盤上，還學不乖嗎？」話落，凌厲殺氣地說，「我告訴你，我已說過，後樑的女人，輪不到南楚太子，你若是學不乖，還認不清形勢，我便教你怎麼學乖。」

花顏冷笑：「那你教我啊！」

蘇子折直起身，抬步邁進門。

他剛走一步，蘇子斬伸出手臂攔在他面前，冷聲說：「出去！」

蘇子折寒著臉看著他：「蘇子斬，你這七日裡，根本不曾養傷，如今的你不是我的對手。」

蘇子斬冰冷地看著他：「你可以試試，我能不能殺了你。」

蘇子折停住腳步，恥笑：「你對我倒是能耐的厲害，在這個女人面前，怎麼就成了慫包了？當年懷玉帝也這般低聲下氣過？虧天下傳你驚才灩灩，冠絕古今，我看都是一派胡言。」

蘇子斬冷聲道：「出去！」

「出去可以，但我得說完要說的話。」蘇子折又順勢倚在了門框上，不知是真怕蘇子斬不要命與他對殺，還是無心與他硬打，冷笑著說，「那日我說的話，無論是你，還是這個女人，都給我記著！你敢將她送回去給雲遲，我就一日屠一城！」說著，他盯著花顏：「你愛護南楚子民是不是？那就好好給我待著，否則，我就讓遍地土地染血，倒也別有風景給你觀看。」

「你還是不是人？無辜的百姓，與你何仇何冤？你不是想要謀奪這江山天下嗎？若是人都殺光了，你還做什麼皇帝夢？」花顏心寒地看著他。

蘇子折諷笑：「順我者昌，逆我者亡，你逆我，那麼，我不殺你，殺百姓。我是要謀奪這天下不錯，但那也得你是我後樑的女人！我是不是個人，在白骨山時，你不是清楚的很嗎？」

「若是早知今日，當初我剁了自己的手，也不救你。」花顏看瘋子一樣地看著他，轉了話題，「你剛剛說雲遲什麼？」

「雲遲倒是個厲害的，以前看來是我小看他了。花家十之二的暗線悉數湧向京城，以及我命人收復的太祖暗衛，還有我在京城埋藏的暗樁，殺了趙宰輔，殺了梅老爺子，追殺梅舒延，禍亂京城兵馬大營，如今驚天動地的動靜，竟然沒能奈何了雲遲，人悉數都折在了京城。」蘇子折說著，盯著花顏的眼睛，似乎想看看此時她的表情。

花顏面無表情地聽著，面無表情地看著他：「這不是很好嗎？低估對手，敗了也活該。」

蘇子折忽然大笑：「本來我覺得奪南楚江山沒什麼意思，後來遇到你，我發現，奪南楚江山還算有那麼點兒意思，如今真是太有意思不過了。他這般厲害，讓我才有了真正的興趣。」

花顏心裡發沉，又罵了一句：「瘋子！」

「呵，罵的不錯。」蘇子折說完，轉身走了出去。

花顏看著他痛快地離開，若非昔日在白骨山見過他在死人堆裡的模樣，真不能理解這人扭曲的心思。世上便有這樣一種人，他的出生就是悲哀，作為別人的鋪路石墊腳石，但石頭也不甘心，因這不甘心而性格扭曲，與天下人為敵。

復國奪江山，本是蒼生受難血流成河，在他看來，竟然成了興趣。

她沉默許久，收回視線，看向蘇子斬，他一動不動地站在那裡，不知道在想些什麼，整個人氣息黯然，沒多少生氣，在蘇子折面前提起的精神勁兒，在他離開後，一瞬間就如泄了氣的皮球，瞬間消氣了，灰濛濛的，似乎不見光。

她心口抽抽的疼，早先的怒意已消失殆盡，有氣無力地開口：「蘇子斬，我餓了。」

蘇子斬抬起眼皮，向她看去，默默地點了點頭，對外吩咐：「來人，去廚房吩咐，弄幾個清粥小菜來。」

玉漱一直站在門外，聞言立即應是，連忙去了。

花顏掙扎著下了床，彎腰穿鞋，因手腕沒力氣，身體虛弱，穿了半天，也沒將鞋穿上，正跟鞋和腳較著勁兒時，蘇子斬蹲下身，一手握住了她腳踝，一手奪過了她手裡的鞋。

花顏一怔，抬眼看他，本沒了的氣條地又湧上心口，怒道：「你給我滾開。」

蘇子斬身子一僵，手上的動作也僵住了。

花顏氣的劈手奪過他手裡的鞋，又打開他的手，接著較著勁兒地穿鞋。

蘇子斬便蹲在地上看著她，臉色黯淡，氣息低迷，整個人靜靜的。

花顏用了好一會兒，終於穿上了鞋，但也累得夠嗆，一屁股坐在了地上，喘著氣，這才有功夫跟蘇子斬算帳：「你是我的誰？憑什麼蹲下身來幫我穿鞋？我用得著你嗎？」

蘇子斬沉默，低垂著眼，一聲不吭。

花顏越發地生氣，無論是四百年前的懷玉，還是四百年後的蘇子斬，哪怕天崩地裂，在最困難時，性命堪憂時，都不曾有過這般模樣。

如今她面前的這個人是誰？她不認識！

她抬腳踹他：「你去收拾收拾自己，跟鬼一樣，真是有礙觀瞻。」

蘇子斬慢慢地站起身，伸手要去拉地上的花顏，想起剛剛被罵，又撤回了手，低聲說：「地上涼，你先起來。」

花顏看著他伸出又縮回去的手，默了默，慢慢站起身。

蘇子斬見她起來，轉身一言不發地走了出去。

花顏起身後，在原地站了片刻，走到桌前坐下。

玉漱去了廚房下達了命令後匆匆而回，見花顏費力地伸手給自己倒水，連忙將水壺接過來：「夫人，奴婢來。」

花顏「嗯」了一聲，隨即意識到了什麼，猛地皺眉，盯緊她，「你喊我什麼？」

玉漱手一顫，水傾斜，灑出了些，不敢看花顏的眼睛，小聲說：「主子有令，所有人稱呼您為夫人？」

花顏臉色驀地沉下來，厲聲說：「你指的主子是蘇子折？」

玉漱點點頭。

花顏端起茶盞「砰」地又放下，滾燙的水花四濺，濺了玉漱一臉，怒道，「你現在就去告訴蘇子折，有本事他就讓雲遲休了我，雲遲一日不休我，我一日就是他的太子妃。憑什麼他讓人稱呼我為夫人？」

玉漱「噗通」一聲跪在了地上，白著臉，顫聲說，「奴婢不敢！」

花顏死死地盯住她：「不敢？」

玉漱搖頭，哆嗦地說：「主子會殺了奴婢的。」

花顏震怒：「那你就去讓他殺！他殺他的人，我也不心疼！」

玉漱身子一軟，頹然地萎頓在了地上，臉色慘白一片，須臾，她像是鼓起了什麼勇氣，猛地抬手，朝著自己的天靈蓋劈去。

花顏一驚，立即伸手去攔，可是她終究是手腕無力，手骨綿軟，沒攔住面前這個人決心赴死。於是，眼睜睜地看著玉漱一掌劈在了自己的天靈蓋上，頓時頭腦碎裂，鮮血直流，身子軟軟地倒在了地上。

花顏伸出的手便就那麼僵在了原地。她的面前是玉漱已氣絕的屍體，鮮紅的血幾乎刺瞎她的眼睛。

她沉默地看著。

她對面前的這個女孩子沒什麼感情，她唯一記得就是她來了這裡後，有限的甦醒的那一日裡，她攙扶著她在院外走了兩圈消食，後來蘇子折要上她的床，她誓死不准，惹怒蘇子折要殺她時，蘇子斬闖進來，一腳踹開了門，她發出的那一聲慘叫，想必傷的不輕。

如今，她剛醒來，這個尚在年華的女子便自殺在了她面前。

只因為她的兩句話，寧願自殺，也不願去蘇子折面前傳話。

蘇子折的御人之術，大體就是，讓人寧可死在外面，也不要死在他面前，若是讓他親自動手，大概比死還可怕。猶記得從北地回臨安，途經神醫谷地界，梅花印衛統領被他哥哥挾持住，也是自殺而死，十分乾脆。

廚房的人端著飯菜來到門口，剛要進屋，便看到了地上橫躺著的玉漱的屍體，頓時「啊」地尖叫一聲，手裡的托盤因為太過驚恐沒托住，頓時摔在了地上。

碗筷碟子霎時碎了一地，發出「劈里啪啦」的聲響。

這恐懼的尖叫和脆裂的聲響驚動了隔壁的蘇子斬，他剛解了衣衫沐浴，聞聲一把抓起了衣衫，披在了身上，轉眼就來到了房門口，冷冷沉沉的聲音問：「怎麼回事兒？」

廚娘跪在地上，慘白著臉，伸手指著裡屋地上，回答不上來。

蘇子斬以為花顏出了什麼事兒，快步進了裡屋，見花顏坐在椅子上，模樣完好，臉色不復早先剛醒來時因為氣怒而染上的紅暈，也有些白，他鬆了一口氣，這才看到地上橫陳著玉漱的屍體，愣了一下。

花顏目光掠過門口的飯菜，又掠過跪在門口瑟瑟發抖的廚娘，看了蘇子斬一眼，見他身上滴著水，衣袍溼答答，氣息急促，她深吸一口氣，平靜地說：「我讓她去給蘇子折傳話，她不願意去，自殺了。」

「什麼話？」蘇子斬問，「我讓人去傳。」

花顏盯著他看了一眼，將早先對玉漱說的話重複了一遍。

蘇子斬抿唇，對外吩咐：「青魂，你去給蘇子折傳話，太子妃如何說，原封不動，一字不差地傳給蘇子折。」話落，又吩咐：「順便將這個女人的屍體給蘇子折送去。」

「是！」青魂走進來，看了花顏一眼，拉起地上的屍體，扛了出去。

地上落了一大片血跡，滿室的血腥味。

花顏後知後覺地泛起了噁心，她壓了壓，沒壓住，索性站起身，越過蘇子斬，快步走出了房門，到了門口，冷風一吹，她才覺得胃裡好受了些。

那些年，她遊歷天下，自認為看過了諸多人生百態。蘇子折的惡，惡在人心，惡在影響著他周圍身邊的人。若是有朝一日，他得了這天下，她不敢想像，這天下會到什麼樣的地步。

帝王的一句話，善者，可造福天下，惡者，怕是浮屍百萬。

「還跪著做什麼？你也想死嗎？不想死就起來將這裡收拾乾淨。」蘇子斬聲音暗啞，看了跪在地上的廚娘一眼，又掃了一眼立在門口的花顏。她衣衫單薄，冷風從房檐吹過，吹透薄薄的衣衫，她的身子骨怎麼受的住？於是，他拿了一件披風，轉身出了房門，猶豫了一下，給她披在了身上。

花顏這次倒是沒打開他，而是轉頭看了他一眼，沒了惱怒和遷怒，平靜地溫聲說：「蘇子斬，你說，雲遲是不是一個好太子？」

蘇子斬看了她一眼，點頭：「是！」

「他若是登基，會不會是一個好皇帝？」

「是！」

花顏笑了一下，迎著陽光，笑意淺淺：「若是沒有我，你覺得，他還會是一個好太子？好皇帝嗎？」

蘇子斬順著她的目光，陽光刺眼，他沉默著，不再接話。

花顏伸手遮在了額前，擋住了眼裡的陽光，似乎也不期望他能回答，對他道：「我在這裡站一會兒，你去收拾吧！我偷懶躺著睡，你能顧著我，若是你倒下，別想我照顧你。」

蘇子斬點頭，想起什麼，又對屋內收拾的廚娘說：「再去重新弄飯菜來。」

廚娘顫著聲應了一聲。

蘇子斬不再多言，轉身去了隔壁。

廚娘很快就收拾完了房間，又將所有的窗子打開通風，散了屋內的血腥味，之後，立即回了廚房。

青魂帶著玉漱的屍體，找到了蘇子折後，將玉漱屍體放在了他面前，依照蘇子斬的吩咐，將花顏的原話轉達了。

蘇子折臉色難看，一雙眸子冰寒凌厲：「我看她是活膩歪了！非要挑釁我，讓我殺了她是不是？別以為有蘇子斬護著她，我得不了手。」

青魂自是不接話。

蘇子折冷笑：「你回去告訴她，她以為我真不能讓雲遲休了她？你讓她等著，不出半個月，我就讓雲遲對天下放出休了她的消息。他父皇的命還攥在我手裡，我倒也想看看，他是要爹？還是要女人？」

青魂將蘇子折的原話先回稟了蘇子斬，詢問是否如實告知花顏。

蘇子斬聽罷後，沉默許久，點了點頭：「告訴她吧！」

青魂頷首，來到花顏面前，將蘇子折的原話原封不動一字不差地傳給了她，之後，悄悄打量她神色。

花顏聽完，平靜的臉上染上暗沉，一雙眸子也暗幽幽地湧上寒冰之光。

蘇子折攥了皇上的命？

雲遲是要爹？還是要女人？

她低下頭，看著地面的臺階，覺得哪怕陽光正好，哪怕她身上披了厚厚的披風，她依舊覺得通體發冷，冷入骨髓。

當今皇上自幼教導雲遲，自小將他立為太子，疼愛至極，諸多皇子在雲遲面前，從來都是退避三舍，無一人與他爭鋒。

無論是雲遲做的對的事情，還是不對的事情，只要說出個理由，皇上都支持。這樣的好父皇，待她也是極好的。

可是將取捨擺在雲遲面前，蘇子折不可謂不歹毒。

若論取捨，雲遲怕是寧可讓皇上生，而陪著她一起死，這怕是最好的選擇了。

可是雲遲又怎麼能死？蘇子折這樣的人，又豈能讓他得了天下？

她腳尖用力地碾了碾石階，對青魂說：「你再去一趟，告訴蘇子折，不就是稱呼一聲夫人嗎？有什麼大不了的。他便是能讓雲遲休了我，又如何？就算雲遲休了我，我死也不會嫁給他的。」

青魂應是，轉身進了蘇子斬的房間。

花顏知道他必是先去稟告蘇子斬了，深吸一口氣，轉身進了房間。

房間內，已沒了血腥味，地面上被打掃擦的乾乾淨淨，彷彿從來沒死過一個叫玉漱的人。

青魂稟告完，蘇子斬沒說什麼，對他擺擺手，他立即去給蘇子折傳話了。

蘇子折剛吩咐人將玉漱的屍體拖下去喂狗，便聽了青魂轉達的話，他冷笑一聲：「怎麼？她怕了？或者說捨不得讓雲遲為難？」話落，他嘖嘖了一聲，寒聲道，「我偏要為難雲遲。」說完，對外面喊，「來人！」

「主子！」有人應聲現身。

「將玉玲調去她身邊侍候，仔細些，告訴她，若是學玉漱自殺，就跟玉漱一樣，死了被喂狗。」蘇子折寒聲吩咐。

「是！」

蘇子折又對青魂道：「你回去告訴她，若她再不老實，我殺不了她，她肚子裡的孩子，我若是讓她保不住，輕而易舉，別再試圖挑釁我。」

青魂看了蘇子折難看發狠的臉一眼，轉身去了。

他離開後，一直沒說話的閆軍師拱手：「統領，您真要讓雲遲休了她？據說那一日臨安花灼帶著花家人入了京相助雲遲，有花灼在，保住了安書離、梅舒延的性命，怕是也能保住皇帝性命，我們的人如今已無法再催動皇帝體內的噬心蠱，攥不住皇帝的性命。」

蘇子折冷笑：「養兵千日，用兵一時，你以為我為什麼不殺雲幻？他為保命扔下了收服的太祖暗衛，我卻不殺他，那是因為，他還有一個用處。」

閆軍師眼睛一亮：「您是說雲幻的母親？」

「對，噬心蠱，做為蠶食人心而養的蠱蟲，只要有同是南楚皇室的血脈和南疆王室血脈的人，既懂雲族術法，又懂駕馭蠱毒的蠱術，就能衝破雲族術法的凍結，讓體內的蠱蟲甦醒，一旦甦醒，蠶食完了皇帝的心，就是要了他的命。」

閆軍師猶豫：「雲幻的母親，能同意嗎？她畢竟也留著南楚皇室血脈。」

蘇子折冷笑：「會同意的，她流著南楚皇室的血脈沒錯，但她的兒子，可是流著蘇家的血脈，後樑的血脈，她若是不想我殺了她兒子，那麼，就得乖乖聽話。」

閆軍師試探地問：「那……現在就安排下去？」

「嗯。」蘇子折向窗外看了一眼，身子靠在椅背上，涼寒地說，「這太陽未免太奪目了，不讓他落下來，我心裡不舒服，還是落下來的好，我喜歡沒太陽的日子。」

閆軍師聞言想起了他在白骨山待的那些年，險些死在那裡，那裡是常年看不到太陽的，他不再多言：「屬下一定安排好，統領放心。」

蘇子折擺擺手。

青魂傳回了話，蘇子折沒說什麼，花顏也再沒說什麼。

不多時，廚房又重新做來了飯菜，與飯菜一起進屋的還有一個婢女，這名婢女較之玉漱，容貌尋常，性子木訥，沒什麼出挑之處，扔在人堆裡找不出來。但是花顏卻看出了她身懷功夫，這功夫怕是不次於蘇子斬身邊的青魂多少。

花顏拿起筷子，沒滋沒味地扒拉了一下面前的飯菜，對她說：「去喊蘇子斬來吃飯。」

玉玲應是，轉身去了。

蘇子斬此時已沐浴完，但並沒有打算到花顏跟前，他既不是四百年前的懷玉，也做不回以前的蘇子斬，他心中不見陽光，便是外面陽光明媚，也照亮不了他心裡半分。

他在花顏面前，發現不知該如何做，才不會出錯。

他拿不准，似乎怎麼做都不對，惹她一再動怒。

玉玲過來喊，立在門口，一板一眼，規規矩矩：「二公子，夫人請您過去吃飯。」

蘇子斬轉身，瞅了玉玲一眼，他帶來的人裡，沒有女子，清一色的護衛，自然沒法讓人近身侍候花顏，蘇子折給人，他自然不能替她推回去。不過，蘇子折到底念著昔年她的救命之恩，或許還有什麼旁的心思，給的人也不會害了她。

他點頭，轉身去了隔壁房間。

他邁進門，便見花顏似乎沒什麼胃口地在扒拉著飯菜，面前的幾個菜碟被她扒拉個遍，也沒見吃幾口，他腳步頓了頓，走進來問：「飯菜不合胃口？」

花顏神色鬱鬱：「蘇子折不是人，知道他的毒辣心思，我便吃不下。」

蘇子斬看了一眼桌子上的飯菜，沒接她的話，對玉玲吩咐：「你去廚房看看，有什麼開胃菜，讓廚房再做幾個來。」

玉玲應是，轉身去了。

在玉玲離開後，蘇子斬低聲說：「他能捏住皇上的性命，無非是因皇上中的噬心蠱。我的血能解萬蠱之毒，可以想法子命人裝了瓶送去京城，這樣他便沒法子讓雲遲為難，你大可放心。」

花顏抬眼，見蘇子斬說這話神色平靜，在寬慰她，也在真想法子。他無論何時，都是如此心善。她垂下眼眸：「如今在蘇子折的地盤，想必你但凡有任何動作，都會被他發現。若是他知道你到如今這般地步，還幫雲遲，救皇上，為我守著太子妃的身分，怕是真要一日屠一城了！」

蘇子折既然敢說出這話，他就能敢做的出來，北安城的瘟疫，他都做的毫無人性毫不手軟，他是一個只要達到目的，無所不用其極的人。

蘇子斬抿唇：「那就不讓他知道。」

「你用了蠱王，世上唯一解噬心蠱的法子，便是你的血。哪怕現在不讓他知道，一旦他計畫失敗，便會知道了是你暗中相助，屆時，他便會發狠屠城了。」花顏扒拉著菜，越發沒胃口，歎了口氣，「不過，該救皇上還是要救，但同時，該瞞著蘇子折，也要瞞著他。糊弄他的法子，就是讓他覺得自己計謀成功得逞了。所以，你若是暗中能有法子送血回去，便也傳一句話，就說……」

她想說什麼，又心疼地住了嘴，終究是說不出來讓雲遲休了她的話。

自從答應嫁給雲遲，她便說了，想他所想，為他所為，自從嫁給他，她便是想與他一心一意好好過日子的。

只是，天不從人願。

若真是救了皇上，不讓雲遲休了她，卻讓蘇子折一日屠一城，她便是天下百姓的罪人。

為一己之私，而負了天下，雲遲對不起他的身分，而她也對不起此時太子妃的身分，也對不起兩世她心裡對天下百姓的仁善之心。

她低下頭，沉默又低黯。

蘇子斬等了一會兒，沒等到她開口，心中也揪心地疼，過了片刻，他實在看不過，冷硬起心腸，對她說：「我順便給他傳一句話，就說……」他頓了頓，一字一句道，「昔日，他拿蠱王以條件換你相許，如今，我拿蠱王血救他父皇性命，以條件換他與你和離，如此，我與他，你與他，都兩清了。如何？

花顏怔了怔，抬起頭，看著蘇子斬。

蘇子斬臉色在窗外透進來的陽光裡半明半滅，聲音超乎尋常的冷靜：「當日，他趁人之危，本不君子。我身體不好，需要救命，處於劣勢，爭不得，搶不得。而你為了我，相許於他，本就不公平。如今，我也還他一回。」

花顏抿起唇角，慢慢地放下了筷子。

蘇子斬伸手，將她放下的筷子拿起，塞進了她手裡，話語輕輕：「四百年前，我遭了報應，與你一再錯過。而他，非要娶你，不惜低到塵埃，以條件相換，今日，也被我捏了他需要救命的東西，迫使他不得不從。你看，上天待每個人都是公平的，因果輪迴，一報還一報。」

花顏攥緊筷子，又沉默片刻，不說同意，也不說不同意，轉了話道：「跟我說說京城的情況吧！」

蘇子斬雖在蘇子折的地盤，但對於京城和外面的消息，他都是知道的，見花顏問起，沉聲說：「先吃飯，你吃一碗飯，我就與你說。」

花顏忽地笑了一下，到底蘇子斬還是蘇子斬，這一世的東西比甦醒的記憶刻印的要深，養了多年的脾氣秉性，還是與四百年前多有不同。

她想著四百年前，又想著如今，人還是那個人，卻也不是那個人了。

她點點頭，低頭吃飯，又想他多日沒好好吃飯了，與他講條件：「我吃一碗，你吃兩碗。」

蘇子斬笑了一下：「行啊！」

二人用過飯後，花顏放下筷子，洗耳恭聽。

蘇子斬慢慢地將最近的消息都說給了花顏聽，從皇上昏迷不醒，他失蹤，她被蘇子折劫持說起，到前兩日新得了消息，蘇子折針對京城的謀亂被粉碎，花灼進京幫助雲遲，雲遲提拔了安書離任宰輔，成了南楚歷史上最年輕的宰輔，調動了朝野大半官員，又頒布了太子七令。

雲遲恢復早朝，又一連氣頒布了太子七令，如今天下都在傳著太子七令。

花顏靜靜聽著，聽完後，蹙眉說：「安書離中毒，梅舒延奄奄一息，都是被哥哥所救，那一定是動用了他的本源靈術，哥哥如今怕也與我一樣了，甚至比我還不如。」

蘇子斬點頭：「一下子救了兩人，自然虛弱至極。」

「義父也中了噬心蠱，這麼個糟心的蠱毒，當初在西南境地剷除時，怎麼就沒剷除乾淨？」花顏臉色難看，「想必當年武威侯前往南疆，就帶出來了吧？一直暗中養著而已。」

「嗯。」蘇子斬頷首，「他當年與南疆王達成了盟約，南疆王給了他一株用死蠱養的鳳凰木，又給了他噬心蠱的蠱引。鳳凰木種植去了東宮，噬心蠱的蠱引，被蘇子折得了。」

「照你這麼說，噬心蠱發作後，天不絕也無可奈何，是雲遲用微薄的傳承靈術控制了下來，保住了皇上性命，這件事情，既然你知道，蘇子折也是知道的，為何他如今這般篤定攥了皇上的命？」花顏疑惑，「難道他有法子突破雲族傳承的靈術操控被凍結的噬心蠱？」

「定然是的，否則他也不會如此篤定了。」蘇子斬道，「只是我也不太清楚，他用的是什麼法子。不過我們若是搶先一步，將皇上的噬心蠱解了，任他再有法子，也使不出來。」

花顏點點頭，若有所思片刻：「有沒有可能，我是說，雲家的人，或者花家的人，有人被他收買了？能破了雲族的凍結術，又且會南疆的蠱術，操控蠱毒？」

蘇子斬眸光一厲：「這個人怕是有的，蘇幻的母親，是先帝時的宗室子，娶了南疆的一位庶出公主，生有一女，嫁入了蘇家族中，生有一子，就是蘇幻。我近日才知道，不知用了什麼法子，他自小被送去了太祖暗衛中，且通過了選拔，立穩了腳跟，在太祖暗衛中，一藏就是數年。蘇幻已被蘇子折收服，他的母親，受了雲家與南疆葉家的傳承，蘇子折善於用人，不殺蘇幻，她母親投鼠忌器，怕是為了兒子，也會受了這脅迫。」

花顏臉色難看：「你沒有辦法掌控蘇幻和他母親嗎？」

「若是我早些甦醒記憶，也許有法子，如今，人早已被他控制，沒有法子。」蘇子斬搖頭，「蘇家有些人，是支持我的，但蘇子折籌謀多年，且手段之狠，他手底下的人，不敢背叛他，被他收服了的人，除非殺了，否則，別想弄到手。」

花顏點頭。

蘇子斬看著她：「你如今身子弱，更何況，隨著月份大，後面怕是更加吃力。我雖如今與他尚有一拼之力，但也不敢與他貿然硬碰硬，免得傷了你，尤其是你腹中的孩子。」說著，他頓了頓，神色晦暗，「我護你如今尚能夠做到，但別的……怕是需要從長計議謀算，不能一朝一夕擺脫他掌控。」

花顏頷首，她明白蘇子斬的意思：「一日屠一城，你背負不起，我也背負不起，雲遲更背負不起。」話落，她端起茶盞，喝了一口，聲音低暗，「就按你說的吧！兒女情長，終不能敵江山大義，雲遲即便敢冒天下之大不韙，我也不敢讓他為我做到那般地步，他即便不能名垂青史，但也不能因我而被千古唾罵。」

她說不出的話，做不出的事兒，便讓他以他的血，作為交換條件，擔了也好。

蘇子斬點點頭，不再多言，見她喝完了一盞清茶，又給她填滿：「你剛醒來，嘴裡沒味，少喝一兩盞茶水是可以的，但不可多喝，還是喝清水喝湯品對胎兒最好。」

花顏點頭：「那就讓人再端一碗參湯來吧！」

蘇子斬沒意見，對外面喊：「去吩咐廚房，端一碗參湯來。」

玉玲去了廚房，還沒回來，外面牧禾應了一聲是，立即去了。

不多時，玉玲帶著人端了重新做的幾個開胃菜進屋時，便看到桌子上的飯菜已下去了大半，花顏面前的碗裡已沒了米飯，蘇子斬面前的碗裡也空了，多餘的兩碗飯還剩下了一碗。她腳步頓住，立在門口，恭敬地問：「二公子，夫人，可還需要這些飯菜？」

「端進來吧！」花顏聞到了辣味，也聞到了酸味，還有甜味，想嘗嘗這開胃菜。

玉玲立即帶著人端著飯菜擺在了桌子上。

花顏重新拿起筷子，每一樣都吃了一口，然後對蘇子斬說：「你也嘗嘗，比你早先送的廚子，倒是不相上下。」

蘇子斬一聽，坐著不動，情緒莫名地湧上了幾分：「你這奇特的口味，我可消受不起，你自己吃吧！」

花顏也覺得自從自己有孕後，口味十分奇怪，在東宮時，開始的時候，雲遲直皺眉，後來，也能面不改色地陪著她吃了。

想起雲遲，她便忍不住深想，雲遲破除了京城危機，折了蘇子折在京城彙聚的天大陰謀，頒布太子七令，可見在專心理政。

太子七令遍傳天下，是在告訴她什麼？

他沒有萎頓不振？聽話地沒在找她，而是好好地守著京城？守著南楚江山？

還是在公然宣示，告訴她，他已知道了所有事兒，已知道了背後之人是誰，已知道了懷玉就是蘇子斬？然後藉由這個遍傳天下，想讓她知道他不在乎，還是知道他很在乎……

雲遲那樣的人，應該只在乎她，不在乎那些恩怨糾葛的吧？

可是，她呢？

她攥了攥手，渾身虛軟無力，什麼也做不了，目前的她，只能受蘇子折一日屠一城的威脅。

第一百四十二章 啟用女子為官

花顏放下筷子，壓下心底的憂慮，對蘇子斬說：「你還沒告訴我，如今這裡是哪裡？」

「北安城以北千里，荒原山脈。」蘇子斬看著她，「與天雪山相連處。」

花顏點頭：「怪不得如今這時節，還有梅花在盛開，原來走了這麼遠。」話落，她皺眉，「蘇子折的根基在這裡？」

蘇子斬搖頭：「他自己的根基我也不知在哪裡，自從他在白骨山活著出來後，便暗中培植自己的勢力，讓……武威侯不得不選他，進而，以勢要脅武威侯，取我代之。可是蘇氏一族的其他人，覺得他心太狠，手段太黑，無論如何也不能承繼後樑皇室後裔籌謀養了四百年的勢力，所以，一直在牽制他，等我甦醒。如今我醒來，那些人便聽令於我。」

他既已記憶甦醒，又得知他娘的死是武威侯所殺，自然喊不出一聲爹了。

「所以，他自己有些根基，又奪了武威侯手中的願意投靠他的一部分勢力？」

「嗯。」蘇子斬點頭，「這裡距離白骨山近，他的勢力根基在這裡應該不淺，我從牽夢陣甦醒記憶出來後，靠著投靠我的人，摸著線索找來了這裡，但算起來，我清醒不過數日，很多東西還未曾摸清，所以，只能暫且與他周旋。」

花顏點頭，一個籌謀數年，一心想著取而代之，一個被寒症折磨，沒有記憶，只做著他的蘇子斬。兩相比較，如今自然處處受掣肘。

沉且，總歸是一母同胞的親兄弟。

她低聲說：「我該感謝蘇子折因了救命之恩沒殺我，也該感謝這麼多年，他沒對你動手，始終讓你活著。」

蘇子斬嘲諷地笑了笑：「他讓我活著，早先是不屑殺我，覺得我早晚得死在寒症發作上，我死了，後樑後裔的勢力也就認了他。後來，沒想到你將我又救了，他再想殺我，一是殺不了我，二是那些人也不讓他殺，於是，將我扔進了牽夢陣，我死在牽夢陣裡最好，死不了，對他的害處也不大，畢竟我的身分，足夠讓很多人更能堅持後樑復國的立場。」

花顏沉默，片刻，長歎一聲：「不管怎樣，活著就好。」

蘇子斬點頭。

二人一時間陷入了沉默。

這普天下的人都不會知道橫跨了四百年時光的兩個人對於活著這兩個字的意義。無論是四百年前，懷玉掌著後樑江山掙扎生存，還是四百年後蘇子斬日日受寒症折磨辛苦求生，亦或者花顏生生死死，鬼門關前不知走了幾遭。

一陣風吹來，門口珠簾晃動，飄進來一股梅花香。

花顏恍惚了一會兒，清明地再次開口：「一直待在這裡嗎？」

蘇子斬搖頭又點頭：「蘇子折暫時會待在這裡，我若是帶你離開，怕是要掙個魚死網破。」

花顏知道，無論是她懷有身孕，還是他身上帶著傷，都不適合。索性道：「那就先忍著他。」話落，無所謂地說，「我在哪裡待著都是一樣養胎，這裡卻也清淨。」

蘇子斬不語，在東宮養胎與在這裡養胎怎麼能一樣？只不過她說一樣，他又何必反駁？

花顏見他眉目昏暗，對他擺手：「你去歇著吧！你身上的傷，還是要趕緊養好，誰知道蘇子折哪天突然就發瘋，你若是打不過他，我落入他手，他沒了耐心忍我，一定會殺了我，那日你若不來，他對我是真動了殺心的，我也許已死了。」

蘇子斬沉下臉，頜首：「有我在，自然不會讓你再落入他手裡。」

花顏笑了笑，語氣輕輕地說：「是啊！只有你好好的，才能護著我。」

蘇子斬抿唇，不再多言，出了房門。

院外，陽光依舊明媚，他邁出門口，站在房簷下，看著蔚藍的天空，目光穿透院牆高山，落在京城方向。

上一世，他沒有好好的，把她託付給了別人，她落得了一個死字。

這一生，他如今好好的，但目前能做的，也不過是守住這個護字。

他站了片刻，回到房間，低聲喊：「青魂！」

「公子！」

蘇子斬隨手關上窗子，從懷中拿出兩個瓷瓶，倒空了裡面的藥，又掏出匕首，在手指上一劃，指間流出鮮血，他用瓶子接住，看著鮮血流進瓶子裡。

青魂緊張地問：「公子，您這是……」

蘇子斬擠著鮮血，流滿了兩個巴掌大的瓷瓶，擰上瓶塞，轉身遞給青魂：「雲暗當日並沒有被雲幻殺了，而是用了金蟬脫殼，暗中跟著保護花顏，他如今就在附近，你找到他，別讓蘇子折發現，將這個東西交給他，讓他親自送去京城交給雲遲。」

青魂一怔：「公子怎麼知道雲暗就在附近？」

「我感覺到了他的氣息。」蘇子斬沉聲交代，「敬國公一瓶，皇上一瓶，敬國公的那瓶是白送的，皇上那瓶，你就對雲遲說，這是當日他拿蠱王交換條件，換我一命得的血，如今他若是救皇上，就以條件來換。」

青魂接過兩個瓷瓶，看著蘇子斬手指通紅，傷口極大，立即說：「公子包紮一下吧！」

蘇子斬伸手入懷，掏出帕子，按在了血口子上：「我想知道，一個是休妻救父皇，一個是一日屠一城，一個是與我當日同樣的交換條件，他換她嫁娶，我換她和離，他怎麼選？」

青魂攥緊瓷瓶，低聲道：「公子放心，屬下一定悄無聲息找到雲暗，將東西交到他手裡，公子的話也會讓他一字不漏地傳到太子殿下面前。」

「嗯。」

青魂轉身要走，忽然想起什麼，低聲說：「公子，雲暗畢竟是太祖暗衛，他回去，太子殿下就知道了此處，若是找來……」

蘇子斬聞言笑了笑，漫不經心：「找來更好。」

青魂閉了嘴，轉身去了。

花顏坐在桌子前，聽著隔壁蘇子斬房間的動靜，她的感知似乎在醒來後，較之以往又強了些，儘管蘇子斬和青魂將聲音壓的極低，她依舊能聽得清楚。

雲暗的確是一直跟著她，在後樑皇室陵寢時，她就感覺到了。

但是雲暗一人，救不了她，那一日，蘇子折要殺她時，她明顯感覺到雲暗忍不住要出手，而同時蘇子斬趕到了，救下了他，他便又按捺了隱身下去。

蘇子斬大約也是因為前世今生所學，比尋常人更敏銳，感知到了雲暗的存在。

他利用雲暗送東西回去傳信，倒是避開蘇子折最穩妥的法子。

她坐著想了一會兒，站起身，抬步向外走去。

玉玲立即跟上，見她腳步虛軟，木聲問：「奴婢扶著您？」

花顏搖頭，來到門口，她身子倚靠著門框，仔細地看這一處院落，院中也有兩株紅梅，正開的如火如荼，她看了一會兒，對玉玲吩咐：「你去給我折一株梅花來，要開的最盛的。」

玉玲看了花顏一眼，應是，抬步去了，不多時，折回了一株梅花，開的極嬌豔盛華，遞給花顏。

花顏伸手接過，彎起嘴角，誇了玉玲一句「不錯」，捧著回了屋。

雲暗藏得隱祕，青魂找到他，還是費了好一番功夫。

雲暗見到青魂，隱在暗影裡的身子驀地僵住，警惕地看著青魂，太祖暗衛因為雲幻謀亂策反，他發現時已晚，只能金蟬脫殼，暗中跟著被蘇子折劫持的花顏。

可是，他只能跟著，什麼也不敢做，因跟的太近，他不敢傳信，連雲幻都是蘇子折的人，他不敢相信任何人，怕被人察覺，消息不但傳不出去，同時也暴露自己，只能等著救她的機會。

可是蘇子折身邊高手太多，他跟了一路，到了這裡，也沒找到機會。

幸好等來了蘇子斬，蘇子斬是帶了不少人，但顯然，他不止身上有傷，也因為什麼原因受蘇子折掣肘，不能帶花顏離開。

但最起碼，花顏在蘇子斬身邊，已沒有了性命之憂，讓他稍微放下心來。

如今見青魂出現在了他的面前，他漆黑的眼眸盯住青魂，見他只一個人，沒有殺氣，他便一言不發地等著青魂開口。

青魂拿出兩個瓷瓶，遞給雲暗，開門見山言簡意賅地將蘇子斬的交代說了。

雲暗聽完，沉默地不接那兩個瓷瓶。

青魂看著他，一字一句道：「大公子說了，若是太子妃不聽話，還要繼續做南楚的太子妃，他便一日屠一城。我家公子若是與他對著幹，如今魚死網破也不見得奈何得了他，反而還會讓太子妃和腹中孩兒受傷，而大公子如今又有毒計，若是你不拿著我家公子給的解藥回去，那麼，太子殿下才是真正的陷入兩難困境。」

是救皇上，還是休太子妃？

救皇上，休太子妃，以太子殿下對花顏的情意，是要太子殿下的命。

不救皇上，是大不孝，此事宣揚開，固然蘇子折心計歹毒，但是雲遲身為太子，不念君父生恩養恩，往日的賢名威望怕是一落千丈，遭天下人的罵名。

這麼多年，不止雲遲辛辛苦苦監國理政，朝野上下，獲得人人稱頌，而花顏自從答應嫁給他後，也為他的賢名威望所做頗多，尤其是在北地，她幾乎是拿了命來替他愛護百姓，博得名聲。

青魂又道：「我家公子，也不過是做了他該做的能做的而已，當初太子殿下以條件相換，如今我家公子也以條件相換。公子在京勢力，都悉數給了太子殿下，並沒有帶來一人。公子即便如今，心中苦痛，但也清楚，如今的太子妃，已嫁給了太子殿下，在太子殿下不放她身分，歸還自由之前，她還是太子妃。至於以後，就看太子殿下怎麼選了，當初公子為了太子妃想他活著，忍痛割捨，用了蠱王，依了太子妃，如今，若是太子殿下為太子妃好，是不是也該忍痛割捨？太子妃對此事也是同意的。」

雲暗終於開口，盯住青魂：「這話也是你家公子說的？」

青魂垂下眼睫：「是在下自己說的。」

雲暗伸手接過他手裡的兩個瓷瓶，聲音涼寒：「難道，你以為，太子殿下為了太子妃好，就是休了她嗎？」

青魂抬起眼，想起玉漱是如何死的，無非是一個稱呼，可花顏怒了，他沉默不再說話。

「我雖在太子妃身邊時日不長，但也知道她雖是個女子，但卻是個極重諾守信之人，她既答應嫁給太子殿下，便是不會反悔的，如今如何會同意和離？」

「若太子妃不同意，難道讓太子殿下不管君父死活？眼看著太子殿下被大公子威脅？一邊是皇上，一邊是休妻，還有個一日屠一城。」青魂看著雲暗，「我家公子的血，能救皇上的命，只要太子殿下答應了條件相換和離，如今就能破這個死局。」

雲暗將兩個瓷瓶揣進懷裡，沉聲道：「我離開，你家公子會好好保護太子妃吧？」

「自然！這不必你我說，哪怕要了公子的命，也會護太子妃一個安穩。」

「好，我這便啟程回京，一定趕在蘇子折動手之前，將這兩瓶東西和你家公子的話原封不動帶到太子殿下面前。」

「多謝！一路小心！」

雲暗點頭，不再多言，轉身離開，轉眼，身影便不見了。

青魂立在原地，深吸了一口氣，回去稟告蘇子斬。

青魂與雲暗見面悄無聲息，此事做的神不知鬼不覺，二人都是一等一的高手，尤其是隱身的功夫，更是鮮少人能及，所以，蘇子折自然不知道，在他看不見的地方，在他的眼皮子底下，事情已經在他計畫之外的發生了變化。

蘇子斬聽了青魂的回稟，點了點頭，沒說什麼。

花顏捧了一株梅花進屋後，吩咐玉玲：「去找一個花瓶來，我不能踏出這院落賞梅，便每日折一枝梅花在屋中好了，也算是日日有花看，時時聞梅香。」

玉玲應是，立即去了。

花顏有什麼動靜，玉玲自然都是要稟告蘇子折的，所以，花顏突然要一個花瓶養一株梅花這樣的事兒，雖小，但還是稟告到了蘇子折面前。

蘇子折坐在書房窗前的矮榻上，聞言冷笑：「這是告訴我，想看外面那一片梅林嗎？她若是折梅花，便給她折！若是養在屋中，便給她養。只要她給我忘了雲遲，不做南楚太子的女人，還做我後樑的女人，要什麼，都給她。想看外面的梅林，只要她做到我的要求就行。」

玉玲聞言恭敬地退了下去。

晉安看了蘇子折一眼，在一旁提醒：「主子，夫人肚子裡懷的那個，是南楚太子殿下的子嗣。」

「我知道！」蘇子折臉色驀地森寒，死死盯住晉安，「是閆軍師讓你提醒我的？他還沒收起要殺了她的心思？」

晉安垂下頭，恭敬地說：「不是閆軍師，是屬下方才聽了統領您的話，才提醒您的。」

蘇子折冷笑：「這麼說，連你也覺得我該殺了她，殺了她腹中的孩子？」

晉安垂著頭道：「統領不殺，必有不殺的理由，將她給了二公子，也必有理由。」

蘇子折收起冷笑，寒森森地說：「不錯，我不殺她，自然是想她活著，讓她看看後樑的人如何報四百年前被南楚滅國之仇，將她給蘇子斬，也是想看看他們，四百年前情比金堅，愛比海深，一個陪之赴死，一個死而復生不求復國只為割魂捨魄的追逐，如今，世事已變，兩個人都有記憶，這天高海深的情誼，可還在了？」

晉安猶豫了一下：「二公子不像您，怕是捨不得逼迫她的。她對太子雲遲不可謂不好，就拿在北地來說，為著太子做到那等地步，幾乎捨了命，怕是與四百年前對二公子，也沒多少差別。如今哪怕被您逼迫，只怕是心裡還向著太子殿下，如今您這一計使出去，讓太子殿下兩難，她怕是恨死您了。您不殺她，二公子為了她，如今是拿您沒辦法，有朝一日，若是有了辦法，怕是會毫不猶豫殺了您。」

蘇子折滿不在乎，冷笑：「即便有朝一日想殺我，那他也要殺得了我才行。至於她腹中的孩子，在還沒出生時，就給他換個姓，豈不是比墮胎更好？」話落，他擺手，「你不必說了，下去吧！告訴閆軍師，務必辦好此事。我最期待的是雲遲的反應，他是救老子呢？還是休妻？他不是自詡是個愛民如子威震朝綱的好太子嗎？我就看看，他的好在哪裡？是大孝，還是大不孝，是愛天下，還是強娶了之後再負了她。我很期待。」

晉安應是，退了下去。

玉玲取來花瓶，比花顏預計的時間要慢，她心中清楚，卻也當作不知，拿了花瓶，將花插進了花瓶裡。

這一株梅花，開的極盛華，因了花瓶裡的水的滋潤，似乎開的越發鮮豔了。

不多時，便滿室梅香。

花顏睡了多日，實在不想睡了，蘇子斬累了多日，見她醒來，終於放下心，本就受著傷，心血耗費之下，又放了血，受不住，喝了藥便歇下了。

花顏瞧了一會兒梅花，對玉玲問：「會下棋嗎？」
玉玲點點頭。
「來，陪我下棋！」花顏吩咐。
玉玲應是，找了棋盒，鋪了棋盤在桌上，自己默默地坐在了花顏對面。
玉玲的棋下的規規矩矩，花顏的棋下的漫不經心，看起來只為了打發時間。
一局棋下完，下了個平局。
玉玲平淡看不進事物的眼裡終於染上了一絲驚訝，抬頭看向花顏。她棋藝精通，能感覺出花顏是個更精通棋藝的，按理說，以花顏的棋藝，她是贏不了她的，更不該下出了這一局和棋。
她沒必要讓著她，可是偏偏，她故意下出了和棋。
玉玲不解，訝異的眼眸裡同時染上了疑惑。
花顏見玉玲看來，身子向椅背上一靠，語氣懶散又漫不經心地說：「四百年前，後樑滅亡，多少世家投了南楚，唯獨玉家一門，以滿門成年男丁的鮮血，祭了後樑天下。你既是玉家後人，為何甘願被蘇子折所用？他是後樑後裔沒錯，但蘇子斬才應該是你該效忠的那個人，難道四百年已過，玉家人都沒了忠骨？一個玉漱，寧可死，也怕的不敢到蘇子折面前傳一句話，你難道也與她一樣？」
玉玲身子一僵，眼裡的訝異疑惑悉數被翻湧的浪潮代替，即便她克制地垂下了頭，但攥緊的手還是出賣了她因為花顏這一句話而不平靜的內心。
花顏盯著她看了一會兒，清清淡淡的眼神，卻讓玉玲漸漸地白了臉後背衣衫浸濕。
明明是一個柔軟虛弱一陣風就能刮倒的女子，可是玉玲感受到了前所未有的威壓。這是她自小到大從沒感受過的，與蘇子折給她的威壓不同，蘇子折的是狠殺，而她，是密不透風的威懾。

玉玲默不作聲，手卻越攥越緊。

「玉家如今還有多少人活著？」花顏從她髮頂移開視線，輕飄飄地問。

玉玲不吭聲，不作答。

花顏忽然笑了：「你怕什麼？我如今手無縛雞之力，只要你自己不自殺，我又不會殺了你。玉漱是你玉家人，她的死你若是怨在我頭上，我也無話可說。」

玉玲終於抬起頭，眼底的神色悉數化成了平靜的湖面，木聲說：「一百三十人。」

「可以啊！四百年已過，玉家當年只剩兩名幼童，如今還算子嗣頗豐。」花顏右手敲著桌面，「全部被蘇子折所用？我想知道，蘇子折用什麼收服玉家人？」

玉玲又低下頭：「奴婢不能說，您若是想知道，自己問主子吧！他也許會告訴您的，畢竟主子待您不同。」

花顏意味深長地看了她一眼，也累了，不再說什麼，起身去了床上。

她躺下，玉玲幫她落下帷幔，退出了房門，卻守在門口，沒離開。

花顏躺在床上，看著房頂的橫梁，想著四百年前的玉家，算是整個朝綱的一股清流，太子太傅出自玉家，數代帝師出自玉家，可是面對數代糊塗的君主，玉家人即便有天大的能耐也無可奈何，幸而懷玉出生，自小聰穎，讓玉家看到了後樑江山的希望，但偏偏，沒防住害人之心，讓他小小年紀就中了劇毒，後來毒雖然解了但也傷了身子，他的社稷論策沒用上，而玉家哪怕盡心輔佐，因他身體不好，一年有大半年臥病在床，也已對瀕危的後樑江山無力回天。

與其說玉家一門忠骨祭江山，不如說是祭了驚才絕豔卻無奈赴死的懷玉帝。

她見了玉漱時，沒從玉漱的身上看到玉家人的影子，如今換了個玉玲來，倒是從她的身上看到了玉家人的影子。

可惜，玉家人已不是四百年前的玉家人了，被蘇子折不知用什麼法子收服了。

她想的累了，乾脆不再想，手放在小腹上，過了一陣，睡了過去。

蘇子斬睡了一覺醒來時，精神氣色好了幾分，他不放心花顏，出了房門，來隔壁房間查看。

玉玲守在裡屋門口，見蘇子斬來了，垂首見禮，聲音木木的。

蘇子斬沒聽到房間有動靜，低聲問：「她睡了？」

玉玲點頭：「夫人睡了。」

「可有哪裡不適？」

「不曾有。」

蘇子斬放心下來，轉身走了兩步，忽然想起什麼，對玉玲道：「你隨我出來。」

玉玲點點頭，抬步跟上蘇子斬。

來到院中，蘇子斬立在屋簷下，對玉玲問：「你是玉家人？」

玉玲垂手，攏緊袖子，平靜點頭：「是！」

蘇子斬沉默片刻，風吹來，他的聲音有些沉寂，很輕：「玉家一門忠骨，已報了後樑江山，後來既能保一二血脈，為何還如此執著？南楚盛世四百年，不好嗎？」

玉玲身子顫了顫，抖了抖，才木聲開口，但聲音不難聽出克制的不平靜：「玉家人生來就該輔佐帝星，只要血脈不絕，就不會甘休。」

蘇子斬又默了片刻，笑了笑：「所以，玉家這一代家主算出蘇子折是帝星？」

玉玲抬起頭，盯緊蘇子斬：「未曾算出主子是帝星，但二公子您沒有爭伐殺戮之心，您還是如四百年前一樣宅心仁厚，這樣的您，會復國讓江山染血嗎？您追來這一世，不為江山，不就是為一個女人嗎？那麼，玉家人不另外擇主而投，難道空等四百年？」

蘇子斬回頭看著她，目光淺淺淡淡，溢出悲憫，不過只是一瞬，他揚了揚眉，果斷地說：「你說的對，我就是為了她而來，只是未曾想，有個同胞兄弟，惹出這些事端。」話落，他轉回視線，頓了頓，沉聲道，「你說的宅心仁厚，是上輩子，如今我倒未必。不過蘇子折不是帝星，玉家若不想重蹈覆轍，儘早收手吧！血脈傳承不易，何必如此執著？」

「就知道二公子如此想，沒有爭奪之心，但你既然如此想，為何又收了那些部下？」玉玲盯緊蘇子斬：「他們若是知道你根本就不想復國，豈不是白忙白等您一場？」

「我若是不收了，讓蘇子折勢大，禍亂天下？」蘇子斬嘲諷地笑了笑，「自己做的孽，自然自己收拾。至於守的是後樑天下，還是南楚天下，都是求的百姓安居樂業，有和不同？」說完，他抬步走回隔壁屋子，在邁進門口時，又停住腳步，說了一句話，「我出了牽夢陣後，去玉家祖墳上了三炷香，也算全了一世君臣忠骨。玉家後人若是不惜再頭破血流，我也無話可說。」

說完，他進了屋子，房門關上，隔絕了外面的冷風，也隔絕了陽光投進。

玉玲哆嗦地站了好一會兒，才蹲下身，將頭埋進了自己的臂彎裡。

青魂在暗中無聲地看著玉玲，不過是一個十五六的小姑娘，是一個婢女，公子與她說這麼多，原來是玉家人？可惜，玉家人太執著復國，選了大公子。

公子的心中應該很難受吧？

他身為近身暗衛，能體察出公子的身體靈魂裡承載了多少東西。

當年，他急著追魂而來，只留了寥寥數語，可是梁慕在那寥寥數語的基礎上做了好幾篇文章。代代傳下來，就成了為等他醒來為復國而時刻準備著。

他甚至想，若是南楚太子不是雲遲就好了，是個窩囊的，不睿智的，不聰明的，沒有才華的，沒有手段的，不愛民如子的，該有多好？

那麼，公子不忍百姓受苦，總會承接過來的。

可是，太子偏偏是個好太子，而公子甦醒記憶後，才知道追逐的人成了太子妃。

只能說天意弄人！

蘇子斬回到房間後，給自己倒了一盞茶水，並沒有喝，而是用手指沾了茶水，寫了「玉家」二字，他盯著看了片刻，又在玉家的旁邊，寫了「蘇子折」的名字。

蘇子折知道玉家人厲害，雖不至於有雲族靈術的通天之能，但也知曉天文地理，五行八卦，陰謀陽謀之術，且十分精通。

蘇子折在他甦醒記憶之前，將玉家人攥在了手裡，的確是攥了一張王牌。

他伸手抹去了玉家，又沾了水寫了「雲遲」的名字，之後罷了手，任水漬在桌面自行乾去。

大半日過去，雲暗應該帶著解藥出了荒原山了吧？

從荒原山到京城三千里，他若是日夜兼程，最快的話，也要五日見到雲遲。五日後，他是看到公示天下的休妻書，還是和離書，還是……

雲遲頒布了太子七令後，朝野上下都忙了起來。

那一夜的血雨腥風，像是夢一場，被倒春寒的風吹的了無痕跡。

安書離年紀輕輕官拜宰輔，一下子榮耀了安陽王府的門楣，但安陽王府並沒有跟著水漲船高地張揚起來，反而是越發地低調，這幾日，安陽王請了族中的幾位太公商議分家之事。

安家是世家大族，根系頗深，故而，安家族中有身分重量的所有人都不同意安陽王這麼幹，甚至有不滿言論傳出，說安陽王府因為得了拔尖的富貴，所以不願意照顧族中人了。

安陽王府這些年的確多蒙族中照顧，但同時也不是沒給族中好處，這是互相扶持的有利之事，當然有利的同時也有害。那就是家族大了，子弟們良莠不齊，有好的就有壞的。

安陽王雖然自詡這麼多年沒做過對朝廷不忠不仁之事，但族中人可沒少幹蠅營狗苟，以權謀私，以勢謀私之事，誰家都這樣，所謂法不責眾，他也就睜隻眼閉隻眼。

那些事兒若是細究起來，安陽王府都得跟著倒楣。

只不過，因不是禍國的大罪，先皇和皇上又仁善，一直沒查，但如今不比以前了，哪怕無人在背後禍亂，這般蛀蟲日益啃食下去，南楚江山也岌岌可危。

後樑是怎麼滅亡的？就是這般日積月累。

如今太子殿下還沒抽出空來清洗世家大族中的汙穢，一旦抽出空來，從朝到野，從京城到地方各州郡縣，早晚都要洗禮一遍。

安陽王清楚，再這樣下去，別說尾大甩不掉，等雲遲真正清查清洗時，安陽王府和安家整個安氏一族，滿門傾覆也不是只說說好玩的。

可是，無論安陽王怎麼說，族中的幾位太公們就是不答應。

安陽王府這塊牌匾，可是支撐了整整四百多年了。若是分家，那族中多少子弟都不能再依靠安陽王府這塊招牌和資源，都要自謀生存之道，對於安陽王府來說，不過是斷條胳膊，但對於族中來說，那可是要命。

說到最後，幾位太公指著安陽王鼻子罵，說翅膀硬了，血也涼了，不顧族中子弟的死活了，什麼難聽的話都罵了出來，安陽王溫和了一輩子，從沒有遭人這麼罵過，這是第一次，他還沒法還嘴吭聲。

安陽王妃素來是個厲害的，開始還忍著，後來實在聽不下去了，猛地一拍桌子，怒道：「都給我住嘴！」

她這一下，眾人頓時靜了靜。

一直以來，安陽王妃雖然厲害，但也從沒不給族中長輩面子過，這也是第一次，她氣的眼睛通紅，怒道：「你們是只想要利？不想要命了嗎？你們看著這安陽王府眼紅，那今兒個我就讓王爺去向太子殿下請辭了官職朝政，連著王爺的爵位也都一併辭了去，自此後，他不是安陽王了，安陽王府也沒了，就和族中的所有人都一樣了？這樣，你們滿意了嗎？」

滿意？他們自然是不滿意的。

有人立即嗆出聲：「你話說的好聽，安陽王這個爵位是怎麼來的？是傾了舉族之力，輔助太祖爺兵馬攻下了後樑，論功行賞的！當初，族中多少先輩們跟著拋頭顱灑熱血，多少子弟喪命？安陽王答應過，只要太祖爺奪了天下，封了爵位，就庇護族中，如今，你說去請辭？是你一個人的事兒嗎？」

安陽王妃紅著眼，一時也無法反駁，這話說的對，可是也不看看那會兒是什麼情形，這會兒又是什麼時候。

安書燁雖然是個風流性子，喜愛女色，但作為南陽王府的世子，也是自小培養的，沒那麼差勁，見父親母親都被懟的無言，他緩緩開口：「彼一時此一時，彼時，安氏一族無人做以利謀私之事，但如今，你們捫心自問，誰家沒謀私？太子殿下若是查起來，別說一個安陽王的爵位，就是安氏一族，株九族，也是夠了。」

他素來是個溫軟性子，尤其是在長輩面前，從不說重話。他不像是安書離，不想理的人乾脆不理，看著溫和淺笑好說話，實則是性子淡漠淡薄的很，府中諸事都不摻和，更遑論族中那些烏七八糟的事兒？

所以，他一開口，還真就讓眾人都又靜了靜。

安陽王妃難得對他這大兒子刮目相看了一回，想著再怎麼跟他爹一樣沒出息，到底還是她生的，關鍵時刻腦子沒吃屎不糊塗，沒死活想著保住自己的世子位置，還知道出來為爹娘說話。

可是即便這句話堵住了眾人一會兒的嘴，但這些人還是不同意，說安陽王府站著說話不腰疼，誰知道他們是不是因為安書離成了南楚歷史上最年輕的宰輔，就要撇開族人？

安書燁見話題說到了安書離身上，也沒了反駁之語。

這件事兒一連僵持爭論了好一日，沒出個結果。

安書離接手了趙宰輔的一應事務，才知道這當宰輔的日子不是人幹的，趙宰輔自從雲遲監國後，鬆懈了一部分權力，他又是個在朝堂上浸淫半生的，門生遍布朝野，一步步坐上宰輔之位，自然遊刃有餘。但安書離不同，說白了，他再有才華本事，根基還是太淺，尤其是雲遲給他的官位大，權力大，自然事務相應地也多。

他這些日子忙的是日夜顛倒，每日能睡兩個時辰就阿彌陀佛了，肉眼可見人瘦的連衣服都快撐不起來了，與雲遲有的一拼。

安書離自小喜歡靜，喜歡按時按點吃飯睡覺，不喜應付人事兒，從沒想過入朝，沒想到，如今不僅入了朝，做了官，還一下子成了官任宰輔，一人之下，萬人之上。

他這一日忙的兩眼發黑後，扔了奏摺和卷宗，看向對面的雲遲。

這些日子以來，他一直待在東宮，東宮雲遲的書房成了議事殿，他這個新上任的宰輔也成了陪著雲遲一起打理朝政的夥伴，快把雲遲書房的椅子都坐穿了。

雲遲見什麼人，他也跟著見什麼人，甚至便利到雲遲剛見完的人，轉回頭來再見他，一波波的官員，見識到了太子殿下對安宰輔的倚重，自然也見識到了安書離的能力。

不過，人畢竟不是鐵打的，活也不是一日能幹完的。

安書離忙了幾日，兩眼成了熊貓眼，公子形象早就不要了，每天能洗把臉吃口熱呼呼的飯，多歇一盞茶的時間，他就覺得人生已無限美好了。

他忙起來沒顧上想太多，一連數日下來，才漸漸地覺出不對味來，他黑著眼圈對雲遲有氣無力地說：「太子殿下，您有什麼打算，就直說了吧？這樣下去，下官懷疑您大約前腳離京剛走，下官就一頭栽倒地上起不來了。」

雲遲抬起頭，看了安書離一眼，他眼底也有濃濃的青影，衣袍也不整潔了，皺皺巴巴的，二人對坐，面前堆起的奏摺比山高，看誰比誰更邋遢，他擱下筆，忍不住笑了一下。

安書離見雲遲笑，難得地學著陸之凌，對雲遲翻了個白眼。

他是南楚歷史上最累的太子殿下，他則是南楚歷史上最不該在這個年紀官任宰輔的安宰輔。

論誰可憐？

他覺得，不該是雲遲，應該是他，他招誰惹誰了？也跟著受罪！

雲遲看著他一副鬱悶厭厭地快瘋了的模樣，笑著合起奏摺，對他說：「你說對了，本宮是打算出京，雲影傳回消息，北邊有些痕跡，不過還沒查到具體方位，只要一查到，本宮就立馬出京。」

話落，又說出了句安書離這會兒最不愛聽的：「本宮離京後，京城的安穩就交給你了。」

安書離後知後覺地已料到，但是雲遲這般確定地說出來，還是讓他想吐血。

京城剛平穩，一攤子事兒，尤其是他剛頒布了太子七令，諸事待操辦，他宰輔的日子也剛坐上沒幾日，還沒徹底熟悉全部朝政接手過來，他即便不要命地忙，最起碼還要忙上最少兩個月。尤其是開春了，黑龍河已化凍了，他還要遙控安排操心修築黑龍河堤壩之事，他就算有三頭六臂，也忙不過來啊！

太子殿下不走還好，有他坐鎮京中，他就算拼死拼活再忙活兩個月，也沒意見，畢竟，他比他更忙，一國太子，忙的事情更多，總比他這個新上任的宰輔忙累。

畢竟，身分擺在那裡，該他做的事兒一樣都少不了。

他這個新上任的宰輔上面，好歹是有他頂著的。

但是如今他告訴他這麼忙的目的是他真要離京！

他看著雲遲笑，他一點兒也笑不出來，他快哭了！

他離京後，所有朝事兒，豈不是都砸在他這個宰輔身上？

那麼他再抓誰頂在頭上？

皇上如今還昏迷不醒呢！

諸皇子們，除了個五皇子，其實大多還是不堪大用的，五皇子也嫩的很，做不了雲遲這個身分該做的主，只能他咬牙來做。

他苦著臉看著雲遲，有氣無力地說：「殿下真要親自去找人？既然您決定要自己去找人，早先頒布什麼太子七令啊?!」

自從頒布太子七令後，全天下的目光都看著京城，看著太子殿下，看著他這個新上任的安宰輔，半分錯都出不得，否則本是好事兒，沒准哪個環節出錯，就弄成了動盪，忙死個人。

雲遲笑看著他，知道他滿腹鬱氣，他反而笑的和氣沒脾氣：「只有全天下的目光都盯著京城，才不會有誰能想到我會在這時候出京。」

安書離噎了噎：「您可真會想。」

道理是這麼個道理，如果他不是新上任的宰輔，他不頂著這諸多的事兒，也覺得這時候確實太子殿下想的對。

可是他的太子七令將全天下渲染的看起來一派諸事待興的模樣，實則內裡如何，只有他們清楚。諸多弊端，汙穢結網，骯髒看不見的怕是在朝野上下積存已三尺深，這內政外政，要真正理起來，何其不易？

他想給雲遲跪下說，您若是走了，這一大攤子事兒，臣頂不住啊！

可是，看著雲遲笑著的神色，心中明白雲遲心裡清楚的很，還用得著他提醒？明知道不能為而為之，怕是他忍耐的極限了。

他已經忍了這麼久，沒出京，沒找太子妃，如今，不想再忍了。

也許，在那日充滿血腥的夜晚，他親自亮出了劍，斬殺了數百被策反的太子暗衛，只放走了一個雲幻，便下定了決心，所以，力排眾議，提了他越級而上，成了如今的官拜宰輔，就是等著他將這宰輔之位坐穩個差不多，就扔下一堆事給他，然後離京去。

安書離歎了口氣，又歎了口氣，說：「程顧之不出意外的話，算算日子，今日該進京了吧？」

「嗯。」雲遲點頭，「就在這兩日，本宮派人盯著了，路上沒出意外。」

安書離稍稍鬆了一口氣：「那就好，總算來一個能用的。」

雲遲微笑：「他若是熟悉京城，入朝上手，最少也要十天半個月。」

安書離臉色又垮了。

雲遲笑著說：「蘇輕眠也來了。」

安書離沒多少精神：「那還不都一樣？好多的大事兒了，就算適應了，上手了，真正拾起來，怕是要一個月了。」

雲遲點頭，看著他懨懨的神色，好笑著說：「不過你也別擔心，本宮破格提拔一人入朝，可以幫你分擔一二，這個人，立時就能上手。」

「誰？」安書離疑惑，這些日子，他每日甚至每夜都與雲遲坐在這書房裡見一波又一波的官員，絡繹不絕的，破格提拔的，平級調動的，一日三升的，半日三降的，甚至是直接罷官免職的，都見了不少，但他覺得沒誰能幫他一起頂著。

「趙清溪！」雲遲說出這個名字。

安書離猛地睜大了眼睛：「趙府小姐？她？」話落，他不敢置信地看著雲遲，「太子殿下這哪裡是破格提拔？這是破了祖宗規制，啟用女子為官啊！」

這事兒在南楚歷史上沒有，在別的朝代倒是有，只不過太遙遠，記入史冊的也不過那麼零星的一二人三四人，不能再多了。

近一千五百年來，各朝各代，都沒有女子為官。

如今，南楚泱泱大國，這破了規矩，於一時看，只是趙清溪一人，於長遠看，這可是女子為官的先河。

他雖不會看不起女子，也覺得女子有不少有才華之人，但也覺得，這是不是太突然了？這事兒若是傳出去，天下文人學者術士怕是會吐沫星子淹了……呃，不會是太子殿下，也會是他。

畢竟這人破格提拔上來，是幫助他在太子殿下離京後監國理政的。

「這麼震驚？」雲遲已思索了數日，就等著安書離受不了了提這個話頭，順勢將趙清溪推出來，但如今看著他震驚的模樣，還是愉悅了他。

能讓安書離談之變色，震驚成這樣，這件事兒的確是開了天大的先河。

安書離深吸一口氣：「趙府小姐的確有才，得趙宰輔悉心栽培，視野心胸均不輸於男兒，不過，到底是女子，這一旦為官……殿下覺得真可行？」

畢竟趙清溪是趙宰輔給雲遲自小準備的太子妃，教養雖按照大家閨秀的儀態教養，但書讀的卻也夠多，當初趙宰輔就怕她與雲遲沒共同話語，二人不能和睦相處，做夫妻心不近，女兒豈不是不幸福？

所以，彼時，雲遲沒選妃之前，他做過雲遲的半個老師，給雲遲學什麼，就讓趙清溪學什麼，雖不像對雲遲這個太子那樣要求嚴，但趙清溪自己本身卻是個卯著勁兒的脾氣，也心儀雲遲，所以，該學的都學了。

後來，太子選妃，選了臨安花顏，趙宰輔好生置氣鬱悶了一陣子，既然做不了太子妃，側妃又委屈她女兒，就頗有些後悔，不讓趙清溪學了，怕以後這般有才華的女兒，不嫁入皇家，誰還敢娶她？娶回去，她滿腹才華，高高在上，與夫君沒個共同語言，這豈不是害了她？

但那時趙清溪習慣已養成，加之也沒覺得花顏能勝任太子妃，太子一定會娶了花顏，所以，也想再努力一把，趙府沒有的孤本書籍，趙清溪依舊找雲遲借到手裡。

這也是當初趙清溪親自去東宮還書籍的由來。

細說起來，趙清溪的才華，那可是比朝中大多數人強多了，再加之人聰明，知進退，懂得把握形勢，看清利弊，圓滑處事，這都是一個官員的素養。

從她能屈能伸，能答應做雲遲的迎親客，能在趙宰輔靈堂上答應嫁給梅舒毓，就可見一斑。

雲遲破格提拔她，除了女子的身分外，還真是個好人才，沒的挑。

安書離想了一通，也覺得這是個合適人選。

雲遲點頭：「本官為她開這個先河，若以後還有這般博學多才的女子，也一併可入朝。如今南楚缺的是人才，本宮要讓全天下人知道，只要有才，本宮便可不拘一格重用，不分男女。」

安書離震驚過後，將利弊一通地想仔細後，也覺得破格重用趙清溪，就當前來說，利大於弊。至於以後，萬一女子不可用，有破格提拔的這一日，便也有能廢除的那一時。

他畢竟不是循規守舊之人，見雲遲如此說，便點了頭：「殿下如此安排，我也同意。」

雲遲就知道他會同意，笑道：「本宮今日便將趙府小姐請進東宮，詢問她此事，一旦她同意，本宮便先任命她為六部行走，主要輔助你。」

安書離頷首，宰輔統掌六部事，趙清溪相助他，這個特別的六部行走倒合適。只不過女子突然為官這路畢竟比男子走的艱難，更何況太子殿下給的這個官職又是個什麼都管的，這與六部所有官員打交道之事，更是難上難，但願那趙小姐真的是外柔內剛，可別中看不中用。

他又想著，若是太子妃來接這個，他一定沒這個顧慮，那樣的女子，雖看著不著調，但若是收拾起人來，在她面前，就有那個本事讓人信服且乖乖的，且看肅清北地，就能看的清楚明白。

趙清溪他倒不敢先給與太大的信任，少不了她初入朝時，要多費些心。

二人商定的話落，福管家在外小聲說：「太子殿下！」

「嗯！」雲遲應了一聲，「何事？」

福管家立即說：「安陽王府和安氏一族已鬧了多日，王爺和王妃拿族中人沒法子，方才打發人來，想問問書離公子今日可否有空回一趟安陽王府？」

雲遲點頭，他是知道自從花灼救了安書離，安陽王就想給他一份大禮，但這大禮可不是那麼輕易，安氏一族的人沒那麼容易讓安陽王府和族中人分了家。

他看向安書離：「你回去一趟？順便透透風？」

安書離正有此意，這幾日，他沒空理會安陽王府和族中的鬧騰，因為他也沒想到他父親倒是想的開，要主動送給太子殿下這麼一份大禮，安氏一族的確該整頓了，自己先掰開了揉碎了的清洗，總是好事兒。

他站起身，對外說：「煩勞福伯，給母親回話，我這就回府。」

福管家應了一聲，連忙去了。

安書離也沒打算給自己好好收拾一番，便出了書房，出了東宮。

他騎馬回到安陽王府這一路，若非馬識得路，安陽王府又距離東宮不遠，他差點兒在馬上睡過去。

五皇子有好幾日沒去東宮了，自從那日京城動亂被壓下後，他接了命令，整頓京城兵馬司，如今在街上碰到了安書離，他幾乎認不出來，疑惑地喊：「安宰輔？」

安書離對於安宰輔這個稱呼已能適應了，聞言醒了神，勒住馬韁繩，看到五皇子，在馬上拱手：「五皇子！」

五皇子嚇了一跳：「你怎麼成了這副模樣？你……這是多少天沒睡覺了？」

安書離揉揉眉心：「事情太多，的確缺覺。」

五皇子也知道他新官上任，顯然這個一步登天的職位對他的挑戰極大，他也說不出寬慰話來，只唏噓說：「你可要好好保重身體啊！如今四哥可多仰仗著你呢。」

安書離點頭，見五皇子也隱約有些疲憊，只不過確實比他好太多了，他心想著若是太子殿下出京，朝廷正值用人之際，他還能再壓榨一下五皇子。

五皇子可不知道這一面招呼讓安書離惦記著再多給他點兒活幹，將他也狠狠壓榨一番，若是知道安書離如今這樣想，他恨不得見了他也不打招呼。

二人打了個照面，說了兩句話，安書離繼續向安陽王府走去。

回到安陽王府，府中大門大開，顯然在等著他，守門人見他回來大喜，連忙快跑著一溜煙去稟告安陽王和王妃。

如今府中還鬧著不可開交呢，就等著二公子回來了。

安書離下了馬，扔了馬韁繩給小廝，漫步走進府中。

他有多少時日沒回安陽王府了？這門走進來都有些陌生，算起來，他在東宮住的可太久了。東宮太子殿下書房門口的兩尊玉麒麟都被他看清有多少汗毛了。

府中管家匆匆迎到門口，見了安書離也駭了一跳，幾乎沒認出來：「二……二公子？」

安書離瞅了管家一眼，「嗯」了一聲，「族中太公們都在哪裡和我父母議事？」

管家倒吸了一口冷氣，立即說：「在祖祠前院的報堂廳。」

安書離點頭，向祖祠前院走去。

管家連忙跟上他的腳步，小心翼翼地問：「二公子，您這是……太忙了？」

「嗯！忙的沒功夫睡覺。」安書離腳步雖平穩，但恨不得即刻往地上一躺就睡了。

管家立即說：「王妃若是見了您這副模樣，怕是會心疼死。」

安書離不置可否，他都心疼自己這麼操勞了，他娘自然更心疼，不過有什麼辦法呢？食君之祿，忠君之事，他都立了誓，總不能撂挑子。

安陽王府的下人們見到安書離，紛紛給他見禮，一個個臉上也是對他此時的模樣頗為驚心，從來沒有見過這般模樣的二公子。

在他們的記憶裡，二公子從來都是衣袍整潔，不染纖塵的。

安書離也不在意下人們的目光，一路來到祖祠前院。

第一百四十三章　藉梅傳訊息

安陽王和王妃已得了下人的稟告，知道他回來了，對看一眼，心裡都鬆了口氣。如今安氏這一團亂麻，真是讓他們頭疼，本想幫著太子殿下先理清安氏一族，沒想到反而給兒子找了麻煩。

安氏族裡比想像的還要棘手難辦，讓他們騎虎難下，如今既然已經提起，若是因為他們不同意便退一步，那以後安陽王府可就再不能提了。

安書燁拱手：「父親，母親，我去迎迎二弟。」

安陽王點點頭，沒有老子迎兒子的道理，但兄長可去：「去吧！」

安陽王妃見安陽王坐著不動，她才不管那些，在這待久了，她鬱悶的很，扭身就迎了出去。

安氏族中的長輩互相你看看我，我看看你，彼此都使了個眼色，打定主意，就算安書離回來，他們也死活不同意，看他安書離這位新上任的宰輔，能奈他們如何？

安書燁和安陽王妃見了安書離，如管家一般，也都嚇了一跳。

安陽王妃頓時紅了眼眶，一把抱住他：「離兒，你這是怎麼了？怎麼累成了這副樣子？你的毒剛解了，身子骨剛好，怎麼能不休息？」

她雖知道安書離近來忙壞了，連家都顧不上回，也沒想到是這般，頓時就把她給心疼壞了。

安書離一見娘親要哭了，無奈地笑著拍了拍她：「兩日沒睡覺而已，無礙，我身體好的呢，近來在東宮，神醫給我與太子殿下每日都安排了藥膳，抽空睡一覺就好了。」

安陽王妃一聽，立即放開他，伸手推他：「既然如此，家裡的事兒你別管了，快去睡覺。」

安書燁瞧著，娘親可真是他弟弟的親娘，他就是個撿來的，不過也已經習慣了，誰讓他隨了父親，不得娘的心呢?不過他也不嫉妒安書離，畢竟他可比他大了十歲。

聞言，他也道：「娘說的對，你這副樣子，可見真是累壞了，先去睡吧！」

安書離搖頭：「既然回來了，我說兩句話。」

安陽王妃壓下心中的惱怒，對安書離壓低聲音說：「我與你父親，好說歹說，權衡利弊，都掰開了揉碎了地說，可是他們就是不同意。到頭來又說到你身上，說我們安陽王府富貴了，不管族親了，說你成了宰輔了，我們安陽王府就要擺脫他們，真是氣死我了。」

安書離點頭：「我都知曉。」

安陽王妃不再說什麼，也不問他要說什麼，反正兒子做什麼，她都支持。

母子三人沒說兩句話，便進了報堂廳。

安書離邁進門，一眼所見，族中凡是有話語權的長輩們都來了，安氏一族人見他來了，也看到了他的模樣，也都露出驚色。

安書離雖做宰輔了，但在族親面前，還是拱手給眾位長輩們見禮，眾人不敢得罪他，也都還了禮，看起來還挺和諧。

安書離落坐後，也和氣地一笑：「朝政繁忙，太子殿下還在東宮等著我理事，我便長話短說。我自小沒入過安氏族中學堂，沒靠過族中和安陽王府的勢，吃穿皆是母親和外祖母給的鋪面，從今日起，我自逐出府，另立門戶，應該也礙不著族裡什麼事兒，諸位太公叔公們，應該不會反對吧?」

安書離此言一出，不止驚了安氏族中一眾人等，也驚了安陽王和安陽王妃。

雖然兒子做什麼安陽王妃都相信支持，但也沒想到他來了就扔出這麼個重磅炸彈，一下子將她都給炸懵了。

她一把抓住安書離的手臂：「離兒，你……你說什麼？你不要娘了？」

她話雖說著，但腦子中第一想法是她也要跟著兒子出去自立門戶，兒子若是走，她也不再這安陽王府待了。

安書離笑了笑，拍拍安陽王妃的手，溫聲說：「兒子自然是要娘的，自立門戶而已，又不是不要父母親了？」

安陽王妃大鬆了一口氣，要她就好，兒子養這麼大，她自己的兒子，她知道是個極有孝心的，不要誰也不會不要她這個娘，她欣慰極了。

安陽王聞言也鬆了口氣，心中頗不是滋味，不怎麼贊同，但在這當口，也沒法開口先反對。

安氏族中的人也懵了，互相對看，都想說不行，絕對不行，可是，安書離說的一點兒都沒錯，他不像是安書燁，自小是世子，受著安陽王府和族中族學的教導，他是安陽王妃在對安陽王和安書燁傷心後，盼了十年，才盼來的小兒子。

那時候，安陽王妃一心撲在小兒子身上，甚至得了兒子後，都與安陽王分了院子，各過各的，安書離的所有事兒，大事小情，都不讓安陽王插手，因為怕安陽王再把她這個兒子帶歪了，就連看病吃藥，也不花安陽王府公庫一兩銀子。

換句話說，這個孩子生下來後，雖姓著安，是安陽王的兒子，但是安陽王根本就插不上手，安陽王妃在安書離的身上特別對安陽王強勢，那時候鬧的僵，安陽王若是不依她，她就帶著兒子進宮請太后和皇上做主，跟安陽王和離，帶著兒子離了安陽王府。

安陽王雖氣惱的不行，但也看清了安陽王妃的性子，他再風流，也是喜歡安陽王妃的，自然捨不得，無奈只能答應了。

於是，安陽王妃硬氣，也為了兒子將來能在安陽王府活的硬氣，誰的面子也可以不給，主要是針對安陽王，怕他將來不聽安陽王的，讓他指著鼻子罵大不孝，所以，還真就從安書離的吃穿用度上，半絲沒用安陽王府公庫，全是花的她自己的嫁妝銀子。

安書離的啟蒙老師和求學，那也是依靠了安陽王妃的娘家人，拜託了當世的一位十分有名望的大儒，安陽王妃親自帶著兒子上門去請的人，武功師傅也是一樣，比南陽山半絲不差的北宗山武學門派宗師親傳的弟子。

所以，安書離從小到大，只是安陽王妃一個人管的兒子，誰都知道的事兒。

就算安氏族中的太公們如今想說個不字，這個字都說不出來，一時眾人無言。

安書離這時候是十分感謝娘親的，他覺得自己命好，會投胎，投到了這麼個把兒子疼到了骨子裡，除了總隔三岔五操心他的婚事兒外，凡事都聽他的，不強勢掌控他的娘的肚子裡，實在是老天爺厚待他。

他微微一笑：「我要說的就是這個。我說完了。」話落，他站起身，向外走去。

眾人都震驚地看著他，就這麼走了？就只說這麼一句話？什麼意思！

安陽王這回坐不住了，立即開口攔他：「離兒，那……安陽王府與族中……」

安書離腳步頓了頓，散漫地說：「這有何難？父親既然不想要安陽王的爵位了，而族中的太公們叔公們又說這是祖宗們鼎立扶助太祖爺拿下的爵位，先祖們的功勞，不能你自己說了算，那就問問太公們，族中誰想接手這個爵位，給誰就是了。」

他輕飄飄的一句話，讓安陽王愣了。

族中的人都睜大眼睛看著安書離，有一人忍不住說：「你說的這是什麼話？」

安書離看向那人：「太叔公，我說的原也沒錯，父親頂不住這個爵位了，換個人來，不是很合適嗎？你們商量好了，誰來接手，父親就向太子殿下請辭，將爵位移過去，從此後，族中人也不必再說父親如何頂著安陽王的爵位不為族中辦事兒，他從安氏一族分出去後，也不必再為安氏一族的將來而擔憂，而你們也能稱心如意，想如何就如何，也不必在這裡臉紅脖子粗的爭論個輸贏，不是很好嗎？」

那人一噎，雖然覺得安書離這話沒錯，好是好，但這麼十幾個人，誰來接這爵位？如今抱做一團，但一旦真這麼做，轉眼還不各家都掙個頭破血流？

他雖然一把年紀了，但也清楚，看著這爵位眼熱好的很，但也不是誰都能做安陽王的。

安陽王除了年輕時性子好色風流外，別的還真沒的挑，這不年紀大了，不荒唐了，連安陽王妃都對他滿意了嗎？

安書離見成功將人難住，淺淡地一笑：「諸位太叔公們可以回去好好商量商量，誰來接手，如今我還沒自立門戶，也還算是安陽王府的人，有我在，誰接手，我都能在太子殿下面前美言幾句，幫襯一二。」

眾人都看著他，心中打著算盤，這是個好瓜，但誰能接在手裡？誰搶得到？

就算搶得到，安書離會真幫襯？

沒人相信的！

這位安陽王府的二公子，入朝後，本就是被太子破格提拔，沒熬資歷就官任工部尚書，別人都以為他的工部尚書已是一步登天的位置，沒想到，短短時間，他正值朝中缺人的機會，補了趙宰輔的空缺，成了一人之下萬人之上的宰輔。

二十歲的宰輔，敢問古往今來有幾人？

能力是一方面，得太子殿下信任器重是一方面，這深沉的心思，怕是舉安氏全族也無人能及。

他敢這麼說，誰敢這麼信？

僵持了數日的問題，就這麼一下子扭轉了。

安陽王妃心中快樂瘋了，不愧是她的兒子，這幫老東西，就想著好處，真是要好處不要命了！如今既給他們這個好處，看他們能爭出個什麼來！她倒要看看。

安書離見沒人言聲，也沒工夫在這裡跟這群人耗，轉身就走了出去。

這一回，沒人攔他，就連安陽王都覺得這話說的對，這主意好。

看看，如今的安氏族人，老的已掉了牙的，活了一輩子還糊塗的看不清形勢，還指望著有幾個小輩能看清？都只看到富貴私利，哪裡看到要命的將來？

為了安氏族人，為了不愧對列祖列宗，他這個安陽王的位置不要也罷。

於是，在安書離離開後，他對眾人說：「眾位回去好好想想吧！該說的，我都說了，不該說的，也都說了，當今天下的形勢，尚安平，但難保有一日太子殿下清算，是要爵位還是要私利，是要名聲還是要子孫大安，各位都好好想想。」

說完，他也不再多說，抬步走了出去。

安陽王妃早就不想待了，立即跟了出去。

安書燁看了眾人一眼，拱了拱手，也隨著父母走了出去。

眾人默不作聲，看著人家將這一張大餅扔了出來，真是看著聞著十分香甜，但吃到嘴裡還香不香甜，誰能保證？

這事兒可真要好好地靜下心來研究研究，琢磨琢磨。

安書離出了報堂廳後，沒立即走，等在門口，見他父母兄長一起出來，他負手而立，笑了笑：「父親當真捨得爵位？」

安陽王點頭：「捨得，我也老了，年輕時荒唐，沒好好陪你娘，以後好好陪陪她，也挺好。」話落，他看了安書燁一眼，歉疚地說，「只是我這爵位沒了，你大哥的世子之位也就沒了，以後也不能襲爵了，對不住你大哥。」

安書離看向安書燁。

安書燁立即說：「父親別這麼說，兒子雖然沒有二弟有才華，但是也能憑自己本事吃飯的。兒子自己謀個一官半職，不要爵位也能養家。」

安陽王欣慰地拍拍他肩膀：「好，有出息！」

安陽王妃也點頭，讚賞說：「你這樣想就對了，這爵位都是太祖爺開國封賞的，已享了四百年，再享下去，不是福氣該是禍了。我兒有出息不要也罷，憑自己本事，堂堂正正，才踏實。」

安書燁頷首：「兒子多與二弟學習。」

安書離含笑，正合其意：「朝廷正是用人之際，我也正愁著要抓人用，大哥既然有此心，最好不過。」

安陽王妃心疼安書離，本想拉著他問問他這些日子怎麼忙成了這個模樣，但看著他睏得睜不開眼睛，實在捨不得拿話再煩擾他，便拽著他去自己的院子休息。

安書離在安陽王府中的住處偏僻，要走很遠，沒有安陽王妃的院子近。於是，安書離便任由娘親拽著，去了她的院子，被她推上了暖和的炕上。

安書離從善如流，覺得在府中休息片刻再去東宮也行，於是，倒在炕上倒頭就睡，但在睡下之前，還是交代她娘一個時辰後喊他。

安陽王妃點點頭。

在安書離睡下後，安陽王妃出了裡屋，看了一眼外屋畫堂坐著的安陽王和安書燁，忍不住對二人小聲抱怨：「這朝中怎麼就缺人缺成這樣了呢？再怎麼著，也是身子打緊啊！就算離兒有能力，太子殿下也不能抓住一個人可勁兒地使喚啊！我真怕這孩子受不住倒下！」

安陽王立即說：「在其位，謀其政，他如今官拜宰輔，史上有幾個二十歲就官拜宰輔的？這是要載入史冊的。你也別太心疼他了，男子漢大丈夫，勞累一二，也不怕的，太子殿下比他還要忙，誰來心疼殿下？」

安陽王妃撇撇嘴，小聲說：「倒也是，我這不就跟你們二人說說嗎？這話我也不能隨意拿出去說。」一話落，她歎了口氣，「太子殿下著實不易，皇上至今昏迷不醒，太子妃失蹤，接連給趙宰輔和梅老爺子送了行，朝廷又一堆事物壓在他身上，縱然是鋼筋鐵骨，終究是肉體凡胎，這麼長久下去，豈能受的住？多虧離兒能幫著他。」

安陽王道：「朝中若說是缺人，其實也不缺的，缺的是能用之人，沒用之人如今是一抓一大把，有用之人能讓太子殿下信任並且用的順手之人，才是難抓。如今這個形勢，誰是忠誰是奸，總不能貿然啟用，就連太祖暗衛都被人策反了來反殺太子殿下，豈能不小心行事？小心用人？」

安陽王妃說到這個便心頭憤恨：「這背後之人實在可惡，查出是什麼人了嗎？」

安陽王道：「總歸是與武威侯府有關，不過這事兒太子殿下沒放出風聲，我說了這話，你們也不要往外聲張，尤其是離兒如今官拜宰輔，新官上任，越是這個時候，我們才越要謹慎才好，不能幫忙也就罷了，千萬不能給他拖後腿。」

安陽王妃點頭，自然是兒子第一，兒子的身體，兒子的前程，兒子想做的事兒，她都無條件支持。安陽王不知道的事兒，不代表安書離不知道，他不給家裡說，家裡便也不應該問。

於是，她打住此話，轉了話題：「你們說，族中那些人會按照離兒說的，接了你這爵位不？最有可能誰來接手？」

安陽王愁眉道：「若是他們能想的開，讓我把這個爵位放手是最好，若是想不開，非要接過這個爵位，怕是我們安氏一族自己人就得用血洗上一洗。」

「那就怨不得你了，你也不要心慈手軟。」安陽王妃板正臉色，「離兒要自立門戶，此事也趕緊給他辦了。他是嫡次子，本來早晚就要自己出去立府的，如今早辦了也好，身正不怕影子斜，可不能因為安氏一族的烏七八糟，鬧起來後，將髒水潑到他身上，他既然坐了這個位置，可就得要個清名。」

「我知道。」安陽王早先也有點兒不同意，這麼片刻也想明白了。

安陽王妃見安陽王沒意見，又轉向安書燁：「你弟弟比你小十歲，卻潔身自好，周身清正，你那院子裡多少個女人，我都懶得說你了！你若是想好好跟你媳婦兒過日子，不想以後還混沌度日，沒子嗣的該打發了就打發了，以後跟她好好過，不過她若是看重你的世子之位，覺得如今沒了，不想跟你過了，就痛快點兒和離，或在你內院裡扶一個正妻，或外面再另娶一個，總之你都三十歲的人了，可不能再荒唐下去了。你既然說要跟你弟弟多學學，就要往好裡學，你們兄弟二人，打斷骨頭連著筋，你自己上進的話，他又豈能不推舉你到太子殿下面前讓你受重用？親兄弟，你是個能用的，他自然會拉你一把。」

安書燁點頭：「娘放心，兒子荒唐了多年，如今也清醒了，自會好好想個周全的。」

安陽王妃見他如此說，鬆了一口氣，讚揚道：「到底是我生的，腦子不糊塗。」

這話安陽王不愛聽，但是即便不愛聽，他也得聽著，因為安書離這個自小沒被他帶在身邊教養的兒子確實爭氣，他本就在安陽王妃面前矮了一截，此時更是無語反駁。

一個時辰後，安陽王妃雖捨不得喊醒安書離，但還是聽他囑咐，喊醒了他。

安書離醒來，人總算是精神了些，對安陽王妃說：「我這便去東宮。」

安陽王妃立即說：「你沐浴後換身衣服再走，也用不了多少功夫。」話落，她壓下心疼，打趣兒子，「否則將來史冊上記載，年僅弱冠的安宰輔，不修邊幅，性喜邋遢。這話多難聽？到時候千百年後，後人讀到這話，又怎麼會知道我兒子光風霽月，都是為了朝政才給累成這副鬼見了都想繞道走的模樣？」

安書離失笑：「聽娘的。」

安陽王妃立即命人張羅起來。

安書離沐浴後，換了一身嶄新的衣服，又恢復了昔日的光風霽月，安陽王妃又是得意又是心疼和憂愁：「哎，本來我就愁給你娶妻，如今你的身分成了宰輔，更是愁死個人，想嫁你的人以後怕是更多了，但這人選……」

安書離不等安陽王妃說完，麻溜地出了她的院子。

安陽王妃站在門口看著他彷彿後面有狼在追一般，又氣又笑，笑罵：「到底還是個小混帳，只不過人家陸之淩梅舒毓混帳的出名，他不過是會裝模作樣掩蓋了混帳的本性而已，溫和的性子根本都是騙人的。」

安書燁站在一旁笑：「二弟畏娶妻如虎。」

安陽王妃一巴掌拍在他頭上：「說什麼呢？他就是喜歡一個人清淨，嫌棄娶妻麻煩。都是因為他有個整日裡哭哭啼啼的大嫂，才不敢娶的。」

安書燁受了無妄之災，一下子不敢笑了，忙說：「都是兒子的不是，害了二弟，兒子以後一定立身行己，幫娘給二弟仔細過過眼目。娘別擔心，總有誰家的小姐合適二弟的。」

這話安陽王妃愛聽，摸摸他的頭：「乖啊！」

安書燁臉頓時紅的不行，他實在難以想像，他二弟是怎麼每日在她娘摸頭誇獎驕傲得意有個好兒子中做到面不改色的。

安書離出了安陽王府後，鬆了一口氣，他真是怕了她娘了，騎馬回了東宮。

書房內，雲遲請了御史台的幾位大人，又請了趙清溪，明說了趙清溪入朝為官之事。

趙清溪不敢置信地看著雲遲，她是做夢也沒想到雲遲想讓她入朝參政為官，南楚建朝以來，就有女子不得妄言議政的規矩，不止南楚，後樑，甚至吳越都有這個規矩，算起來，距離女子為官有一千五百多年的歷史了。

她若是為官，這可真是開了南楚的先河。

她心裡怦怦地跳，盡力讓自己面色看起來甚是平靜，但她自己知道，終究在這一刻，她心裡平靜不下來。

她看著雲遲，又看看御史台幾位大臣們沉著的臉，不敢一口答應下來。

她這一刻，十分想見梅舒毓，求個意見，但也知道，梅舒毓估計給不了她什麼意見。

她看著雲遲淺淡平靜的容色，就像是在說今天天氣不錯的姿態，忍不住懷疑，太子殿下莫不是想太子妃想到腦子出了問題？否則這如此大的事兒，他怎能以如此輕描淡寫的口吻說出呢？

御史台的幾位大人與雲遲打交道多年，都是十分清楚太子殿下脾性的，他今日既然把他們和趙清溪一起叫來，顯然是已經決定下來，打定主意了的事兒，叫他們來，只不過是讓他們閉緊嘴巴，不准激烈地彈劾反對此事罷了。

只要御史台不反對，別的朝臣們即便反對，也成不了阻力。

一個個心裡都歎息起來，這女子為官……可比去年太子殿下深夜讓他們閉嘴不准彈劾太子妃一言半語難答應多了。

這件事兒，他們能不能不答應？

雲遲自然不准許御史台的人不答應，他穩穩地坐在椅子上等著他們表態。他溫涼的目光帶著漫不經心，但莫大的壓力卻濃濃地砸在眾位大人的頭上，安書離回到東宮時，正趕上書房陷入這死一般沉寂的氣氛。

小忠子在門外守著，見安書離回來了，立即迎上前了幾步，像看到了久違不見的親人一般，那眼神別提多熱切了，小聲說：「書離公子，您總算是回來了，殿下正在召見御史台的幾位大人和趙府小姐。」

安書離覺得他回來的大約有點兒不是時候，於是乾脆地說：「噢，那我不打擾殿下了，我睏的很，去睡一會兒。」

小忠子：「……」

書離公子看著很精神啊！比離開東宮時精神多了，難道不該幫著殿下解決難題嗎？這是要躲？

他哪裡是個會讓他躲走了的人？於是，他一把拉住安書離，苦著臉說：「奴才進去送了兩回茶水，那氣氛僵持的很，就等著您解救了。您等會兒再去睡，奴才求求您了！」

安書離好笑地看了他一眼，得吧！太子殿下的人，自然向著他，無奈地點頭。

小忠子一喜，連忙對裡面喊：「殿下，書離公子回來了！」

他這一聲，打破了書房內沉寂的氣氛。

雲遲「嗯」了一聲，「讓書離進來！」

小忠子立即推開了門，請安書離入內。

門打開，安書離邁進門檻，面含笑意地拱手：「眾位大人好，趙小姐好。」

如今面前這個人可是安宰輔，最年輕的宰輔！御史台的眾位大人哪裡當得他的禮？連忙還禮，紛紛道：「安宰輔！」

趙清溪也福身見禮：「安宰輔！」

一番見禮後，安書離落坐，笑著說：「眾位繼續。」

御史台眾人面對雲遲一人，已經頂不住壓力了，如今又來了個安書離，如今天下誰人不知道安宰輔與太子殿下穿一條褲子？他這副淡定的模樣，顯然是明擺著告訴他們這事兒他早就知道了，且肯定是同意的。

御史台的眾人對看一眼，齊齊深吸一口氣，但依舊想做些掙扎。

一人開口道：「太子殿下，祖宗禮法不可廢啊！」

「廢了祖宗的禮法難道還少嗎？」雲遲挑眉。

那人一噎：「但女子入朝，終究是不妥，趙小姐雖有才華，但……到底是女子，只要是女子，難免喜口舌之爭，行婦人之事，還……」

趙清溪此時已鎮定下來，她本不想開口，想默不作聲地看看最後結果，可御史台這位大人如此貶低女子，實在讓她不愛聽。

於是，她忍不住開口嗆聲說：「大人是什麼意思？清溪活了這麼大，敢問何時喜口舌之爭，行婦人之事了？大人看不起女子，難道連家中的令堂令祖母姐妹女兒都看不起嗎？」

那位大人又一噎，頓時瞪眼：「你入朝為官，怎麼能與老臣家中女子混為一談？」

趙清溪眉目端正：「的確是不能混為一談，但大人您怎麼就知道我不能勝任官職？怎麼就知道我為官會如何？籠統囫圇地統一定論女子如何如何，我敢問大人，你是我嗎？你能代替我所思所想所為？你能嗎？既然不能，就不要說我不能的話。」

那位大人吹了吹鬍子，張了張嘴，沒說出話來。

安書離在一旁聽笑了，他知道趙清溪聰明，但不太知道她還伶牙俐齒，與花顏嗆人時倒是有的一比，他想到太子妃對這位趙小姐似乎不錯，昔日就想給梅舒毓牽線來著。

他看著氣的吹鬍子瞪眼的御史台老大人，慢悠悠地開口：「眾位大人不同意的話，那就請舉薦上一位才華如趙小姐一般的人來，朝中缺能用之人，這些日子你們應該知道。」一話落，補充提醒眾人，「你們不妨抬起頭，看看咱們的殿下，都累成什麼樣兒了？這樣下去，累垮了殿下，你們難道就高興了？」

御史台眾位大人齊齊抬起頭，因雲遲素來威儀太深入人心，他們被召來東宮後沒仔細抬頭看，更因為聽聞要破格讓趙清溪開先例入朝，更是糾結想著法子反對此事，所以，更沒好好看雲遲。

如今這一看，雲遲眉眼雖淺淡平靜，神色雖一如既往，但隱著的疲憊，黑著的眼圈，身上鬆垮的錦袍，都無一不在彰顯著他勞累了太久。

眾位齊齊心裡「咯噔」了一下子。

「反對趙小姐入朝不算什麼難的事兒，難的是朝中正值用人之際，對比趙小姐入朝，朝中多個人助力朝政，與太子殿下勞累得臥床不起來說，你們覺得，哪個事情大？哪個事情小？」

皇上已昏迷不醒多日了，若是太子殿下再臥床不起，那朝政怎麼辦？

京城好不容易才安穩了啊！

眾人你看我，我看你，頓時都沒聲音了，反對的氣息一下子消散了不少。

「不要小看女子，大丈夫在朝為官，女子掌管內宅，可不比為官輕鬆簡單。天下多少有才華的女子，若真入朝，未必輸給男兒。」安書離又平靜地道：「各位大人無非怕的是破壞祖宗規制，陰陽失和，但這也簡單，不如看趙小姐表現，以半年為期，若是趙小姐行事不出錯，比男兒強，於朝廷社稷有用，半年後繼續錄用，若是不行，那麼，半年後免官就是了。」

眾人聞言面色頓時好了一點兒，覺得這倒也行。

安書離又道：「至於開這個先河，眾位大人也不必憂心，朝廷選拔人，從今年科舉後，都要走恩科，有才者，朝廷不會埋沒，無才者，也考不到金殿的殿試。如今不過一個趙小姐，其餘的女子，以後的事情，總歸是半年以後的事情了，以後再說。」

眾人聞言對看一眼，心裡都鬆動了，覺得這樣也行，朝中的確能用之人太少，老一批人已不中用，就如他們，也不過是動動嘴皮子彈劾人，別的忙，比如查背後之人，滅殺背後之人攪起的陰謀，這些都幫不上，去年新選拔的一批學子，都被太子殿下下放到了地方歷練，留京的沒兩人。

而趙小姐畢竟是趙宰輔的女兒，才華是沒的挑，也許真可以一用。

雲遲瞥了安書離一眼，聲音含了笑意：「本宮還沒問過趙小姐，趙小姐以為如何？」

趙清溪自小讀書，都說女子無才便是德，但他爹不覺得，說讀書以明智，讓她能更好地輔助太子殿下，雖然太子殿下沒選她，但如今，提出讓她破格入朝，她覺得，那麼多年讀的書在這一刻都沒白讀。

她深吸一口氣，穩重地說：「我願意聽殿下旨意，半年之期，若是幫不到殿下，自動請辭，再不為官。」

「好！」雲遲頷首，見御史台的眾人沒意見，清聲道，「小忠子，傳本宮旨意，封趙清溪為六部行走，即日上任。」

小忠子連忙大聲應是，想著還是書離公子厲害，他沒白拽一回，怪不得受殿下器重。

此事敲定，御史台的眾人離開了東宮，走出東宮門後，都互相瞅了一眼，雖不至於灰頭土臉，但這事兒……

哎，他們在太子殿下面前就沒贏過。

雲遲在御史台的人離開後，對趙清溪笑道：「趙大人今日回府安排一番，明日上任，如何？時間緊迫，容不得你多做準備了。」

趙清溪沒意見：「臣聽殿下的。」

他喊趙大人，她自稱臣，自此定了君臣，是趙清溪沒想到的，不過她很高興。

雲遲能看出她壓制的高興，笑了笑，溫聲說：「新上任，會有些難為，尤其你是女子，估計受的目光和非議不少，可受的住？」

「殿下放心！」趙清溪點頭，很是堅定，「受的住。」

「本宮提你上來，是為離京準備，若是到時候有人為難你，自己處理不了的，你就找梅舒毓。你是他未婚妻，他渾慣了，誰不服，你大可以讓他打上門去。」雲遲笑著交代。

趙清溪勉強維持的面色終於破功，無奈地沒忍住笑著說：「太子殿下，臣還沒入朝，您就給臣出這個主意，不太好吧？」

趙清溪離開東宮時，是笑著離開的。

曾經，她來過東宮數次，但每一次，都是帶著一種壓制的感情，期待地踏進來，失望地出去。後來，再不敢踏進來，直到掙扎、無望、放棄、走出來，到選了梅舒毓，他的一片赤誠讓她看到了未來的希望和心中因他而生起的歡喜暖意，才徹底的放下。

她本來以為梅舒毓便是他未來的一片天空，卻沒想到雲遲破格提拔她為官，更是為她面前開闢出一條路來，她能看得到滿地荊棘，但也能看到鮮花錦繡。

她一路輕快歡喜地回了趙府。

趙夫人瘋了，趙清溪發喪了趙宰輔後，無奈請太醫院的太醫給她開了一副失憶藥，每日讓府中人仔細照看著她。

趙夫人忘了趙宰輔，自然也忘了她這個女兒，每日空白一片，至少不折磨自己了。

趙清溪身為女兒，這是唯一能保住她娘的法子，她不想失去爹又失去娘，只能這麼辦。

趙府在趙宰輔故去後，沒出大亂子，其中有趙清溪的理智和鎮定，也有梅舒毓的幫忙。趙府一如既往，一切都如趙宰輔活著時一樣規矩。

趙清溪回府後，管家迎上前，擔心緊張地問：「小姐，太子殿下召見您是為著什麼事兒？」

趙清溪笑著說：「殿下讓我入朝為官。」

管家一個趔趄，睜大眼睛，不敢置信地看著趙清溪，結巴地說：「入……入朝……為官？這……怎麼讓您……」

趙清溪笑起來，不再多說，向府內走去，走了兩步，喊出梅舒毓給她的暗衛，吩咐給梅舒毓傳個信。

梅老爺子三天前發喪的，趙清溪作為未來的孫媳婦兒，去送了一程，那一日京城已安定了下來，梅舒毓也從京麓兵馬大營回來了一趟。他披麻戴孝，趙清溪本也想戴，但梅舒毓說什麼也不准，說她短時間內戴孝兩回，怕壓了她運氣，心意到了就行了，老頭子一定不怪她，疼她這個孫媳婦兒還來不及呢。

趙清溪雖然不信這個，但還是聽了他的，他說如何就如何。

梅舒毓本來以為趙清溪是個剛硬的女子，看著溫婉，但內心應該很強勢，沒想到接觸下來發現，她很多事情都很順著他，心中十分高興。

他給梅老爺子發喪後，便又回了京麓大營。

如今她要入朝，此事自然要讓他知道，也許太子殿下說的對，太子殿下要離京，她本就是女子為官，再加上這個六部行走的官職，怕是有人會找她麻煩，她可能也許還真需要他打上門去。

自己的未婚夫，不用白不用，不能客氣！

她循規蹈矩了多年，自從答應了梅舒毓後，方才知道，女子也可以換個法子活，以前她十分羡慕花顏，有時候甚至討厭自己，如今總算有點兒喜歡自己了。

京城距離京麓兵馬大營本就不遠，是以，梅舒毓很快就收到了趙清溪的傳信。

他聽聞雲遲破格提拔趙清溪入朝，倒吸了一口涼氣，呆呆地望天半晌，方才跺了一下腳說：「我的天！未婚妻將來的官位比我高的話，我還拿什麼給她掙誥命夫人？」

隨從也驚呆地吶吶說：「二公子，趙小姐都當官了，還要什麼誥命啊！」

梅舒毓又跺了一下腳：「她是不需要了，那我給她什麼啊！人家丈夫都是有本事有能耐了封妻蔭子，我呢？」

隨從咳嗽一聲：「這事兒是難辦！」話落，給梅舒毓出建議，「要不然，您換個別的方式，別封妻蔭子了，就……就對她好就行。」

「怎麼對她好？」梅舒毓虛心請教。

隨從也不大懂，結結巴巴地出主意：「趙……趙小姐喜歡什麼，就給她什麼吧？」

「她喜歡什麼？」梅舒毓摸著下巴說，「她似乎喜歡讀書，我總不能給她買書吧？趙府她的書房裡都是藏書，滿滿的一屋子，比我的書房藏書多了去了。」

隨從很想說，您的書房比地面還乾淨，但這話只能擱在心裡腹誹，自然不能說出來得罪梅舒毓，也許還會被他一腳踹飛，於是，繼續絞盡腦汁為上司出主意：「趙小姐雖然愛讀書，總歸是女人，女人喜歡的東西，她應該都喜歡，就是衣服啊！裙子啊！斗篷啊！珠釵啊！珍寶啊！胭脂水粉啊！什麼的，應有盡有的給她！她就能感受到您對她的好了。」

梅舒毓琢磨片刻，無奈地點頭：「也只能這樣了，否則我沒別的好東西給她啊！」話落，他又跺了一下腳，不確定地說，「她成了趙大人，我是梅大人，以後公事公辦時，比如上朝，是不是要相互稱呼個大人，互相見個禮啊？」

「大……大約吧！」隨從也很傻眼，不確定地說。

梅舒毓頓時長吁短歎起來，覺得這事兒對於趙清溪是好事兒的同時，又為自己未來與她同朝為官擔憂。萬一將來有朝一日政見不合，是不是從朝堂上吵到家裡？

他光想想就打冷顫。

不，不行，為了將來娶得美人歸，家庭和睦，他一定說什麼也不能跟她政見不合。萬一真有政見不合的時候，他……

他就沒政見，無條件服從好了，誰讓她是他的未婚妻？是他的媳婦兒呢？

原則是個什麼東西，喂狗好了，再說她那麼聰明明智的女子，就算入了朝，也應該是聰明的吧？否則太子表兄怎麼會頂著全天下的壓力破格破壞祖宗規矩破格提拔她入朝呢。

這樣一想，他頓時踏實多了。

於是，他立即讓人傳信回去：「就說我知道了，告訴她，有誰敢欺負她，告訴我，我打上門去，別受了氣忍著。」

他就是個混帳，有誰欺負他未婚妻，就是不行，不行就打上門去。

趙清溪也很快就收到了梅舒毓的傳信，忍不住抿著嘴笑。想著太子殿下怎麼這麼瞭解梅舒毓呢！他還真不用她開口，就想著誰欺負她幫她打上門。

她笑夠了，心中卻溫暖，心裡頭暖融融的敞亮，就如住了一輪明日，想著她做的最對的事情，短短時間，不止一次感慨，就是答應梅舒毓，許婚給他。

他真的是一個很赤誠很好的人呢，她相信，他將來一定會是一個好丈夫的。

當日晚，傳旨官便將雲遲的旨意送到了趙府。

趙清溪帶著滿府的下人跪在大門口接旨。

不出半個時辰，整個京城便傳遍了太子殿下破格提拔趙府小姐入朝為官的消息。

京城一下子譁然起來。

各大府邸得到消息的人紛紛驚訝掉了下巴，官員們敢去東宮問的，幾乎踏破了東宮的門，不敢去東宮問的小官，都紛紛打聽這是怎麼回事兒？太子殿下怎麼突然就選了趙小姐為官了？

一時間，大晚上的，京城真是好久沒這麼熱鬧過了。

趙府孤女寡母，朝臣們不好前去打聽，派自己夫人去吧！也不合適，畢竟自家夫人是內宅婦人，人家趙小姐是官員身分了，踏入朝堂，就不是一般內宅女子了，不能等同對待了。

想起趙府小姐與梅府二公子的婚事兒，不少人曲線救國，跑去了梅府打聽。

梅府的人也不知道是怎麼回事兒，梅舒延在發喪完梅老爺子的次日，便啟程離京又去了兆原縣，兆原是貫通京城南北的主要之地，還得他去。這一回，他多帶了一倍人，再不敢大意。

雲遲應付了幾波朝臣官員，眼見著天黑了後，疲憊地吩咐小忠子：「傳本宮命令，封了宮門，閉門謝客，誰再來也不見了。」

小忠子立即應是，連忙去了。

安書離揉揉眉心，靠著窗框苦笑著説：「今日殿下旨意剛出，便是這麼個開水潑油的熱鬧沸騰情況，若是趕明兒遍傳天下，還不知怎樣沸沸揚揚呢。殿下拍拍屁股離京了，我的日子想想就難挨，要應付的事情實在是太多了。」

「沒有那麼快，總還要等個三五日，等等雲影的消息。」雲遲怕怕他肩膀。

他話音剛落，外面有暗衛稟告：「殿下，雲暗求見！」

雲遲一怔，瞬間收了笑意，安書離也瞬間坐正了身子。

自從花顏被人劫持，太祖暗衛也跟著不聲不響地失蹤，數日前，那一夜，太祖暗衛被策反要殺雲遲，被雲遲反殺，裡面沒有見到雲暗的影子，雲遲便猜測，也許雲暗是悄悄跟著花顏去了。至於他為何悄悄跟著花顏去連消息也不敢留，自然有他的道理，大約怕暴露。

如今，雲暗竟然求見？

雲遲當即沉聲吩咐：「讓他進來。」

書房門從外面打開，雲暗一身風塵僕僕地走了進來，單膝跪地：「殿下！」

雲遲站起身，走到他面前，沒立即喊他起來，而是從頭到腳將他打量了一遍，聲音平靜地問：「這些日子你去了哪裡？可是跟在太子妃身邊？今日可是她讓你回來的？她如今在哪裡？可還好？她腹中的胎兒可還好？」

他話語平靜，卻一連氣問了一大堆問題。

雲暗嗓子乾啞地逐一回答：「那一日，蘇子折以假亂真充作蘇子斬，劫持走太子妃，屬下發現時已晚，雲幻在太祖暗衛中藏的深，先一步帶著人對屬下出手，屬下藉由皇宮密道的死殺之地脫身，他以為將屬下殺了，屬下實則是追蹤太子妃而去，但因雲幻叛變，屬下再不敢輕易相信人，也不敢走開，是以沒往回傳信。」

「後來蘇子折將太子妃藏在後樑皇室陵寢，兩日後，又帶著太子妃去了黑龍河以北千里的荒原山，我便一路尾隨而去……」

他將經過以他的視角將事情給雲遲說了一遍，自然說到了蘇子斬從蘇子折的手裡救了花顏，如今花顏和腹中胎兒都安然無恙，也自然地提到了青魂奉了蘇子斬的命令找到他，讓他送東西和送口信回京。

雲遲一直靜靜聽著，安書離憋著一口氣坐在一旁，看著雲暗提到東西和口信的神情臉色發白，他心底陡然升起一種不好的預感。

「什麼東西，什麼口信？」雲遲面容平靜。

雲暗抬眼，看了雲遲一眼，從懷中拿出兩個瓷瓶，拱手遞上，將蘇子斬傳給雲遲的話原封不動一字不差地說了。

說完，他的手有些抖。

雲遲沒伸手接，目光如漆黑的夜，落在雲暗手中那兩個瓷瓶上，原來裡面裝著蘇子斬的血，不，是蠱王入體的能解萬蠱之毒的救命藥。

有了這個血藥，父皇的毒就能解了，敬國公的亦然。

安書離心想果然他的預感是對的，臉也跟著白了，他看著雲遲一動不動平靜的臉，想著太子殿下越是面上平靜，心裡怕是越驚濤駭浪。

一面是父皇的命，一面是蘇子折要用歹毒的心思計謀手段謀害威脅公然天下休妻，一面是蘇子斬先一步讓雲暗送來的救命藥，然後，條件是和離。

選哪個不選哪個？都會要了他半條命。

太子殿下該怎麼選？

若是他，該怎麼選？

安書離在心裡搖頭，他不是太子殿下，他沒有愛過一個女子勝過性命，所以，他選不出來。

書房靜寂，窗外一陣風刮過，打在窗上，發出嗡嗡的響聲。

雲遲似成了木樁子，亙古就立在那裡，屋中已掌了燈，但燈光也照不亮他周身。

過了足足兩盞茶時間。

安書離生怕雲遲受不住，不錯眼睛地盯著他，等的時間太久，他怕他內腹氣血上湧鬱結成傷，他試探地開口，打破沉寂：「殿下？」

雲遲一動不動。

安書離站起身子，來到雲遲面前，又大聲喊了一聲：「殿下！」

雲遲這才動了，睫毛先動，眼眸從那兩瓶瓷瓶上挪開，目光落在雲暗髮頂，沙啞的問：「是太子妃同意的？」

「是！」

雲遲忽地彎身，一把抓起了雲暗手中的兩個瓷瓶，他人動了，渾身僵住的血液似乎也跟著動了，漆黑的眼眸染上無盡的黑色，將瓷瓶緊緊地攥在手中：「你來之前，可見過太子妃？」

雲暗垂下眼眸，聲音低了些：「見了一面，彼時，太子妃站在房檐門口的臺階上，讓侍候她的婢女玉玲給她折了一株開的最盛的梅花，捧進了屋裡。」

雲遲瞇了瞇眼睛：「你仔細說說，她當時是什麼表情？」

雲暗想了想，將當日他隱藏在暗處遠遠所見花顏的情形說了一遍。

雲遲聽罷，忽然笑了，這一瞬間，如雲破月開，看的雲暗都愣了神，他不太明白，不就是折了一株梅花嗎？怎麼太子殿下忽然就高興起來了？

太子妃當時被困在院中，外面天氣又冷，她身子弱，不能出去多吹風，又想賞梅，折一株梅花在房裡看，很是正常，京中梅花開的時候，好多府邸的貴女小姐們，就是折了梅花在房中用水養著的。

安書離也不太懂，但他知道這中間一定有他不懂的地方，他看著雲遲笑容蔓開的模樣，鬆了一口氣的同時，對雲遲問：「殿下，可是太子妃藉由梅花，給您傳了什麼訊息？」

雲遲點點頭，目光無盡的黑色褪去，冰封瓦解，他摩挲著手中的兩個瓷瓶，低聲說：「你大約不知道，昔日，太后覺得懿旨賜婚下了一年多，我們的婚事兒不能再拖著時，跟我提了，我便命人傳了口信去臨安接她入京先熟悉京城和東宮。」

這事兒安書離知道，點點頭。有什麼是他不知道的呢？

雲遲轉過身，對雲暗說：「你起來吧！去休息，哪裡也不准去，隨時等本宮傳命。」

「是！」雲暗心中也疑惑，站起身，退了下去。

雲遲重新坐下身，將兩個瓷瓶放在案桌上，示意安書離也坐下：「彼時，她不想嫁給我，折了一株杏花枝，命鄭二虎送進京來，等鄭二虎在榮華街攔住我時，那株杏花枝已經乾巴了，零星幾個花瓣簌簌而落。」

安書離眨眨眼睛：「就是那名在東宮住了些日子，後來因想念牢房得了相思病被送去京都府衙天牢做客的信使？」

當初那事兒在小範圍內傳了個遍，人人都當稀罕事兒聽，想著太子妃派來送信的人都不一般，竟然想念牢房想的得了相思病，人們對太子妃更加好奇了。

當初御史台的人還想逮住這事兒彈劾太子妃，想著太子妃有這麼個手下，那她本人該有多麼不著調？實在不敢想像她如何能做好太子妃！

不過，當初被太子殿下給壓制下了，御史台從上到下，沒敢妄議太子妃半聲。

「嗯，就是他。」雲遲點頭，「其實，花顏當初是在告訴本宮，杏花落時，她就能到京城了，本宮那時就能見到她了。」

安書離睜大眼睛，沒想到這中間還有這麼一齣靠杏花落來傳信的內情。他看著雲遲淺笑的臉，沒有半絲陰霾和鬱氣，也沒有他想像的氣血翻湧吐血厥過去，他試探低問：「那如今太子妃折梅而捧進屋裡養著，可是要告訴殿下……」

他很聰明，一下子就猜到了，只不過沒說出來。

雲遲接過他的話，頷首，笑著敲了敲桌面：「如今她在荒原山，這個時節，已是春日，京中雖然近來倒春寒，梅花已經落盡了，但在荒原山，梅花自然正盛開，那裡想必隔三岔五還下了一場雪，她是藉由折一株梅花而告訴本宮，待荒原山的梅花落盡時，她希望看到本宮。」

話落，他低低地笑了起來：「到底本宮不是一個人的一往情深，不是一個人的一廂情願，到底她真的愛上了本宮，到底在什麼都知道了後，在蘇子斬在她身邊時，她還是選了本宮，沒選蘇子斬。」

安書離深吸一口氣：「那……這解藥……還有皇上，太子妃是怎麼想的呢？」

雲遲收了笑，看向那兩瓶瓷瓶，低聲說：「當初，本宮以條件相換，低到塵埃，只為求娶她，她嘴上雖一直以來不說，但心中大體是心疼本宮的。」

話落，他語氣裡難得有幾分孩子氣的歡喜：「本宮當初就是破釜沉舟了，實在沒別的法子了，她那個人啊！心軟的很，她以蠱王救蘇子斬的命，不欠蘇子斬的，自然問心無愧於他，但卻自覺內心欠了本宮這一份把自己貶低到她腳底下的心意。在她看來，愛一個人，該是平等的，她上一世自己沒求個平等，這一世，自然也不希望對我不平等，己所不欲勿施於人。所以，她自從答應嫁給我，存著這份愧疚，對我無底線的好，為了我的身分，為了我的名聲，為了南楚江山，她甚至在北地不惜拼命。如今，她什麼都知道了，大夢一回，她在自己不能自主時，是想藉由蘇子斬的手，告訴我，她如今沒能力，無論我與蘇子斬之間如何不持平，但她與我之間平等了，愛一個人，沒有誰高一節，沒有誰低一節，我對她的愛，她如今也等同對我，分毫不差的。」

安書離難得聽雲遲說了這麼一大段話，恍然大悟：「殿下懂太子妃。」

這樣互相懂的兩個人，他說不上誰是誰的福氣，因為雲遲，花顏才是如今的花顏，因為花顏，雲遲才是如今的雲遲。

雲遲拿起兩瓶藥，遞給安書離一瓶，自己拿在手裡一瓶：「你去給敬國公送去，讓他立即服下，我現在就進宮，給父皇服下，她說荒原山的梅花落盡時希望看到我，我卻不想讓她等那麼久，準備一番，三日後，我離京。」

安書離聽了雲遲的話，頷首，也不再多問，拿了一瓶解藥去給敬國公。而雲遲自己，當即吩咐備車，拿了另一瓶血的解藥，頂著夜色去了皇宮。

敬國公這些日子一直待在東宮，由天不絕時常看著他的情況，幸好一直未被催動噬心蠱發作。

他知道雲遲和安書離忙的不行，有心幫忙，又怕如那日一般，不但幫不上忙，反而添亂，所以，只能咬著牙忍著。幸好花灼也在東宮養傷，花灼閒來無事，便邀敬國公說話，敬國公喜歡談論兵法，花灼便與他談論兵法。

敬國公找到了事情做，總算沒那麼鬱悶了，同時又敬佩花灼年紀輕輕，真是上知天文下至地理，談吐博通古今，就連兵法，也另有見解，比他這個上過戰場打過仗的將軍還要強上許多。

他暗暗感慨，真是老了，不服老不行了。

又暗暗想著，不愧是臨安花家的公子，這般才華品貌，當世少有。

只是可惜，花家人不入朝為官。

他驚讚於花灼才華，明知道花家有規矩，還是忍不住開口，試探地問：「公子德才兼備，何不報效朝廷？如今朝廷正是用人之際，以公子的才華，太子殿下必當重用公子。花家既然求國泰民安，入朝豈不是能更好地為黎民百姓謀福？」

花灼笑了笑：「花家有花家的立世之道，妹妹嫁入皇家，便已打破了規矩，我進京來東宮相助，更是打破了規矩。到如今這般時候，花家已不重這個規矩了，但報效朝廷，有許多方法，不是入朝，才是報效，也不是入朝，才能為百姓謀福。」

敬國公點點頭：「說的也是，是老夫著相了。」

敬國公雖然是個糙漢子，但在朝大半生，自然也明白，花家勢大，若是入朝，怕是普天之下盡是花家人當政，一代不要緊，代代下去，天下會是誰的天下？

如今的太子殿下能容人，那將來的帝王可還能容人？

花家人不入朝，有不入朝的好，只要有護著天下百姓之心就行。

自此，敬國公再不提此話。

這一晚，敬國公依舊在花灼的住處，安書離尋來時，他脫口問：「安宰輔這麼晚了過來，是來尋花灼公子還是尋老臣？」

安書離對二人拱了拱手，笑著說：「我是來尋國公，也是來尋花灼公子。」

花灼揚了揚眉，也笑了，問：「坐！是妹妹有消息了？」

安書離心想花灼果然聰明，點點頭，坐下身，將手中的瓷瓶遞給敬國公：「這是噬心蠱的解藥，國公爺趕緊喝了吧！」

敬國公一愣，伸手接過：「哪裡來的解藥？不是說解藥是需要……蘇子斬的血嗎？」

「不錯，正是蘇子斬的血。」安書離溫聲道，「他派人送回來的，皇上一瓶，你一瓶。」話落，道，「國公趕緊喝了吧！事不宜遲，解了噬心蠱，再聽我慢慢說。」

敬國公點頭，擰開瓶塞，血味很濃，瓷瓶巴掌大，足有三四口，瓶塞緊實，幾日也沒乾掉，他喝完，花灼遞給他一盞茶，他喝了漱了口，頓時感覺心口似有什麼東西被消散了，不那麼憋悶了，他放下茶盞，說：「想必那小蟲子被融化了，我感覺周身都輕鬆了。」

安書離微笑：「萬蠱之王的血，自該是有這個效果的。」

敬國公抹抹嘴，追著安書離問：「快說，蘇子斬派什麼人回來送的信？太子妃在哪裡？他可知道？可還好？」

花灼也是目光詢問，不過沒有敬國公急迫。

安書離再次暗讚花灼的沉穩，緩聲將雲暗送信回來所說的經過說了。面對敬國公，雖有些事兒，越少人知道越好，但他嘴嚴又忠心且對花顏來說是自己人，不是外人，倒也沒特意隱瞞。

敬國公聽了花顏的遭遇，又是憂心，又是心疼，又很氣憤：「這個蘇子折，真是心思歹毒。」話落，他沒忍住拍桌子，「武威侯那個混帳，如今還在東宮好吃好喝好睡，就該將他打入天牢，冷死他凍死他餓死他個王八蛋。」

花灼卻不像敬國公一般跳腳，而是問出關鍵：「太子殿下怎麼說？如今用了蘇子斬的血，答應他的條件，還是不答應？」

安書離搖頭：「殿下沒說，太子妃藉梅花暗中傳信，殿下心中歡喜，且又心裡明白太子妃待他之心，如今恨不得立即啟程前往荒原山，無論是公然休妻，還是公然和離，大概都不可能的。也許他見了蘇子斬，屬於他們二人自己的官司，自有定論。」

花灼頓時笑了：「說的也是。」話落，他向窗外看了一眼，有月光的夜色到底不那麼漆黑，「太子殿下與蘇子斬，到底不同。」

怎麼個不同法，花灼沒說，但安書離也能體會幾分。

無論是前世，還是今生，蘇子斬最不同於雲遲的地方，在於顧忌太多，做不到破釜沉舟。

江山天下是，感情亦是。

第一百四十四章 為離京準備

夜晚的街道，很是安靜，京中治安近來極好，巡邏士兵一隊又一隊走過。見到了太子車架，紛紛避讓。

五皇子對於京城的治安十分上心，夜晚總會親自帶著人巡邏一圈再回府，正碰到雲遲的車駕，連忙過來見禮。

雲遲挑開車簾，看了他一眼，溫聲說：「五弟若是無事兒，隨本宮一起進宮看父皇吧！」

五皇子愣了一下：「四哥這麼晚了去見父皇，可是有要事兒？」

雲遲「嗯」了一聲。

五皇子立即扔了馬韁繩，跳進了雲遲的馬車。

簾幕落下，車廂內鑲嵌著夜明珠，將車內照的明亮。

五皇子仔細看了雲遲一眼，壓低聲音問：「四哥可是有什麼話要跟我說？」否則，大晚上不會讓他跟著一起入宮，他白日裡才去過帝政殿看過父皇，父皇昏迷的太久，哪怕有參湯喝著，但看起來似乎也不大好。

雲遲點頭，溫聲說：「本宮三日後離京，命安書離監國，著敬國公、梅舒毓、你三人輔政，明日程顧之進京，著他與程子笑、趙清溪從旁協理，一應所有事物，安書離做主。」

五皇子驚詫：「四哥，你這時候要離京？」話落，他問，「去找四嫂嗎？」

「嗯。」雲遲頷首，「我已得了她的消息。」

五皇子又驚又喜，但還是憂心地說：「如今朝事兒繁忙，四哥能離得開嗎？」

「能，本宮會安排一番，祕密離京，除了你等幾人，消息不外泄。」雲遲伸手拍拍五皇子肩膀，「小五，兄弟幾人，本宮如今唯獨能指望你多些，在本宮把你四嫂帶回來前，你幫安書離守好京城，看顧好父皇，能做到嗎？」

五皇子陡然間覺得壓力好大，這話的分量實在太重，他緊了緊拳頭，深吸一口氣拍拍胸脯說：「能！四哥放心。」

他清楚地知道雲遲有多愛重花顏，如今有了她的消息，怎麼會不親自出去找？他已經為了南楚江山忍的夠久了，否則以他的脾性，早在花顏失蹤時，便不管不顧了。

雲遲笑了笑：「你們都是本宮親自選出來的人，能夠齊心協力，本宮自然放心。」

五皇子小聲說：「可是今日白天，我去看望父皇，父皇的噬心蠱再不解的話，我真擔心……」

雲遲截住他的話：「不用擔心，今日我便帶了解藥去解了父皇身上的噬心蠱。」

五皇子大喜：「四哥哪裡來的解藥？」

雲遲不語。

五皇子看著他，見他似乎不願意答，平靜的臉色下掩蓋著什麼，便也不再問。

馬車來到宮門口，守衛宮門的人見到太子車輦，直接放行，進了宮門。

皇宮十分安靜，這座古老的宮殿，四百年前翻修過，如今巍巍而立。

來到帝政殿，五皇子先跳下了馬車，伸手給雲遲挑開車簾，雲遲下了馬車，夜晚的風很涼，但到底是春日了，沒那麼入骨的涼寒，他望著帝政殿的門口，回答他早先的話，聲音無波無瀾：「是蘇子斬命人送回來的。」

五皇子睜大了眼睛。

雲遲緩步進了帝政殿。

太后聽聞雲遲這麼晚來看望皇上，本已躺下，匆匆起身。

她已有多日沒見到雲遲了，只聽說忙的很，每日在東宮見一波又一波的官員，奏摺和卷宗堆積成山，連好好吃飯睡覺的功夫都沒有，她心疼的不行，卻也無能為力，更不敢出宮去看他打擾他。

她知道，祖宗的江山到了這一代，似乎到了關鍵的時候，是繼續傳承下去，還是毀在這一代，就看雲遲怎麼做了。

而雲遲的能力，她是相信的，但他深愛花顏，她才是真的怕因花顏而影響他不顧了這江山。不過，幸好，從這些時日上看，他很好，很合格，絲毫沒耽誤正事兒。

是一個合格的太子，合格的未來君王。

她心下寬慰的同時，也只能每日祈福，祈求佛祖保佑雲遲身體，也保佑花顏能夠好好的回來。自從有了花顏，他的孫兒才像個有血有肉的人樣，若是沒了花顏，這江山基業再萬載昌盛，他終究是孤冷一人，她身為祖母，也捨不得。

雲遲進了內殿，五皇子也連忙跟了進去，親眼見著雲遲給皇帝喂了血藥，又喂了兩口水，他屏住呼吸，暗想著蘇子斬為什麼救父皇？他有什麼理由救父皇？如今派人送來這解藥，是白給四哥，還是用什麼條件與四哥交換？四哥答應了？

他腦中亂七八糟地想著，但也沒敢問出來。

太后穿戴妥當，匆匆而來，見到雲遲和五皇子，立即開口：「太子，小五，你們怎麼這麼晚過來？」話落，她見雲遲站在床邊，問，「可是有法子救皇上了？」

雲遲對太后微笑：「皇祖母，有解藥了，我已給父皇服下，想必父皇很快就會醒過來。」

太后大喜：「當真？」

「嗯。」雲遲笑著點頭，「皇祖母這些日子累壞了，等父皇醒來，您就好生休息一陣子。」

太后高興地答應，她的確也累壞了，這一把老骨頭，如今就靠著一股精神勁兒挺著呢，但還沒忘問：「哪裡來的解藥？蘇子斬回來了？」

雲遲搖頭，簡單將蘇子斬命人送回解藥之事說了，別的沒多提，免得太后擔心。

太后鬆了一口氣：「無論如何，有了解藥就好，你父皇身子骨弱，可不能再這麼躺下去，若是再這樣下去，我可真怕等有了解藥時，也起不來了。」話落，她誇讚，「蘇子斬這孩子，還是個好的，有心的。」

雲遲不接話，坐下身，等著皇帝醒來。

五皇子自然也不會多嘴。

太后於是問起雲遲這些日子都在忙什麼？可還順利？又囑咐他注意身體。

祖孫三人閒聊了片刻，便見皇上眼皮動了動，五皇子大喜：「四哥，父皇醒來了！」

雲遲聞言靠上前，輕喊了一聲：「父皇。」

皇帝慢慢地睜開了眼睛，起初似乎有些迷茫，很快便清醒了，對上雲遲的眼睛，開口的聲音沙啞：「是朕沒用，難為你了。」

雲遲頓時笑了，伸手扶起他，親自動手幫他鬆動躺了許久僵硬的身體：「只要父皇好好的活著，兒臣便不覺得為難。」

太后一下子落了淚：「對，對，活著就好，活著就好。」

皇帝睡的太久，醒來後，喝了水，又喝了米粥，吃了些清淡的小菜。

四人閒聊了一會兒，太后見皇上醒來後精神很好，放了心，年紀大了，熬夜受不住了，便先回去休息了。

太后離開後，五皇子知道雲遲有話要跟皇上說，便也起身告辭。

雲遲看了他一眼，溫聲說：「五弟坐著吧！我離京後，你要多陪陪父皇。」

五皇子只能又坐下身。

皇帝看著雲遲：「你要離京？」

雲遲點點頭。

皇帝看著他平靜的臉色，這才詢問這些日子發生的事兒，雲遲三言兩語簡單地說了，他雖然說的極其簡單，但皇帝聽的驚心動魄。

他憤怒地抓緊手中的杯子，強忍著才沒將之扔到地上，問：「武威侯呢？」

「在東宮。」雲遲看著皇帝，「不過父皇不是武威侯的對手，心思叵測的人，都心機深沉，屆時在我離京後，父皇別一不小心放了他離京，否則才是兒臣的大禍。」

皇帝脊背一下子透心涼，沉默片刻，啞聲道：「是朕無能，雖幫不上什麼忙，但也不能拖你後腿，你放心，你出京後，一是保重身體，二是平安將顏丫頭帶回來，朕在京城等你們！」

雲遲頷首。

皇帝剛醒來，自然不宜操勞，身子骨本就弱，如今到底還是傷了身，不出片刻，便累了。

雲遲讓皇帝休息，和五皇子一起出了帝政殿。

踏出帝政殿的門，雲遲沒立即離開，站在臺階下，對五皇子道：「五弟，父皇如今雖然過了這一關生死關，但到底傷了根本，本宮明日會讓天不絕進宮為父皇把脈，看看父皇的大限之期。你今日可明白了本宮帶你一起來的意思？」

五皇子臉都白了，顫抖地喊：「四哥！」

「此次離京，不知多久會回來，一兩個月，還是一年半載，或者更長，本宮也沒有保證，一旦本宮趕不及父皇大限，就靠你帶著兄弟們在父皇跟前盡孝了。你若是想要這江山皇位……」

「四哥慎言！」五皇子「噗通」一聲跪在了地上，「四哥，你別嚇我，弟弟有幾斤幾兩，自己清楚的很，這江山皇位，萬萬接不來。四哥，你若有此心，不如現在就殺了我……」

雲遲無言地看著五皇子。

五皇子快哭了：「四哥，弟弟求你了，你可別嚇我了，我……不禁嚇的！若沒有四哥，兄弟們被父皇散養，如今也就是個混吃等死的無用廢物，四哥讓弟弟們做有用之人，但弟弟雖有些用處，可不是那塊料啊！」

雲遲歎了口氣，又氣又笑：「多大的人了？哭什麼？丟不丟人？」話落，他抬腳踢了踢五皇子，「行了，起來吧！」

五皇子鬆了一口氣，顫顫巍巍地從地上起來，但臉還是白的像鬼。

雲遲溫聲說：「也許是本宮近日來沒睡好，過多的憂心了，父皇這些年身子骨一直不好，病快快的，卻也沒出什麼大事兒，此次本宮看著父皇不大好，但也做不得準。」

五皇子點點頭：「四哥說的對。」

「本宮三日後離京，明日待天不絕給父皇把過脈再說吧！」雲遲揉揉眉心，「本宮此去不止找你四嫂，也要剷除蘇子折，不剷除他，本宮大約不會回京。」話落，他看著五皇子，「你既不想要這江山，就代本宮看顧好京城，本宮若是回來，京城亂了，江山亂了，唯你是問。」

五皇子苦哈哈地點頭，要哭不哭地求饒：「四哥，兄弟這麼多，怎麼我成了你下面最苦命的那個？」

雲遲失笑，抬手給了他一巴掌，拍在五皇子肩膀上，笑罵：「出息！」

雲遲從來沒親手打過誰，如今五皇子被他打了一下，飛出天外的魂兒反而被打回來了。他吐了一口濁氣，大義凜然地保證：「只要四哥好好回來，弟弟豁出命去，也要給四哥守住京城。」

「行，走吧！」雲遲攏了攏身上的披風，抬步向宮外走去。

五皇子立即跟上了他，邊走邊說：「四哥見著四嫂，給弟弟帶句話唄。」

「什麼話？」

「盼四嫂早日帶著我侄子回京。」

「行！」

出了宮門，雲遲車駕回了東宮，五皇子回了皇子府。

十一皇子自從去了翰林院，他還沒到出宮立府的年紀，便擠在了五皇子府，他近來似乎長大了，著調了，夜晚還在溫書。

五皇子見書房亮著燈，便直接去了書房。

十一皇子睏的眼皮打架，但手裡還穩穩地拿著書，見五皇子推門進來，他打起精神喊了一聲：「五哥。」

「既然睏了，就去睡吧！」五皇子看著他說。

十一皇子搖頭：「我想儘快多學些東西，幫助四哥，他太累了。」

五皇子微笑，走到他身邊，摸摸他的頭，溫聲感慨：「小十一也長大了，四哥對兄弟們的好，兄弟們都記著的。」

轉日，雲遲在早朝上，公布了趙清溪任六部行走的官職。

朝臣們雖已經都得到了風聲，但一時間還是在大殿上譁然。

御衣局連夜趕製了趙清溪的官服，趙清溪身穿著官服出現在大殿上，百官中一枝獨秀。她經過一夜的沉澱，已給自己做好了最好的準備，所以，她坦然地立在大殿上，在眾人鬧哄哄中承受著眾人的言語和打量。

因她太過平靜坦然，一眾朝臣們漸漸地覺得自己身為大老爺們太過呱噪，於是，聲音漸小，慢慢地住了嘴，都看向御史台的人。

御史台的一眾人等眼觀鼻鼻觀心，沒一人出來彈劾。

朝臣們漸漸地回過味來，太子殿下顯然又擺平了御史台。

連御史台的人都不鬧騰，他們還鬧騰個什麼勁兒啊！且看趙清溪能不能行再說吧！

於是，趙清溪入朝，經過這個早朝，身分便徹底板上釘釘了。

早朝後，趙清溪隨一眾朝臣走出金殿，朝臣們無人與她搭話，一個個的眼神都是赤裸裸的，顯然都不屑與她一個女子為伍。

哪怕大家都覺得她才華當得起，但也因她是女子而輕慢。

趙清溪雖然知道自己女子入朝為官，一定會承受的比男子多，但面對朝臣們毫不掩飾的眼神，還是心裡一陣憋悶。

能做到真正的淡定還是不可能的。

安書離隨後走出來，溫聲含笑：「趙大人稍後便去東宮議事吧！本官教大人儘快入手。」話落，想了想，又說，「蘇輕眠入京後，太子殿下會將他安排去京麓兵馬大營，有人幫著照看京麓兵馬，梅大人便可隔三岔五往返於京城和京麓大營了。有他回京，趙大人身上的壓力應該會小點兒，畢竟他不是個好惹的。」

趙清溪拱手一禮：「多謝安宰輔，我能受的住的。」

安書離點點頭，不再多言。

雲遲下了早朝後，去了帝政殿看望皇上，天不絕已經給皇帝把完脈，開了藥方。皇帝精神不錯，見雲遲來了，對他笑道：「昨日朕見你，真是邋遢，險些沒認出來，今日總算是能看了。」

雲遲坐下身，拿起桌子上的藥方子看了看，又放下，笑著說：「父皇醒來，兒臣昨晚也睡了一個踏實覺。」

皇帝收了笑，看著他：「昨日你沒與朕說破格提拔了趙清溪入朝。」

雲遲慢條斯理：「昨日父皇剛醒來，怕說多了，擾的父皇憂心。」

皇帝蹙眉：「朝中真到了如此缺人的地步？」

「是啊！」雲遲承認不諱。

皇帝深深地歎了口氣：「難為你了。」

雲遲面上又帶了笑：「父皇知道兒臣不是胡來之人就好，趙清溪有大才，為官是報效朝廷，她有一顆七竅玲瓏心，用好了，是南楚社稷之福。兒臣敢用她，便對她有信心。」

皇帝聞言笑起來：「你這話說的，你自然也算得上瞭解她，當初她讀了什麼書，有一半都是從你東宮借的，你最清楚不過，這才華是沒的挑，品行也說得過去。」話落，他難得打趣雲遲，「沒想到啊！她沒做了你的太子妃，倒是做了你的臣子了，連朕都意外。」

雲遲淡淡地笑了笑：「兒臣心中只有花顏一人，她如今也有了好歸屬，她與梅舒毓如今兩情相悅，性格互補，也是一樁好姻緣。父皇您一把年紀了，就別拿舊事打趣兒臣了。」

皇帝笑著咳嗽：「好好，是朕錯了，朕不打趣你了。」話落，對他擺手，「你要離京，該準備的事情太多，去忙吧！不用在這裡陪著朕了。」

雲遲站起身：「父皇好好歇著。」

皇帝點點頭。

雲遲出了帝政殿，天不絕已等在了門口，見雲遲出來，拱拱手，也沒說什麼，抬步跟上他。出了皇宮，兩人上了雲遲的馬車後，雲遲低聲問：「父皇身體如何？」

天不絕早先得了雲遲的交代，此次進宮，就是為了把皇帝的壽成，自然再仔細認真不過，同樣壓低聲音說：「有我老頭子在，好好吃我開的藥方，只要不是大的情緒波動，總能活個兩三年，若是情緒有大的波動，大悲傷身，那就不好說了，半年是他，幾個月也是他。」

雲遲心中有了譜，輕聲說：「父皇最想抱孫子，會挺住的。本宮已經交代五弟，好好看顧父皇，也會告知書離，讓他多注意，別被人亂了父皇養身體的心神。」

天不絕點點頭：「安養最重要。」

雲遲又道：「本打算帶著你一起離京，但本宮到底是放不下父皇，還有大舅兄的身體也需要你看顧，這兩個人都是對本宮和花顏來說重要之人，只能留你在京城，辛苦你多費心了。」

天不絕頷首：「殿下客氣了！願殿下和太子妃平安回來。」

「會的。」

馬車回到東宮，福管家稟告：「殿下，程顧之程大人和蘇輕眠蘇大人進京了，老奴在東宮給他們安排了院落，先讓二人去梳洗，殿下是在書房見二位大人還是在報堂廳見？書房人比較多……」

雲遲道：「就先在報堂廳見吧！」

福管家應是，連忙去知會二人到報堂廳。

程顧之雖然覺得早晚有朝一日雲遲會將他調入京城，但也沒想到這麼快，畢竟北地的文政在短短幾個月的時間內，也算不上真正安穩，他與蘇輕楓一文一武，守著北地，自然是文武相宜，配合默契，如今他被調進京，其實還是很放不下北地。

但他也知道，太子殿下心中清楚北地的情形，將他調入京城怕也是京城需要用人。

這些日子以來，隔三岔五便會聽到朝中哪個官員告老，哪個官員被罷官，哪個官員升了，哪個官員降了，哪個官員被調動了，可見，朝中官員流動性太大。

這些消息，都無一不彰顯著朝中缺人。

蘇輕眠小聲說：「我自小就離不得我三哥，如今他在北地，我進了京，這乍然離開他身邊，心裡怎麼就這麼不踏實呢？這東宮也太靜了，靜的我心裡沒底！」

程顧之微笑：「蘇三兄要掌管北地兵馬，文政可有人代替我，兵馬事重，卻不能派隨意的人鎮守。你總要獨自立業，總不能黏著蘇三兄一輩子，權當歷練了。」

蘇輕眠「唔」了一聲，「若是太子妃在就好了，我一定不怕的。」

程顧之收了笑：「但願太子妃平安無恙。」

二人小聲說著話，福管家來喊，說太子殿下回來了，在報堂廳見二人，連忙打住話，立即由福管家帶著去了報堂廳。

雲遲見二人已梳洗了風塵，但眉眼間依然可見疲色，受了二人的禮後，也不多客套，言簡意賅地將給二人安排的官位說了，二人驚了一跳，沒想到雲遲給二人安排的都是實權的重要官職，且官職極高。

蘇輕眠不確定地問：「殿下，您覺得，我……能行嗎？」

雲遲微笑：「本宮覺得你能行。」

蘇輕眠不說話了，太子殿下既然覺得他能行，那就能行吧！不能行也要能行！

雲遲又交代了特意給二人安排了兩名東宮的幕僚，輔助二人儘快熟悉政務，又簡單地說了幾句朝中的形勢，最終讓二人但有什麼不懂，可問安書離，安書離太忙的話，可以找夏澤。夏澤在翰林院，那孩子聰明，上手很快，又住在東宮，瞭解的比尋常人多且透徹。若是想儘快熟悉京城，找他最合適。

二人認真聽著，逐一點頭。

雲遲將該交代的都交代完了，便先讓二人去休息，休息好了，即刻上任。

二人對看一眼，從與雲遲的短短言談中，就聽出了如今朝中缺人，便一起表態，說不用歇著，今日就可上任。

雲遲笑著點頭，也沒意見，吩咐福管家，命人帶著二人先去瞭解熟悉。

福管家連忙應是，指了靠譜的人，帶著二人前去。

雲遲見完了二人，去了書房。

安書離正見完了一波朝臣，見雲遲來了，他當即關上了書房的門，壓低聲音說：「殿下，蘇子折的信，我下朝後，發現有人將信放在了我的馬車內。這京中，還有他的人沒除盡，果然如雲暗所說，他心思歹毒，分毫不差，用皇上性命，威脅您休妻。」

皇帝醒來的消息沒對外公開，只有太后、五皇子、安書離等少數幾個人知道。

雲遲吩咐人刻意隱瞞了，果然，蘇子折的動作很快。

什麼人能夠悄無聲息地將信放在安書離的馬車上？

安書離的馬車，除了有車夫，也是有護衛的，可見，本事不小。

雲遲打開信，蘇子折信的內容十分囂張，若非蘇子斬命雲暗提前傳回了話，他心中已有了譜，還真會被這封信氣的一佛出竅二佛升天。

他攥緊信箋，對安書離說：「你身邊的人，可都查過了？」

「我見到這封信，當即就查了！」安書離歎了口氣：「這信據說是憑空出現的，就連暗處的暗衛都沒發現，說是沒看到什麼人靠近馬車。」

雲遲瞇了一下眼睛：「憑空出現一封信，也不是不可能。」

安書離看著雲遲：「殿下的意思是……」

「蘇幻的母親，有南楚宗室的血脈，也有南疆王室的血脈，不太遠的距離，隔空悄無聲息地放一封信，還是不太難的。」雲遲道。

安書離心神一凜：「這人得除去！」

雲遲點點頭：「我今日，便去蘇氏族中走一趟！先帝待宗室不薄，父皇待蘇家亦不薄，身負宗室和南疆的血脈，如今卻反過來幫著蘇子折，無非是為了她兒子蘇幻，本宮當日言而有信地放了蘇幻，倒是放出麻煩來了。」

安書離問：「殿下是打算就這樣光明正大地去蘇家，還是暗中前去？」

「光明正大地去！」雲遲道，「這便去！」

「殿下可用下官陪著？」安書離又問。

「不必！我自己前去。」雲遲擺手，對外吩咐，「備車。」

福管家應了一聲，立即去了。

「殿下小心！」安書離想了想，還是不放心。

他實在不敢相信為了兒子連皇上都敢害的人，有什麼是為了兒子做不出來的？

雲遲點點頭：「放心，本宮自有辦法。」

當初，南疆要和親一位嫡出公主，皇室沒有合適的皇子，便從宗室裡挑選了一個宗室子，南疆便也不送嫡出公主了，退一步地送來了一位庶出公主。先帝為那位宗室子封了平郡王。

那位庶出公主倒是個很好的人，嫁來京城後，與平郡王夫妻相處和睦，生了一女，但夫妻二人短壽，在女兒未及笄，便先後得了病，撒手人寰，還是太后念在孤女的分上，將她接到宮裡養了一陣子，後來看中了蘇家族中的一位公子，太后做主，將她嫁去了蘇家，生了蘇幻。

算起來，她一個姑娘，是得了太后庇護的皇恩。

南楚建朝以來，四百年裡，從未曾虧待過宗室宗親，雖有照拂不到的地方，但也盡力安置妥當，雲遲監國後，也未曾對宗室動過干戈，睜一眼閉一眼。

今日，他是第一次找上宗室中的人，他先找了在宗室裡德高望重的一位老郡王，然後，將事情簡略地說了，老郡王德高望重必有他立身受人尊重的道理，嘴巴是個嚴的，人是個不糊塗的，雲遲也不怕他傳出去，他聽了雲遲的話，看到那封信，氣的不行。

謀害皇上，這可是大罪，跟著反賊想要謀反，更是罪無可赦。

他當即對雲遲說：「太子殿下，老夫陪你去找她，這個糊塗的東西。她只記著有個蘇家的兒子，難道就不記得自己姓雲了嗎？」

雲遲深施一禮：「煩勞叔公了！」

於是，老郡王陪著雲遲，去了蘇氏族裡，沒刻意掩藏行跡，倒也沒大張旗鼓。

自從武威侯被雲遲請去東宮做客，蘇氏一族有能力的人分了兩批，一批支持蘇子折，一批支持蘇子斬，二人離開後，蘇氏的人幾乎都被帶走了。

如今族中人，只剩下老的老，少的少，大多數都是婦人。

雲幻母親早先不知道兒子在做什麼，以為他被蘇氏族裡送進了皇室暗衛營裡，以武搏前程，後來知道後，也管不住了，雲幻要安排她離京，她說什麼也不走，每日在佛堂禮佛。

昨日，收到了蘇子折命人送給她的信，威脅她若是不出手，就殺了她兒子。

她只有這麼一個兒子。

她掙扎之下，自然受了威脅，於是，今日出手，憑空將那封信送去了安書離的馬車上，安書離得雲遲器重，見了信，自然給他。若是雲遲公然天下休妻，她自然不必對皇上出手，也能保全兒子，若是雲遲不受威脅，是選皇上還是選太子妃，那便不是她能管的了。

但她沒想到，雲遲會這麼快地找上她。

她雖是宗室女，但總歸是嫁入了蘇家的人，這些年，在蘇氏族中一大家子人裡過的不起眼，早些年，她年節時候還進宮看望太后。自從丈夫早亡，她沒打算再改嫁，便常年在府中禮佛，怕自己的寡婦之身在年節時惹人晦氣，便也不進宮了，在府中吃素齋，雖未遁入空門，也算是半個出家人。

她以為，雲遲沒那麼輕易會想起她，她雖出了手，但未沾染那封信，她沒留一絲痕跡。

所以，當佛堂的大門被打開，陽光從外面照進來，她回轉身，看到了立在門口的雲遲和宗室裡一位德高望重的老郡王時，驚的心怦怦地跳了好一陣。

「姑姑安！」雲遲看著她，面含淺笑。

她看著雲遲面上的笑，聽著他的話，臉色漸漸地慘白一片。

她自小在太后身邊待了一段日子，又是宗室女，雲遲稱呼她一聲姑姑，倒也沒錯。可……這聲姑姑，她可當不起！

「佳敏，你糊塗！」老郡王怒喝了一聲，「你意圖謀害皇上，威脅太子，你可知罪！」

雲佳敏說不出話來，慢慢的，扔了手中的經書，跪在了地上。

「你那個孽子在哪裡？」老郡王走到她面前，氣的恨不得踢她一腳，將手中的信砸在了她臉上，「你看看你，你幹的這叫什麼事兒？你可知道那一夜他策反太祖暗衛謀亂，太子殿下饒了他一命，放了他一馬，如今你又來恩將仇報，你可還是個人？」

雲佳敏一言不發。

老郡王氣恨地說：「你倒是說話啊？啞巴了？你整日裡待在這佛堂，誦讀經書，你誦讀的是什麼經書？你心中可有仁善大義？可有慈悲心腸？一心向佛者，掃地不傷螻蟻命，愛惜飛蛾撲罩燈。你呢？你兒子跟著人一起作惡，要毀了南楚的江山社稷，你為了你兒子連你的出身都忘了嗎？你如今可還拿著郡主的俸祿，吃著朝廷的奉養呢？你可知道廉恥？」

雲佳敏閉上眼睛，面如死灰地說：「我自知罪責難逃，請太子殿下賜我一死。」

「賜你一死？」老郡王怒氣衝衝，「讓太子殿下賜死你，都便宜你了，也髒了他的手。」話落，他伸手指著她，「你既無話可說，就自己以死謝罪吧！」

雲佳敏動了動嘴角，終究是無話可說，她點點頭，伸手拔了髮上的珠釵，刺進了自己的脖頸裡，瞬間，鮮血如注，她睜開眼睛，看著雲遲，依舊求了情：「太后於臣婦有恩，臣婦本也下不了手害皇上，本以為太子殿下會休妻……臣婦沒料到……臣婦求太子殿下……看在我乾脆死的分上，再見到蘇幻……饒他……一命……」

「你還敢為你那孽子求情？」老郡王氣的紫青了臉。

雲遲終於說了第二句話：「他若是不再幫蘇子折，撞到我面前，本宮便饒他一命。若是他死不悔改，本宮也無法答應你。」

雲佳敏得了雲遲這一句話，已知足，這才閉上了眼睛。

老郡王感於雲遲心慈，又氣又恨中看著倒在血泊裡的雲佳敏，也頗受傷害：「這個丫頭，本是個好的，只是可惜，當初將她嫁到蘇家嫁錯了。太后和我商量她的婚事兒，彼時都覺得挺好，誰知道是這般……」

「誰都不是聖人，誰都不能料到將來事，叔公莫自責。」雲遲對身後小忠子吩咐，「傳本宮旨意，厚葬佳敏郡主。」

自己認罪而死，倒也值得他吩咐人厚葬。

小忠子應是。

老郡王本就對雲遲喜歡，如今見他心懷寬廣，更加欣慰。

二人出了蘇氏族中，分別時，老郡王對雲遲問：「殿下，安陽王府與安氏一族近來鬧騰的熱鬧，殿下是否準備插手？」

雲遲聞言看向老郡王，眸光帶著幾絲詢問，想聽聽老郡王的見解。

他既然提了安陽王府和安氏一族，便顯然是有話要說。

老郡王歎了口氣，接著說：「宗室子弟，大多散養，雖不問政事，但多年來，拿著朝廷的供養吃吃喝喝，多數不務正業。代代傳承至今，四百年已過，子孫已不是一個小數，我前兩日命人算過，如今國庫的十分之一，用來養宗室了。」

雲遲頷首：「叔公說的極是，十分之一，怕是說少了。」

老郡王看著他：「安氏如今自己清算，是安陽王識時務，安氏一族勢大，內裡骯髒事兒不少，如今又出了安宰輔，他生怕安氏一族子孫尾巴翹的太高，有朝一日壓不住，露出來，等你登基，或者說朝事兒穩定後，親自動手清算，那就不是今日的小打小鬧了，遭的就是大禍事兒。安陽王為保安氏一族，不得不說，目光放的長遠。」

雲遲笑了笑：「本宮為著南楚江山社稷，自然要早晚清算世家大族的汙垢。」

「這就是了。」老郡王道，「安氏一族做了這個衝鋒陷陣的長纓槍，無論如今鬧騰的結果是否如人意，你總會念著安陽王的面子，善待安氏一族的良善之輩。」

雲遲點點頭。

老郡王又說：「對於宗室呢？殿下有何打算？總不能一直這麼供養下去，國庫的銀子，可用於百姓的地方非常之多，老臣雖閒散了一輩子，但為國為民之心，卻不曾丟掉。若是殿下但有吩咐，不如就吩咐老臣，趁著老臣這一把骨頭還硬實，也能幫殿下分憂。」

雲遲目光溫和地看著老郡王，深施一禮：「本宮先謝過叔公了，叔公有此為國之心，怪不得一生受人敬重。」

老郡王擺擺手：「別給我套高帽子，我就是看你這一年來太累了，尤其是近日，累的每日只睡一兩個時辰，再這樣下去，老臣怕你身子垮了。你可是我們南楚江山的希望！可不能垮！」

「叔公放心，本宮身子骨結實的很。」雲遲含笑道。

「哪裡結實了？你看看你，清瘦的都快不成人形了。」老郡王搖頭歎氣。

雲遲微笑道：「那也結實。」話落，正了神色說，「宗室暫時不急著肅清，安陽王府和安氏一族的事兒沒那麼輕易便打鬧完，等這把火燒個差不多的時候，本宮會找叔公，以宗室帶頭自查，率先表率天下，做這個代替安氏一族的領頭羊。屆時，不止能壓下安氏一族的鬧騰，也能警醒天下世家大族，達事半功倍的效果。」

老郡王聞言稍微一琢磨，便也明白了雲遲的意思，連連點頭：「好，既然你有這個話，老夫便等著你。」

二人打住話，雲遲命人送老郡王回府，自己也折返回了東宮。

安書離見雲遲平安回來，聽他簡短提了兩句，也沒想到如此簡單，是他想的難了，到底是太后身邊養了一段日子的人，念著恩情，與他的兒子不一樣，認罪而死很是乾脆。

可憐天下父母心，養子不教，誤了性命。

一晃，又忙兩日，諸事妥當後，雲遲去了花灼的院落。

花灼獨自一人站在桌前，正在提筆給夏緣寫信，見他來了瞅了眼，隨意地問：「忙完了？」

雲遲看著他：「若說忙，哪裡有忙完的時候，不過京中的事情都安排妥當了，稍後便離京，過來問問你，大舅兄可有什麼話帶給花顏。」

花灼揚了揚眉，果斷地說：「沒有。」

雲遲見他信紙寫了好幾頁，挑眉：「當真沒有？」話落，微笑，「你給少夫人寫的書信，寫了一頁又一頁，怎麼輪到妹妹了，什麼話也沒有了？」

花灼乾脆撂下筆，瞅著他，似笑非笑：「怎麼？我跟自己的媳婦兒說這麼多話，你替你媳婦兒吃味了？」

雲遲無言了好一會兒：「算我沒問。」

花灼大笑：「我沒有話要跟她說，你把安十六和安十七帶上好了。」

雲遲點頭：「行！」

花灼見他痛快，便主動說：「你放心去吧！我在你這東宮還需要多養一陣子的傷，暫且不走，幫你暗中看著點兒。你可以告訴安書離，若是他有處理不了的事兒，可以來找我。」

雲遲深施一禮：「多謝大舅兄，有你這句話在，本宮便放心了。」

出了花灼的院落已夜深，雲遲又叫來福管家囑咐兩句，見安書離愁眉苦臉地看著他，一副他走了他就生無可戀的模樣，他失笑地拍了拍他肩膀：「京城就靠你了，大舅兄雖在養傷，但也不是手無縛雞之力，他手裡有人，但有棘手之事，你可以去找他幫忙，他已開了口，說會幫你。」

安書離聞言眉眼間的愁苦頓時消了大半，他其實早先打過花灼的主意，但是知道花家的規矩，也知道敬國公勸過，被花灼擋了回來，沒好再提，如今既然花灼親自開口，那他少不了真的有棘手之事，一定會找他的。

一切都準備妥當，也已與皇上打了招呼，雲遲輕裝簡行，只帶了雲暗並安十六、安十七，四個人，四匹馬，悄無聲息地出了京城。

雲影帶著十二雲衛早已離京，其餘的東宮一眾暗衛，全都沒帶。

若不是安書離知道雲遲有鳳凰衛，可要使著勁兒地勸雲遲將東宮暗衛都帶上，既有鳳凰衛，那東宮的人都留在京城，用來迷惑別人的視線最好不過。

所以，當日雲遲離開後，東宮便傳出太子殿下病倒了的消息。

太子殿下忙累太久，缺眠少覺，人不是鐵打的，本來很多人就在想，太子殿下若是再這樣忙累下去，怕是哪天會病倒，這不，如今來了，病倒不稀奇。

於是，雲遲這一病倒，理所當然地將朝事兒都推給了安書離，下了一道旨意，由安宰輔監國，敬國公、五皇子從旁協助，其餘人等，各司其職。

所以，第二日早朝，雲遲病了，免了早朝，由小忠子帶著雲遲的旨意，在金殿上宣讀的。是以，朝臣們無人懷疑，太子殿下已不在京城了。

畢竟，哪怕太子殿下前往西南境地時，都將自小隨身侍候他的小忠子帶在身邊。小忠子好好地出來宣讀聖旨了，只是眼眶有些紅腫，想必是擔心太子殿下。

小忠子宣讀完聖旨，有朝臣上前問：「小忠子公公，敢問殿下病情可嚴重？」

小忠子吸了吸鼻子，哭喪著臉說：「天不絕說殿下太累了，需要臥床靜養，嚴重倒是不嚴重，奴才就是心疼殿下，好好的殿下，給累得起不來了。」說完，他面帶哀怨指責地掃了一眼朝臣們，「都是你們沒用，這麼多大人們，卻都是擺設，不抵用處，把殿下累壞了。」

朝臣們頓時人人面含愧色，近來他們的確是覺得自己太無用了。

小忠子抹了把眼睛，大聲說：「有事情找安宰輔，你們不准有事兒沒事兒就找殿下了。」話落，又重重地說，「殿下需要靜養，都知道嗎？」

朝臣們連連點頭，都說知道了。

小忠子這才滿意地回了東宮。

朝臣們在小忠子離開後，對看一眼，都有些憂心，不知殿下要靜養多久？

太后並不知道雲遲離京，聽聞雲遲病倒了，立馬就想去東宮看他，皇帝攔住了他：「天不絕既然說了讓他靜養，母后就別去打擾他了，依朕看，他就是缺覺，好好睡上一覺，再歇上一陣子，就好了。」

太后打住心思，看著皇帝，無奈地歎氣：「如今你醒來，遲兒大約是鬆了一口氣，這才倒下了。」話落，她納悶，「哀家不明白，你都醒來了，為何要瞞著朝臣們？」

皇帝道：「朕雖醒來了，背後作亂的人卻沒抓住，朕醒來的消息自然不能放出去，以免影響了太子計畫。」

太后氣恨地說：「王八東西，這江山好好的，非要禍亂，真是該誅。」

「自然該誅，遲兒早晚會將之誅了的。」皇帝心中想著，希望雲遲此去順利救回花顏，還有她肚子裡的孩子，不知他的身體還能撐多久，他希望能看到孩子出生，他就心滿意足了。

第一百四十五章　機智扣留等援兵

雲暗帶路，四個人都是騎最快的日行千里的寶馬，輕裝簡行，自然趕路極快。不過夜晚行路，不比白日，頂著寒風，所以，一夜行出了七百里。

第二日天明時分，四人在一個小包子鋪吃了幾個包子，喝了兩碗熱湯，給馬喂了草料，讓馬吃飽喝足，稍微歇了一會兒，便又繼續趕路。

京城過了年後，入了春，雖天氣倒春寒，依舊冷，但近日裡不下雪了，再過幾日，寒流過去，也便暖了，但越往北走，卻比京城冷的多，風跟刀子似的。

四個人拿出包裹，換了厚的披風，中途在一家同樣不起眼的小店面吃了碗麵，便繼續行路。

如此走了一夜又一日，已行出了一千五百里地。

到這一日傍晚，安十六見雲遲不打算歇著，其實他與安十七也想早點兒找到花顏，但這般騎快馬走了一日夜，已走出了一千五百里，再不停歇的走下去，他們雖然能受的住，但是想到雲遲已累了多日，怕是會受不住。

就算受的住，估計等見到少主時，也會直接倒在少主面前。

再說馬也受不住，騎死兩匹馬倒是小事兒，但關鍵這四匹都是千里良駒。

於是，安十六開口勸說：「殿下，前方城鎮落宿歇一晚吧！」

雲遲勒住馬韁繩，駐足看著前方城鎮，衣袍被寒風吹的獵獵作響，他也知道自己再這樣下去，怕是會累得倒地不起，哪怕他身子是鐵打的，也到底累的久了，是該歇歇了。於是，他點點頭：

「好。」

安十六鬆了一口氣，於是提前去前面城鎮打點，找了個不起眼的客棧，將之整個包了下來。

雲遲的身分不宜張揚，自然一切從簡。

安十六打點妥當後，雲遲進了城鎮，四人落宿在了這家客棧。

沐浴更衣，用過飯菜後，雲遲躺在床上，雖身體十分疲憊，卻難以入睡，想著一日夜歇一晚，這樣日夜兼程的話，最快也要五日到荒原山。

但願他來的快，但願蘇子折沒預料到他會扔下京中一大攤子事兒找上門。

他強迫自己入睡，不多時，還是真睡著了。

雲暗睡在雲遲外間，聽著雲遲入睡，自己也跟著睡了，只不過，睡的淺眠。

安十六和安十七房間在雲遲隔壁，二人說了兩句話，也睡了。

半夜，外面傳來動靜，似乎有人叫門，驚醒了雲遲，也驚醒了雲暗、安十六、安十七。

雲暗立即起身，來到了窗前，就著外面的夜光往外看。

安十六和安十七也一個鯉魚打挺起身，趴在窗邊看向外面。

雲遲躺在床上沒動，雖醒來，依舊閉著眼睛。

店家被叫醒，披了衣服匆匆走到門口，沒開門，而是對外面說：「小店今夜不收客了，客官請找別家吧！」

外面傳來女子的聲音：「店家，我們人多，這小鎮太小，幾家客棧都住滿了，聽聞這裡被人包了客棧，客人不多，應該還有空房，可否詢問店家，跟貴客打個商量，小女子願意把貴客包了的銀兩出了，只勻出剩餘的房間就可。」

店家猶豫：「這……客人已包了小店，顯然是不缺銀兩的，不好吧？」

「出門在外，行個方便。煩勞店家問一聲。」女子十分有禮貌，「若是貴客不願，小女子也不強求人的。」

店家聞言點頭：「那你稍等。」說完，便來到安十六所住的房間，低聲喊了兩聲，出聲詢問，說是女子，如此深夜，露宿街頭，實在不忍，特來一問。

安十六自然不同意，如此深夜，女子都敢走夜路，還有什麼忍不忍心的。太子殿下身分尊貴，暗中出京，自然要避免麻煩。他剛要說不行，隔壁傳出雲遲的聲音，雖然很低，但安十六聽的清楚，只聽雲遲說：「同意。」

安十六疑惑，但想著太子殿下必有道理，便對店家說：「行。」

店家是個好人，見安十六答應，心中也高興：「都是出門在外，貴客與人行方便，也是與己行方便。」說完，他走到門口，打開了房門，一眼所見，外面站著一名女子並七八個護衛。

女子很年輕，做少女打扮的模樣，在護衛們舉著火把下，可看出她容貌秀麗，身段窈窕纖細，肌膚薄嫩白皙，吹彈可破，怎麼看都是個煙雨江南養出的春水美人，不該這麼深夜裡出現在這北方寒冷荒涼的寒苦地方。

店家雖一把年紀，但也多看了兩眼，拱了拱手，試探低問：「姑娘您自己落宿，還是這些人一起落宿？小店地方少，也只剩下三個房間而已，住不下這麼多人。」

「我自己一個房間，他們一起一個房間擠一下。」女子話語輕柔，「多謝店家通融了。」

店家點頭，擺手：「不是小老兒通融，是落宿的客人點頭同意的，姑娘若是道謝，明日便謝客人吧！」

女子點點頭，說了聲好，便邁步進了院子，由店家領著去了那空餘的兩間屋子。因是深夜，女子也沒折騰的要熱水沐浴，只簡單地洗了臉，便歇下了。

很快，這一處便安靜下來，沒了動靜。

安十六想了想，用傳音入密問雲遲：「殿下可是因為這女子的聲音是來自嶺南才同意的？是否需要屬下去查一下這女子的身分？早先，屬下找店入住時，這小鎮雖不大，但也有五六家客棧，天氣寒冷，地面剛化凍，商家來往生意在這個時節都不太多，所以，客棧幾乎都是空著的，而這女子說他們人多，將客棧都住滿了，難道是嶺南來的商隊？」

雲遲「嗯」了一聲，同樣傳音入密回安十六，「本宮也正有此意，去查吧！」

安十六得了話，對安十七說：「你我分頭去查，會動作快點兒。」

安十七點頭，歇了半夜，人也精神了，沒意見。

二人武功高，悄無聲息地出了房門，出了院落，沒弄出絲毫的動靜，自然也沒驚動那女子和女子帶的七八個護衛。

雲遲沒睡夠，這會兒犯了睏意，很快又睡著了。

大半個時辰後，安十六和安十七一起回來，沒回自己的房間，而是來到了雲遲的房間。

雲暗見二人回來，瞅了二人一眼，便知道二人怕是查出了東西，否則不會到殿下房間的。

安十六抖了抖身上的寒氣，低聲喊了一聲：「殿下！」

雲遲醒來，坐起身：「進來。」

安十六、安十七一起進了裡屋，藉著月光，安十六躬身說：「殿下，這一批人，的確是嶺南的商隊，做的是布匹生意，只不過箱子裡面裝的都不是布匹，而是以布匹裹的兵器。」

雲遲面色一沉，問：「有多少兵器？什麼樣的兵器？」

「弩箭。」安十六道。

「有二十車，一百多人護衛。」安十六接過話。

「女子身分是何人？」雲遲寒聲問。

南楚對於兵器把控很是嚴格，鐵礦都是國家的，不准私造兵器，如今二十車的弩箭，不是小數目，顯然，有人私造兵器，且拿布匹生意掩人耳目。

不過，蘇子折在北地養了二十萬私兵，如今有人私造兵器拉運，他也沒那麼憤怒。但因為是嶺南來的人，他不由得想起了嶺南王府。

早先，查出嶺南王府夥通南疆勵王府，以茶葉生意做私鹽，如今，這弩箭是不是嶺南王府私造的兵器？是嶺南王府自己要造反，還是跟著蘇子折造反？

「暫時還未查出來。」安十六小聲說，「除非，摸去那女子的房間，偷了她的腰牌，但身分象徵的腰牌之物，出門在外，應該都貼身存放，屬下畢竟是有婚約的，不太適合，十七又死活不去，這就不好儘快查出了……」

安十七瞪了安十六一眼，哪怕是非常時期，這種摸女子貼身腰牌，闖入女子閨房之事，他也不幹。

雲遲蹙眉，這般查女子身分，的確非君子所為，但他是君子嗎？這女子敢私造兵器押送，他就敢讓她死都不知道怎麼死的！於是，他看向雲暗，吩咐：「雲暗，你去！」

雲暗無言地看著雲遲，好半晌，低聲應是，轉身去了。

安十六和安十七目瞪口呆，須臾，一起同情起雲暗來，太祖暗衛出來的首領，果然是千錘百煉地好用，非他們可比！

雲暗出去沒多久，便拿了一塊令牌回來，呈遞給雲遲。

安十六和安十七敬佩地看著他。

雲遲沒接那塊令牌，似是嫌棄，不想沾手，對雲暗低聲吩咐：「拿到窗下來，拿近些。」

雲暗依言拿到窗下，就著稀微的月光，讓雲遲看清楚這塊令牌。

這塊令牌是烏金打造，牌身一面雕刻著朱雀花紋，一面刻了一個盈字。

雲遲瞇起眼睛，低聲暗沉地說：「果然是來自嶺南王府。」

安十六和安十七湊上前，瞧了眼，安十六開口：「東青龍，西白虎，南朱雀，北玄武，據說當初封嶺南王時，皇上命人給嶺南王打造的印璽，用的就是朱雀花紋，而嶺南王有三子兩女，一雙子女是嶺南王妃所出的嫡出，其餘兩子一女是庶出，但名字上卻都沒有叫個盈字的。」

安十七接過話說：「嶺南王有一養女，名字帶個盈字，據說這名養女是嶺南王一位部下遺留的孤女，臨終託付給嶺南王照料，嶺南王認了她做養女，也未給她改姓，似乎叫葉蘭盈。葉蘭盈很聰明，比他的親生子女都得他喜愛，自小帶在身邊教導。」

「咦？十七，你怎麼知道？」安十六看向安十七。

安十七被他的眼神看的不爽：「少主那一年跑去嶺南玩，眼看都要過年了還不回家，公子命我去找。我找去時，少主正在與嶺南王府的……」他說著，忽然頓住，轉了話題，「我自然因此知道的比你清楚。」

安十六恍然大悟，似乎知道他剛剛頓住的話是什麼，當即閉了嘴。

雲遲轉過身，溫聲問著安十七：「那一年，你找到她時，她正與嶺南王府的誰在做什麼？」

安十七咳嗽了一聲：「沒、沒做什麼。」

雲遲斜眼瞅他：「不能說？」話落，威脅，「你若是不說實話，本宮就讓你摸黑去還這塊令牌。」

安十七嚇了一跳，後退了一步，內心暗罵自己太笨！怎麼就因為雲遲與他們三人這一路走來，吃糠咽菜低調簡陋如常人一般，而生出太子殿下與他們一樣尋常的錯覺呢？怎麼就一時間覺得雲遲無害說溜嘴了呢？他掙扎片刻，還是覺得三四年前的事兒了，出賣少主應該也沒什麼，況且又沒將少主賣給別人。

他是說什麼都不去還令牌的。

於是，他小聲說：「我找去時，少主正在與嶺南王的公子雲讓遊湖……」

「嗯？」雲遲挑眉，「嶺南王府的嫡出公子雲讓？嶺南王妃所出？」

「是！」

雲遲盯著他：「還有嗎？」

安十七縮了縮脖子，頂著壓力又道：「少主怪我打擾她討美人歡心了，回去臨安一路上都沒給我好臉色，又說如今她走了，葉蘭盈豈不是近水樓臺先得月……咳咳……就……這些……」

雲遲被氣笑了：「她那時看上了雲讓？」

安十七吞了口唾沫：「大約是的，少主說她覺得嶺南王府公子好看，人美心善，若是做夫婿……挺好……」

安十六在一旁直翻白眼，暗罵安十七這個笨蛋，沒事兒找事兒，笨死了。他立即在一旁補救：「少主回去後，見了公子，還是覺得沒有家裡的公子美，所以，很快就將雲讓扔一邊了。後來，再沒去嶺南，乾脆就將那人給忘了。」

「對對，我就是那時候從少主嘴裡知道葉蘭盈的，知道她是嶺南王的養女，少主似乎不喜歡她，一路上罵了她七八遍。」安十七說著，暗暗補充了一句，那七八遍都是因為雲讓，她覺得葉蘭盈對雲讓有心思，她看著不爽，她如今走了，便宜她那朵白蓮花了。

雲遲知道了要知道的，哼了一聲，倒也沒說什麼，對雲暗吩咐：「去把令牌給她還回去。」

雲暗點頭，拿著令牌又默默地出了房門。

轉眼，雲暗還了令牌回來，葉蘭盈雖有武功，但以她的身手，自然比雲暗差的遠，所以，令牌在雲暗手裡轉了一圈，去了又回，她也不知道。

雲遲見雲暗回來，低聲吩咐安十六：「去找店家結了店錢，我們繼續趕路。」

安十七訝異：「殿下不管這二十車弩箭了嗎？」

「這二十車弩箭，要想運去嶺南，勢必要途經兆原縣，給梅舒延傳信，讓他連人帶車一起截住。然後，上報朝廷，由安書離徹查。」雲遲說著，輕喊了一聲，「雲滅。」

「主子！」一人悄無聲息落下。

安十六、安十七、雲暗三人已是武功極頂尖的高手，也知道雲遲出京有一批人暗中跟隨，可是當這人被雲遲喊出來，無聲無息地落在房間，三人還是不由得身軀倏地緊繃了那麼一下。

這人氣息，安十六和安十七想著，怕是公子和少主身體好時，也就這樣。

雲遲對雲滅吩咐了一句，雲滅應是，如出來時一般，悄無聲息隱了去。

無論是十二雲衛，還是太祖暗衛，以及東宮的一眾暗衛，都是被人眾所周知的，只有這鳳凰衛，才是雲遲最隱晦不被人所知的最大的底牌和最厲害的勢力。

安十六出去找了店家，雖葉蘭盈說代包了銀兩，但他還是給了店家一大包銀子，只為交代店家，明日一早那女子細問起來，就說是一家四口趕著去北方奔親，所以連夜走了。

店家得了銀子，自然千恩萬謝，當著安十六的面，描繪出了一家四口的模樣。

安十六十分滿意，覺得越看著老實的好人，原來其實越會騙人。

一行四人出了房門，沒弄出什麼動靜，去了後院牽了馬，便星夜兼程，離開了。

馬蹄聲還是驚動了葉蘭盈，她醒來，推開被子坐起身，先是檢查了一下自己貼身存放的令牌，發現令牌在，與她睡前並無什麼異常不妥之處，才慢慢地下了榻，來到床前，打開窗子向外看。

院中很是安靜。

葉蘭盈站了一會兒，馬蹄聲已走遠，別處再沒動靜，但她素來小心謹慎，還是對外面喊：「來人。」

「姑娘！」有侍衛從隔壁房門出來，拱手應了一聲。

「出去看看，是什麼人深夜踏馬？」葉蘭盈吩咐。

侍衛應是，立即去了。

不多時，侍衛回來，對葉蘭盈回稟：「回姑娘，擱在後院的客人的馬匹不見了，想必是落宿的客人深夜離開了？」

葉蘭盈皺眉，看了一眼濃郁的夜色，如此深夜趕路離開？她穿戴好衣服，出了房門，左右看了一眼，吩咐：「去將店家喊來。」

侍衛立即去了。

不多時，店家來到，想著這一夜可真是不消停，不讓人睡個安穩覺，他一夜起來三次，他對葉蘭盈拱手：「姑娘，可有什麼需要？」

葉蘭盈看著他，聲音在夜裡很是無害柔軟，和聲和氣地說：「店家，怎麼有馬蹄聲？」

店家腦中頓時響起安十六的交代，給的那包銀子可比他實際的店費高多了，況且，他就算不給，也有面前的姑娘給支付，總之心地良善，不愛占人便宜，他自然要按照他交代的說。

於是，店家道：「是在小店落宿的客人離開了，故而有馬蹄聲。」

葉蘭盈輕聲問：「怎麼會有人半夜離開呢？早先想著答謝客人，小女子才沒多問，敢問店家，落宿的是什麼樣的客人？」

店家立即說：「是一家四口。」接著，便知無不言言無不盡的詳細描述了一個三十多歲的成年男子，看著身分貴氣，帶著一個眉眼英氣的三十多歲的女子，還有兩個少年。

「小老兒素來不問客人名諱，所以，也不知叫什麼，走時也把早先說好的落宿銀子付了。姑娘若是想謝人，我也只能知道這麼多了。」

葉蘭盈凝眉尋思，那四匹放在後院的寶馬，可是難得一見的好馬，什麼樣的一家四口能騎這樣的一匹價值萬金的好馬？她又問：「客人急著半夜離開，是為何？」

店家立即說：「這一家客人天沒黑就來了，睡到半夜大約是歇好了，便急著走了。」話落，感慨，「這年頭，誰家還沒個急事兒，就如姑娘您，還不是半夜來的呢？小老爺也不便多問，有半夜來，就有半夜走的，也不奇怪。」

葉蘭盈頓時笑了，溫聲說：「煩勞店家了，店家快去歇著吧！」

葉蘭盈被店家最後一句話說的心服，覺得自己多慮了，天下諸多世家，有太祖建朝時崛起的，也有太祖建朝後退出歷史舞臺的，若說有雄厚底蘊能養得起上等的價值萬金寶馬的世家，手指頭也是數不過來的，十分之多。

不見得就是皇室中人，三十多歲的一家四口，更不會是太子本人。

太子年輕的很，不過弱冠年紀。

如今太子頒布了七令，各地因這七令，奏摺雪花般地飛往京城，據說太子忙的焦頭爛額，剛剛傳來消息，已然受不住病的倒下了。

朝中諸事，都交給了安宰輔。

安書離更是與太子年歲相仿，剛官拜宰輔，輔助太子理事，又豈能脫身出京城？朝中無人可用，他若是出京城，太子指望誰？

所以，指不定是哪個世家中人有什麼家裡的急事兒，連夜趕路。

葉蘭盈想了一會兒，便丟開了這一家四口，繼續躺回床上睡回籠覺。

而在她躺下繼續入睡時，雲滅已吩咐人騎快馬帶著雲遲的旨意去了兆原縣。

梅舒延回京奔喪一趟，險些丟了命，回到兆原縣後，手頭堆積了一堆公務，他生怕這幾日錯過有用的消息，於是，正在沒日沒夜地處理案頭堆積的事務。

鳳凰衛中一人在半夜又半日後，悄無聲息地進了兆原縣守府衙。

梅舒延昨日深夜才睡下，早起又整理公務，目前還沒發現他離京這幾日有何不妥，東宮來替換他的幕僚很是盡心，諸事都打理的井井有條，是他多慮了。

他想著，既然沒出什麼事兒，也該放東宮的幕僚回去了，太子殿下正是用人之際，他總不能拴著人在兆原縣繼續幫忙。

他擱下筆，站起身，剛要喊來人請那名幕僚過來，便見房門無聲打開，又無聲合上，一個人已站在了他面前。

這人一身黑衣，如鬼魅般驟然出現，他駭了一跳，剛要大喊，那人拿出了太子殿下的令牌。

梅舒延頓時將張開的嘴閉上了，壓住驚魂的心跳，看著來人，對著令牌拱了拱手，詢問：「可是太子殿下的信使？」

來人點頭，聲音尋常：「梅大人聽令，嶺南王養女葉蘭盈藉由商隊布匹生意暗中藏匿弩箭兵器，共二十車。殿下有命，這二十車弩箭必然經過兆原縣，梅大人帶人扣下，將葉蘭盈收監看押，上報安宰輔徹查處置。」

梅舒延一驚，連忙單膝跪地：「臣遵命。」

來人又道：「葉蘭盈的商隊應該兩三日便到，梅大人即早準備吧！殿下有令，那女子似聰明得很，十分得嶺南王看中，梅大人謹慎些，切勿洩露消息。」

「是，臣一定謹慎。」梅舒延點頭。

那人將一塊令牌遞給梅舒延：「這是虎符，殿下還說，梅大人可拿虎符調京城京麓兵馬，京城目前已安穩，調些兵馬來用也無礙。總之，此事一定要辦妥，葉蘭盈必須截住。」

「是！」梅舒延接過虎符。

來人再不多言，如來時一般，無聲無息離開了。

隨著他離開，房門無聲無息地合上，一絲風絲和響動也沒有。

梅舒延站起身，想著看來暫時不能放東宮的幕僚回京了，此事關係重大，他需要有個人商議妥善的法子。

他年前查到嶺南王府頭上時，雖沒敢繼續更深入審查，但也基本瞭解了嶺南王府的情況。這個葉蘭盈確實非同一般，雖身為女子，卻比嶺南王府的公子們更得嶺南王看中，她手下管著嶺南王府的生意，沒想到這一回親自帶著商隊。

可是兆原縣的卷宗和通關記錄裡，竟然沒有她的通關文牒記錄。

按理說，只要發生過，就有痕跡可查，無論是從南往北，還是從西往東，兆原縣因為地理位置的原因，四通八達，無論去哪個方向，走那條路，必然通過兆原縣。

而他也來兆原縣有大半年了，時間已不算短了，這麼久，竟然不知道葉蘭盈何時通的關去的北方，如今顯然這是又經由兆原縣通關迂迴嶺南。

他覺得自己已足夠仔細了，可是還出了這個紕漏，恐怕是兆原縣的縣守府衙內有內鬼，不是根本就沒往他這裡上報通關的記錄，就是暗中消了葉蘭盈的記錄。

也許，還有一點，她用了假文牒。

兩三日的時間緊急，恐怕不容易揪出內鬼，否則一個弄不好，難免走漏風聲。

他琢磨許久，命人喊來了東宮幕僚，與他商議。

太子殿下既然派了這名幕僚來，就是十分信得過的人。

這名幕僚一聽，也是震驚：「殿下親自派人來知會大人，截住葉蘭盈，扣押下她，顯然是要劍指嶺南王府。」話落，又道，「說起內鬼，在下也覺得一定有，否則大人回京奔孝，在下是暗中來代替大人理事，大人也本是暗中離開，只有少數幾人知道。可是大人出了兆原縣一路便遇到追殺，而對方又是嶺南王府的人，顯然，是內鬼對外透露了大人回京的消息。此事我本來在大人回來時就想與大人說說，但看大人一頭扎進卷宗裡，在下就想先觀察觀察，何人是內鬼，再與大人說，畢竟能跟隨大人身邊接觸重要事務的，都是大人信賴的親近之人。沒想到，殿下這麼快便派人送來消息，時間太短，還要布置安排，恐怕不好揪出內鬼。」

梅舒延聞言脊背冒了些許冷汗：「會不會是我梅府帶來的人裡有內鬼？」

幕僚「咯噔」一下，看著梅舒延道，「不好說。」

梅舒延臉色沉暗：「爺爺之死，至今沒查出是誰下的手，梅府雖不同於東宮和皇宮那樣防範嚴密，但也不是沒規矩的，尋常吃穿用度也十分謹慎。背後之人對趙宰輔和爺爺下手，同時也對敬國公下了手，只不過對敬國公下的是與皇室一樣的噬心蠱，敬國公命又好，被提前查出來了。可見，各府邸內，怕是都有內奸，也許我帶來的這些人裡就有也說不定。這麼一說，我還真不敢隨意相信我身邊的人了。」

「此事一定萬不能有失。」幕僚建議，「殿下既然給了大人虎符，那麼，趁著時間來得及，不如就拿著虎符去調京麓兵馬吧！五百里地，兩天一個來回，定然可行。京麓有三十萬兵馬，最少也要調五萬。大人身邊的人既然都不敢讓大人信任，不如就將虎符交給在下，在下藉由回京，快馬將虎符帶回去，京麓兵馬如今由大人的弟弟掌管，又有殿下給的虎符，一定好調兵。」

梅舒延也覺得幕僚的建議可行，他本就打算放幕僚回京的，如今正好不會引起人懷疑。他當即果斷地點頭，將虎符給他，囑咐：「路上小心，本官在你離開後，先什麼也不做，當作不知此事，免得有絲毫動靜，被人察覺，放出風聲，等你調兵回來，殺葉蘭盈一個措手不及，也能大動干戈揪出內鬼。」

「好，在下這就離開。」幕僚揣好虎符，再不多言，轉身出去了。

他推開門，來到門口院中，走了兩步，又轉身，對站在門口送他出來的梅舒延深施一禮，一拜到底，大聲道：「大人，就此拜別，兆原縣公務繁重，請大人多保重身體，殿下以後還要多多仰仗器重大人的，大人可不能倒下。」

梅舒延當即拱手：「祝公一路慢走，如今雖已春日，天氣涼寒，請多保重。待回京後，替我與殿下說，也請殿下多保重身體，下官聽聞殿下病倒，也甚是焦急掛念，請殿下放心，下官一定為殿下守好兆原縣。」

「殿下驟然病倒，在下實在心急，慢走是不行了，得快馬趕回去。」幕僚又拱了拱手，「大人保重。」

二人一來一往，過了明話，敞亮地就此拜別。

只有二人心中明白，幕僚是去調兵，還會回來，如今不過是做做樣子。

幕僚騎最快的馬，出了兆原縣，一路縱馬，趕回京城。

無人懷疑他是抱有目的回京，都以為他是出自東宮的幕僚，是東宮的人，聽聞太子殿下病倒，自然是因為掛念太子殿下身體，才匆匆騎快馬趕回京的。

一切，都在暗中進行。

一日後，幕僚回到了京城，此時已深夜，他直接前去了京麓兵馬大營。

梅舒毓在雲遲離京後，回城內與安書離碰了個面，又見了趙清溪，見她雖然壓力極大，但很是能頂住，一雙水眸比以前清亮了許多，他心中不免又感慨，就算送給她多少珍奇珠寶首飾，她整日裡穿著一身官服，怕是也沒多少機會佩戴。

以後可怎麼辦呦！愁死他了！

趙清溪雖然聰明剔透，但也不知道原來男人心也是一樣海底針，她看著梅舒毓一會兒眉目開朗，一會兒愁眉苦臉，瞅著她又是歡喜又是憂鬱，她不解極了。

二人雖不至於到無話不說的地步，但這些日子以來，也算了解的深厚不少。

她還沒從他臉上見過這麼豐富的表情。

於是，她趁著喝口茶的功夫出聲低聲問他：「你這是怎麼了？一會兒歡喜一會兒憂的？」

梅舒毓自然不想告訴趙清溪他在喜什麼愁什麼，但是覺得他若是不說，她難免會多想，萬一多想偏了就有礙他們倆之間的情意。

於是，他在內心裡糾結掙扎了一會兒，還是果斷地將自己的喜和愁告訴她，喜的是，她那麼有才，不輸於男兒，又得太子表兄認可破格提拔入朝，開女子為官先例，這是要載入史冊，千古留名的，他也替她歡喜高興，但同時又覺得，她不用他封妻蔭子，珠釵首飾因著每日穿官服，也佩戴不了，他該怎麼對她好？

這是他喜了好多天，又愁了好多天的事兒了。

趙清溪一聽，「撲哧」一下子樂了，實在沒忍住，伸手捏了捏梅舒毓的俊臉，樂著說，「原來你在想這個！」

梅舒毓見她笑的開心，雖然有些沒面子，但也很是受用，他惆悵地點頭：「是啊！」

趙清溪好笑，笑夠了，心裡暖融融的，他是真的將她放在了心裡，所以，一心地想對她好，她主動伸出手，握住梅舒毓的手，柔聲說：「只要你有這份對我好的心，就夠了，其餘的那些，都是身外之物。我自己能有的，會自己掙到，自己不能有的，你若是能做到，也給我更好，我就會很開心，你不能做到，也不必強求自己。如今京中雖然安定了，但朝事太重，你身上的擔子也不輕，別想這些了。」

梅舒毓反握著她的手：「那你告訴我，什麼是你不能有的，我又能做到的？或者，我做不到的，你想要什麼，你告訴我好不好？我也能有個努力的方向。」

趙清溪看著他認真的臉，想著這件事兒快成了他的心結了，她覺得還真不能敷衍了他，也做不到對著一顆認真對她好的心行敷衍之事，於是，她低下頭，當真認真地想了想。

她想要什麼呢？

以前，想要做太子妃，如今，想要做好女官，讓朝臣們真正地對女子入朝參政而改觀認可，也要像天下人證明女子不是不如男子的，還想要和梅舒毓像如今這般，兩情相悅，攜手一生。

她想了片刻，抬起頭，見梅舒毓眼巴巴地等著她，她認真地說：「有一樣東西，我很想要，但是對你來說，也許有些難。」

「什麼，你只管說？」梅舒毓立即問。

「一生一世一雙人。」趙清溪輕聲開口，「我很羨慕太子殿下和太子妃，殿下立誓，今日為太子妃空置東宮，明日便為太子妃空置六宮，此生只她一人。殿下是個一言九鼎，說到就做到之人，我相信，這一生，他會做到的。」

梅舒毓心裡倏地鬆了口氣，有想要的就好，且對他來說，這還真不是難事兒。他立即鄭重又歡喜地保證：「你放心，我所求的也是一生一世一雙人，我喜歡你好幾年，如今求到你，又怎麼會移情別戀？」話落，他不著調地擔心地說，「我還擔心你呢！就怕趙大人入朝後，多少少年郎仰慕你往你身邊湊……」

趙清溪臉一紅，頓時輕呸：「胡說八道什麼？你還是擔心你自己吧！」

梅舒毓嘿嘿地笑，撓撓頭說：「那咱們事先說好了，你我平等，我不招惹小姑娘，你也不准招惹少年郎。」

趙清溪紅著臉無語地看著他，半晌後，笑著點頭：「好。」

梅舒毓解決了鬱悶多日在心裡的大事兒，回到京麓兵馬大營後，一身輕鬆，幹勁兒十足，精神抖擻地操練京麓兵馬。

自從他接管京麓兵馬，紀律嚴明，治軍嚴謹，每日按時操練，以前懶懶散散的京麓兵馬，總算像了個樣子，能夠拉得出去了。

練兵場上，正在熱火朝天地操練著，梅舒毓與士兵們空手打赤膊，十個也不是他一個的對手。他短短時日，在士兵中已樹立起了極高的威信。

沒有人再說太子殿下重用梅舒毓是因為梅府的關係了，他確實有這個本事。年輕又有本事，家世好，前途無量似乎理所當然。

幕僚來到京麓兵馬大營時，聽著深夜的軍營依舊熱火朝天，待被人領到了練兵場，他才開了眼界，想著梅舒毓果然是這塊料。

梅舒毓連著上場三輪下來，出了一身的汗，他接過衣服披在身上，見到一身風塵的幕僚，有些訝異，他在東宮時見過這名幕僚，姓祝，大家都稱呼他祝公。

他立即拱了拱手：「祝公不是去了兆原縣？這是剛從兆原縣回來？深夜來此尋我，可是我大哥又出了什麼事兒？」

他們兄弟二人雖是一母所生，但性情大不相同，梅舒延溫文爾雅，知書達理，梅舒毓則紈褲貪玩，不服管教。梅舒延占著長兄的位置，所以，他自小沒少受他大哥教訓，是以，梅舒延是除了梅老爺子外第二個讓梅舒毓見了就想繞道走的人。

梅舒延回京奔孝，差點兒丟了命，他在京麓兵馬大營走不開，待能走開時，特意跑回京城看了，那時，他已被花灼救好了，回了梅府。

兄弟二人在梅老爺子的靈堂前抱頭痛哭了一場，嗯……主要是梅舒延抱著梅舒毓痛哭，梅舒毓說不在梅老爺子面前哭，就沒哭，紅了眼眶而已。

親兄弟，打斷骨頭連著筋，所以，發喪了梅老爺子後，梅舒毓看著梅舒延萎靡不振深受打擊的模樣，拍著他肩膀故意吊兒郎當地說：「大哥，老頭子如今走了，以後可就只剩下你管我了，你可得振作點兒。」

梅舒延抬起頭，看著梅舒毓的模樣，似乎像是又回到了以前，他又氣又笑，板著臉說：「你若是做什麼不著調的事兒，我一樣對你動家法。」

「行啊！那也得你好好活著，才能打得動我。」梅舒毓撤回手，「以後謹慎點兒，一家老小可都指望著你呢。」

「那你呢？」梅舒延問。

梅舒毓厚著臉皮說：「我好不容易騙到手的未婚妻，自然要每日小心謹慎不出錯，操心未婚妻的事兒便夠我耗費心神的了，哪有那麼多精力管家裡？再說你是長子長孫，就該支撐門庭，別不負責任地想扔給我，我是不會替你管的。」

梅舒延無語，瞧著他，若非他涵養好，早一腳踢過去了。

兄弟臨別時的話歷歷在目，梅舒毓還真怕梅舒延再出點兒什麼事兒，別說家裡人吃不消，就是他也受不了。

幕僚哪知道兄弟二人說過什麼，如今見梅舒毓問起，連忙說：「不是梅大人出了事兒，只不過是有一樁要緊之事，梅大人派了我來尋將軍。」話落，他四下看了一眼，「還請梅將軍擇個隱祕之處，你我細說。」

梅舒毓一聽，立即點頭：「祝公跟我來。」

於是，二人來到梅舒毓的房間，梅舒毓命隨從守好門口，幕僚便與梅舒毓低聲交談起來。

梅舒毓聽完，覺得這可真是一件大事兒，既然有太子殿下的令牌，調兵自然沒問題，不過雲遲離京時將諸事都託付給了安書離監國，這麼大的事兒，他還是得跟安書離商量，聽他安排。

於是，他對幕僚道：「祝公，你跟我進城，我們去尋安宰輔，看看他怎麼說。我們再行動。」

「好。」幕僚點頭。

於是，梅舒毓叫來蘇輕眠和兩名副將，吩咐守好軍營，他與幕僚連夜出了京麓大營，回了京城見安書離。

深夜的東宮書房，安書離依舊在處理奏摺。

自雲遲離開後，他肩上驟然壓下了好大一個攤子，諸事都需要他定奪，他才深切地體會到雲遲沒離開時，壓在他身上那麼些重擔根本就不算什麼，如今可是真切地體會到了，當儲君真不是人幹的活。

小忠子如侍候雲遲一般地守著書房侍候安書離，見安書離自雲遲離開後，便一直苦著臉，他為太子殿下擔心的同時，又十分同情安宰輔。

梅舒毓進東宮和幕僚回東宮，根本就不需要人稟告，待二人一路頂著星夜來到書房外時，才一同停住腳步，吩咐一名護衛對安宰輔通稟一聲。

安書離聞聲擱下筆，對小忠子吩咐：「快請！」

派往兆原縣的幕僚回京反而與梅舒毓一起這時候來，想必是有要緊事兒。

小忠子連忙打開門，請二人進書房。

安書離捶了捶肩膀，站起身，鬆緩著僵硬的身子，見二人進來對他見禮，稱「安宰輔」，他還了一禮，溫聲詢問，「祝公何時回京的？與梅大人這時候一起來找我，可是有什麼急事兒？」

「正是有樁急事兒。」梅舒毓接過話，對安書離道，「我來說。祝公一路辛苦，剛剛進城，連口水還沒喝上。」話落，對小忠子道，「煩勞小忠子公公，吩咐廚房弄些飯菜來讓祝公吃。」

小忠子自也瞧見了祝公一身風塵僕僕，連忙說：「祝公跟咱家去沐浴換衣用膳吧！」

幕僚搖頭：「先不必講究了，事情緊急，我就在這裡吃口飯就好。」

小忠子明白可見真是急事兒，否則祝公也是個講究乾淨的人，不至於如今連先沐浴一番都顧不得了，他立即派人去了廚房吩咐。

梅舒毓便將祝公與他說的事情對安書離說了。

安書離聽罷，神色鄭重，琢磨道：「既是殿下派人傳的信，想必是那葉蘭盈被殿下遇到了，此事必須妥當。」他看著梅舒毓，「如今京中安穩，要不然你親自走一趟？」

梅舒毓一怔：「我親自前去？」話落，他猶豫，「我去行是行，但京中的京麓兵馬，誰來看顧？」

「交給蘇輕眠，另外再派兩名幕僚輔助他。」安書離道，「否則派別人前去，我怕葉蘭盈狡猾，脱了手。我也查過嶺南王府，那女子的確聰明，這麼多年嶺南王沒露出絲毫馬腳，也有她的功勞。你暗中帶十萬兵馬前去，截住葉蘭盈，然後，親自押解她進京，來京後，直接投入刑部天牢，不，投入東宮的大牢。」

如今京中雖然已經安穩了，但刑部天牢他也不放心，還是他坐鎮的東宮讓他放心。話落，又道：「若是快的話，你來回只需四五日的時間，慢的話，也就七八日。蘇輕眠早先跟著蘇輕楓在軍營歷練過，安穩個七八日，應該沒什麼問題。」

梅舒毓聽安書離這樣一說，果斷地點頭：「好，我親自帶兵去，必拿了那葉蘭盈回來。」

安書離拍拍他肩膀：「一切小心，切勿走漏消息，我還會當你還在京城一般，給你安排掩飾一番。」

梅舒毓點頭：「好。」

安書離看向幕僚：「祝公，你可還受的住跟著梅大人奔波一番？」

「受得住，我也懂些武功，再跑一個來回也沒問題。」祝公點頭，「我帶路。」

安書離頷首：「辛苦祝公了。」

三人很快將此事敲定，廚房送來飯菜，梅舒毓陪著祝公吃了許多，用過飯菜，吃飽喝足後，二人一起又出了東宮。

梅舒毓回到京麓兵馬大營，找到蘇輕眠與東宮的兩名幕僚，交代了一番。

蘇輕眠心裡有些沒底：「梅二哥，你離開了，這軍營就交給我了？我行嗎？」

他是個很會說話的少年，進了軍營，與梅舒毓脾氣相投，便稱兄道弟，喊梅舒毓梅二哥。如今見梅舒毓要離開幾日，他心裡一萬個沒底，他才來軍營兩三日啊！剛熟悉情況。

梅舒毓拍拍他肩膀：「相信自己，你能行的，我最快四五日就回來。」

「那最慢呢？」蘇輕眠不放心地問。

「七八日吧！」梅舒毓道，「一個小娘們，我帶著十萬兵馬前去，再拿不下她，我還能幹什麼？」

除了趙清溪她捨不得下手外，花顏他不敢下手外，天下女子，他都不怕，也不會憐香惜玉。他已經打定主意了，那小娘們使美人計都沒用，他鐵面無私。

「蘇大人放心，還有我們呢，此事要緊，安宰輔讓將軍前去，一定是非他莫屬。」一名留在軍中的東宮幕僚開口。

「好，好吧！」蘇輕眠點頭，他不明白自己怎麼就突然擔起重任來了，他只是一個會造些玩具的男孩子，突然就被人一步步逼迫著成長了。

當日深夜，梅舒毓點齊十萬兵馬，與祝公一起，離開了京麓兵馬大營。

十萬兵馬，走最近通往兆原縣的路。

五百里地，行軍了一日夜，這一日傍晚，來到了兆原縣城外。

這時，距離祝公離開兆原縣已兩日半，梅舒延等的望眼欲穿，沒先等到祝公帶著兵馬來到，而是先等到了葉蘭盈的商隊。

梅舒延聽聞稟告有商隊通關，他心神一凜，看了一眼天色，那時，太陽已偏西，他深吸一口氣，吩咐師爺呈上通關文牒，只見，文牒上寫的是「安氏布莊」。

這「安氏布莊」他知道，是安陽王府的一位近支族親在經營。

他再仔細看這通關文牒，還真不是作假的。

他想著，怪不得查不出絲毫紕漏，原來葉蘭盈走的這商隊，用的都是別人的名號，根本用的不是嶺南王府的名號。而安氏一族背靠安陽王府，勢大，所以，裡面有些汙穢的生意，經手的官員都看著安陽王府的面子睜隻眼閉隻眼。畢竟，各大世家，都有些汙穢事兒，誰也不比誰乾淨。

但是，自從他來接手兆原縣，這等事情，就杜絕了。

他受雲遲所托，掌管兆原縣，自然不能再如以前的官員一樣馬馬虎虎，查了不少的案子，不會睜一隻眼閉一隻眼，但是他沒料到，這葉蘭盈的膽子這麼大，敢私造兵器，私運兵器。

他攥緊通關文牒，不動聲色地下令：「來人，傳我命令，隨本官去看看。」話落，大聲說，「本官回京之日，見了殿下，殿下吩咐，但凡商隊經過兆原縣，務必仔細查過。本官關在衙門裡幾日，正好出去放放風。」

師爺一怔，倒沒說什麼，應了一聲是。

於是，梅舒延點了五百人，出了縣守府衙，去了城門。

路上，他注意著身邊人的動靜，除了師爺早先愣了一下外，其他人面色如常，沒看出什麼異樣來。一路來到城門，守城的士兵見到梅舒延，紛紛見禮。

梅舒延擺擺手，掃了一眼被攔在城門外的商隊，除了頭兩車顯然是帶隊的車輛外，後面裝貨的車輛不多不少，正是二十車，他心底一沉，對身後吩咐：「查吧！」

有人聽令，帶著一隊人馬，前去後面拉貨的車輛查看。

梅舒延也跟著打馬過去。

一箱箱的貨箱打開，裡面果然都是布匹。

梅舒延吩咐：「將布匹抖開。」

士兵們依言而行，抖開了布匹。

梅舒延盯著，直到布匹都抖開，箱子抖到底，也沒見到弩箭，他心中疑惑，難道是他弄錯了？這一隊商隊根本就不是葉蘭盈帶著的商隊？

他不懷疑雲遲，太子殿下既然派人來傳信，一定不會弄錯。

那這是怎麼回事兒？

他正想著，打頭的馬車挑開簾幕，露出一張女子的臉，聲音輕暖，帶著絲不滿，含嗔帶嬌：「大人，小女子帶著人行走商隊，過了無數關卡，可從來不曾見過您這麼粗暴的？做布匹生意，最忌諱這般粗漢子一陣亂摸，這些布料都嬌貴，您每一車都這麼查了，翻個亂七八糟，傷了布料，小女子還怎麼賣個好價錢？虧損了銀子，大人該如何賠？」

四周士兵們鮮少看到這麼美的女子，不止眉眼溫柔，含嬌帶媚，話語還好聽。

一時間，不少人都看呆了。

梅舒延默了默，他是正人君子，倒不會被這女子擾亂心神，只不過心中疑惑更甚，他雖沒見過葉蘭盈，但這時見到這女子露臉，十分肯定，這女子就是葉蘭盈。

可是，二十車布匹真真切切是二十車布匹，他該怎麼做？

梅舒延自小被梅老爺子栽培，是梅府的長房長孫，自然不是窩囊廢，不是扶不起來的阿斗，否則，雲遲也不會派他來兆原縣，如此重用他。

他沉默的空隙，已想好了對策，對著馬車拱了拱手：「本官因公徹查，倒沒想到這布料嬌貴，是本官的不是。」

葉蘭盈聽說過梅舒延的大名，端方君子，她最喜歡這樣的君子了，就如家裡面那個讓她每每靠近卻總是端端正正地避開她的雲讓。

所謂得不到，才抓心撓肝。

於是，她看著一板一眼賠不是的梅舒延，在短時間內升起了逗弄他的心思，笑著溫柔地說：「那敢問大人，該怎麼賠呢？我已有了損失，您只這麼說一句話，也不抵我損失的銀子。」

梅舒延聞言倒沒有什麼不快，再度拱了拱手，一本正經地問：「敢問姑娘貴姓？」

葉蘭盈笑的開心：「據說大人是有妻室之人，問未出嫁的女子貴姓，似乎不妥吧？」話落，她慢悠悠地說，「這不是君子所為。」

梅舒延面上含笑：「本官奉命駐守兆原縣，來往人員通關，本官有知曉權力。姑娘不必多想，在下也不會汙了姑娘名諱，還請姑娘配合。本官看過姑娘名諱，也好思量如何賠償姑娘。」

葉蘭盈笑著遞出一塊身分的牌子給梅舒延，又拿出了一份代表身分的文書。

梅舒延伸手接過，瞅了一眼，淮安安氏二房長女安盈，這牌子不管真不真，但這文書卻是真的，有官府的蓋章。他不動聲色地拿著令牌和文書說：「請安小姐跟本官來一趟府衙，本官與你商議賠償之事。」

葉蘭盈抿著嘴笑：「小女子走生意，交四方好友，大人正派端正，也是因公徹查，為著公務，雖讓小女子有所損失，但小女子願交大人這個朋友。剛剛小女子與大人開玩笑的，小女子敬佩大人為官嚴謹，剛正不阿，就不必賠了。」

梅舒延卻一本正經地說：「不行，是本官的過失，本官怎能不賠？這損失的布匹，要好好算算價錢，本官會找城中布莊的掌櫃來，為這些布匹估價折算一番，定不會虧了姑娘。」

葉蘭盈臉上的笑容漸漸有些掛不住：「大人何必呢？小女子已經說了不用賠了……」

梅舒延認真地帶著幾分教訓自家妹妹意味地說：「安姑娘，本官為官，來這兆原縣，不能墮了自己名聲，也不能墮了太子殿下賢名。所以，姑娘這樣開玩笑是不對的，既是下官的過失，一定要賠姑娘的。」

葉蘭盈頓時一噎。

梅舒延再不看她，一擺手，吩咐道：「所有人聽令，仔細護好這些布匹，押送往縣守府衙。」話落，又吩咐一個覺得可靠的人，「你去請兆原布莊的掌櫃的，煩勞他去府衙，本官請他辛苦一趟，必有酬勞，不會讓他白辛苦的。」

「是！」一人應聲，立即去了。

於是，葉蘭盈眼看著梅舒延帶著的五百人將她的二十車布匹押往縣守府衙。而梅舒延本人走在她車前，有禮而溫和地說：「安姑娘請。」

葉蘭盈憋了一口氣，覺得這事兒有點兒不對，但看著梅舒延有禮認真一副必須賠她銀兩的臉，她又說不上來哪裡不對。她從小到大，與各種各樣各型各色的人打過交道，但也不曾見過這麼較真執著的官。

他這官做的也太眼裡揉不得沙子了，他是怎麼在兆原縣混了這麼久的？

就他這樣兩袖清風剛正不阿的模樣，在官場上是怎麼與人打交道的？

難道依靠他有個太子表弟就能給他保駕護航萬事大吉了？

她想著，覺得他有個太子表弟，還真能為他保駕護航萬事大吉！最起碼，前些日子嶺南王對他出手，一路從兆原縣追殺他到京城都沒殺了他，身受重傷下，被東宮人在京城門口給救了回去，如今又活蹦亂跳地回來了。

否則，他若是回不來，死在京城門口，那麼如今，她押送這一批東西，也不至於如此大費周章隱藏和小心翼翼。

她深吸一口氣，悔不該跟這樣的人開玩笑，如今被他帶去縣守府衙談賠償，她也不能強硬地說不。她如今只能希望他快點兒清點，快點兒賠償，快點兒放她走。只要她離開了兆原縣，她就能想法子立即殺了他。

太子殿下如今累的病倒在東宮，她就不信她出手還殺不了他，義父的人，還是太心慈手軟了，她可不會。

梅舒延打定主意，能拖得一時是一時，只要拖住了葉蘭盈，就能收拾她。如今，自然不能打草驚蛇。

所以，一路回到縣守府衙，他依舊溫文有禮，沒有多少官架子，請了葉蘭盈到會客廳，還當作了座上賓，真心實意地與她計算賠償的銀兩。

兆原布莊掌櫃的也是第一次見著這稀奇事兒，往日來往商隊，也是一通的查，只不過，梅大人沒來之前，那些官員雷聲大雨點小，查的大就是為了要通關費，只要給了通關費，那麼就輕輕鬆鬆放過了。梅大人來了之後，一直以來都嚴查，但是不要通關費，還真是兩袖清風，連兆原縣的老鼠都少偷吃百姓家的糧食了。

掌櫃的來到後，給梅舒延見禮，聽了梅舒延讓他計算這些布匹受損和賠償之事，他十分樂意給梅大人做事兒，畢竟，梅大人太清正愛民了，想巴結他都沒機會。

如今來了這個巴結他的機會，他自然不放過，連連應承：「這是小事兒一樁，大人不必放在心上，交給在下就是。」

梅舒延點頭，溫聲囑咐：「多謝掌櫃的了，務必仔細，不能虧著姑娘，但本官為官清廉，也沒多少閒餘的銀錢，也不能多賠許多，所以，估價要準確，不能讓姑娘賠了，也不能讓本官賠了。」

「大人寬心，在下一定仔細估價。」掌櫃的暗暗想這樣一來，二十車布匹，幾百箱子，這可真需要個功夫了。不過他也沒後悔答應下來，畢竟，功夫越長，這巴結梅大人的交情就越大，他雖然不做違法亂紀之事，但是梅大人輕輕鬆鬆給他行個便利，總是好的。

梅舒延得了他的保證，十分放心，又勉力說了幾句辛苦，命人請掌櫃的去了。

葉蘭盈此時已經不想說什麼了，她心中鬱悶的不行，想著這得耽擱多久？最少也要兩三日吧？要不然她今日就將梅舒延殺了？

可是，她人就在兆原縣，該怎麼悄無聲息地下手而不牽連到她呢？

她琢磨了好一會兒，覺得無論怎樣，她如今身在兆原縣，今日，梅舒延只與她照面多，牽扯的深，若是真殺了他，追查起來，她怎麼都得被查。

一旦驚動京城的太子殿下來查她的話，那就不是簡單的耽擱兩三日時間了。

畢竟，梅舒延的身分擺在這裡。

她思前想後，只能按捺住，安心地等著，反正弩箭已被她安排妥當，任由梅舒延查出花來，也查不到弩箭，耽擱三兩日雖然不能按照預期回嶺南，有點兒耽擱事兒，但也是沒法子。

她心裡想好，便定了心神，淺笑溫柔地對梅舒延說：「梅大人，小女子還沒有落腳之地，這般估價賠償，怕是怎麼也要兩三日。敢問大人，小女子可否能出去尋個客棧？還是大人在這縣守府衙收留兩日？」

梅舒延拱手：「縣守府衙的院落頗多，本官看姑娘帶著不少人，找客棧的話一家怕是住不下，需要多找幾家，就不必麻煩了，左右是本官的過失，姑娘就住在縣守府衙吧！本官這兩日不住在這裡，去住驛站，也免得有損姑娘名聲。」

葉蘭盈輕笑：「梅大人真是個君子，那小女子就恭敬不如從命了。」

此事就此商定後，梅舒延吩咐清掃出府衙後院的一應院落，安排葉蘭盈住下。

梅舒延來赴任，沒帶家眷，所以，府衙後院一直空置著，如今倒派上了用場。

葉蘭盈便帶著人去歇著了，十分放心的樣子，也不見急躁和不滿。

梅舒延在她離開後，想著最晚兩日，祝公帶著京麓兵馬也該到了吧？若是再不到，他就只能以她身分作假強硬地拿下葉蘭盈，那樣，雖是可行，但到底沒把握。

第一百四十六章　漂亮擒獲

梅舒毓沒讓梅舒延再等個兩日，於當日夜晚，帶著十萬兵馬便到了兆原縣。

他沒貿然地帶兵進兆原縣，而是將兵馬交代給了祝公在城外的山林裡看顧，自己則穿了夜行衣，輕裝簡行，帶了幾名暗衛，摸進了兆原縣城。

他進了城後，命暗衛前去打探消息。

不多時，暗衛打探消息回來說有商隊住進了縣守府衙，領隊的是名未婚女子，梅大人在徹查時損壞了人家嬌貴的布匹，為了賠償之事，將人請去了府衙，而自己為了避嫌住去了驛站。

梅舒毓一聽頓時樂了，他大哥自然是聰明的，別看長著一張騙人的臉，但心思可不是小白兔，肚子裡著實是有些算計和城府的。

這般拖著攔人的法子，還真是他能一本正經地做得出來的。

「走，去驛站找他。」梅舒毓說著，去了驛站。

梅舒延忙累了一日，正在琢磨著最壞的打算，窗子無聲無息地打開，一陣風飄了進來，他當即拔出劍來，待看清是梅舒毓，頓時收了劍，驚訝：「二弟，你怎麼來了？」

若非梅舒毓吊兒郎當的模樣，那眼神是他從小就看慣了的，還真懷疑他是假的。

「大哥真是警醒。」梅舒毓來到梅舒延近前，上上下下打量了他一眼，取笑：「大哥，你可以啊！這般拖著人的法子可真是特別。」

梅舒延瞪了他一眼：「我這不是沒法子嗎？」話落，他皺眉，「怎麼是你來了？你離開了京中可行？」

「行，安書離讓我來的，他說葉蘭盈聰明狡猾，怕換個人來就算拿住她，也可能會被她在押解進京的途中想法子逃出去，我親自來，會時刻盯緊她的。讓她插翅也難逃。」

梅舒延點點頭，既是安書離讓梅舒毓來的，自然是他最合適。

於是，他連忙將今日葉蘭盈通關的情況與梅舒毓說了，他至今仍舊疑惑，那些布匹真的是布匹，二十車全是布匹，沒有太子殿下說的布匹裡裹著弩箭。

「難道是走漏了消息？被她來兆原縣前換掉了？」梅舒延猜測。

梅舒毓也覺奇怪，他想了想也想不通，對梅舒延說：「太子表兄的消息是確實的，不可能出錯，你一直謹慎，應該不是你洩露了消息，想必葉蘭盈狡詐，如此聰明狡猾的人，一定知道只要你在兆原縣一日，就會嚴查商隊一日，你可別忘了，早些日子嶺南王府為何派人殺你，還不是因為你查商隊和卷宗，查到了嶺南王府頭上？如今，葉蘭盈一定是想了法子，避開你的視線。」

梅舒延點頭：「我真是想不到，她用了什麼法子，這才沒辦法抓了她把柄。」

梅舒毓頓時道：「所謂捉賊捉髒，不管她用什麼法子，派人盯緊了就是。」

「盯緊就怕被她察覺，這女子是有武功的，似乎還不是太差。」梅舒延道，「怪不得敢一個人行走江湖。」

梅舒毓瞇起眼睛，忽然想出了一條計謀，對梅舒延說：「大哥，下一個城池，通往嶺南的，是不是距離這裡百里？」

「正是，叫鷺灣城。」梅舒延看著梅舒毓，「你可有什麼好主意？」

梅舒毓道：「我帶兵去鷺灣城，然後，在鷺灣城門口截她。若是我所料不差，她估計是用了什麼法子，從兆原縣明修棧道，暗度陳倉，讓那些弩箭偷渡過了兆原縣城，但是這樣的偷渡法子，不能一直用，畢竟二十車東西呢，調用起來麻煩，否則沿途這麼多關卡，用的過來嗎？我想，她只是在兆原縣用，因為，坐鎮兆原縣的人是你，你即便沒有太子表兄的命令，也會嚴查，別的地方她是不怕的。」

「嗯，這倒是個好主意。」梅舒延也沒別的好法子，「你說的對，捉賊捉髒，若是不拿住她私造私運兵器，這等株連九族砍頭的罪，單憑一個假借身分，還不夠對她論處，自然也牽扯不出嶺南王府的汙穢，不夠站得住腳。」

「行，你同意的話，我這就去。有太子表兄的令牌，鷺灣城的縣守也不敢不給我面子不配合，否則我就視同同夥，拿下他。」梅舒毓有十萬兵馬，曾經在陸之凌回京時，掌過百萬兵權，所以，說話十分自信又有氣勢。

這氣勢和殺氣，那是真正的從戰場上歷練出來的，這是梅舒延的身上所沒有的。

梅舒延這時方才覺得他這個弟弟長大了，非同一般了，他點頭：「行，你提前去吧！小心些。我就不在這裡動手了，只要我兩日後對她放行，想必她一定有所鬆懈，覺得已糊弄過了我，萬事大吉了，殊不知，你在下一個城池等著她。」

「正是這個道理。」梅舒毓摩拳擦掌，十分期待與葉蘭盈交手。在他看來，他可沒拿這個女人當女人，是當對手了。

當下，兄弟二人定好了計謀，梅舒毓出了城，與祝公商議一番，祝公也覺得梅舒毓此計可行，於是，二人帶著十萬兵馬提前去了鷺灣城守株待兔。

梅舒延這心總算是踏實了下來，睡了一個安穩覺。

一晃兩日，葉蘭盈帶著人在縣守府衙好吃好喝好睡，每日裡見梅舒延處理完公務，便一本正經地盯著她布匹的估價賠償，她無語的同時，又覺得這男人莫不是個讀書讀傻了的書呆子？不會變通！

她早先還懷疑，他是知道了什麼，如今一看，他就是一根筋。

於是，兩日後，當這二十車布匹不同程度的受損估價賠償計算出了結果，梅舒延便乾脆地拿出了銀子交給葉蘭盈：「姑娘一路好走，注意安全。」

葉蘭盈望著他笑：「大人一定要對屬下好好調教一番，動手徹查別太粗魯了，下次我再途經兆原縣，可不想再白吃白喝白住地麻煩大人了。」

「姑娘放心，本官會好好調教的。」梅舒延拱了拱手。

葉蘭盈落下車簾子，吩咐一聲啟程，二十車布匹浩浩蕩蕩出了兆原縣。

梅舒延目送葉蘭盈車隊離開，轉身回了府衙，當什麼事情也沒發生過，繼續處理公務。

在半個時辰後，師爺見梅舒延忙著，悄悄退出了書房。

他前腳剛離開，關上了書房的門，梅舒延的臉便沉了下來，原來內鬼當真是他這個從家裡帶出來，十分信任的讓他做了自己師爺的人。

這人是梅府的家生子，一家老小都賣身給了梅府，頗有些才華，在他十一歲時，祖父將他撥調到了他身邊，一直便跟著他做伴讀，後來他來兆原縣赴任，他便跟著他做了師爺。

一應文書卷宗全部要經過他的手，他對他何其信任，真沒想到啊！藏的可真深。

他為了揪出這內鬼，連自己的護衛都不敢輕易信任讓其送信了。

梅舒延深吸一口氣，站起身，走到門口，將門無聲地打開一條縫，向外看去，見那師爺正對著一名小廝耳語著什麼，然後，那小廝轉身匆匆離去了。

梅舒延見此，輕聲喊出自己暗衛：「墨竹。」

「公子。」墨竹應聲現身。

「跟上那個叫輝子的小廝，看看他去做什麼了？」梅舒延壓低聲音吩咐，「若是有跟他接頭的線，順著線去跟，小心些，不准被人發覺。」

「是。」墨竹應聲去了。

墨竹是梅老爺子自小選在他身邊的暗衛，上次回京奔喪，他怕卷宗被人做手腳，沒帶他回京，將他留在了兆原縣看顧卷宗，若上次帶了他，也不至於讓他險些丟了命。

如今查出內鬼是師爺，他自然可以放心用他了。

墨竹一路跟著那小廝出了縣守府衙，去了一處不起眼的小胡同的一家門口，那小廝四下看了一眼，沒發現有人跟隨，便放心地敲了門。

一名老嫗從裡面打開門，瞧著小廝：「你是……」

「小人是來傳話的，告訴你家主子，大人沒起疑心，在她離開後，便回房處理公務了，讓你家主子放心行路就是了。」

老嫗點點頭，道了句「多謝」，便關上了院門。

墨竹見小廝返回縣守府衙，他悄無聲息地躍進了那處院落。

這一處院落並不大，裡面住著一名老嫗和一名少年。

老嫗關上門後，喊過少年，將師爺讓小廝傳的話儘快送出城去給主子。

那名少年連連答應，從後院牽出了一頭小毛驢，少年騎著小毛驢出了城。小毛驢達達地跑著，沒有馬快，但卻是不一會兒的功夫就跑出了幾里地。

墨竹謹遵梅舒延的囑咐，哪怕是名沒什麼武功的少年，也不敢大意，謹慎地遠跟在他後面。

少年騎著毛驢行出了十幾里地，追上了前面的車隊。

領頭的馬車停住，車廂簾幕掀開，露出葉蘭盈的臉，她聽著少年傳來了話，露出笑意，點了點頭，對兩旁的護衛吩咐了一句什麼，護衛們的行程驟然快起來。

少年騎著小毛驢，又達達地折返回城。

墨竹想了想，沒跟著少年回城，而是繼續遠遠地跟著。

這一跟，便跟出了五十里地，來到了一處山坳處，那裡有一處道觀，道觀不大不小，好幾間房舍。

葉蘭盈沒下馬車，挑開車簾向外看了一眼，喊過一名侍衛吩咐了一聲，那名侍衛去敲門，不多時，裡面走出一位身著道袍的觀主，上前對葉蘭盈見了禮，二人說了一會話，葉蘭盈擺擺手，那觀主便指揮著人從馬車上將那些布匹卸下，搬運進了道觀，然後，又從道觀內搬運了同樣的木箱子放到了馬車上。

這一番折騰，替換完東西，足足用了兩個時辰。

全部都收整完畢，從道觀裡又走出一百多人，皆是勁裝打扮，顯然比她帶著的一百護衛武功高出許多。葉蘭盈吩咐車隊繼續啟程，這一百多人便跟著一起離開了。

墨竹想了想，還是遠遠地跟了上去。

葉蘭盈自從替換了箱子，似乎更謹慎了，吩咐侍衛們拉出長長的一隊，開頭的人距離最後的人，足足有一二里地。顯然是為了前後查看是否有人跟隨。

墨竹距離三四里地，再加上武功高，隱祕功夫厲害，官道兩旁又有樹木遮擋，自然不容易被人發現他。

便這樣，他又跟出了五十里地，來到了鷺灣城。

鷺灣城比兆原縣小上許多，守城的士兵遠遠看來，便懶懶散散，出入城門的人隨意地瞅一眼，也不怎麼檢查。

葉蘭盈挑開車簾看了看，便放心地走近城門。

來到城門，守城的人還是象徵性地檢查通關文牒等物，再將通關文牒交去縣守府衙，不多時，便又還了回來。府衙大人根本沒有如梅舒延一般親自到城門口露面，便吩咐放商隊通關。

葉蘭盈放心地指揮人進了城。

二百人以及二十車貨物的車隊前腳全部踏進城門，後腳，守城的士兵一改懶散，「砰」地一聲，關上了城門。

這一聲關城門的聲音不小，葉蘭盈坐在馬車裡驚了一跳，忽然有一種不好的預感，她猛地挑開簾幕向外看去。

只見，從街道兩旁的店鋪內迅速地走出無數持著長纓槍的士兵，團團地將車隊圍住。

護衛們大驚失色下，齊齊地亮出了寶劍。

葉蘭盈面色一變，怎麼也沒想到過了最難的兆原縣，竟然在進了鷺灣城被人拔刀相向，她頓時清喝：「都住手？這是做什麼？光天化日之下，朝廷的官兵要強搶百姓的商隊嗎？」

士兵們無動於衷，紋絲不動，長纓槍直直地對著車隊，且不多時，便將車隊圍了個裡三層外三層。

葉蘭盈即便見過大場面，但也被突然發生的這樣的事情震得懵了一下，然後，她握緊手，想著是否有丟下這些貨物衝出去的可能性。

坐在馬車裡，入目所見的兵馬，足有數千人之多，是她帶著的人的幾倍，雖然她帶著的人都是高手，但她不確定，除了這數千人，還有多少士兵？

尤其是她注意到了，這士兵衣著配飾，根本就不是鷺灣城的守城兵馬，看這穿戴，更像是京麓兵馬大營的兵馬。

她心裡忽然有些沒底，沒聽到有人答話，她勉強地壓制著緊張又喊了一聲。

這一回，前方有人懶洋洋地開口：「喊什麼喊？再喊堵上你這小娘們的嘴。」話落，他漫不經心地吩咐，「來人，開箱，本將軍要看看，這箱子裡裝的都是什麼？」

葉蘭盈聞言，臉色倏地白了，當機立斷，下令：「衝出去，殺！」

她這幾年走南闖北，雖然走的是暗地裡的營生，避著官府，但也不怕官府。她早已經打算好了，若是真遇到，她就先殺出一條路來，反正通關文牒不是她的名字，礙不著她嶺南王府，等殺了當地的官員，誰還敢再攔阻她？朝廷到時候查下來，也查不到她的頭上。

她一聲令下，護衛們頓時拔劍砍殺起周圍士兵來。

她雖然膽子大，有魄力，覺得自己帶著的這些人，都是以一頂十的好手，各城的兵馬，除了交通要塞的大城，能有五千到一萬兵馬，其餘的小城，比如這鷺灣城，也不過一兩千兵馬。

但是，也沒想到，在鷺灣城截她的是京麓兵馬，顯然，她這一趟貨物不知道哪個環節出錯了，走漏了消息，被人盯上了，如今在這鷺灣城守株待兔。

「有意思啊！」梅舒毓收起懶洋洋的笑，端坐在馬上，正了神色，「士兵們聽令，除了生擒那個女的，其餘人生死勿論，讓本將軍瞧瞧你們訓練了這麼久的效用。今日之後，我會稟明太子殿下，論功行賞。」

士兵們受到了激勵，頓時士氣高漲了一倍。

葉蘭盈聽著梅舒毓的聲音，她從沒見過梅舒毓，對這聲音陌生的很，但也聽出是個年輕男子，腦筋急轉地想著，如今梅府的二公子梅舒毓掌管京麓兵馬大營，如今出現在這裡的是京麓兵馬，難道是他離開了京城，來了這裡？

她怎麼一直沒得到消息？

她心中暗恨，覺得這樣下去不行，擒賊先擒王，於是，她飛身衝出了車廂，打算直奔梅舒毓，先殺了他，但是待她衝出車廂後才發現，整條街道，密密麻麻，都是士兵，怕是有幾萬人馬，士兵們正在對她帶著的護衛進行車輪戰，一輪累了，一輪又上，縱然任憑她帶著的護衛武功高強，也抵不住士兵們排兵布陣的人多勢眾。

而梅舒毓的身邊，更是守護了無數黑衣打扮的暗衛。

她的武功雖然高強，但若是通過重重保護去殺梅舒毓，無異於自投羅網。

於是，她果斷地丟棄了所有，猛地轉了個方向，踩著士兵的頭而過，準備藉由街道兩旁的店鋪房檐，縱身離開。

梅舒毓識破她要逃走，對身邊一擺手：「活捉她。」

暗衛們頓時對著葉蘭盈圍了過去。

房頂上還埋了弓箭手，等著梅舒毓下命令，梅舒毓想好了，若是這女子拼死反抗，不留一絲餘地，那麼，他就下令命弓箭手射殺了她。

反正，光天化日之下，弩箭兵器被查出，她就是死罪，是活著死，還是死了定罪，也沒多大的區別，就看這小娘們有多惜命了。真惜命，能多活些日子，不惜命，即刻就讓她去見閻王。

太子表兄就算知道了，也不會怪他，反正，人贓並獲最重要嘛！總之，絕不能讓她跑了，對於他來說，跑了不如死了。

葉蘭盈與梅舒毓的暗衛對打了起來，眼見她一人自然不是對手，便瞅準空隙，對著上方天空扔了一枚信號彈。

梅舒毓看著那枚信號彈，高興的瞇了瞇眼睛，暗想著就知道這小娘們不會只帶著區區這麼點兒人，一定有她的勢力暗中跟隨保護她，如今，只要都來了，他正好一網打盡。

祝公陪在梅舒毓的身邊，感慨道：「這女子的確是厲害，這麼多士兵圍困，竟然臨危不亂，果斷棄卒保車，不知道她這回會召喚來多少人，安宰輔讓我們帶來十萬兵馬，由將軍您親自來，真是再對不過了。否則，若不是在這裡守株待兔等她，還真拿不到她把柄。」

梅舒毓哼了一聲：「今日，我就讓她栽在這裡，讓她明白，常在河邊走，哪能不濕鞋。」話落，他看著為了生擒她而手下留情的暗衛，高喝一聲，「她再反抗，殺了她，動作麻利點兒！」

隨著梅舒毓一聲令下，暗衛們再不顧忌，對著葉蘭盈下了殺手。

葉蘭盈終究是一人難敵多人，很快就中了一劍，傷了她拿劍的胳膊，她咬了咬牙，見梅舒毓真不怕殺了她，她忽然沒了拼命的勇氣，敗下陣來。

於是，不出片刻，便被暗衛們的刀劍架在了脖子上，真給生擒了。

就在生擒的空隙，她瞅準了機會，對著上空又放了一枚信號彈。

梅舒毓立即大喝：「攔了她這枚信號彈。」

隨著他喊聲落，一名暗衛眼疾手快，將飛向上空的信號彈拿劍劈開，落了下來，冒出一股煙，終究沒飛去半空，真給截了下來。

葉蘭盈臉色一白。

梅舒毓冷笑一聲：「怎麼？喊了人來救場，如今又後悔了？想通知你的人不必來了？怕你的人來多少折在這裡多少？小爺就喜歡讓人折在我手裡，你後悔也晚了。」說著，他對著暗衛們揚了揚眉，表揚道，「不錯，回去給你們賞。」話落，又吩咐，「將她給我弄暈了，綁了，扔過來，然後嚴陣以待，來多少人，給我殺多少。」

「是！」

暗衛們動作俐落，將葉蘭盈劈手敲暈，很快就綁了，扔在了梅舒毓的馬下。

梅舒毓的馬低頭，似乎十分嫌棄地用蹄子踢了踢葉蘭盈，將她踢了一個滾，滾遠了些。

梅舒毓「呵」地一笑，摸了摸馬頭，「乖啊！一會兒喂你上等的草料。」

葉蘭盈的人來的很快，足足有數百黑衣人，這些人來了之後，便後悔了。知道救不了葉蘭盈了，就想撤，再找機會救人。

可是人既然來了，梅舒毓哪裡會讓他們輕易地走掉？於是，他大喝一聲：「放箭！」

隨著他一聲令下，躲在暗處已拉弓搭好箭的弓弩手紛紛射出，頓時一波箭雨密集地對準來到的這一批黑衣人。

黑衣人頓時中箭一小半，其餘一小半武功高強，用劍打開了箭雨，要離開，又被梅舒毓的暗衛纏住，頓時又折了不少人。

墨竹躲在暗中觀察了一會兒，瞅準了其中一人是頭目，便從暗處現身，對著那人出了手。

他突然出現，倒是讓認識他的梅舒毓愣了一下，想著大哥到底還是派了人來。墨竹的武功可比他手下的墨一高，來了正頂用。

那頭目的武功竟然與墨竹的武功不相上下，墨竹要殺他，自然費力氣。不過有弓箭手瞅準了機會放冷箭，這時便幫了大忙，所以，最終還是墨竹將人給殺了。

這頭目一死，其餘人自然也就亂了套，很快就死的死，傷的傷，沒了多少戰鬥力。

大半個時辰後，梅舒毓說到做到，利用弓箭手、暗衛、十萬士兵，成功地將葉蘭盈喊來的這一批人拿下了，一個也沒讓其跑了，其餘的隨著她商隊護衛的兩百人，也都拿下了。

死了不少，也生擒了不少。

戰場結束後，整個鷺灣城彌漫著血腥味。

百姓們哪裡見過這般真刀真槍的大陣仗，還是光天化日之下，一個個都瑟瑟發抖地躲在家裡或者酒樓茶館裡不敢出來，而鷺灣城的縣守更是在一切都結束後，戰戰兢兢地出來見梅舒毓。

這名縣守四十歲，在這任上十年，也沒見過今日這般場景。

早先梅舒毓來時，他見了太子殿下的令牌，他手裡又帶了十萬兵馬，他不敢不配合，但也不覺得梅舒毓有多厲害，畢竟看著實在是太年輕了。

關於梅舒毓的傳言，自從他與趙清溪在趙宰輔靈堂前定了終身，一時間傳遍了天下，才真正地名揚天下。

自古與女人有牽扯的傳言，都是十分香豔的，說什麼的都有，說梅舒毓少年風流，說趙清溪才貌雙全，說梅舒毓哄騙了趙清溪，也有人說梅舒毓是天生的將才，得太子殿下器重，還有人說梅舒毓紈褲得很，離經叛道，沒有規矩，也有人說二人郎才女貌十分般配……

總之，這位縣守聽了一耳朵傳言，但都不如今日真真切切地見著了真正的梅舒毓給他的震撼和膽顫。怪不得梅舒毓年紀輕輕便深受太子殿下器重，端看這一手本事能耐，連眼睛都不眨地就收拾了這麼大的亂子，就當得上少年英才。

趙府小姐選他為婿，那是眼光好！

他兩股顫顫拱手，小心翼翼冒著冷汗地問：「梅、梅將軍，接下來，需要下官做什麼？」

「給我準備囚籠，將這些犯人都關進囚籠裡，動作快點兒。」梅舒毓擺擺手，說著，下了馬，來到一輛車前，親手打開了一個箱子，抖出裡面的布匹，果然裹著的都是弩箭，他冷笑一聲，「私造兵器，私運兵器，真是好大的膽子，反了天了！」

這名縣守睜大了眼睛，也是一臉驚恐，他似乎也沒料到太子殿下治理的天下，竟然有人私造兵器，這弩箭顯然比尋常弩箭看起來更結實有力道。

他不敢想像，若是梅舒延不來，這商隊從他這裡通關了，他該怎麼獲罪？頭頂上的烏紗帽丟了是小事兒，腦袋怕是因為怠忽職守而搬了家。

他不再多瞅，連忙帶著人去弄囚車了。

梅舒毓合上箱子，吩咐人打掃戰場，然後問墨竹：「你怎麼來了？」

墨竹立即將梅舒延吩咐他跟隨那名小廝一路順著線跟來之事說了，其中說到那座道觀時，梅舒延寒了臉：「我倒想知道，她是怎麼將這麼多箱子通過了兆原縣的城門，悄無聲息地運到了那處道觀的。」話落，他對祝公說，「祝公，煩勞你點兩萬兵馬走一趟，去將那處道觀團團圍住，一個也不要放掉，將裡面的人都一窩端了，我倒是想知道，這其中有什麼祕密。」

祝公點頭：「梅將軍説的是，事不宜遲，在下這就去。」

梅舒延又吩咐：「墨竹，你也跟著去，協助祝公拿了人，然後，陪著祝公先一步去兆原縣，幫大哥清理內鬼，順著線查，將不乾淨的東西一窩都端了。」話落，又道，「告訴我大哥，別心慈手軟，出賣主子的，凌遲他都是輕的。」

墨竹應是。

很快，祝公點齊了兩萬兵馬，由一名副將領兵，墨竹跟隨，離開了鷺灣城。

因為人太多，囚車不夠，縣守冒著汗來請示梅舒毓，問該怎麼辦？是否能先將人押入天牢，然後容緩幾日，做好囚車，再押送進京？

梅舒毓掃了一眼生擒的上百人，他哪裡能夠等上幾日？為了這麼些不知名姓為非作歹為虎作倀的東西，還不值得他等，京中還等著他回去鎮守呢。

於是，他果斷地冷酷無情地説：「這些人，都牽扯了私造兵器的謀反之罪，都帶進京城，也難逃一死。在哪裡殺都是殺，除了這小娘們外，其餘人，都殺了好了。」

縣守駭然地看著他：「這……將軍，一般都是秋後問斬……」

梅舒毓眉頭一豎：「這等亂臣賊子，還容得到秋後？説不定回去就斬殺了。」話落，他冷哼一聲，「本將軍説斬就斬！來人！將這些人綁了遊街一圈，然後，都給小爺砍了。」

縣守險些給梅舒毓跪了，這梅將軍也太先斬後奏了？他很想問問，就不用稟告給太子殿下一聲嗎？不由殿下來定奪，就這麼都殺了，合適嗎？再説，有些人真是好不容易生擒的呢！

但是，他看著梅舒毓無所謂的臉，不敢問，只能默默地縮了縮脖子。

梅舒毓餘光瞧見了，心想著，他回京之後，要告訴安書離，這鷺灣城的縣守得換了，這名縣守窩囊沒骨氣，怪不得十年了將這鷺灣城治理的一點兒也不好，無能是錯。

太子表兄是怎麼將他留在這裡十年的？

縣守不知道梅舒毓心裡的想法，若是知道，他估計真就給他跪了，尋常他其實不算窩囊的，只不過為人是有些膽子小，也不懂變通，否則也不會在這裡一呆就十年，不求有功，但求無過。另外，他今日真是被梅舒毓給嚇壞了。

梅舒毓一聲令下，除葉蘭盈裝進了囚車裡外，其餘人，綁著遊街一圈，然後一起在東城口的菜市場門前斬首示眾。

鷺灣城的百姓何時見過這麼大的腥風血雨？人人的面上嚇的面如土色。

二十車裏藏在布匹下的弩箭暴露在光天化日之下，有很多膽子大的百姓們即便害怕也依舊在圍觀。

私造兵器私運兵器是大罪，這一日，鷺灣城的百姓們心中清楚地有了對南楚律法的深刻認知，並且牢牢地記在了心裡。

一顆顆人頭落地，將這一日腥風血雨落下帷幕。

葉蘭盈在她的屬下們被砍頭時，慢慢地被血腥味熏的甦醒了過來，當看到眼前的情形，她蒼白的臉幾乎扭曲的變了形，再看不出早先柔軟美貌聰明無害的樣子。

梅舒毓撕開了她偽裝在溫柔下的面皮，且撕的毫不客氣。

葉蘭盈幾乎咬碎了牙關，心中後悔的腸子都打成了結，她悔不該還是不夠細心，竟然沒有發現自己一早就被人盯上了。更是悔不該在大勢已去時，不服輸，竟然叫出了她一手培養的黑影衛，如今，她的人都折在了這裡，一切的籌謀，都毀於一旦了。

可是偏偏，她還不想死，若是死了，一了百了，但是再沒希望了。她活著，也許還有逃出去的希望，也許還有人來救她，若是她死了，那就什麼都沒有了。

於是，她只能眼睜睜地看著這一切在她看來十分荒唐地發生在自己的面前，而自己無能為力。

從小到大，她就不曾無能為力過，這是第一次，卻也是致命的一次。

梅舒毓見葉蘭盈已甦醒了過來，他騎在馬上，站在囚車邊，對她似笑非笑：「怎樣？看的可還痛快？」

葉蘭盈憤恨地看著梅舒毓恨不得一劍捅了他，心中恨意滔天，她從沒想過，她竟然栽在梅舒毓的手裡，對於這個人，以前雖有些紈褲的名聲，但不如陸之凌大，後來還是因為趙清溪而名揚天下，在她看來，不足為懼的一個人，她卻翻了船。

她咬牙說：「你等著！若是有一日你落在我手裡，我定讓你求生不能，求死不得。」

梅舒毓哈哈大笑：「行啊！我等著你找小爺算帳的那一日，不過你怕是沒機會了，還是先擔心自己怎麼死吧！」

葉蘭盈閉上了眼睛，默默地想，不會的，她一定要活著，只有活著，才能得到雲讓。

義父一定不會讓他死的，他距離謀反，也不過就是差了那公之於眾的一步了。

而她是義父的得力幫手，沒有誰能取代她在義父身邊的位置，義父不會不管她的，定會派人救她的。

她還有機會。

梅舒毓看著葉蘭盈，心裡冷笑，就讓她做著夢吧！進了東宮的地牢，神仙也出不去。

砍完了人頭，達到了以儆效尤的結果，梅舒毓自然不在鷺灣城停留，當即帶著八萬兵馬護著囚車離開。
縣守自然巴不得地將這尊瘟神送走，一直將他送到城門外，還不忘囑咐：「梅將軍，一路小心，這次你在鷺灣城來去匆忙，下官也未盡地主之誼，等您下次再來，下官一定備好酒菜。」
他嘴上這樣說，心裡卻想著，您可別再來了，再來第二回，我就辭官不做，心臟受不了。
梅舒毓這時方才覺得這縣守也有可愛之處，他和氣地揮揮手：「善後之事，就交給大人了。」話落，又說，「那些謀反作亂的東西，即便砍了頭，也不解恨，都扔去亂葬崗喂狗。」
「是。」縣守連連應聲，想著誰也別得罪了這梅將軍，得罪他的下場，就是砍頭加喂狗！果然是將軍，實在是太有殺伐之氣了。
梅舒毓離開後，縣守連忙帶著人將那些屍首分家的人扔去了亂葬崗喂狗，然後，命人清洗街道，足足清洗了一日，才將街道清洗的沒了血跡，風吹了一日，鷺灣城的空氣才沒了血腥味。
梅舒毓行出了五十里地後，路過那一處道觀，遠遠看著靜靜的，他吩咐一人：「去查看一番，看看裡面的人可都被祝公解決了？」
有人應是，立即帶了幾個人去了。
不多時，那人回來稟告：「稟將軍，裡面有過打鬥的血跡，不過如今人去樓空了，沒有一個人。」
「嗯，那就是祝公早就收拾妥當解決了。」梅舒毓又吩咐，「你帶著幾個人去兆原縣一趟，給我大哥和祝公傳個話，就說我不進兆原縣城了，直接回京，讓祝公幫著我大哥處理完事情之後，隨後帶著人追我。」
「是！」

那人立即帶著幾名護衛去了兆原縣。

梅舒毓直接帶著八萬兵馬護衛著囚車向京城而去。

兆原縣內，也是好一番腥風血雨，祝公帶著兩萬兵馬毫無預兆地圍困了那處道觀，拿下了十幾個人的一個據點，綁了，然後帶去了兆原縣。

墨竹在幫著祝公收拾了道觀的人後，先一步回了城，稟明了正在等消息的梅舒延，然後，幫著梅舒延，先拿下了師爺，綁了他，之後，又命人將那一處胡同的院落裡住著的線人老嫗和少年，都綁到了縣守府衙。

自小跟隨梅舒延的師爺當即哭了，沉痛是自己鬼迷心竅不想做大公子一輩子的跟班，於是，在暗中有人找上他時，他就同意了背叛，求梅舒延放過他一家什麼也不知道的老小，他願自刎謝罪。

梅舒延面無表情，沒說答應他，也沒說不答應他，當即吩咐人，亂棍打死了。

他雖仁善，但也不是心軟。

然後，也要依葫蘆畫瓢亂棍打死那少年，老嫗跪地求饒，說她只有一個孫子，她願意交代，供出上下的線人，她願意以死謝罪，求梅大人饒她的孫子一命。

梅舒延點了頭，於是，老嫗又供出了兩個人，其中一個人竟然是兆原布莊的老闆娘，一個人是守城的一名不起眼的小兵。

梅舒延當即派人將那兩個人抓了來，那老闆娘倒是個骨頭硬的，什麼也沒說，當即自盡了，而那名小兵，又供出了一人，是兆原縣流浪在街頭的小乞丐頭子。

至此，這條埋在兆原縣的暗線才浮出了水面，原來葉蘭盈是利用乞丐們分批將弩箭通過人力帶進了城裡，有兆原布莊的老闆娘盤踞在兆原縣城幾十年的根基，包裝一番，通過那城門的小兵，半夜開城，運送出了城外，然後，那道觀的觀主帶著人接應到了道觀裡，重新裝一模一樣的箱子，完成了這一系列的偷梁換柱。

因兆原縣坐鎮的是梅舒延，查的十分嚴，葉蘭盈才如此大費周章，若是別的縣守府衙，用的自然就不是這個法子了。

兆原布莊的掌櫃嚇壞了，說他的東家什麼也不知道，請梅大人詳查，全是老闆娘自作主張，布莊的東家對掌櫃的有知遇之恩，所以，掌櫃的靠著幫了梅舒延估價損傷布匹這一回冒死求情。

梅舒延細查之下，還真沒那兆原布莊東家什麼事兒，自然也不會判牽連之罪。

那老嫗咬出線人，將功贖罪，自己一頭撞死了，保了她那孫子一命。梅舒延當即宣判，少年三代不准科舉入仕，這判說輕不輕，算是剝奪了他的功名之路。

至於道觀的那些人，全部打入天牢，待他上書京城再聽旨意定罪，是砍頭還是流放，另外關於乞丐聚成的小幫派，讓他十分頭疼，後來還是祝公想出一條計策，由官府收編，可以派去朝廷的產業挖煤、打鐵等，既懲罰了他們，也解決了他們的溫飽問題，不至於為禍一方。

梅舒延眉頭一鬆，道了句「大善」，然後等著梅舒毓的消息送來後，親自送祝公出城。

這一樁大案，本是雲遲路過偶然查知，卻在人贓並獲爆出時，驚動了天下。

祝公帶著兩萬兵馬，很快就追上了梅舒毓。

二人一同押送著囚車裝著葉蘭盈在兩日後回到了京城。

葉蘭盈的勢力在那一日都折在了鷺灣城，這一路上，再沒有人來救她。

梅舒毓回到京城後，讓祝公帶著人回了京麓兵馬大營，而他則直接帶著一隊護衛押送著葉蘭盈進了京城。

私造兵器的大案早已在這兩日傳遍了天下，京城自然也聽聞了。有人在說那以布匹生意私藏運送弩箭的女子實在膽大包天，有人說梅舒毓實在太嗜殺狠辣，竟然不等將那女子的同夥一併押送到京定罪，便先斬後奏地砍了，這不合朝廷的規矩律法，不知太子殿下會不會怪罪他云云。

總之，京城言語紛紛。

御史台的一眾人等也想著這事兒到底要不要參梅舒毓一本，但梅舒毓離京去鷺灣城之事他們都不知道，十分保密，事情發生後，還是從鷺灣城傳出的消息。可想而知，一定是太子殿下吩咐他去的，否則他怎麼能私調京麓兵馬出京城？但若是殿下吩咐的，那他就是照太子殿下的意思辦事兒的，他們還參個什麼屁？

梅舒毓押送著囚車沒入刑部和大理寺，直接來到了東宮。

宮門打開，福管家露出一張笑臉：「二公子，您可回來了，老奴見趙小姐這兩日實在擔心得緊，臉上半絲笑模樣都不見，您平安回來就好了。」

梅舒毓頓時一樂，心中暖開了花，他翻身下馬，拍了拍身上的塵土，對福管家道：「福伯，將這個女人扔進東宮的地牢裡，命人好好看著，別餓死她就行。」

福管家自然看到了囚車，囚車裡的女子倒是長了一張姣好的臉，可這樣的美人，原來是一條美女蛇，毒的很，竟然膽子撐破天了，敢私運弩箭。

太子殿下為了南楚江山，何等的嘔心瀝血，總是有人想毀殿下的心血。這樣的小娘子，進了東宮的地牢也活該。

他收了臉上的笑，繃緊臉，對梅舒毓拱手：「二公子放心，交給老奴，老奴保證每日給她一個窩頭吃，不讓她餓死了。」

「行！」梅舒毓擺擺手，問，「趙小姐呢？」

「在書房旁的暖閣，老奴讓人收拾出來了那裡，作為趙小姐辦公之處。」福管家道。

梅舒毓點點頭，他想趙清溪了，不再多言，大踏步向那處走去。

來到書房，他看到了裡面的安書離，掃了一眼，轉身進了隔壁的暖閣。

安書離自然知道梅舒毓回來了，帶回了葉蘭盈那個女人，他聽到腳步聲抬頭向外瞅了一眼，正看到他身影一閃而過，去了旁邊，他啞然失笑。

他想了想，站起身，想著梅舒毓去見趙清溪，怕是一時半會兒不會過來對他稟告經過，他先去地牢看看那個叫做葉蘭盈的女人。

小忠子是個聰明的，見安書離起身，試探地問：「安宰輔，您是要去地牢？」

「嗯！」安書離點點頭，「去看看。」

小忠子立即打開了房門。

安書離邁步走出書房，小忠子立即跟在了他身後。自從雲遲離開後，他就成了侍候安書離的小太監了。

趙清溪正埋首在書案中，自從雲遲提拔她入朝，她幾乎每日睡兩個時辰，一心都撲在了熟悉朝中事務上，如今總算是入手了，安書離便不客氣地扔給了她一大堆事務，將她忙的兩眼發黑，似乎自己都快要變成那堆卷宗了。

梅舒毓推門進來的時候，便看到埋著頭提筆在書寫的趙清溪，案頭堆的卷宗幾乎連她的臉都擋住了，只剩下一個腦袋。

他悄悄地關上房門，走到她面前，她竟然都沒發現。

於是，梅舒毓也不打擾她，便在她對面坐下，他想看看她什麼時候發現他，給她一個驚喜。

可是他等了許久，趙清溪連頭都沒抬一下，反而把他給等睏了。出京折騰這一趟，他一直沒休息好，而趙清溪落筆的沙沙聲實在是催眠，他先是打了瞌睡，然後不知不覺頭一歪，伏在案上睡著了。

所以，當又過了一會兒趙清溪終於累了，抬起頭來時，便看到她對面不遠處趴著一道身影，她先是愣了一下，然後看清楚是梅舒毓，她睜大了眼睛。

他是什麼時候回京的？又是什麼時候來的？

他這是睡著了？

她慢慢地擱下筆，站起身，走到梅舒毓旁邊，輕喊了他一聲：「梅舒毓？」

梅舒毓動了動身子，似乎很睏，沒醒來。

趙清溪見他顯然回京後連衣裳都沒換，便這般累的在她這裡趴著桌子安靜的睡了。她想起昨日傳到京中的消息，他在鷺灣城截住了私運弩箭的商隊，那女子公然反抗，被他收繳了，然後，據說一怒之下，砍了很多人頭。

她雖然沒有親眼所見，但也知道，那等場面是何等震懾人心，他殺伐果斷，如今在她面前，收了一切的張揚和鋒利，也不過是個累了安靜睡著的少年。

她心中暖的軟的不行，從一旁取了她披的披風，輕輕地搭在了他的身上。

這時候，怎麼也捨不得再喊醒他了，便讓他睡吧！

安書離來到地牢，葉蘭盈已經被福管家關在了地牢裡。

福管家見安書離來了，對他拱拱手：「安宰輔，您要審問這女子？」

「我瞅一眼。」安書離道。

福管家點頭，又陪著安書離進了地牢。

東宮的地牢，大多數時候，其實是形同虛設的，因為雲遲背地裡很少搞見不得人的事兒，只有事關重大案子的犯人，放在刑部和大理寺不放心，才會擱在地牢裡。

所以，地牢裡倒是很乾淨，但也免不了有一股常年不見天日的陰冷潮濕的霉味。

因葉蘭盈是重犯，所以，福管家將她投入進了最裡面的牢房裡。

安書離緩步一直走到最裡面，便看到了倚靠著牆壁，坐在裡面的女子，哪怕是這等牢房，福管家為了雙重保險，還是給她手腕腳腕鎖了重重的手銬腳銬。

聽到動靜，葉蘭盈抬起頭，向鐵欄外看來，便看到了安書離。

安書離的身上，以前是有一種清風明月般的溫潤氣質，但自從入了朝，做了安宰輔，他身上的氣質漸漸地變了，疏朗溫和中透著一種威壓，是他這個年紀所不相符的，但又奇異的與他以前氣息融合了的。

葉蘭盈看著安書離，忽然很想很想雲讓，雲讓的身上更多的是筆墨書香的氣息，可惜，他從來不讓她近身，每次都站在兩三步遠與她說話，但她也能聞到他身上的墨香。

葉蘭盈是聰明的，所以，她在看到安書離第一眼，就盯著他問：「安宰輔？」

安書離站在鐵欄外，負手而立，打量了葉蘭盈半晌，瞇起眼睛說：「葉姑娘與南疆王室一脈，看來是有些干係的吧？」

葉蘭盈猛地一驚，她沒想到安書離對她開口的第一句話竟然是這個。

陪在安書離身邊的福管家和小忠子也驚訝了，二人不約而同地打量葉蘭盈。福管家沒去過南疆，沒見過南疆王室中人，但小忠子去過，見過，他細看了半晌，也發現了，這葉蘭盈的眉眼似乎真有幾分南疆公主葉香茗的影子。

就在葉蘭盈震驚時，安書離轉身走了出去，再沒問她第二句話。

福管家和小忠子連忙跟了出去，小忠子小聲問：「安宰輔，您怎麼這麼快就出來了啊？還沒審問那女人呢？」

「不需要審了。」安書離沉聲道，「她是南疆王室的血脈，應該是無疑的。即便審問她，怕是也不會說的。」

「那就動刑。」小忠子恨死想謀反的人了，他與福管家一樣，殿下都累成什麼樣了？有的人就是不想過太平的日子沒事想造反，私造兵器就該死！

安書離笑了笑：「動刑倒是簡單，但她這樣骨頭硬的女子，怕是動刑也不會說的。」話落，他道，「她剛剛的反應已經告訴我答案了，倒沒必要動刑了，讓她多活些天吧！畢竟她的身分是嶺南王的養女，事關嶺南王府，皇室宗親犯罪，還是需要殿下定奪。」

趙清溪如今是六部行走，也就是說，六部的事情，她都能插上一手。職權不是太高，但很多的事情，都要經過她手，然後再上報安書離。

所以，她有心不想打擾梅舒毓，讓他好好睡一覺歇一歇，但還是被來見她的官員給吵醒了。

朝廷的官員這幾日也看明白了，儘管他們心裡一萬個不想和趙清溪這個女官打交道，但也不得不湊上前，畢竟這個女官可不是掛著閒散職稱的女官，而是一個真正有職權的女官。

太子殿下將她安排的這個職位十分的特別，以至於，不用她去屈就山，山就得來主動就她，不就不行，不與她打交道也不行。

所以，趙清溪經過最初的受朝臣們的排斥後，已經漸漸地與朝臣們融合了。

戶部的一位官員找上門時，外面響起隨侍小萬子的聲音：「趙大人，戶部庫部主事求見。」

議事殿被閒置後，東宮的書房這一片本就是重地，如今成了代替議事殿的重地中的重地，趙清溪只帶了自己的貼身婢女紅彩侍候筆墨，以及雲遲給她配了個隨侍小太監小萬子每日看守門口通報跑腿等事。

梅舒毓來的時候，正是趙清溪清淨的時候，紅彩去了廚房，小萬子守在門口，小萬子見是梅舒毓，加之梅舒毓對他擺了擺手，示意他別出聲，小萬子才沒提醒。

如今，來了官員，有事求見，小萬子自然出聲稟告。

他這一出聲，梅舒毓便醒了。

他睜開眼睛，皺了皺眉，似有被打擾的不滿，緊接著，看到了對面坐著的是趙清溪，恍然想起這是什麼地方，他迷迷糊糊地想著怎麼就趴在這裡睡著了呢？抬手揉揉眉心，身上的披風滑落，他一愣，回頭撿起了披風，呆呆地看著趙清溪。

趙清溪看著他傻呆愣的樣子，有些好笑，對他柔聲說：「你回來後，還沒見過安宰輔吧？先去見安宰輔，我見個人，然後我們再說話。」

梅舒毓點點頭，站起身，將趙清溪的披風放下，轉身走了兩步，又停住，對她問：「你怎麼沒喊醒我？我睡了多久？」

「半個時辰。」趙清溪柔聲說，「見你太累了，沒捨得。」

梅舒毓頓時心裡喜得盛開了花，趙清溪是鮮少說這樣直白的話的，尋常時候，都是他更直白些，如今沒想到也聽到了這樣的話從她口中說出來了。他很想轉過頭去抱趙清溪，但見自己一身風塵僕僕，髒的不行，還是收回了心思，笑著彎著嘴角合不攏眉眼飛揚地走了出去。

外面，正巧等著戶部庫部主事，瞅見他，那人連忙拱手。

梅舒毓心情很好地與人打了聲招呼，轉身去了安書離的書房。

庫部主事瞧著梅舒毓，心想著梅將軍從頭到腳灰頭土臉的，竟然還好意思將臉笑成了花給人看？這人怎麼看也不像是傳言中說的那樣在鷺灣城大殺四方威名赫赫肅殺鐵血的人啊！

可見，這人真是不可貌相。

他一邊想著，一邊進了趙清溪書房。

梅舒毓進了安書離書房，便見安書離也正巧見完了一人，他拱了拱手，一屁股坐在了安書離對面，自己動手拿起茶壺，小忠子立即奪過來：「二公子，奴才給您倒茶。」

梅舒毓撤回手，心情很好地說：「小忠子公公，幾日不見，想我沒啊？」

小忠子面皮抽了抽：「奴才若是說想死您了？您豈不是會渾身起雞皮疙瘩？」

梅舒毓哈哈大笑：「還真是。」

小忠子撇撇嘴，暗想著見完了未婚妻這麼高興，顯然趙大人給了他甜棗吃，不由暗暗鄙視。他在他一個小太監面前和安宰輔這個沒有未婚妻的人面前笑得開懷合適嗎？這不是遭人恨嗎？

哎，他這兩日聽了那些肅殺威風的傳言，本來升起了些敬仰崇拜之情，如今都泡湯了。

毓二公子還是如以前一般的不可愛！

梅舒毓才不管小忠子心裡怎麼腹誹，他高興地對安書離問：「可見過葉蘭盈那女人了？」

安書離點頭，笑著瞥了他一眼：「見過了。」

「可審問了？」梅舒毓問。

「沒有。」安書離搖頭，「她與南疆王室，定然有干係。」

梅舒毓一怔，收了笑意，這他倒沒注意，他只在意拿下那小娘們和剿滅她的勢力，他不解地看著安書離，怎麼沒審問就知道了這個？

於是，安書離與他簡單說了兩句。

梅舒毓恍然，仔細想了想，發現他對葉蘭盈的眉眼沒仔細看，模糊的也不知道哪裡像葉香茗，葉香茗那女人他倒是有點兒印象，但在他有趙清溪後，滿心滿腦子只能注意她一個女人，誰還記得葉香茗是誰？

「他既與南疆王室有血緣干係，怎麼會成了嶺南王養女？」梅舒毓挑眉。

「這就需要查了。」安書離道，「說說你這一趟的詳細經過。」

梅舒毓就是來向他稟告的，所以，他將他如何出京去了兆原縣，如何與梅舒延見面瞭解到當時沒有葉蘭盈把柄，他如何與梅舒延商議先一步去鷺灣城守株待兔，又是如何截住了她捉賊拿髒，如何將她調來人都一併絞殺了以及梅舒延在祝公的配合下，如何處理了內鬼以及肅清了兆原縣的那條暗線等等諸事，都詳細說了一遍。

說完後，梅舒毓道：「這小娘們的確是厲害。」

安書離聽罷，點點頭：「這兩日，消息該傳遍天下了，嶺南王府應該收到消息了。」

梅舒延十分氣憤：「這嶺南王也太不是東西了。從當初先皇到當今聖上，哪點兒對不起他了？他竟然包藏禍心？」

安書離淡淡道：「嶺南這麼多年，在他的治理下富饒，再加上先皇和皇上太過仁善心慈，以為他安分，便不怎麼理，天高皇帝遠，膽子一日一日也就養成了。」

「這事兒怎麼辦？」梅舒毓問，「如今這事兒爆出來，嶺南王府不能推脫干係吧？可是如今太子表兄又不在京城，該怎麼對嶺南王府定罪？」

「這幾日，我一直未曾收到殿下的書信，想必一直在趕路。等殿下到了地方落腳，應該就給我來信了，此事畢竟事關皇室宗親，聽殿下安排。」安書離道。

梅舒毓點點頭，這麼大的事兒，自然是需要太子表兄做主的。他掰著手指頭算了算：「算時間，我去兆原縣走一圈都回來了，太子表兄也該到了荒原山了吧？」

「嗯，差不多了。」安書離也一直在計算日子，點了點頭。

第一百四十七章　轉移陣地

二人估摸的不錯，雲遲那一日夜交代鳳凰衛將攔截葉蘭盈的信送走後，便帶著安十六、安十七、雲暗一路趕路北行。

越往北走，越是寒冷風強，寒風如刀子一般。

雲遲的身子骨一直以來的確是太過勞累了，又這般頂著寒風奔波了幾日夜，哪怕是安十六和安十七擔心他身體，每一日都要勸著他休息一晚，但到底還是他身體損耗太大，再每日寒風吹打下，抵抗力太低，在踏入荒原山地界時，染了風寒。

當時歇了一晚，第二日要準備出發時，雲遲一頭向地上栽去，幸好安十六正站在他旁邊，眼疾手快，一把托住了他，這才沒摔著，但也把安十六嚇了個夠嗆。

隔著厚厚的衣袍，安十六還是感受到了雲遲滾燙的身體。

他嚇的說：「太子殿下發了高熱，來勢洶洶！快！把天不絕給殿下準備的藥趕緊拿出來。」

安十七本也嚇壞了，聞言立即翻兜兒一陣倒騰。

天不絕一直住在東宮，對雲遲的身體十分瞭解，所以，在雲遲離京時，他琢磨著會有什麼突發狀況，再加上他一直勞累，怕是會病倒，所以，依照風寒啊！發熱啊！虛勞過度啊！奔波勞累啊等等，開了好幾個藥方子，又瓶瓶罐罐地塞給安十七一大堆讓他帶著，其中有給雲遲準備的藥丸，也有給花顏保胎的藥丸。

安十七翻出一瓶藥，先給雲遲吃下，然後，又趕緊拿著藥方子去抓藥。

因雲遲病倒，行程自然就耽擱了下來。

雲遲高熱了一天一宿，終於退了下去，安十六、安十七、雲暗又是驚嚇又是恐慌，折騰掉了一層皮，總算讓他化險為夷了。

期間即便是有天不絕的藥方子，吃了後，高熱不退時，三人也不是沒請過當地的大夫，但當地的大夫看過之後，都搖搖頭，這般來勢洶洶的高熱，燒的人事不省的，實在太少見，他們治不了。

沒辦法，三人拿了天不絕的藥方子給大夫看，苦寒之地生活的大夫，都是赤腳大夫，根本就看不懂天不絕的藥方子，三人無奈，只能打發了大夫，用天不絕給的藥方子盯著雲遲一日三頓又一夜三頓的吃，總算是把燒給退了下來。

在雲遲燒退下來那一刻，三人差點兒抱頭痛哭。

若是太子殿下出師未捷身先死，真在這裡出個好歹，他們三人也只有自刎以謝天下了。

雲遲醒來時，瞧見三人跟鬼一樣，也明白他自己這一日夜有多凶險，不等三人開口說不能動身，便自動地吩咐再歇一日。

三人看著還算沒被燒壞腦子，不再著急的太子殿下，從心底深處鬆了一口氣。

荒原山的山脈十分大，方圓百里都鮮少有人家，一個小城鎮都在百里外。

如今太子殿下燒退了，但身體還是弱的很，他們自然不能再輕易動身，否則高燒反復再發作，到時候前不著村後不著店的，可怎麼辦？他們可不禁嚇了。

雲遲雖然沒動身，但卻吩咐雲滅依照雲暗給的路線，先一步去打探消息。

如今距離那一處蘇子折的農莊，還有三百里地。

雲遲只希望，蘇子折還在。

他從踏進荒原山地界後，便在想著，為什麼蘇子折將據點設在荒原山？不惜辛苦帶著花顏來了這裡，難道是荒原山藏有兵馬？這裡實在是南楚版圖的最北邊了，是真正的天高皇帝遠，幅員遼闊，荒山荒嶺，人煙稀薄，很適合養兵。

若是在這裡養兵，沒有人舉報，朝廷根本就得不到半絲消息。

雲遲吩咐安十六：「去找一份荒原山的地理圖志來。」

安十六眨眨眼睛：「殿下，這地理圖志不用去找，您若是要，我能給您畫一幅。」

「嗯？」雲遲看著他，「你以前來過荒原山？」

「沒有，少主和少夫人以前來過，那時她們二人為了給公子採藥，回去後，特意畫了一幅荒原山地勢圖，標記出哪裡有需要的上等藥材，我看過，應該能記個差不多。少主的地勢圖，可比什麼地理圖志詳細多了。」

「好，你現在就畫一幅。」雲遲點頭。

安十六提筆，畫了大半個時辰，畫了一幅荒原山的地勢圖。

雲遲在一旁看著，果然十分詳細，詳細到將小山路都標註了出來，有些安十六記不太清的地方，也標了出來

臨安花家出人才，安十六不愧是臨安花家安字輩最出眾的人才，鮮少有人看過這幅地勢圖後這麼久，還能記個十之八九。

雲遲依照雲暗的描述，伸手指在一處，對雲暗問：「可是這裡？」

雲暗湊到近前，看了又看，荒原山許多地方都差不多，但他記得沒有一處有座怪石山，如今這幅地勢圖上有，他搖搖頭，又點點頭。

雲遲挑眉。

雲暗將他記得的地方和疑惑說了。

安十六也納悶：「怎麼會？你不是說荒原山嗎？這幅地勢圖，雖然有三四年了，但也不至於變化這麼大，尤其是一座山，難道三四年的時間就沒了？」

他這麼一開口，雲暗也納悶奇怪。

雲遲若有所思。

安十七在一旁說：「少主不會畫錯，十六哥向來記性好，雲暗也不會弄錯。也許，只能說明，那處怪石山還真的沒了。」

安十六此時豎起眉頭：「這處怪石山，也許少主來時有，後來被人夷平了。」說著，他用手將那一處一捂，對雲暗問，「你再看，沒了這座怪石山，可是你說的地方？」

雲暗點點頭：「應該是。」

安十六撤回手，琢磨著說：「少主當年特意說了怪石山，這一處，我記得最是清楚，她說怪石山上怪石嶙峋，山勢陡峭。」說到這裡，他猛地頓住，「我懂了！」

「懂了什麼？」雲遲問。

安十六立即說：「少主當時說，怪石山產鐵！」

雲遲了然。

眾人也恍然大悟。

這一刻，也都明白了為何蘇子折將地盤設在了這裡。有朝廷沒發現的鐵礦，就可以私造兵器，設兵器場，有了兵器，再有銀錢，就可以暗中招兵買馬。

安十六又道：「少主當時說，怪石山由怪石堆積而成，山底下才是埋著鐵礦，若是朝廷開採鐵礦，也是造價極高。南楚太平盛世，一日不與西南境地諸小國開戰，一日便不需要大量的兵器，不開採也罷，否則，指不定要累倒多少人。」

這是花顏的原話。

花家雖然一直不干涉皇權朝政，但事關民生百姓，天下大事，還是知道的，沒做到盲眼瞎。只不過，到底是大隱隱於市太久太久了，誰謀反亂政，誰包藏禍心要把南楚皇室推下臺，這等事情，朝代更替，他們不管，自然也不理會。

哪怕，花顏發現了鐵礦，感慨兩聲，當時也就略過去了。

「這一大片地方，哪裡適合藏兵？」安十七在一旁開口。

「哪裡都適合。地方太大了，山勢都差不多。」安十六補充道，「有水源的地方也不少。」說完，他看著雲遲，「殿下，若是這裡有藏兵，我們只幾個人，再加上您的鳳凰衛，怕是也帶不走少主。一旦蘇子折調動兵馬圍追堵截，我們十分被動。」

「嗯，距離這裡最近的朝廷養兵便是北安城的兵馬了。」雲遲目光中多了沉思，「要想救花顏，得先查出蘇子折的兵馬在哪裡？想法子收繳除去。」

「這就不是一兩日能做到的了。」安十七看著雲遲。

雲遲沉默下來。

他當然想儘快見到花顏，他想她都快想瘋了，但若是蘇子折真有兵馬在這裡，他一定要準備萬全，不能在救花顏時帶著她陷入被動。

雲遲沉默許久，對雲暗吩咐：「你的隱藏功夫好，去查蘇子折隱藏的兵馬下落。」話落，他伸手在地勢圖上指了幾處，「著重查這幾處。」

雲暗應是，但沒立即離開，而是試探地問：「殿下，屬下離開的話，沒幾日回不來。」

雲遲點頭：「本宮這幾日不離開這裡，等你回來。」

雲暗頷首，再不猶豫，立即去了。

雲遲轉向安十六：「十六，你去一趟北安城，見蘇輕楓，命他帶兵將北安城的所有兵馬，集結到寒洲關。」

安十六立即說：「殿下，您派走了雲滅、雲暗，如今又派走我，不會再將十七也派走吧？公子吩咐我二人跟著您的。」

雲遲搖頭：「十七跟著我，不會再派出去，派你去，是因為你對北安城熟悉，蘇輕楓也識得你。」

安十六鬆了一口氣：「行，我這就去。」

轉眼，房中只剩下了安十七，他想著如今殿下身邊三人走了倆，近日他得更多小心幾分了。

安十七盯著雲遲，在雲暗、安十六離開一日後，沒發現雲遲再發燒，才徹底將心放進了肚子裡，天不絕開的滋補方子，在雲遲退燒後，便一日三頓地給他吃著，兩日後，將他蒼白的容色養回了幾分氣色。

雲遲雖然著急，但一場高熱似乎讓他整個人徹底冷靜了下來，每日等待消息的同時，便研究那份地勢圖，將荒原山依照著安十六畫出的這幅地勢圖擬定了好幾個計畫，都是針對蘇子折一旦有屯兵在此的情況下，該怎麼收復這些兵馬。

同時，怎麼救出花顏，他更是想了又想。

如今滿打滿算，從他見到雲暗之日起，到現在，已過了七八日，這七八日裡，還再加上雲暗從荒原山進京的時間，十幾日，不知她可還好？

他攥了攥手，對安十七問：「荒原山的梅花可是已經凋謝了？」

安十七搖頭：「還早，荒原山寒冷，梅花的花期長，最少還要半個月，是殿下來早了。」

雖然到了春季，從江南到江北，已飄了春雨，但不包括寒冷的北荒之地。

荒原山位於南楚最北端，只有短短一個多月的夏季時間，其餘季節，颳風下雨飄雪，最長的季節是冬季，長達五六個月。

花顏在心裡掰著手指頭數著日子，她捧進屋子裡的那支梅花，養了七八日，就落了，又命玉玲出去折了一支養在屋子裡，每日裡，屋子裡都飄著梅香。

蘇子折一直等著京中傳來雲遲公然天下休妻的消息，他就不信了，雲遲能為了花顏連老子也不顧了。可是等了多日，也沒等到消息，甚至連雲幻的娘都沒傳來消息。

再過了七八日後，他已等的十分煩躁，便來找花顏的麻煩。

花顏自從雲暗回京後，不踏實飄蕩的心總算是落回了實處，她想，雲遲知她懂她，定能明白她的意思的。

她活了兩輩子，從來就知道什麼是自己最想要的。

她可以委屈自己得不到，但不能委屈自己不努力去得到。

她安然無恙的每日安心養胎，閒的無聊，便讓蘇子斬給他找本畫本子。蘇子斬沒意見，便讓人給她弄了一堆。

上一世，才子佳人的畫本子花靜看時，懷玉只搖頭溫和地笑笑，而這一世，以前花顏抽空看時，被蘇子斬撞見過，嗤之以鼻地嘲笑她，如今，他默不作聲地陪著她看上幾頁，似乎也能從中品出幾分趣味。

花顏也發現了，他似乎十分珍惜這段時光。

無論是懷玉，還是蘇子斬，都是聰明的，二者合一後，更是聰穎剔透。

花顏隱隱地覺得，蘇子斬大約是知道的，無論是對雲遲秉性的瞭解，還是對於她的瞭解，什麼樣的人做什麼樣的事兒，他那麼聰明，不會猜不到。

只不過，他不說而已。

白日裡，花顏懶懶散散地看著畫本子養著胎，夜深人靜她睡不著，房間裡只剩下她一個人時，她才會想，雲遲何時來？他定然不會全無準備地來，而蘇子斬在見到雲遲後會如何做？蘇子折又會如何做？

她反覆地想著，想了好幾個可能，但不到那一日，還是猜不透。

四個多月的肚子，已漸漸地顯懷，只不過，因她身體不好，折騰的有些過，以致，她過於清瘦，穿了寬大的衣服，也不太顯眼。

蘇子折雖沒要打掉她肚子裡的孩子，但卻隔三岔五都會來氣上她一氣，似乎想把她氣死算了，她從最開始的與他針鋒相對，橫眉怒目，話語鋒利不饒人，到如今，漸漸的心態平和了，任憑他說什麼，她都當聽不見。

他冷嘲熱諷也好，心毒嘴毒也罷，總之，她都聽不見。

蘇子斬的涵養卻到底不如上一輩子好，有兩次，險些不管不顧與蘇子折動起手來，還是花顏攔住了。

如今的蘇子斬雖將傷勢養好了幾分，但到底他傷勢有些重，那些日子又因為她不眠不休將身子骨折騰的有些狠了，所以，傷勢十分難養。

但到底，難養也是在慢慢好轉。

蘇子斬只要不面對蘇子折時，心態似乎受花顏感染，也十分平和。

自從那日雲暗送信回京後，他似乎又將花顏管了起來，花顏每日看畫本子、下棋、在院內散步都被他安排了時辰，一日三餐，也是盯著她吃了多少。

除了這種常規管制外，其餘時候，他對花顏倒是極為縱容的。

不過花顏也不怎麼嬌氣了，至少，不總是孕吐了，隨著她漸漸吃下東西不吐，顯而易見的氣色也好了。

二人相處，雖沒有回歸到前世，也沒回歸到以前不知蘇子斬身分時，但又是另一種平和，言談話語中提起以前，倒也坦然。

不過蘇子斬和花顏越是這樣，蘇子折氣怒中的暴躁和焦躁在二人對比下越是顯而易見。

就如這一日，蘇子折失去了耐心，又找來了這一處院落。

見蘇子斬與花顏在圍爐下棋，玉玲在重新給花顏的花瓶換新的梅花，他一臉煞氣地進了屋，死死盯住二人。

二人彷彿無所覺，依舊下著棋，誰也沒看他。

蘇子折忽然拔劍，對著蘇子斬的後背心刺去。

蘇子斬腰間的軟劍瞬間出鞘，擋住了後背心的一劍，他轉眸，沉著臉看著蘇子折：「你又發什麼瘋？」

蘇子折陰狠地盯著蘇子斬：「你告訴我，你怎麼幫了雲遲？」

花顏聞言「啪」地扔了手中的棋子，砸在了棋盤上，怒道，「蘇子折，你還要不要點兒臉？別以為我們一再容忍你，你就隔三岔五過來囂張找事兒?!你他媽的看著人好欺負是嗎？看著我們心軟是嗎？你真要屠城，你就去啊！我還就從今日起，不在乎天下百姓了呢?!我他媽的不要仁善之心了，你愛怎麼樣就怎樣？」

蘇子折猛地轉頭盯死了花顏，陰狠地說：「怎麼？我說錯了？若不是他身上有解萬蠱之毒的血藥，至今京中怎會還未有消息露出來？讓雲遲還能如此有恃無恐？」

花顏冷笑：「我看你每日都比前一日要瘋上許多。他每日在你的眼皮子底下，你是懷疑自己的本事看不住他？至今沒消息，我高興著呢，誰他媽的樂意被人休棄？」

花顏在市井中學的罵人的話有多久沒用了？還記得曾經有一個殺豬的看她與夏緣兩個小姑娘好欺負，訛詐上了她，那老潑婦指著她們鼻子罵，要錢不要，要讓她們兩個小姑娘給他丈夫做妾，以人抵債，因為那老潑婦生不出孩子，又沒人樂意給那醜屠夫做妾，她便想了訛詐外地的小姑娘的主意，這多稀奇？

夏緣氣的都哭了，從沒見過那樣的人，她當時若是拉著夏緣一走了之，也不是不能，但終究咽不下那口氣，於是，她現學現賣，以其人之道還治其人之身，最終什麼難聽的話也都砸給那老潑婦，直將她罵的先動了手，然後好好地收拾了她一頓。

然後，她又使了銀子給府衙的縣老爺，將那老潑婦夫婦給關了一年。

這才解了夏緣的氣。

夏緣當初羞憤的不想認識她，但又十分解氣地覺得這麼治那潑婦似乎正對症。

如今，她看著蘇子折，恨不得學了那潑婦，罵死他算了。

花顏如今雖然還沒說太髒的話，但語氣卻十分有潑婦的模樣，這讓蘇子折似乎對她重新長了見識，他不怒反笑：「他不休你，你正高興？做夢！」

花顏氣不順：「拿開你的劍，滾遠點兒，愛殺誰殺誰，別在我面前礙眼！」

「愛殺誰殺誰？」蘇子折瞇起眼睛，猛地將劍轉眼架在了玉玲的脖子上，「我殺了她，你也沒意見？」話落，他陰狠地笑，「你可別忘了，數日前，你已經背了一條人命了，玉漱半夜裡沒來找你？」

花顏一瞬間沉默了，臉色十分難看。

玉漱的死，她多少有些難辭其咎，如今玉玲，雖是他的人，但到底在他眼裡人命如草芥，多有本事，他怕是也說殺就殺。不管是不是他自己的人。

這個人，他是從白骨山裡爬出來的魔鬼，心理何等的扭曲。

玉玲則一動不動地跪坐著，面色平靜，似乎蘇子折殺了她，她也沒有意見。

蘇子斬忽然暴怒，伸手彈開了蘇子折的劍，臉色森寒地說：「蘇子折，玉家的人在你手裡，就是這般被對待的嗎？你還有沒有人性？」

蘇子折哈哈大笑，嘲諷地看著蘇子斬：「怎麼？你開始心疼玉家人了？那有本事，你爭天下啊！玉家人是因為你不爭才投靠我，只要你爭，玉家人就是你的。」

蘇子斬也沉默下來。

屋中靜靜，只能聽到火爐裡劈里啪啦燃燒的炭火聲，以及外面偶爾的風聲。

過了好一會兒，就在蘇子折又要嘲笑蘇子斬窩囊廢時，蘇子斬淡淡地開口：「哪怕是玉家人都死了，不該是我的江山，我也不爭，你樂意殺就殺吧！」

蘇子斬不會爭江山，他的心思始終在恢復記憶後，哪怕有對感情的掙扎走不出放不下又拾不起心懷愧疚想要彌補卻補不上，但卻從沒想過，要爭這江山。

這江山天下，是雲遲的，他瞭解雲遲，比誰都知道，他適合坐儲君，更適合坐這南楚江山的帝王寶座。

更何況，後樑早已經淹沒在了歷史裡，早已成為歷史，四百年已過，除了想復國的人，除了亂臣賊子包藏禍心的人，還有幾個百姓記得後樑？

哪怕，後樑歷史讓人拜讀唏噓，但也不過是文人學子偶爾感慨那麼一句半句。

百姓們早已根深蒂固地只知道自己是生活在南楚的江山下。

不管南楚藏了多少汙垢，至少百姓們如今還算安穩。

以雲遲的能力，早晚有一日，會開創南楚新一個盛世，讓天下太平，讓百姓安居樂業，讓南楚四海昇平。

可是多少人看不透！

尤其是玉家人看不透，以及，願意追隨他的那些人，都看不透。

他們只寄希望於蘇子折或者他，顛覆南楚天下，復國後樑。

蘇子斬說完這句話，不再看蘇子折和玉玲，對花顏道：「你在屋中也悶了一日了，出去透透氣，我陪你走走。」

花顏沒意見，站起身，也懶得看蘇子折，跟著蘇子斬出了房門。

蘇子折陰沉著臉看著二人走出屋，他收了劍，看著玉玲：「你一直跟在他們二人身邊，當真沒發現他們二人往外遞送消息？或者，蘇子斬有送血藥進京給雲遲？」

玉玲依舊跪在地上，搖頭，木聲說：「屬下不曾發現。」

蘇子折瞇起眼睛，蹲下身，盯緊她：「蘇子斬可有與你說過什麼？我能相信你？」

玉玲依舊木著臉：「玉家人為著的永遠是後樑江山，二公子沒有爭天下之心，只要大公子有，一日爭天下之心不消，玉家人就會效忠大公子一日，絕無二心。主子若是不相信，可以現在就殺了我。」

蘇子折直起身，面無表情地說：「你起來吧！」

玉玲站起身。

蘇子折看了一眼散亂的棋盤，冷笑一聲：「一個比一個平和的棋風，能做什麼？說什麼沒有仁善之心，鬼才相信。」話落，他轉身走了出去。

院外，蘇子斬陪著花顏在散步。

花顏在這院中轉膩了，對蘇子斬道：「外面有一片梅林，能去看看？」

蘇子斬點頭：「自然能。」

他吩咐人打開院門，陪著花顏向外走去。

蘇子折隨後跟了出來，見二人出院門，倒也沒阻止，而是陰狠地說：「如今京中沒消息傳來，想必雲遲正在焦頭爛額的想法子。」

花顏當沒聽見。

蘇子斬瞥了他一眼，淡淡道：「天下要解蠱王之毒的法子，不止我的血，你別忘了花灼。雲遲沒辦法，不見得花灼也沒辦法。」頓了頓，他又道，「另外，雲遲也不是沒有本事，你切莫小看他。」

蘇子折腳步一頓，面色鐵青：「蘇子斬，都到了這個時候，你還向著雲遲？」

「我只是就事論事。」蘇子斬面色平靜，「所以，你別把什麼都賴到我身上。」

蘇子折冷厲一笑：「不是你出的手就好，若是讓我知道你出了手，我就先殺了她。別以為我不會對她下手，一屍兩命，我可不是心慈手軟的人。」

蘇子斬眸子也漸漸染成黑色：「那你就先殺了我。」

「你若是與我作對，早晚有一日，我會殺了你。」蘇子折轉身走了。

花顏看著蘇子折走遠，她手裡握著手爐惱怒道：「這若是擱在以前，我還不是手無縛雞之力時，我一劍就能殺了他，讓他再囂張。」

蘇子斬轉過頭，見她氣的不行，他面色漸漸回溫：「與他生什麼氣？他恨不得你氣出個好歹來。」話落，蹙眉，「那一日，你能用枕頭砸他，可還記得當時是怎麼來了力氣嗎？」

提起這個，花顏就洩氣，攤開自己的手，鬱悶地說：「那一日大約是氣壞了吧！一股衝勁，不知道怎麼就將枕頭扔出去了，那枕頭其實也沒多少分量。」

「雖是這麼說，可是你如今還是連個枕頭都扔不動，可見那點兒重量也不小。」蘇子斬溫聲道，「別急，也許你體內的武功早晚有一日會恢復的，有這個徵兆，也是不錯。」

花顏攥了攥手指，還是綿軟無力，她惆悵地點了點頭，對蘇子斬低聲說：「其實，我是有點兒後悔了的。」
「嗯？後悔什麼？」
「後悔在北安城那般不要命地救百姓維護雲遲仁愛百姓的名聲，將自己折騰到這步田地，受人拿捏鉗制，半絲反抗不得。」
蘇子斬停住腳步，知道花顏心中有多憋屈，這些日子，憋屈到都對自己所做的事情質疑後悔的地步。他看著她的眼睛，問：「若是再給你一次機會重來，你如今再仔細地想想，可還會那樣做？」
花顏認真地想了想，最終又對自己無奈：「誰也想不到將來事兒，那會兒哪裡知道我會落到這步田地，若是重來一次，還是會做的吧！」
「這就是了，哪怕後悔，也要做，這才是你。」蘇子斬看著她，拿掉她頭上一片梅花瓣，「別氣了，氣大傷身，對孩子不好。」
花顏點點頭，將手放在小腹上，這個孩子剛懷上，就伴隨著她折騰，但願，他的所有苦都在她懷著他的時候受了，待生下來後，他一生都平安順遂。
她不知道她能不能陪著他長大，她只知道，哪怕不要她的命，也要保他平安出生。
她抬眼看著蘇子斬，見他眉眼溫和，目光落在她小腹上，陽光打了一圈的光暈，將他的目光都照暖了。
依照他的性情，對蘇子折一再克制，他不是怕蘇子折，而是顧忌她和她腹中的胎兒，才維持當下這種持平。
只要雲遲找來，這種持平就會被打破。

花顏想到雲遲，心情好了些，伸手折了一株梅花，對蘇子斬微笑：「臨安有千萬種花，但唯獨沒有梅花可賞。這東西傲嬌的很，沒雪不開，臨安即便冬天也不下雪。」

蘇子斬微笑，瞧著她，聲音溫和：「那就每日多賞些時辰，這梅花再有半個月，也該落了。」

花顏點頭，半個月，雲遲也該到了吧！

她正想著，蘇子折去而復返，對二人冷寒著臉說：「你們收拾一下，現在就出發。」

花顏一怔：「這裡待的好好的，你又要瞎折騰什麼？」

蘇子折冷笑：「誰知道雲遲在京城弄什麼么蛾子，萬一他已經知道了我們的下落怎麼辦？別廢話，趕緊走！」說完，他死死地盯著蘇子斬，「你別耍什麼花樣，不走不行！」

蘇子斬看向花顏。

「你看她做什麼？」蘇子折狠厲地說，「她說不走，也得走，我說了算。」

花顏瞪了蘇子折一眼，輕飄飄地說：「走啊！誰說不走的？那就走唄，反正在這裡住了這麼些日子，我也住的膩歪了。」話落，她將手中的梅花扔掉，對蘇子斬說，「把我沒看完的那些畫本子都給我帶上，我給小孩子做的那兩件衣裳，也不准扔了，我製作的梅花膏，用來擦臉的，也別丟下，好不容易弄的呢，還有，我房裡的那個枕頭，我枕習慣了，也拿著……」

蘇子斬聽著她絮絮叨叨，失笑：「行，都給你帶上！」

蘇子折臉色很是難看，但也沒說什麼，冷聲道：「給你們一個時辰的時間，再多了沒有，趕緊的。」說完，他轉身去了。

花顏暗想著蘇子折不是得了什麼消息，還是因為京中沒消息傳來，他才心裡沒底，謹慎地覺得這裡不能久待了。

她暗暗地歎了口氣，雲遲即便趕在梅花落時來了，要找她，怕也是難的。

花顏雖然心裡一萬個不想挪地方，但也知道，她說了沒用，顯然蘇子折打定了主意，不走不行。

她回到房間裡，看著玉玲收拾東西，便自己立在窗前，想著辦法，怎樣才能給雲遲留下痕跡。她自從被蘇子折劫出來，一應所用都是蘇子折讓人安排的，實在沒有什麼事物能留消息。

她想了好半晌，也沒能想出個不被蘇子折發現，悄無聲息沿途留痕跡的法子。只能作罷，暗想著只能邊走邊想了。

一個時辰後，蘇子折安排的馬車停在了院門口。

蘇子折見人將花顏的東西裝了足足兩車，冷哼一聲，倒也沒說什麼，只對蘇子斬道：「你與我騎馬，玉玲陪著她坐車。」

他此言一出，花顏就明白，蘇子斬這是怕蘇子斬暗中給雲遲留信，要親自看著蘇子斬，他不相信蘇子斬，哪怕他已甦醒了記憶，而玉玲則是看著她別暗中搞小動作。

她故意將蘇子斬與花顏分開，分別盯著他們。

花顏瞧了玉玲一眼。

玉玲木著一張臉站在馬車旁挑著簾子：「夫人請。」

花顏便知道，這個玉玲是買不通的，她也不再做他想，上了馬車。

馬車內，為了照顧她的身體，鋪了厚厚的錦繡被褥，放了好幾個暖爐，暖意融融的，車廂遮了厚厚的簾幕，半絲透不進風。

花顏上了馬車後，玉玲便跟著上了車，車廂內寬敞，花顏歪躺在被褥上。

玉玲規矩地坐在一個角落裡，不占用多少地方。

馬車很快就走了起來，花顏問玉玲：「知道要去哪裡嗎？」

玉玲搖頭：「主子自有安排。」

花顏淺笑：「我一直不太明白，玉家人怎麼就對後樑這麼忠心，若說四百年前，玉家人是以身祭後樑和懷玉帝，如今已物非人非，又為著什麼？」

玉玲木然地說：「為著信仰。」

花顏好笑：「後樑能給玉家什麼信仰？」

玉玲看著她：「夫人自然不會明白，因為夫人不是玉家人。」

花顏點頭：「也是。」

每個家族，都有自己的規矩和信仰，花家的規矩是避世，子孫立世之道，而玉家，扶持的是後樑帝星，一代又一代，代代相傳，也就成了玉家人的信仰。

花顏有些累了，便扯了被子包裹住自己，躺好了舒服的位置睡了。

玉玲看著前一刻還在與她說話，轉眼便睡著的花顏，心中有些複雜。若是尋常女子，遇到她這種境況，這麼長時間，怕是早就折騰的沒命了，最起碼，肚子裡的孩子早就保不住了。偏偏她內心強大，尤其是近來，心態越發平和，與二公子相處，也平和至極。

似乎兩個人之間從不曾有前世今生那些糾葛。

偶爾還能從二公子的臉上看到些悵惘的神情，可是卻從未在她臉上看見。

玉玲想，她一定很愛當今的太子殿下吧？

花顏其實沒睡著，她怎麼能真正地睡著？但她若是想騙過一個人，還是容易的，她能感知到玉玲落在她身上的目光，也能感知到車廂外，長長的隊伍行路，她閉上眼睛後，感官越發地感知清晰，她想通過感知來知道是往哪個方向去，又想著荒原山很多地方都是一樣的，就連路面的不平，也有規律地出現。

感知片刻，她便覺得累的慌，想著今日連午覺都沒睡上，便收起了心思，索性不再去感知，索性蘇子斬本就在外面騎馬，到時候想知道到了哪裡，問他就好。

只不過，沒辦法給雲遲沿途留消息，去哪裡，她也不知道。

馬車行了一日的路，在深夜時，於一處停了下來。

蘇子折的聲音響起：「就是這裡了。」

蘇子斬看了一眼前方，臉色冷沉，他盯著蘇子折問：「你在這裡養了多少兵馬？」

蘇子折得意地看著他：「你猜猜。」

蘇子斬望著前方接連成片的群山山體，山勢險峻，半山腰處的別院環繞而建，覆蓋了一處半山體，而在面前這一處山體的後方，是接連成片的房舍，似兵營一般有序地排列。

這樣連成幾個山頭的營地，少說也有三十萬兵馬。

蘇子折見他沉默不說話，冷笑：「蘇子斬，如今我要殺了你，輕而易舉，你還拿什麼跟我抗衡？」

蘇子斬看著他，也冷笑：「就算你能殺了我，又能如何呢？」

蘇子折陰狠地說：「我殺了你，那些投靠你的人，便沒了別的選擇，只能投靠我。」

蘇子斬搖頭：「你殺了我，我的人也不會投靠你，他們不喜你太心狠手辣。」話落，又補充，「更何況，你殺不了我。哪怕，你有這三十萬兵馬。」

「我怎麼就殺不了你了？早先我殺不了你，如今我有了這三十萬兵馬，還殺不了你？笑話！」蘇子折說著，語氣似乎帶了殺氣。

蘇子斬冷聲道：「你若是能殺了我，早就殺了，你鉗制著我的同時，其實我也在鉗制著你。哪怕你能殺了我，投靠你的那些人，也不准許你如此做，尤其是玉家的人。玉家是一把雙刃劍，答應投靠你，但決計不准許你殺了我，哪怕我不復國，他們也不准許你動我，我可以有不爭之心不復國，但也想我活著，你需要仰仗玉家，自然受我鉗制。」

蘇子折被他點破，臉色一下子森森：「是玉玲告訴你的？」

蘇子斬面無表情：「不用誰告訴，沒有人比我更瞭解玉家人。」

蘇子折惱怒，嘲諷地道：「是啊！你自然瞭解，你是誰啊？你是懷玉帝，哪怕是末代的亡國之君，也受人推崇感歎可惜！但你瞭解透了天下人又管什麼用？你連自己的枕邊人都不瞭解，有什麼可得意的？」

他最知道往哪裡捅才能捅到蘇子斬的痛處，如今被蘇子斬點破，震怒地往他心窩子裡捅。

哪怕是親兄弟，他也恨不得殺了他，但為何這些年他在暗處在他不知道的時候一直不殺他？那是因為，玉家的確是一大部分原因，其中有一小部分原因，是他娘，沒錯，他娘早就知道自己還有另一個兒子。

他一直以為那個女人是個傻的，連自己生了幾個孩子都不知道，原來，她知道。

很小的時候，他什麼也不懂時，不明白為什麼見不得光的那個人是他，所以，他偶爾忍不住時，便代替蘇子斬出現在她面前，雖然，一年只有那麼幾次，但她竟然能認得出來。

後來，武威侯察覺了，為了刺激蘇子斬是其一，為了殺人滅口才是他真正的目的，他那時候，本以為自己不在意她死活的，因為，他以為，他每年都出現在她面前兩三次，她都將他當作蘇子斬，眼裡心裡根本就沒有他，也不知道有他這個兒子。她這麼蠢笨，死有餘辜。尤其她還是被他爹給害死的，真是天大的笑話。

但當她大限前一晚，他出現在她房中，還是沒忍住想看她最後一眼時，她不知是知道自己命不久矣，還是如何，抱著他低聲哭，說她一直就知道，她以前覺得是武威侯懲罰她，因為她心裡一直住著一個人，才將她好好的兒子送走了一個，但後來，她才漸漸地懂了，他是別有圖謀，但是，她也無能為力阻止。

她說她對不起他，又說，她與他沒有母子情分，又說他每一次代替子斬來出現在她面前，她都是知道的，但是不敢相認，怕武威侯知道，對他不利，只能裝作不知道。

她一直知道他活著就好，每年能見他兩面，知道他好模好樣的就好。

最後，她說，他們雖然沒有母子情分，但一母同胞的親兄弟，總歸是打斷骨頭連著筋，她若是死了，只求他們兄弟相認那一日，兩人都好好的。

那一日從她房中出來，他才知道了什麼叫做後悔二字，可是死蠱的毒已四十八天，無力回天了。

他想著，果然是沒有母子情分，他心中更恨，也更後悔，覺得不見這一面興許什麼都不知道更好。

後來，轉日雲遲從川河口回京，她想著要去見一面，卻死在了東宮，這也是武威侯算計好的，要讓蘇子斬與雲遲徹底反目，只不過不成想，蘇子斬雖然恨的不行，還是覺得不是雲遲害了她。

想到此，他臉色更加難看地看著蘇子斬，狠厲道：「你老實點兒，否則我不要玉家，也要殺了你。」

花顏被外面的聲音吵醒，坐起身，挑開車簾，望向面前黑壓壓連成片的山勢。

這一處地方，的確是兵之險地，在這裡設兵馬連營，的確是一處藏兵的好地方。

群山的山頭，有點點燈火，顯然是信號塔。

她瞇了一下眼睛，想著三四年前她與夏緣來採藥時，還沒有這麼一大片兵馬連營，蘇子折是最近二年設立的吧？

三十萬兵馬，不是一朝一夕之功，那他早先是在哪裡招兵買馬的？又從哪裡將兵馬遷移到了這裡？

「你在看什麼？」蘇子折猛地轉向花顏。

花顏收回視線，漫不經心地說：「還能看什麼，在看你這兵馬連營，若是遇到了風向變化，一把火就能給你燒光了，你信不信？」

蘇子折面色一寒：「山中無草木，拿什麼燒？」

花顏「哦？」了一聲，「這黑燈瞎火的，我看不太清楚，原來這一山連一山的，連草木都沒有？都被你砍淨了？」

蘇子折冷哼一聲：「自然，你以為我跟你一樣蠢，等著你來燒。」

花顏笑了笑：「你確實挺聰明的。」可惜，聰明的黑心。

蘇子折得了花顏一句誇，面色忽然好看了些：「下車吧！到了。」話落，他喊過一人問，「院子都收拾出來了嗎？」

「回主子，您的院落一直命人打掃著，二公子的院落也收拾出來了。」管家連忙回話，又看向花顏，「這位……夫人的院落，不曾……」

「她與我一起。」蘇子斬沉聲截住他的話。

管家看了蘇子折一眼，見他沒意見，連忙帶路：「請二公子和夫人跟老奴來。」

蘇子斬下了馬，花顏下了車，抱著暖爐，隨著管家進了大門，穿過外跨院，來到最裡面的一處院落，還是如早先一般，兩個相鄰的房間，花顏一間，蘇子斬一間。

花顏睡了一路，雖然馬車顛簸，但她依舊睡著了，如今雖是深夜，但也不睏，她進了房間後，簡單梳洗了一番，對玉玲說：「去弄些飯菜來，我餓了。」話落，又吩咐，「去問問蘇子斬，問他餓不餓，也讓他過來吃點兒。」

玉玲點點頭，轉身去了。

蘇子斬梳洗之後，過來找花顏，見她坐在桌子上，精神不錯，對她問：「不睏？」

「不睏。」花顏搖頭。

蘇子斬歎了口氣：「也許是我錯了，我沒想到，他竟然直接帶了你我來了他養兵的兵營。若是早先，我強硬地帶著你離開，也不見得沒有機會。如今，卻是真正被他困住了。」

「自責什麼？」花顏對他笑了笑，「我還不瞭解你？你早先但凡有半分把握能帶著我安全離開這，你一定會做的！你身上傷勢太重需要養，又要顧忌我如今已有四個多月的身孕，再加之他威脅屠城，你殺不了他，也沒把握帶我走，怎麼能怪你？」

蘇子斬抿唇：「這裡距離京城太遠，要得消息不易，尤其是我們如今離開了那一處。」

花顏點頭，也歎了口氣：「走一步看一步吧！」

如今能做的，似乎只有等著雲遲來救了，她與蘇子斬要做的，就是在雲遲來救時，怎麼想法子脫身。

蘇子斬倒了兩盞茶，推到花顏面前一盞，放在自己面前一盞，道：「來的路上，我沒尋到機會留痕跡，蘇子折盯得緊，我當時急於找到你，帶的人也有限。若是當時不太急，準備一番再找你的話……」

「那時就晚了，那日你沒趕到的話，我就被蘇子折殺了。」花顏截住他的話。

蘇子斬話語頓住，想到那日的驚險，沒了話，他當時只想儘快找到她，不可能不急。

花顏看著他的模樣，倒是笑了：「行了，在哪裡養胎都一樣，車到山前必有路。」

蘇子斬見她似比他看得開，也難得地笑了笑，不再多言。

玉玲很快就帶著人端來飯菜，用過之後，花顏也犯了睏，打起了哈欠，蘇子斬站起身，讓她歇著，出了房門。

蘇子斬回了房，青魂悄無聲息跟了進去，壓低聲音說：「公子，屬下剛聽大公子的人傳回消息，太子殿下破格提拔了趙府小姐入朝後，氣怒攻心外加勞累病倒了。」

「嗯？」蘇子斬轉過身，「破格提拔趙府小姐入朝？趙清溪？女子為官？」

「正是，據說朝中十分缺人，無人可用，太子殿下不顧趙清溪是女子，擺平了御史台和朝臣，封了趙府小姐為六部行走。」青魂道，「閆軍師說一個女人能有多大的本事？竟然放在朝中，看來太子殿下是要休妻了，也許為了給趙清溪抬高嫁入東宮的身分而提前做的準備，畢竟趙宰輔死了，如今趙清溪是配不上太子妃的身分的。」

蘇子斬皺眉，斷然道：「不可能。」

青魂看了蘇子斬一眼，猶豫地說：「公子，閆軍師說的似乎也有些道理吧？太子殿下面對兩難選擇，氣怒攻心而病倒，也……」

蘇子斬打住他的話：「你是忘了前段時間天下傳的沸沸揚揚的梅舒毓與趙清溪之事了？閆軍師不瞭解雲遲，他既早先不選趙清溪，如今更是斷然不會選的。事實上，讓趙清溪入朝，就只是朝中缺人用，而趙清溪有大才而已。」話落，他問，「蘇子折怎麼說？既然這個消息來了，可有皇上和雲幻母親的消息？」

青魂立即道：「大公子吩咐人再探消息，務必要知道雲幻母親的消息，大公子似乎覺得不對勁，懷疑太子殿下是針對他有了什麼安排。」

「他倒是真不笨。」蘇子斬嗤笑了一聲，看向窗外，夜色濃郁，風聲呼呼，他聲音低不可聞，「前兩日，我說的事情，他們安排下去了嗎？」

青魂心神一醒，也低不可聞地回話：「公子，他們已經安排下去了，但是說這件事情十分棘手，怕是要拖延上些許時日，還請公子耐心。」

蘇子斬點頭：「安排下去就好，我如今最不缺的就是耐心。」話落，他聲音倏地轉冷，「我如今奈何不了蘇子折，但卻能……」他說著，話語頓住，對青魂擺擺手，「下去吧！」

青魂應是，退下去前，對蘇子斬勸道：「公子趕了一日路了，也早些歇息。」

蘇子斬頷首，房門關上，他卻沒立即上床，而是站在床前，看著窗外。

隔壁房間的聲音壓的極低，但花顏還是聽了個大概，她躺在床上，想著蘇子斬從來不是坐以待斃的人，他暗中安排了什麼呢？用什麼來對付蘇子折？

第二日一大早，花顏就被練兵的聲音吵醒。

她起床後，在玉玲的幫助下，梳洗穿戴妥當，走出房門，外面天氣晴好，練兵的聲音從山上傳來，比在屋子裡聽的更加清晰。

花顏站在門口，院落擋住，看不到外面，她對玉玲問：「蘇子折可說了不能出這個院子？」

玉玲搖頭：「主子昨日沒說。」

「沒說就好。」花顏抬步往外走，「出去瞧瞧，這士兵訓練，鬥志昂揚的，聽著挺像那麼回事兒的。」

玉玲木聲說：「夫人還沒用早膳呢？」

「回來再用，時間不是還早著嗎？」花顏回頭瞅了她一眼。

玉玲不再說話，抬步跟上她。

蘇子斬聽到動靜，從隔壁房間出來，見二人向外走去，他喊了一聲：「花顏。」

花顏轉回頭：「走，去看看蘇子折的兵馬。」

蘇子斬沒意見，見花顏衣衫穿的並不單薄，想來自己也十分注意。

第一百四十八章 這一世的唯一所求

三人出了這間院落，在外面便被人截住了，那人是守衛這處院落的頭目，恭敬地見禮：「二公子，您要帶著夫人去哪裡？」

「你去告訴蘇子折一聲，外面練兵十分熱鬧，我們出去看看。」蘇子斬面無表情地看著面前攔路的人，「他若是不放心，你讓他跟著。」

「二公子稍等。」那人不敢自作主張放人，對一旁使了個眼色，有一人立即快步去請示了。

花顏想著，早先，蘇子斬沒見到她時，蘇子折是連院子都不讓她出的，賞個梅花都不行。後來蘇子斬來了，他倒是讓她賞那片梅林了，如今呢？可讓他們瞧瞧他養的兵馬？

不多時，那人回來，拱手稟告：「大公子說陪著二公子和夫人一起去。二公子請。」

花顏發現，蘇子折對於蘇子斬在一定的範圍內是十分寬容的，這寬容也連帶著她受益，至少，讓她不至於像是坐牢一般地只被關在屋子裡。

大約，蘇子折是覺得，蘇子斬帶不走她，所以，十分放心。

也許，又覺得，他總歸是後樑懷玉帝，恢復了記憶的他可以維護她，心裡怕是恨著雲遲，若不是雲遲，他們大可在一起。所以，他即便早先有所懷疑是否蘇子折將血的解藥給了雲遲，但也只是懷疑而已，心裡還是覺得不可能的。

再加上又在他眼皮子底下，他並沒有發現什麼。

如今讓他們瞧瞧他的兵馬，不知是什麼用意，也許是炫耀，也許是讓他們認清楚，他有能力奪了雲遲的江山，早晚有一日，讓他們也俯首稱臣？

不管是什麼，花顏還是很滿意的，總比將她關起來不見天日的好。

走了長長的一段路，來到大門口，蘇子折已等在那裡，他看了蘇子斬和花顏一眼，冷聲說：「你們睡的倒挺好。」

花顏對於他日常冷嘲熱諷已有了免疫力，當沒聽見。

蘇子斬瞥了他一眼，也沒說什麼。

蘇子折冷哼一聲，抬步邁出了大門，沿著門口的路，向山上走去。

花顏這才注意到了這一片群山環繞的位置，她四周打量了一眼，暗歎蘇子折真會選地方，這地方，進可攻，退可守，有三十萬兵馬坐鎮，要想收復，怕是沒那麼容易。

而且這裡地處嚴寒地帶，蘇子折的士兵早已經適應了這裡的氣候，而朝廷的兵馬，除北安城的兵馬也許尚可一用北伐外，其餘的兵馬，怕是踏入荒原山還沒打仗就會水土不服而倒下一大片。

另外，這一片群山，已被蘇子折建設的成熟，有哨崗，有瞭望台，有練兵場，更甚至，她看到了十幾個大糧倉。

這樣的地方，雲遲即便帶百萬兵馬而來，怕是也奈何不了蘇子折。就算能奈何得了，恐怕也要付出極其慘重的代價。

花顏的心一寸寸的往下沉，面上卻不動聲色，甚至在蘇子折回過頭來盯緊她時，她還翻了個白眼：「幹什麼？我又哪裡得罪你了？」

蘇子折瞇起眼睛：「在北地時，你手段十分厲害，顯然也懂兵法，你如今在想什麼？是不是在想雲遲就算知道了這裡，派兵來打，該怎麼打？」

花顏哼笑一聲：「我一個孕婦，想那麼多累不累啊？你當我是你？」

蘇子折冷著臉：「你最好沒想。」話落，他轉向蘇子斬，「你在想什麼？」

蘇子斬面無表情地說：「我在想，你這樣的藏兵之地，普天之下有幾處？」

蘇子折聽了哈哈大笑：「蘇子斬，還算你有腦子，這樣的藏兵之地，我自然不止一處。待有朝一日，時機成熟，我奪取天下，馬踏京城，給你看看，你四百年前不戰而敗，拱手相讓山河是多麼愚蠢。」

蘇子斬看著山上，士兵熱火朝天，練的十分有勁兒，連他也不得不感慨，西南境地百萬兵馬不知道被陸之凌練成了什麼樣？可有這三十萬兵馬這般氣勢？但他最清楚的知道，京麓兵馬大營的兵馬是沒有練的這樣有勁兒的，這樣的兵馬，顯然是精兵。

若是這樣的養兵之地不止一處，再有兩三處，那麼合起來，也是快百萬兵馬了。

他忽然想起，四百年前，天下漸亂時，最先亂的倒不是百姓，也不是農民起義，而是各地藩王和各州縣的督軍，他們那些人看到了山河頹勢，看到了他的力不從心，他推出的利民政策，除了個玉家，其餘都腐敗貪汙只知享樂，推行不下去，那才是他這個帝王最無力的地方。

而各地藩王，為了那把椅子，打著除佞臣，護君主的名義，直逼京城。

而太祖雲舒，便是不顯山不露水地拉出了七十萬兵馬。

七十萬兵馬，不是七萬兵馬，也不是十幾二十萬兵馬，哪裡是一朝一夕能夠招兵而成？顯然，是早有準備。

他想到這裡，收回視線，目光落在蘇子折的身上，沉聲道：「為了一人天下，而置黎民百姓於不顧，蘇子折，死後可是要下十八層地獄的。」

蘇子折森森地笑：「蘇子斬，你少與我說這個，我是從地獄裡爬出來的人，地獄我是不怕的。你是死後沒下十八層地獄，但這一輩子又比我好到了哪兒去？撕魂扯魄地被送來了四百年後，你自己的女人都成了別人的妻子，你活著還一樣沒長進，依舊悲天憫人，笑話！」

蘇子斬轉過頭，當沒聽見，對花顏說：「出來的夠久了，你還沒吃早飯。回去？」

花顏點點頭，轉過身：「走吧！回去吧！」

二人說著，也不再理會蘇子折，轉身往回走。

蘇子折冷眼盯著二人的背影，惡狠狠地說：「把他們送回去，從今日起，不准他們再踏出院門一步。」

「是。」

有人領命，立即跟上了二人。

閆軍師從練兵場下來，便看到了花顏和蘇子斬離開的背影，不贊同地對蘇子折道：「主子不應該讓他們出來看我們的人練兵。」

「他們看了又能如何？看了才會知道，雲遲的那些兵馬，是有多窩囊廢物不堪一用。南楚這幾代帝王都以仁治國，以文治國，雖不至於重文輕武，但也差不多。南楚兵制早就有弊端，尤其是多可笑還交給武威侯府三分之一的掌兵權，殊不知，我有一半的兵馬，都是武威侯私下養的。南楚不等著江山傾塌，等什麼？」

閆軍師道：「話雖然如此說，但是太子殿下不同於幾代南楚帝王，對兵制把控極嚴，尤其是趁著北地動亂，收繳了安陽王、敬國公、武威侯府的兵權，如今南楚的兵馬，雖不強，但也稱不上弱，主子萬不要低估大意了。畢竟，如今還看不出二公子對雲遲是什麼態度，而花顏，自不必說了，還是念著太子的。他們二人聰明，一旦洩露祕密，對我們不利。」

「他們剛剛只遠遠地看了兩眼而已。」蘇子折不以為意：「行了，我知道。」

閆軍師見蘇子折聽了進去，又道：「西南境地陸之凌掌控的兵馬，據說天天的練兵；京麓兵馬大營的兵馬，太子將之交給了梅舒毓，據說梅舒毓也天天在練兵；而北安城的兵馬，蘇輕楓也是不曾懈怠，十分盡心。若是一旦開戰，我們的勝算其實也不算多。」

蘇子折憤怒地說：「嶺南王真是個廢物，我以為他有些本事，誰知道廢物至此。西南境地本是許給了他，他卻沒收復不說，還沒守住，給弄丟了。若是當初保住了西南境地，如今何至於讓雲遲穩住腳跟，有了西南境地的百萬兵馬？他壞我大事兒，導致如今諸事還需要重新籌謀，成事不足敗事有餘，還想再要別的地盤拿兵器與我談條件，簡直是個蠢貨，自己還不自知快倒楣了，我看他連嶺南都快保不住了。」

閆軍師也有些怒意：「嶺南王到底是老了，他的兒子雲讓倒是頗有才華，但是偏偏不喜爭鬥，不參與這些事兒，白費了他的才華。倒是他的養女不愧是出自南疆葉家，她帶走回嶺南的二十車弩箭如今也該過兆原縣了吧？她聰明，想必有法子不會讓梅舒延查到。只可惜我們如今在這裡，北地苦寒又路途遙遠，消息傳遞到底不便利，也不敢動用鷹鳥傳信，免得落入太子手中，也會落入花家手中。現在花灼將百分之八十的花家暗衛都收回了他手中，他如今又去了京城，住在了東宮，顯然是和太子穿一條褲子了，以至於我們不能第一時間得到京城內外的消息。」

「花灼幫了雲遲是沒錯，但會幫到底，倒不見得。否則，他早派人找花顏了，不至於至今沒任何動靜。你可別忘了，他對蘇子斬亦不錯。」蘇子折冷聲道，「命人盯著消息，只要葉蘭盈回了嶺南，傳來消息，就下令動手，南北相呼應起事。我倒要看看，雲遲是顧南還是顧北，南北夾擊，讓他乖乖讓出江山。」

去年，制定的計畫裡，本該嶺南王收西南，蘇子折收北地，一旦事情成功，便等同於將天下攥到了手裡。

可是不曾想，雲遲與安書離定計，一前一後去了西南境地，再加上花顏奪蠱王被雲遲所救等原因，傾花家在整個西南境地之力幫了雲遲，也就導致嶺南王和蘇子折誰也沒料到雲遲在短短幾個月內竟然一舉收復了西南境地，快的讓他們來不及再出手挽救，導致他們的計畫落了空。

本來，西南動亂就是嶺南王和蘇子折背後出的手，嶺南王與蘇子折早有約定，與南疆勵王也早有約定，蘇子折奪天下，而嶺南王將西南境地與嶺南兩地合一，分一部分天下。

蘇子折需要嶺南王暗中幫他製造運送兵器的便利，自然同意，而南疆勵王早就想取南疆王而代之，所以，不惜將他的女兒葉蘭盈送給了嶺南王做養女，二人形成了扯不開的紐帶。

但，誰都沒想到，勵王那麼不堪一擊，輕而易舉就被殺了，勵王軍也被收了。

他們暗中準備了多年，讓整個西南境地起動亂，費了偌大的心力，沒想到最後替雲遲作嫁，給了他一個收復西南境地的絕佳機會。

可謂是天時地利人和，成就了雲遲足以載入南楚史冊的千載功績。

讓嶺南王吐了好大一口血，病了足有三個月。

西南境地沒了，蘇子折罵勵王和嶺南王是廢物，於是，製造了北地人為的動亂，他更心狠心黑，所以有，黑龍河決堤，瘟疫等等，最後沒想到被花顏和蘇子斬一明一暗給粉碎了。

蘇子折一直以來看不上蘇子斬，即使傳言說他心狠手辣，他總覺得其真正的內裡還是個「掃地不傷螻蟻命，愛惜飛蛾撲罩燈」的人，所以，哪怕雲遲派了蘇子斬到北地，他也沒當回事兒。

但是不成想，蘇子斬讓他在北地的辛苦經營全都泡了湯。

那時，他恨不得殺了蘇子斬，若非武威侯和玉家人不准許，他才沒動手。但北地之後，他就琢磨著，怎麼讓蘇子斬恢復記憶。

武威侯殺了夫人，娶了柳芙香，逼得蘇子斬性情大變，在蘇子折看來，還不夠狠。於是，他抓了南疆王和葉香茗，暗中謀劃，布了牽夢陣，將蘇子斬扔了進去。

蘇子斬死在牽夢陣裡最好，玉家人也怪不著他，蘇子斬不死，甦醒了記憶的話也好，他記起了自己是誰，就不會再幫著雲遲了。

於是，他制定陰謀，環環相扣，籌謀到了今日，綁架了花顏，鉗制了蘇子斬。

而雲遲，病倒了！

蘇子折覺得，雖然西南境地和北地沒了，但就憑他這些兵馬以及放在各地的線人以及嶺南王府在嶺南盤踞了多年的勢力，足以讓雲遲一南一北腹背受敵。

這天下早晚是他的，他就要讓蘇子斬和花顏親眼看著，他怎麼奪天下殺雲遲。

閆軍師十分贊同蘇子折的想法：「主子英明。」

這時，他們還不知道，葉蘭盈好巧不巧地撞上了出京的雲遲，該她倒楣。

真正的明主，得上天庇佑。

蘇子斬與花顏回了房間，玉玲吩咐廚房端了飯菜，用過飯後，花顏懶洋洋地沒什麼精神，話本子不想看了，棋也不想下了，就連前幾日興起給肚子裡的孩子親手做身小衣服的活計也不想動手了。

她多多少少還是受了些打擊，如此困境，偏偏，她無能為力。

蘇子斬看著花顏沒精神的樣子，揮手讓玉玲下去，對她低聲說：「我早先已命人安排了一番，你別憂心，總有治了他的法子。」

花顏抬眼瞧著他，見玉玲出了房門站在門口，她點點頭，也不多問。

「憂思過甚，對胎兒發育不利。」蘇子斬溫聲道，「別多想了。」話落，又補充，「你也知道雲遲沒那麼笨。」

花顏拍拍小腹，點點頭，忽然對他說：「你彈琴給我聽吧！」

蘇子斬眸光動了動。

花顏來了興致：「想聽你彈琴了。」

蘇子斬笑了笑，攤開手掌：「好多年不彈了，怕是手生了。」說完，他對外面吩咐，「玉玲，去拿一把琴來。」

玉玲應了一聲，立即去了，不多時，取來了一把琴，放在琴案上。

蘇子斬淨了手，坐在琴案前，用手指碰了幾個音，偏頭對花顏笑：「要聽哪一首？」

「《山河渡》。」花顏輕聲說。

蘇子斬點頭，低頭想了一陣，十指放在琴弦，撥動琴弦，彈了起來。

「……獨醉倚軒台，月明風輕晚，東風不度夜，一枕山河，不寂滅……」

一曲落，房中靜靜無聲。

蘇子斬低頭看著琴案許久，待餘音消散了個乾淨，才撤回手，轉頭看花顏。

花顏望著窗外，不知在想什麼，整個人靜靜的，他便那麼看著，過了一會兒，花顏轉過頭，對蘇子斬笑了笑，容色如灑了陽光一般明媚：「這一片山河，一定不會如後樑一般寂滅的，子斬，你說是不是？」

「是！」

蘇子斬聲音肯定，看著窗外陽光流瀉進來，他面容溫和，灑了柔軟。

無論是上一世，還是這一世，他們所求，總能得一樣。

求不到生死相許同衾共枕再結連理，求一個江山安穩，山河安定，四海河清海晏，總是能夠的吧？

房中靜靜，這一刻，似乎連風都輕了。

花顏笑著轉向外面喊玉玲：「哪裡有梅花，再去折一株來放在房中。」

玉玲木聲說：「方圓十里，無草木，四處光禿，自然也無梅花可折的。」

花顏看著她：「那就告訴蘇子折，讓他派人去十里地外給我折一株回來。」

自從被蘇子折劫持，這麼些日子以來，她已經八九不離十地摸清了他的脾性，只要不涉及雲遲，蘇子折對她是有求必應，也算得上是好說話了。

雖是將她困於困境的黑心可惡之人，但這麼些日子以來，也抵得上她當年的救命之恩了。

玉玲看了花顏一眼，應了一聲是，轉身去了。

蘇子折與閆軍師回到院中，便聽聞花顏讓他命人給她折一株梅花放在房中，蘇子折倒沒說什麼，這事兒簡單，吩咐了一人：「你去，給她折一株梅花回來。」

那人應是，轉身去了。

閆軍師不贊同，雖然讓人跑去十里地外這一株梅花不算什麼，這些日子他也聽聞了她隔三岔五都折一株梅花放在房中觀賞。但這般指使主子，太不客氣了。

他看著蘇子折勸道：「主子，您對她未免太過任由了，她指使起您來，一點也沒有身處人下的自覺。」

蘇子折冷哼一聲：「千年人參都給她吃了幾株了，何況這等小事兒？她在東宮能被嬌養，在我這裡，就怎麼不能被嬌養了？」話落，他盯著閆軍師，「你不要處處看著她不順眼，還在想法子殺了她。」

閆軍師垂下頭：「屬下不敢，屬下不過想著她素來喜愛梅花嗎？每日往房內折梅花，這中間是不是有什麼隱情信號？」

「一株梅花而已，能有什麼信號？」蘇子折沉下臉，「如今這荒原山，唯梅花可賞，她又是個不能多出房門，定然悶的慌，能在房中放一株梅花，也是寬解自己心情。」

閆軍師仍舊猶豫：「臨安沒有梅花，在東宮時，她似乎也不曾折梅而賞……」

「你總是不放心什麼？疑神疑鬼。」蘇子折臉色升起怒意，「她自然是喜歡梅花的，否則不會大冬日裡，在雲遲休沐時，讓他帶著前往半壁山清水寺後山賞梅。」

閆軍師聞言打消了疑慮：「主子恕罪，如今諸事需謹慎，這麼說，夫人是愛梅之人，是屬下多疑了，一切都在主子的掌控中就好。」

蘇子折擺擺手：「她肩不能扛，手不能提，弱不禁風的很，即便有蘇子斬在身邊，她也翻不出什麼風浪來，你別總盯著她，有這閒心，給我命人盯好了嶺南王，別再讓他犯蠢，想法子逼得雲讓攪進來才是。」

雲滅依照雲暗給的路線，前去查探消息，兩日後，他折返回原地給雲遲覆命。
安十七見雲滅回來，不等雲遲開口，立即問：「我家少主可還在那處？」
雲滅搖搖頭。
安十七心頓時又提了起來，拔高嗓音：「你是說蘇子折帶著少主轉移了地方？那你可查到他將少主又帶去了哪裡？」
雲滅依舊搖搖頭。
安十七跺腳：「你一直搖頭做什麼？你的意思是什麼消息也沒查出來？」
雲滅看了安十七一眼，轉向雲遲，單膝跪地，木聲道：「殿下恕罪，那一處屬下去時已人去樓空，屬下在前前後後查了一圈，痕跡倒有不少，像是剛離開不過兩日，但正因為痕跡太多，各個方向都有痕跡，並沒辦法查知具體離開的方位。屬下怕殿下等的急，不敢再拖延，便先回來稟告，請殿下定奪。」
雲遲點頭：「起來吧！」
雲滅站起身。
安十七心中焦急，但也知道鳳凰衛的厲害，如今雲滅都查不出來，可見隱藏行跡的本事十分厲害。不過想想也是，若是不厲害，就不會帶著少主一路從京城順順當當來到這荒原山了。
他想著，看向雲遲。
雲遲目光沉暗，站在案桌前，對著鋪在案桌上的地勢圖思索。
安十七也落在地勢圖上：「殿下，既然是兩日前剛離開的，會不會是我們洩露行蹤了？那蘇子折知道殿下來了？所以才換了地方？」

話說完，又覺得不太對，若是蘇子折知道殿下來了，這荒原山是他早就占據的地盤，一定會派大批人馬來殺殿下才是，不該只是換了個地方。

於是，他想著又改口，猶豫了一下，小聲道：「會不會是子斬公子為了少主，特意提醒了蘇子折，避開您？」

不是他以小人之心度君子之腹，實在是以子斬公子的身分，做出些什麼事情，也不奇怪，畢竟他與少主有著兩世這麼深的淵源和糾葛。他覺得，這普天之下，除了太子殿下外，唯一能對少主死抓著不放手的人也就是子斬公子了。

以前子斬公子退了一步，如今甦醒了記憶，他若是還能退，那這人也太讓人……

反正，以己度人，他估計自己是做不到。

「不說別的，蘇子斬的脾性，既給我送來解藥，便不會提醒蘇子折。」雲遲薄唇抿成一線，「蘇子折應該也沒發現我來了這裡，大約他是狡兔三窟，本就多疑，不會在一個地方久待。再或者，京中沒有他要的消息傳來，他起了疑心，最妥當的法子，是轉移地方。」

安十七覺得有道理：「殿下，那如今我們該怎麼辦呢？這偌大的荒原山，方圓千里，沒有目的的找起來十分不容易。」話落，他又看向雲滅，「你說的痕跡多，是四面八方都有？」

雲滅點頭：「不過可以排除東南方向。」

「為何？」安十七問。

「東方地勢偏平坦，方圓百里，無論是馬蹄印還是車轍痕跡皆不好隱藏，南方是我們此時所在的方向，不曾發現有什麼異常蹤跡，唯獨西方和北方，草木深深，山林茂密，多山巒，山道也頗多，通往各個方向。」

安十七聞言又看向地勢圖，對雲遲道：「殿下，我們人少，雖是排除了這兩個方向，但若是沿著這兩個方向搜查過去，也需要……」說著，他看了雲滅一眼，頓住，意思不言而喻。需要整個鳳凰衛全出動，這自然是不行的，他可不敢拿大，能一人保了雲遲安危。鳳凰衛自然不能悉數都派出去的。

雲遲盯著地勢圖，又看了片刻，對雲滅擺手：「上前來。」

雲滅走上前。

雲遲伸手指了三處：「這三處，派三個最得力的人去查看，一旦發現有消息，切莫打草驚蛇，只回來稟告就是。」

雲滅仔細地記住這三處，應了一聲是。

雲遲讓雲滅臨摹了那三處地方，又對他指了一處吩咐：「你親自去這裡，還是一旦有消息，立即回來稟告。」

「是！」

雲滅很快就帶著三人離開了。

安十七鬆了一口氣，太子殿下沒把鳳凰衛悉數全都派出去就好，寧願晚些找到少主，也不能讓殿下身邊陷入無人相護的危險。

又過了兩日，雲暗也折返回來了，單膝跪地，稟告雲遲：「殿下，發現了一處藏兵之地。」

「在哪裡？」雲遲看著雲暗，偌大的荒原山，從踏入這片地方，看了安十六給的地勢圖，他就知道，蘇子折怕是將荒原山用於養私兵了。

「在西北六百里地外。」

「多少兵馬?」

「二十萬。」

「荒原山方圓千里,不可能只這一處,其他我點出的幾處,可查過了?」雲遲問。

「都查過了。」雲暗點頭,「不過有一處,有陣法迷障,十分高明,以地勢山勢草木而設五行八卦陣,屬下不敢輕易闖破,怕打草驚蛇。想必,那一處定然不同尋常。」

「哦?哪一處?」雲遲看著地勢圖。

雲暗起身,來到近前,對著地勢圖看了一會兒,伸手指向荒原山最中心的地方:「這裡。」

雲遲蹙眉,看著連綿的山巒,沉思半晌,道:「這裡倒是一處兵家的絕佳之地,山勢險要,易守難攻。」

安十七湊上前,他自然也是懂兵法的,看了一會兒說:「這裡的確是一處好地方。」話落,他看著雲遲,「殿下,若是這裡也有藏兵的話,怕是不止二十萬。而且,這樣的地勢,若是一直用來養兵,精兵強將的話,怕是超一倍的兵馬攻打,也沒有多少勝算啊!」

雲遲「嗯」了一聲,眸光漸漸深沉,「本宮敢斷定,蘇子折也許就帶著花顏在這一處。」

安十七頓時打起了精神:「那得立即調兵。」

「不急。」雲遲搖頭,抬眼,對雲暗道,「先說說你查的那處那二十萬兵馬,在哪裡?周遭都有什麼布置,詳細一些。」

雲暗應是,將他查知那一處二十萬兵馬的養兵之處詳細說了。

雲遲聽完,瞇起眼睛:「本宮就先收了這二十萬兵馬,然後再理會別的。」話落,他對安十七道,「給安十六傳信,讓他事成後,到這一處找我們。我們先去這西北處安十七看著雲遲：「殿下，二十萬兵馬呢，我們不帶兵馬前去嗎？」

「不帶！」雲遲琢磨道，「以其人之道，還治其人之身！本宮也讓蘇子折認識認識本宮。」

安十七見雲遲神色平淡，話語有成算，便不再多問，點點頭，給安十六傳了信後，與雲遲立馬啟程，雲暗帶路，當即離開了待了幾日的地方。

安十六此時已到了北安城，見了蘇輕楓。

蘇輕楓見了安十六拿著太子殿下的令牌及虎符，道明來意，他心中驚詫，但當即領命，因殿下此次是祕密離京前往荒原山，他不敢弄出太大動靜影響京城朝局，於是，連忙布置了一番。

要悄無聲息不弄出動靜的調兵出北安城，並不容易，所以，安十六幫著蘇輕楓前前後後忙了三日，才在這一日夜裡，順順利利且不驚動人的帶著兵馬離開了北安城。

在前往荒原山的路上，安十六收到了安十七的傳信。

他聽聞雲遲只帶著安十七、雲暗與鳳凰衛去了二十萬兵馬的藏匿之地，沒有一兵一卒，著實不放心，因雲遲信中沒讓他帶兵馬前去，他猶豫半晌，還是覺得自然要聽太子殿下的安排，不能貿然打亂殿下的打算，便對蘇輕楓安排囑咐了一番，讓他自帶兵在太子殿下交代之地紮營等待消息，自己先一步離開前往安十七信中所交代的地方。

荒原山處處是山路，即便是官道也十分不平坦，路十分難走，再加上雲遲特意要掩藏蹤跡，所以，翻山越嶺，不走官道，特意避開人，專走人煙罕至之地。

終於，兩日夜後，來到了雲暗所說的那一處西北方的藏兵之地。

雲遲沒有貿然闖入，而是沿著週邊四周觀察了兩日，等到一小隊人馬巡邏時，才出了手。

當初，蘇子折易容假扮蘇子斬騙過了無數人的眼睛，如今，他易容假扮蘇子折，在安十七和雲暗都要恍惚地以假亂真下，堂而皇之地藉由那一小隊人馬的牽引，進了二十萬的養兵之地。

蘇子折並不知道，他曾經以假亂真蘇子斬，騙過了雲遲，有朝一日，雲遲一報還一報，以假亂真冒充他，要收復他二十萬兵馬。

雲遲雖然沒見過蘇子折，但通過樁樁件件的事情，交手多次，他也算七八分瞭解了蘇子折的脾性，如此心狠心黑的人，脾氣大約並不好，待人慣常是冷厲的。

蘇子折並不知道，就在他等著葉蘭盈消息，同時聽著京城動靜，猜測著雲遲的心裡下一步該怎麼做時，雲遲已對他動了手。

荒原山有三處藏兵之地。

一處是被雲暗查到雲遲前去收拾的霧濛山，一處是中心地帶的九環山，一處是最北邊的擎鳳山。

蘇子折沒有將兵馬放在一處養，而是將三處養兵之地設成了一個三角形，互相牽制，以免放在一處生了亂子。

他一直以來手段狠辣，身邊無人敢反駁他一言一語，除了閆軍師偶爾還能勸兩句話外，其餘人見了他亦是心中戰戰兢兢，所以，他自負慣了，做夢也想不到雲遲敢假冒他的身分，隻身闖進他的兵馬營，而且，他人不在，毫不知情。

這一日，震驚天下的私造兵器案傳到了荒原山。

閆軍師一臉沉重地對蘇子折稟告：「主子，葉蘭盈被梅舒毓在鷺灣城抓了，他帶著十萬京麓兵馬出現在了鷺灣城，葉蘭盈沒跑脫不說，她的人據說都悉數折在了梅舒毓手中。」

蘇子折臉色一寒，咬牙問：「葉蘭盈人呢？」

「被梅舒毓拿了囚車押送去了京城。」閆軍師也沒想到葉蘭盈栽在了梅舒毓手裡，聽到傳來的消息時，他還十分不敢置信，再三確認，方才驚駭地相信了事實。

「她怎麼不死了？廢物！」蘇子折一掌拍碎了桌子，「砰」地一聲巨響，他震怒道，「嶺南王府的人都是廢物。」

閆軍師站在一旁，心中盤算著接下來該怎麼辦？葉蘭盈被抓，嶺南王可就藏不住了。雖然也到了無須藏的時候，但到底先出了事兒打亂了既定的計畫，對於他們來說，不是好事兒。

葉蘭盈素來聰明，這一回栽的狠，入了東宮，也就相當於是個半死之人了。如今沒人營救她，嶺南王府的人怕也是剛得到消息，嶺南王一直依仗她，好多事情，都是經由她手，這麼折進去，等於斷了嶺南王一隻臂膀不說，也斷了他們與嶺南王府牽連的最重要的線。

不是一句可惜便能輕拿輕放的。

「我說京中近來怎麼沒動靜，雲遲說是病倒，看來是在籌謀對嶺南王府出手。」蘇子折恨恨，「好個雲遲。」

閆軍師看著蘇子折：「當務之急，是要趕緊想辦法，將葉蘭盈救出來。」

「救什麼救。」蘇子折臉色森森，「讓她死在東宮好了。」

閆軍師憂心道：「梅舒毓既然將她費力活捉押解進京，入了東宮地牢，便不會讓她死了。而葉蘭盈也不是個輕易放棄性命的人，她死了還好，若是她受不住刑，招供出我們的太多祕事，在這等關頭，我們所做的所有努力豈不是要功虧一簣？」

「你的意思是要救她？」蘇子折冷笑，「上次多少人闖入了東宮？全都折在了安書離手中，更遑論如今東宮不止有安書離，還有個花灼。怎麼救？」

閆軍師沉默片刻：「救不好救，殺的話，總比救容易。」話落，他看著蘇子折，「我們在京城一帶僅剩最後一支暗線了，若是為了葉蘭盈動了，無論是殺，還是救，用了之後暴露了，可就沒了。」

蘇子折冷冽道：「她有多大的臉，讓我動最後一支暗線？」話落，他讓自己冷靜下來，森然地道，「嶺南王府先一步暴露出來，已是走在懸崖上的廢棋。給嶺南王傳話，若是他不想遭遇滅門慘案，那麼，就想法子逼雲讓出手，讓雲讓去救葉蘭盈。」

「雲讓最在乎的是他母親和胞妹。」閆軍師琢磨道，「這些年，我們屢次逼他就範，卻都沒能拿住他的軟肋。他將他母親和胞妹護的很好，我們如今又在這裡，而嶺南王素來管不了雲讓，怕是更沒法子奈何他。」

「那時因為嶺南王沒被逼急了，一旦被逼急了，他敢虎毒食子！哪怕雲讓是他的親子。」蘇子折發狠地道，「傳我命令給嶺南王，讓他逼雲讓出手，否則，他就等著死吧！」

閆軍師應是，立即去了。

蘇子折心中憋著氣，無處發洩，便轉身帶著寒氣去了蘇子斬和花顏住的院子。

花顏正在對著一株梅花數梅花的花瓣，這一株梅花從折回來後，被她來來回回數了好幾次花瓣，每落一個花瓣，她就扔進炭火盆裡，看著花瓣變黑變焦，就如燒了她心中那一小塊焦慮的心。

蘇子折一身寒氣而來，揮手推開了房門，見花顏自己懶洋洋地坐在桌前，百無聊賴的樣子，他臉色十分難看，問：「蘇子斬呢？」

花顏蹙了蹙眉：「你又哪裡不痛快了？來找麻煩？」

雖然蘇子折每次來找麻煩，都讓人恨不得殺了他，但她還是樂意他來找麻煩，因為，他不痛快，是她樂意見的，看到他不痛快，她心裡就痛快了。

蘇子折靠著門框，冷冽地問：「他哪裡去了？」

他話音剛落，蘇子斬從隔壁房間走出，臉色沉沉：「我在這裡。」

蘇子折回轉身，死死盯著蘇子斬，對他問：「你得到消息了？」

蘇子斬冷笑：「你說葉蘭盈被抓之事？」

葉蘭盈？花顏眨了眨眼睛，這名字多少年沒聽過了，都有些陌生了。

蘇子折目光森森：「得到的消息夠快，看來你收服的這批人對你可真是忠心，在我這兵馬營，也能與我同時得到消息。」

蘇子斬不置可否。

蘇子折又轉回身，盯著花顏，見她一副若有所思的模樣，忽然想起了什麼，森森地一笑：「據說葉蘭盈一直以來十分討厭一個女子，恨不得對她扒皮抽筋，因為她勾走了雲讓的心。那個人是你吧？」

花顏又眨了眨眼睛，似笑非笑：「我勾走了雲讓的心？誰說的？我認識他時，他可沒對我表現出喜歡，都多少年不見了，怎麼不是葉蘭盈近水樓臺先得月？礙著我什麼事兒？」

蘇子折冷笑一聲：「勾引人而不自知，才是該死。」

花顏臉色驀地一沉：「有話說話，沒話就滾。」

蘇子折森冷地看著她：「我就是來告訴你，雲讓去救葉蘭盈了。男人的心，哪有什麼此生矢志不渝？雲遲即便如今還下不了決定對你下休妻書，但在知道你勾引了雲讓後，瞭解你一直以來勾三搭四，也會休了你的。」

花顏被氣笑了：「你少心裡不痛快了跑我跟前胡言亂語，依我看，你還就等不到雲遲的休妻書了。」話落，她笑意一收，惡狠狠地說，「這一輩子你都等不到，別做夢了，雲遲不會休了我的！我有多不好，也跟你沒關係。」

蘇子折見花顏終於被他氣著了，他心裡的怒氣奇異的少了些：「那我們就走著瞧！」說完，他轉身走了。

他這些日子以來，但有不痛快了就來找碴，氣著花顏發洩痛快了就走，這一來一去，也就一盞茶時間。

花顏見他離開，忍了忍，沒忍住，到底將手裡的茶杯狠狠地摔在了地上，大罵著：「你他媽的才勾三搭四，姑奶奶一輩子只喜歡一個人，上輩子一個，這輩子一個。王八蛋！」

玉玲站在一旁，抬眼去看花顏，花顏其實算是個脾氣好的，這麼多天，被氣怒的次數太多，但都好涵養的沒摔過東西，這還是第一次，摔了手中的茶盞。

蘇子斬抬步走了進來，見花顏氣的臉都青了，他掃了一眼玉玲，沉聲道：「還不趕緊收拾了。」

玉玲應是，立即拿了掃把將碎茶盞掃走了。

蘇子斬來到花顏面前，瞧了她片刻，伸手拍了拍她的腦袋，溫聲道：「生什麼氣？他就是個王八蛋，故意氣你呢，葉蘭盈被抓，私造兵器案鬧的沸沸揚揚，嶺南王府暴露，等於斷了蘇子折半個臂膀，當該高興。」

花顏雖然知道嶺南王府一直以來不乾淨，但也不太清楚內情，聽蘇子斬這麼一說，便消了氣，拉著他詢問怎麼回事兒。

蘇子斬自然將剛剛得到的消息與她說了一遍。

花顏聽罷，一下子樂了，鬱氣全散：「沒想到這麼多年，葉蘭盈的膽子越來越大了，我以前瞧著她就是個野心不小的主，沒想到竟然敢私運兵器，成了嶺南王府的利劍。」說完，又笑，「我果然沒看錯梅舒毓，趙清溪好眼光。」

蘇子斬見她笑了，也跟著笑：「葉蘭盈素來隱祕謹慎小心，這一回栽在了梅舒延與梅舒毓手中，不知是如何得到的消息？」話落，收了笑，看著她，「你與嶺南王府雲讓有交情？我聽人稟告，蘇子折一直想逼雲讓攪進來，雲讓一直不為所動，如今葉蘭盈被抓，方才聽蘇子折的意思，他怕是要對雲讓出手了。雲讓若是出手，這個人，有幾分本事，不次於安書離。」

花顏聞言想了想，實話實說：「當年，我還是小丫頭片子時，覺得雲讓長的挺好看，性子也好，頗有才情，我見了他後，挺有好感，是有意想著將來找他做夫君來著，只不過我剛有那麼點兒打算，就被我哥哥派了十七將我叫回臨安了，估計他得到了嶺南暗線傳遞給他的消息，覺得我年紀小，胡鬧，故意給我掐斷心思，我也就作罷了。」

蘇子折瞧著她，忽然笑了。

花顏看著他：「你笑什麼？在笑話我？」話落，她翻了個白眼，坦然道，「四百年前，我不也是對你一見鍾情嗎？怎麼就不能見了好看的人有點兒心思了？」

蘇子斬收了幾分笑意，嗓音低了些，但還是帶著笑：「沒有笑話你，是想誇你眼光不錯。」

花顏不客氣地收了誇獎，彎了嘴角，語氣帶了幾分認真：「子斬，真正喜歡一個人，是說什麼都不放棄的。你四百年前沒那麼喜歡我，至少，十分來算的話，你喜歡我九分九，還是差了那麼一丁點，所以，做不到破釜沉舟讓我陪著你上天入地碧落九泉。以前，我也不懂，後來在南疆蠱王宮奪蠱王後，是雲遲教會了我，他有十分的力氣，絕對不用九分九，真正的喜歡，是帶著毀滅般勇氣的吧！」

蘇子斬思緒飄遠，徹底收了笑：「無論是四百年前，還是如今，天下難安，步步維艱，你說的九分九，大概已是我的全部力氣，只不過，你的性子，就是飛蛾撲火，沒有十分，不寂不滅，所以，才是這個結果。」

花顏深覺有理，對他淺笑：「兩世，我確實沒什麼長進，說起來，還是我拖累你了。」

蘇子斬笑笑：「是我拖累了你，還是你拖累了我，早已分不清，何必再分？」

「也是。」花顏隨手拿了一本沒看完的話本子，扔給他，「左右無事，你來給我讀吧！玉玲的聲音木木的，一點兒也沒有采青讀的抑揚頓挫。」說完，她問，「我問了蘇子折兩次，他說把采青殺了，是真的嗎？」

「沒殺，被他的人關起來了。」蘇子斬道，「如今還關在一處，我回頭讓人查查，想辦法將她救出來。」

花顏點頭：「他沒殺了就好。」

「他本來是該殺了采青，大概是之後改了主意，怕你尋死，所以，故意留了活口，沒殺她，想拿她威脅你來著，但沒想到，你沒尋死，所以，她就沒了用處，一直被關著了。」

「我又不是瘋了，好死不如賴活。」花顏嗤了一聲，「能活著多麼不容易，怎麼能輕易放棄而死？」話落，催促蘇子斬，「讀書吧！我肚子裡這小東西這兩日似乎在試探著想要動。」

蘇子斬翻開書本的手一頓，隨即驚訝：「會動了？」

「應該快了。」花顏眉眼都溫柔起來，「不是說最早四個半月就會動了嗎？如今按月份來說，也快了。」

蘇子斬目光落在她小腹上，微微拱起的那一塊，似乎實在難以想像裡面的小東西才多麼大點兒，就要會動了，他問：「那……他長全了嗎？」

「沒有吧？十個月才呱呱落地呢，這才四個半月。」花顏笑。

「那他怎麼動？只長了手腳？」蘇子斬好奇地問。

「唔，應該還長了耳朵了吧？」花顏道，「據說若是大人說話，它也能聽見。等他會動了，每聽到興奮處，就會踢人。」

蘇子斬聞言蹙眉，猶豫了一陣，將話本子放下，對花顏一本正經地說：「既然如此，這話本子不能讀了。」

花顏看著他：「為什麼？」

「給他啟蒙，不能用話本子，免得他將來學壞。」

「這……不至於吧？如今他還不會動呢？也許……耳朵還沒長全呢？」

「萬一他已經長全了呢？剛有聽覺，便被灌輸了一堆才子佳人的話本子，終究不好。」

花顏還想掙扎一下：「沒你說的這麼嚴重吧？雖然是才子佳人的話本子，但也沒那麼不堪，人間有情愛，本就正常嘛，從小他多聽聽，於將來情愛一途，不走彎路。」

蘇子斬瞪了她一眼：「歪理。」

「怎麼就歪理了？」花顏不服。

蘇子斬又氣又笑地道：「才子佳人的話本子，多寫落魄書生千金小姐，書生不好好讀書考取功名，愛上千金小姐，為少努力十年而沾沾自喜；還有寫什麼家裡已娶妻，金榜題名後，另娶新婦，棄了家裡的糟糠之妻；還有寫什麼千金小姐與窮書生私奔，要知道，聘則為妻奔為妾，最終不是千金小姐受不了離去，便是書生後悔，棄了千金小姐……你看看，這麼多話本子，可有哪個話本子是正經的？」

「總有好一點兒的……」花顏還想為話本子說句好話。

「十之八九，都是這些，就算有那一二不同，不是花前月下，就是牆頭馬上，終究是逃不開癡男怨女，你確定要用話本子胎教？」蘇子斬挑眉。

花顏嘴角抽了抽，默了一小下，然後，無語地看著蘇子斬：「不說不知道，你竟然還看了這麼多話本子！」

蘇子斬一時噎住。

花顏又無語地道：「你雖沒讀話本子，但剛剛說的那些話，按照你說的若是我肚子裡的孩子已經長了耳朵的話，豈不是被你這樣一說，也聽了一耳朵？」

蘇子斬咳嗽了一聲，徹底沉默下來。

花顏看著他，忽然大樂：「哈，蘇子斬，照你這麼說，你給我背書好了。學堂裡的學生學什麼，先生教什麼，你就背什麼好了，話本子就不看了，聽你的。」

這等閒暇時候消遣之物，到底給小孩子聽不太好，雖然也許還沒長耳朵。

蘇子斬點頭，當真同意，從三字經背起。

子斬公子的才華，自不必說，但凡藏書，皆有涉獵，不說上知天文下知地理學富五車，普天下也找不出幾個來。

花顏聽的津津有味，就當跟著肚子裡的孩子一起上學了。

半個時辰後，花顏頭一歪，倒在了案桌上。

蘇子斬一驚，連忙打住背書，喊了一聲「花顏」，花顏沒動靜，他湊近一看，這才發現花顏已經睡著了。

他啞然半晌，又氣又笑，心想著他背書竟然成了她的催眠曲了。他伸手想將她抱去床上，手伸出，猶豫片刻，又放下，對外面輕喊：「玉玲。」

「二公子！」玉玲推門走了進來。

蘇子斬低聲吩咐：「將太子妃扶去床上，給她蓋好被子，動作輕點兒。」說完，他轉身走了出去。

玉玲應是，看了蘇子斬一眼，走到桌前，將花顏抱去了床上，依照蘇子斬所說，給她蓋上了被子。

蘇子斬出了房門，並沒有立即離開，而是站在房檐下，遠處傳來士兵們操練的聲音，思緒有些飄遠。

玉玲出了房門，立在廊下，看著蘇子斬，盯著他木聲問：「二公子明明對夫人情深，又不在乎她已為人婦，為何不更進一步爭取？畢竟夫人待您與別人不同，未必沒有機會。」

蘇子斬收回思緒，立在臺階上，低頭看著站在廊下的女子，玉家人容貌尋常，但骨子裡認準一件事兒便死心眼一根筋的堅持，這與花顏倒是有相通之處。

他沉默片刻，平聲道：「若她只是因太子強娶，對太子無情，我自是不會善罷甘休，但她待太子情深，我已對不起她一世，又何必再對不起她攪亂她這一世？」話落，他淡薄地看著玉玲，「人活著，就要知足。」

玉玲不甘心地道：「二公子不要江山，連心愛的女子也不要了，那這一輩子，您要什麼？」

蘇子斬笑了笑：「只要她安好。」

玉玲轉身走了。

第一百四十九章　我不准許你死

雲遲易容假扮的蘇子折堂而皇之地進入了霧濛山二十萬兵馬的私兵營後，十分順利，三日後，領兵的主副將在雲遲調兵離開霧濛山時發現不對勁，但為時已晚，安十七、雲暗斬殺了兩名主將三名副將，將領一死，士兵們群龍無首，雲遲徹底地收了二十萬兵馬。

安十六沒想到雲遲動作這麼快，當真沒費一兵一卒地收服了蘇子折養在霧濛山的二十萬兵馬，當他趕到霧濛山時，雲遲已徹底接手，他佩服的五體投地。

蘇子折敢堂而皇之地出現在宮宴上，劫走少主，太子殿下便敢以其人之道還治其人之身，踏入虎穴，奪了他辛苦培養的二十萬私兵。

帶著二十萬兵馬離開霧濛山後，雲遲命安十六帶著二十萬兵馬與蘇輕楓的兵馬會合。他獨自一人帶著安十七、雲暗、鳳凰衛前往布有陣法不得輕易窺探的荒原山的中心九環山。

九環山的山勢險峻，山山相連，以得天獨厚的地理優勢布置陣法迷障，方圓百里看不清路。

三日後，雲遲來到九環山陣法外，心有所感般地對安十七說：「花顏一定被困在這裡。」

安十七看著雲遲：「殿下怎麼確定？」

「心有所感。」雲遲看著濃濃霧氣迷障，一雙眸子似穿透霧氣，看到了被困圍圍的花顏。

安十七聞言激動起來：「殿下和少主偶爾會感同身受，如此說來，既然殿下有感，那麼，少主一定在這裡了。」

他想著，找到少主可真不容易：「殿下，這陣法，似是古陣，在下沒把握，您可有把握？」

雲遲抿唇，「嗯」了一聲，「我有七分把握。」

安十七猶豫：「在下只有三分，殿下有七分把握的話，終究還是差了三分，萬一觸動了機關，驚動了蘇子折，後果不堪設想。」

他覺得，當前，還是雲遲安危最重要，建議道：「殿下，不知道這裡面藏了多少兵馬，不如讓蘇輕楓調兵前來。也多幾分把握。」

雲遲不語，沉思片刻，沉聲道：「你們都等在這裡，本宮獨自闖進去。」

安十七大驚：「殿下不可。」就算要硬闖進去，也得他們硬闖，就算殿下要硬闖，也得他們陪著，怎麼能讓殿下獨自一人以身涉險？

雲遲道：「此處地勢險要，只能智取，不可硬攻，就算調兵前來，打草驚蛇不說，怕也是久拿不下，更何況在此處訓練的兵馬，早已熟悉地形、氣候，就算蘇輕楓帶兵來了，也是損兵折將。本宮如今前來，當務之急，只是為了救出太子妃，至於收拾蘇子折，不急一時。」

安十七還是不贊同：「就算殿下要硬闖，別人可以不帶，也得帶上在下和雲暗。」

雲遲搖頭：「你們留在外面，與我接應，人多萬一洩露痕跡，反而累贅。」說完，他眉目一肅，「此事就這樣定了。」

安十七還想再勸，如今見雲遲主意已定，他急的抓耳撓腮，卻也知道勸不住。他看著雲遲，還繼續掙扎：「殿下，若是少主知道您孤身一人為了她身犯險境，怕是會對您惱怒。」

雲遲一笑：「本宮也不是沒為她犯過險境，當初在蠱王宮，也是本宮孤身一人救了她。」

安十七一噎，這事兒他最清楚不過，當即沒了話，只能歎了口氣：「那……殿下您小心。」

話落，不放心地說，「還需定個期限，您若是救不出少主，一直沒動靜，總能有個章程交代，我們也好隨機應變行事。」

雲遲已琢磨好，對安十七道：「以七日為限。」

「殿下，七日太長了。」安十七立即搖頭，「在下怕是忍不住衝進去。」

雲遲改口：「那就六日，六日本宮不帶著太子妃出來，你們就送信回京，聽安宰輔安排。畢竟裡面是何情形，尚且不知，時間太短，本宮怕不夠用。」

安十七一怔：「六日不出來，不是該調兵嗎？」

「這處地勢，調百萬兵馬都難攻打，更何況是區區五十萬兵馬，為著本宮與太子妃，損兵數十萬，本宮斷然不允。」雲遲沉聲道，「若是本宮救出太子妃，自然有辦法引蛇出洞，讓蘇子折帶兵離開此地，再行攻打，若是本宮救不出太子妃，折在了這裡，那這江山，只能靠書離衡量定奪了，本宮管不了身後事。」

安十七一聽臉都白了。

雲遲抬手拍拍安十七的肩膀，溫和了語氣：「你放心，本宮惜命的很，未必救不出太子妃，更可況，本宮斷定，蘇子斬也在，有他在，本宮就算救不成人，也未必就沒了命，與你說這些，不過是做最壞的打算罷了。」

安十七想到蘇子斬與雲遲的關係，奪蠱王以條件相換時，都未曾兵戎相見，如今雖諸事已變，身分已變，但以蘇子斬將血藥送回京城救皇上來看，如今雖按理說該是對頭，但未必他就真心狠地不顧及少主而眼看著蘇子折要了殿下的命。

他這樣一想，狠了狠心，點頭：「聽殿下的。」

於是，雲遲準備了一番，隻身一人，闖進了古陣法之中。

安十七、雲暗、鳳凰衛守在外面，提著心，計算著時間。

花顏並不知道雲遲已經早早就來了荒原山，且還已經靠近了九環山，這一日，她睡醒一覺後，已是傍晚，她看著日漸黑下來的天幕，想著又一日過去了。

隨著一日一日過去，荒原山的梅花也開過了最盛的時候，漸漸地在零星地凋謝著。

她想，在梅花凋謝前，不知雲遲能不能趕來荒原山？

孕婦多思多慮且忍不住多懷疑，她本來十分篤定，雲遲若是收到了雲暗的送信，知曉了她的心思，一定會立即趕來的，但又忍不住去想，萬一雲暗沒有看到她當初折梅花進屋養著那一幕呢？萬一雲遲因為知道了她與蘇子斬的糾葛，而心生芥蒂，不想要她了呢？萬一他朝中諸事太多，根本就抽不開身呢？

梅舒毓和梅舒延拿住了葉蘭盈，此等私造兵器的大案，算是扯出了嶺南王府，若嶺南王府乾脆不管不顧，揭竿而起明目張膽地造反了呢？

雲遲豈不是會處理朝事兒的同時，要處理嶺南王謀反之事？

他能脫得開身嗎？

這樣一想，她心情不由得低落又不開心，她素來是個哪怕出了天大的事兒，面上習慣了神色不露，如今，鬱鬱之色都忍不住掛在了臉上，前所未有的心浮氣躁鬱結於心。

用晚飯時，蘇子斬見花顏沒什麼胃口，一副拿著筷子看著滿桌子的菜食不下嚥的模樣，他溫聲問：「怎麼了？下午睡覺時做噩夢了？」

花顏抬起眼皮看了他一眼，搖搖頭。

「那是怎麼了？」蘇子斬瞅著她，抿了一下唇，「想雲遲了？」

花顏見他提到雲遲，也抿了一下嘴角，點了點頭：「我在想，他如今在做什麼？可還好？我有好久不曾見他了，想的很。」

蘇子斬聞言放下筷子，悶聲說：「你在我面前，這般說他，讓我心裡難受的很，你可真是半絲不顧及我。話本子裡不是有句……有了新人，忘了舊人？」

花顏聞言被氣笑了，知他一半是故意的，一半是真心裡不舒服，瞪了他一眼：「什麼新人舊人的？上輩子的事兒了，還留著添堵做什麼？人要向前看不是？徒留那些過往，對你，對我，對誰都不好，何必死心眼？」

「跟你學的。你不就死心眼嗎？」蘇子斬難得不服氣，有了幾分花顏認識的蘇子斬式兒的氣死人不償命，「你自己死心眼，還有臉說別人嗎？」

花顏一噎。

蘇子斬氣完了人，又笑了：「上輩子，我恨你死心眼，恨我不開竅，如今，你這死心眼的性子對了雲遲去，滿心滿眼都是他，我卻恨不得你，拿你沒辦法，只能恨我自己無用了。」說完，他重新幫她拿起筷子，虎著臉說，「趕緊吃，你敢不吃，我對你不客氣了。」

花顏哼唧了一聲：「你所謂的不客氣，就是不讓我看話本子嗎？」

蘇子斬橫了她一眼：「你知道就好。」

花顏乖乖地拿起筷子，如今話本子的確是她的本命，沒這解悶的東西，日子可怎麼挨？

蘇子折一直以來是自負的，且他有自負的資本，他手中攥著能動盪南楚江山的勢力。所以，如今在他的地盤，他困了花顏和蘇子斬，一點都不怕他們逃脫。

哪怕明知道蘇子斬手中有能與他一較高下的人力，但他捏住了花顏這個蘇子斬的軟肋，知道他不能輕而易舉帶走一個孕婦，顧忌著花顏，所以，不怕他與他不顧手足血脈之情魚死網破。

如此，他便從沒想過，在京城朝廷離不得人之際，雲遲不止悄無聲息地來到了荒原山，以其人之道還治其人之身的暗中奪了他養在霧濛山的二十萬兵馬不說，還孤身一人闖入了九環山的古陣法，要將花顏救出去。

因為沒想到，所以，明明該是布置森嚴的九環山，反而沒有雲遲想像的如鐵桶一般。

雲遲聰明絕頂，文武登峰造極，以他的本事，普通陣法自然不過眼，布置在這九環山的古陣法，對他來說，卻也不難，不過雖然他有七分把握，但要想悄無聲息闖入陣法不留痕跡不被人察覺卻並不容易。

這古陣法，當世少有能破之人，更少有人能悄無聲息來去自如，就連蘇子折都做不到，他一直瞭解蘇子斬，覺得他也做不到，所以，自負又放心。

也正因為這份放心，所以，九環山週邊，除了這古陣法防護外，外緊內鬆，並沒有重兵布置。以至於，雲遲費了些力氣，沒弄出動靜地破了古陣法，又立即將古陣法恢復原樣後，輕輕鬆鬆地踏進了九環山內。

這時的蘇子折，尚且不知道，他即便近來不再低估雲遲了，但卻高估自己了。

以雲遲的武功，最大的困難便是古陣法，所以，在過了那一關後，連他都沒料到裡面的布置竟然如此鬆懈，他十分輕鬆地隱藏著蹤跡一路很快就摸清了九環山內的情況。

九環山養了三十萬兵馬，這些兵馬與他收服的霧濛山那二十萬兵馬自然不能相提並論，這三十萬兵馬顯然是蘇子折最精英的兵馬，說是以一敵十也不為過。

尤其是九環山的地勢險要，與他所料一般無二，若是真要帶兵攻打，百萬兵馬要真拿下這三十萬兵馬，怕是一場硬仗，損兵折將不會是小數目。
不過他已打定主意，當前是救出花顏，至於別的，他可以慢慢的與蘇子折清算，不急這一刻。
他按捺著心中的激動與焦躁，一路摸著排查著，終於來到了最中間的一座山頭。因方圓十里沒有一株草木，白日不好靠近半山腰的一片院落，他便耐心等到晚上。
這一夜，天公作美，傍晚時竟然夜色黑沉，落了雪花。
哪怕這一片九環山防禦外緊內鬆，來到了裡面，雲遲依舊不敢掉以輕心，所以，一路使出了踏雪無痕的輕功，伴著風聲落雪聲，謹之慎之地進了這一片院落。
這一片院落，剛一靠近，他便感覺到了，不同於這一片群山的鬆散，裡裡外外布置了無數護衛和暗衛。有些暗衛的氣息十分熟悉，集中到最後方的一個院落。
那是蘇子斬從不離身的十二星魂暗衛。
他猜測的沒錯，蘇子斬果然也在這裡。
他武功絕頂，輕功亦然，所以，避開了一眾暗衛守衛，悄無聲息地來到了那一處院落。
正屋正亮著燈，窗前坐著兩個人影，昏黃的燈光將人影映在碧紗窗上，形成了暖暖的朦朧的影像。雲遲一眼就認出，那兩個人影一個是花顏，一個是蘇子斬，似在對弈談天。
他立在牆下的陰影裡，那麼瞧著，頭頂雪花落下，他忽然便有了近鄉情怯，這一刻，一步竟然也挪不過去了。
他不由地想著，如今蘇子斬有記憶了，記起四百年前的事兒了，那一世的他們，如何初見，如何嫁娶，如何相處，如何同生共死，是他從來沒有參與過的，隔著一個天地，他從來不知。
他發現，他沒見到他們時，他能夠讓自己不去在意，只要花顏安好就好。可是如今見著了，卻忍不住從心底滋滋地冒出酸意，這感覺，似要將他淹沒。

任他鋼筋鐵骨，這一刻，也有些身體發顫腿腳發軟心裡翻江倒海的潮水往外流，壓都壓制不住。西牆下距離正房不遠，他甚至可以聽到屋內傳出隱隱約約的聲音。

花顏聲音不滿，似有惱怒：「蘇子斬，你方才還說讓我一步，如今轉眼就殺個回馬槍，說話不算數。」說完，她生氣指責，「枉為君子。」

蘇子斬聲音溫和含笑：「我是說讓你一步，但你卻也忒不講道理了，誰說讓完就不能打回馬槍了？」

「我不管，你說讓的，如今不讓就不行，這一子，你不准下在這裡。」花顏耍賴，「你拿回去，我重下。」

蘇子斬抬手揉揉眉心，無奈地又氣又笑：「你怎麼還跟上輩子一樣？三步一悔棋，一點兒長進也沒有？我還以為這毛病這輩子你已經改了。」

「改什麼？」花顏不客氣地說，「在你面前，我還需要改什麼？我就是這德性，上輩子便沒藏著掖著這些毛病，這輩子自然不會。」

蘇子斬抬眼瞅她，見她一副理所當然的模樣，更是氣笑：「你明明棋藝高絕，若真認真下，贏不贏我先不說，和棋總是有的。兩輩子，你偏偏故意這麼下，是想故意氣我？」

花顏白了他一眼：「上輩子，你對著我時脾氣好的不行，我就是想看你發火，你每每都要讓著我，就是我三步一悔棋，你也不說半個不字。這輩子，你這脾氣倒是換了個樣。」話落，她瞪眼，氣勢洶洶地說，「怎麼？這剛下一局，就受不了我了？上輩子你可陪著我這麼玩了七年呢，耐心好的不行。」

蘇子斬一時被噎住，無奈又好氣：「好好好，姑奶奶，我今日晌午不過是強行讓你多吃了一碗飯，你到晚上就這麼折磨我，我陪著你下就是了，你想悔棋重下，那就重下好了。」

花顏見他讓步討饒，這才滿意了，重新落了子：「我下這裡。」

蘇子斬低頭一瞧，嘴角抽了抽：「你確定下這裡？」

花顏點頭：「嗯，確定。」

蘇子斬十分不放心她：「真確定嗎？不反悔了？」

「真確定，不反悔。」花顏一本正經，看起來十分認真。

蘇子斬險些就相信了，於是，他捏著一子落在棋盤上。

他剛落穩，花顏便反悔了，伸手去拿棋子：「不，我不確定了，我重下。」

蘇子斬抬眼無言地看著她，徹底拿她沒轍了：「你這般下法，下到天亮，這一局也下不完，我認輸了行不行？」

「不行。」花顏很是果斷。

蘇子斬拿出殺手鐧：「天色晚了，你要早些休息，太晚熬夜對胎兒不好。」

「我睡不著。」花顏搖頭。

言外之意，她睡不著，他也得陪著她，不能睡，打發時間最好就是這般下棋，磨功夫。

不知怎麼回事兒，她今夜就是不睏不想睡，她不知道自己在等什麼期待什麼，總之，不想躺去床上，心中說不出是什麼感覺，總覺得這心空落落的，似有什麼牽扯著，但又說不上來。

她抬眼看了一眼擺在房間的梅花瓶，這一株梅花是今天新換的，還開的正好，案桌上零星落了幾個梅花瓣，她又轉頭看向窗外，黑濃濃的夜色，但順著屋中的燈光，也能看到飄了雪花。

她沒頭沒尾地說：「這夜可真黑，這雪可真輕。」

蘇子斬一下子就笑了：「行了，我懂了，你這是何時學會悲秋傷春了？心裡鬱鬱，拿我出氣呢，不讓你出了今日晌午的氣，你就不睡了。」說完，又氣的不服氣，「在雲遲面前，你乖的不行，我可真是欠了你幾百輩子的債。」

花顏聞言，也跟著笑了，他不欠她的債，晌午時多讓她吃一碗飯，也是為她好，她這般胡鬧，也著實對不住他，上輩子他就辛苦忍讓，這輩子亦然。這麼一想，她口氣一下子軟了下來，含著笑意說：「我不悔棋了，這回好好下完，你贏了我，我就休息，你輸了，就背書給我催眠。行不行？」

蘇子斬見她笑臉柔和，也軟柔了語氣：「好。」

夜靜，風涼，雪花簇簇飄落。

雲遲立在牆根，袖中的手早已握成了拳，薄唇抿成一線，周身籠著濃濃夜色，心裡是壓制不住的洶湧顫意。

原來，他們上一世，是這樣相處的。

誠如蘇子斬所說，花顏在他面前乖的很，不讓他憂心，不讓他操心，不讓他有絲毫的不滿意，哪怕為了他的江山天下，也能乾脆地豁出命去不後悔。

他一直以來，覺得少了點兒什麼，原來，她在他面前，少了任性和小脾氣。

他猶記得，與他反抗賜婚時，她是那般鮮活的模樣，可是自從在南疆闖蠱王宮後，她便變了一個人，溫柔似水，處處為他，她有十分好，恨不得待他十一分。

他也與她下過棋，初時，她還不能碰棋，他亦不知，那時，她咬著牙一聲不吭，他也沒察覺，後來她暈倒昏迷了三日，他才知曉。後來，她能碰棋了，與他對弈時，是溫柔淺笑一本正經認真地好好下一局或者幾局，他與她各有輸贏。

一直以來，他從不曾見她下棋還這麼多話，竟然三步一悔棋。

上一輩子，他們日夜相處七年，原來是這樣的。

一個喜好任性磨人，一個縱容寵溺。

那時，天下將亂，後樑岌岌可危，懷玉帝苦苦支撐鞏固江山基業，嘔心瀝血，比他如今，南楚江山尚且安平，朝中尚有忠心為國之人可用，他身體健康，偶有小風寒也不會真正臥床不起，更不會如懷玉帝，一年有半年臥病在床。可以說，如今的南楚比之四百年前的後樑，他比之懷玉帝，不知要幸福多少。

可是，就是這樣，她為著南楚的江山，恨不得幫他擔起來。自從應允嫁娶，她十分乖的讓人心疼，從未在他面前發小脾氣讓他哄的任性磨人。

他原以為，她有千面，這麼久，他已看全了，但原來不是。

他心中揪扯的生疼，這一瞬間，他沒有勇氣衝進去，反而想落荒而逃，離開這裡，但他的腳又似乎生生地扎了根，挪不動一步。

理智告訴他不能亂，但偏偏控制不住心亂如麻。

心亂，氣息也跟著亂了。

所以，當青魂的寶劍架在了他的脖子上時，冰冷刺骨的劍刃，帶著寒芒和殺意，使得他心中奔湧的氣血才一下子都沉寂地壓去了心底。

雲遲抬眼，順著劍刃的方向，看到了青魂的臉。

青魂這時也看清了雲遲的臉，他手一抖，猛地睜大了眼睛，眼底全是不敢置信。

連他都沒想到，太子殿下竟然悄無聲息地出現在了這院落裡。

他動了動嘴角，一時沒說出話來，也沒拿開架在雲遲脖頸上的劍。

四目相對，雲遲眼底漆黑一片，並沒有開口。

青魂動了動嘴角，也沒發出聲音，須臾，他到底是蘇子斬最倚重的十三星魂之首，所以，他猶豫了一下，並沒有出聲鬧出動靜，引來旁人，只給屋中的蘇子斬傳音入密，告知了此事。

蘇子斬剛要落子的手一頓，周身氣息繃緊了那麼一下。

花顏敏銳地察覺了，抬起頭，看著他：「怎麼了？」

蘇子斬盯著花顏，花顏慢慢收起笑意，一瞬間心神也跟著繃緊：「出了什麼事情嗎？」

她問出口，蘇子斬並沒有回答。

花顏靜了靜，感知到了什麼，那氣息雖隱藏的淺，但她感知素來強大，身子也陡然地僵了，不過一瞬，她不必再問，騰地站起身，臉上現出歡喜至極的神色，抬腳往外走。

蘇子斬驚醒，一把拉住她，壓低聲音：「稍安勿躁，不可驚動人，否則他會沒命的。」

花顏腳步猛地頓住，瞬間驚醒，是啊！驚動蘇子折，後果不堪設想。

她目光轉向外間，外間還守著玉玲，她可是蘇子折的人。

「坐下。」蘇子斬伸手將花顏按著坐下，語氣溫和，「我去看看。」

花顏緊緊地盯著他。

蘇子斬與她目光相對，再不說話。

過了一會兒，花顏輕輕地抿著嘴角點頭，她能不信任蘇子斬嗎？不能！若這世間，她有幾個人可以相信的話，那其中有一個人，必定是蘇子斬。

蘇子斬扯了一下嘴角，轉身向外走去。

花顏緊張地坐在桌前，手無意識地攥緊，想跟出去，又怕見了人她控制不住哭出聲，鬧出動靜，所以，她聽話地不敢再動。

她如今需要冷靜，可她這一刻冷靜不下來，只拼命地壓制自己。

蘇子斬出了裡屋的門，玉玲立在門口，剛要出聲詢問什麼，不防蘇子斬忽然出手，玉玲眼前一黑，身子一軟，倒在了地上。

蘇子斬看也不看她，出了外間的房門，立在廊簷下，目光看向西牆跟。

那裡，漆黑一片，似什麼也沒有。

蘇子斬盯著看了一會兒，抬手招了招手。

青魂得到公子指示，無聲地收了劍，無聲地開口：「殿下，我家公子有請。」

雲遲這時已冷靜下來，跟著青魂，無聲地來到廊簷下。

雲遲一身風塵，頭上、肩上落滿了雪花，一身黑色錦袍，似與夜色重疊。

蘇子斬看著雲遲，雲遲也看著蘇子斬。

一個在臺階上，一個在臺階下。

一個是後樑懷玉帝，一個是南楚太子，一個是前世，一個是今生，二人的糾葛，又不單單牽連了一個女子，還牽連了母親姨母兩個女子的血親。

一個在昔日什麼也不知道的情況下，便有著奪蠱王的選擇。一個如今在什麼都知道之後，以血藥相換的和離條件。

因為花顏，他們有很多的帳要清算，但也因為花顏，她如今就在屋中，這帳怕是無法清算，也清算不起來。

他們都是聰明人，也還都沒失了理智，知道此時此刻，做什麼，都會鬧出動靜，唯有不做。

二人對立著，都從彼此的眼中看到了無盡的情緒與沉寂。

似一瞬間，又似好久。

蘇子斬轉身進了屋，丟下一句話：「等著。」

雲遲目光跟著他進了屋，腳步當真沒動。

花顏聽到腳步聲，心一下子提到了嗓子眼，她想著，她有多久沒看到雲遲了？她知道他會來，但又忍不住懷疑他到底會不會來，如今他真的來了，並沒有讓她等多少時日，她也沒料到他會來的這麼快，這麼突然，她一時間，百般滋味。

裡屋的門被推開，蘇子斬走了進來，看了花顏一眼，冷靜地說：「你去把這一身繁瑣的衣服換下，穿一身俐落的衣服，裹的厚一點，跟著他走吧！」

花顏所有翻湧的情緒在這一瞬間定格，她的目光落在蘇子斬的面上，霎時冷靜下來，動了動嘴角：「你跟我們一起走。」

蘇子斬靜了片刻，笑了笑：「他既然能悄無聲息地來，便能帶著你悄無聲息地走，我若是帶著人跟著一起，勢必會弄出大動靜，驚動了蘇子折，誰也走不了了。將你交給他，哪怕他一個人來的，我也是放心的。」

花顏咬牙，狠心道：「你跟著我們走，別人留下。」

蘇子折上前一步，抬手，放在她頭上，輕輕地摸了摸，只碰到了些許髮絲，便收回，低聲道：

「我若就這麼走了，那些被我收服的人，不是被蘇子折殺了，就會被他收服。他殺了，我不忍，他收服，便是大禍。所以，我必須留下來。」

花顏眼睛頓時紅了：「我若是就這麼走了，蘇子折會殺了你的。」話落，她斷然道，「我不准許，蘇子斬，我不准許你不活著，你不能死，這一輩子，哪怕我死了，你也不能死。」

蘇子斬又笑：「傻丫頭，我死什麼？你放心，蘇子折殺不了我。我答應你，我不會讓他殺了我的。」話落，目光鎖在她面上，「我今日不過是讓雲遲帶走你，我與他的帳，還沒清算呢，死什麼？他救了皇上，又帶走你，我的便宜不是那麼好占的。若非今日不能驚動蘇子折，我便會與他好好算這一筆帳。」

花顏抿唇，盯著他的眼睛：「蘇子斬，你既然答應了我，就不能言而無信。」

「好！」蘇子斬點頭，「我答應你，不會言而無信。」

花顏定定地看了他片刻，再不多言，轉身去衣櫃旁，翻騰了半天，才找出了一件還算俐落的衣裙，轉去屏風後。

花顏很快就換上了俐落的衣裙，從屏風後走了出來。

蘇子斬拿了一件黑色的披風，給她裹在了身上，似有千言萬語，但這一刻，卻什麼都說不出口了。他重重地又輕輕地抱了抱她，低聲道：「走吧！」

花顏知道，這一別，不知什麼時候再見，她這麼走了，留下他面對蘇子折狂風暴雨的怒氣，她不敢想蘇子折會不會在盛怒時殺了他，但她又不能不走。

她只祈求：「蘇子斬，無論如何，我要你活著！這一輩子，唯一求你這一件事兒，你務必答應我！一定要做到，好嗎？」

蘇子斬在這一瞬間也濕了眼眶：「好，一定做到！」

上一世，她所求生死不相離，他沒能答應她，也沒能做到，這一世，若是他活著是她對他的唯一所求，那麼，他自然要活著。

無論是去南疆奪蠱王，那時她還沒恢復對上輩子的記憶，還是如今，她已恢復了記憶，所求都是要他活著。

似乎他活著，成為了她這一輩子的執念，不管有沒有記憶。

花顏仍舊不放心，走到桌前，提筆寫了張信箋，也不給蘇子斬看，拿著邁出門口，蹲下身，塞進了玉玲手裡。然後，她站起身，對蘇子斬說：「你給這小東西辛苦背了那麼多書，還是想見到他將來喊你一聲叔叔的吧？」

蘇子斬頷首：「自然。」

花顏放心了，轉身快步走出房門，一眼就看到了站在屋簷下的雲遲。

這一刻，她眼淚幾乎奪眶而出，一下子奔湧了出來，剛剛忍著的眼淚怎麼也忍不住了，她一把拽住了他的衣袖，哽著聲說：「你總算來了。」

雲遲的衣袖沾染著濃濃的涼意，但花顏卻如抓住了日光月色，這一瞬，連心窩子都是暖的。

她想，幸好這個人是雲遲，幸好，雲遲沒放棄她。

第一百五十章　破陣營救

雲遲心裡所有的難受，在看到她完好無損地出現在他面前，看著她微微隆起的小腹，這一刻都消散了，在她伸出手來說出這一句話時，他眼睛也紅了，一把抱住了她，聲音低啞：「對不住，我來晚了。」

「不晚，不晚……」花顏一連說了幾個不晚，死死地抱住他，在理智尚存一息時，催促他，「走！趕緊走，帶我走！」

雲遲點頭，抬眼去看立在屋門內的蘇子斬。

蘇子斬對他點了一下頭，什麼也沒說。

雲遲摟緊花顏，足尖輕點，沿著來路，轉眼消失了身影。

一陣冷風吹過，雪花從屋簷下捲起了個漩渦，青魂看著蘇子斬這般輕而易舉地放了雲遲帶著花顏離開，為他不甘心憋屈的不行，忍不住開口：「公子！您……怎麼能夠……」

蘇子斬巋然不動，啞聲說：「能夠。」

上一輩子他能夠做到將她撇下自己先死，這一輩子，也能夠做到眼睜睜看著雲遲帶她離開。

不能，也要能！

青魂「噗通」一聲跪在了地上，「那公子您怎麼辦？」

蘇子斬抿唇，低低地說：「聽她的話，依她所求，活著。」

他的這一條命，寄了多少人的希望，多少人讓他活下去，他就要活下去！

「起來吧！」蘇子斬擺手，轉身進了屋。

屋內，燈光昏黃，還留著一局殘局，兩盞涼茶。

蘇子斬在門口站了片刻，揮手邁進門檻，珠簾晃動，發出「劈里啪啦」的清脆響聲，在寂靜的夜裡，十分清晰。

他走到桌前坐下，身子靠著椅背，閉上了眼睛。

燈影裡的臉，平靜冷靜，但燈燭跳躍的火苗，卻如他不平靜的內心。

他想，這些日子，與她每日相對，足夠銘記一生，這一生有這樣的一段日子，已足夠。

外面忽然傳來急匆匆的腳步聲，蘇子斬猛地揮手熄滅了燈，騰地起身，轉身出了房門。

他來到門口，見蘇子折頂著一身寒氣也已來到，他皺眉看著他，刻意地壓低聲音：「天色這麼晚了，你來做什麼？」

蘇子折停住腳步，看著屋內熄滅的燈，又看了眼站在門口的蘇子斬，冷說：「她人呢？」

蘇子斬面無表情地說：「剛剛睡下，你別吵醒她。」

「當真睡了？」蘇子折臉色難看，抬步就要往屋裡走。

蘇子斬伸手攔住他，壓低聲音壓制著怒意說：「這些日子你隔三岔五就氣她，氣的她白日食不下嚥，晚上睡眠不安，今日她更是心情鬱鬱，我好不容易與她下了半夜棋將她哄睡了，你敢進去給我吵醒她試試。」

蘇子折腳步一頓，狠狠地盯著蘇子斬。

蘇子斬分寸不讓也冷眼看著他。

二人敵對片刻，蘇子折撤回腳，問：「玉玲呢？」

「一個婢女而已，你只管喊她，只要別吵醒花顏就行。」蘇子斬冷聲道。

蘇子折見他與往常無異，打消了疑慮，今夜，他忽然覺得心裡不踏實，特意過來瞅瞅，如今想來，這裡全是他的人，有什麼可不放心的？蘇子斬在這裡，花顏能去哪裡？他在乎花顏，恨不得寸步不離地看著。

他轉了話題，冷寒地道：「今日京中來了消息，蘇幻的母親死了，你可知道？」

「我知道她做什麼？死了就死了，害人者，死了活該。」蘇子斬不以為意，「尤其要害的那個人還是皇上。昔年太后和皇上對她有恩，她反而要害對她有恩之人，恩將仇報。」

蘇子折冷笑一聲：「她死了，證明我的算計敗露了，她被雲遲識破了。」

蘇子斬挑眉看著他，滿是嘲諷：「你以為你算計雲遲有多容易？你別低估了他，到頭來死的難看。」

蘇子折冷哼一聲，冷傲不屑地說：「就算我低估了他又如何？此計不成，你告訴花顏，我還有一計，定要讓雲遲休了她。」

蘇子斬怒道：「蘇子折，她如今月份漸大了，禁不得氣，你若是把她氣出個好歹來，看我饒不了你。」

蘇子折難得「哈」了一聲，「她肚子裡懷著雲遲的孩子，你倒是每日比孩子的親爹還緊張。」話落，他刺激蘇子斬，「有本事，你就要了她，連同床共枕都不敢，枉為男人。」

「滾！」蘇子斬似乎動了怒，冷冽地盯著蘇子折，「你再說一個字，你有三十萬兵馬，我也能殺了你。」

蘇子折冷笑一聲，然後，收了笑，陰森森地撂出狠話：「蘇子斬，我再給你幾日時間，你再不收用她，我就收了她。你攔著，我就殺了你。」

說完，他轉身走了。

蘇子斬立在臺階上，看著蘇子折一身涼寒的來了又走，他臉色暗沉，再沒說話。

蘇子折走到門口，忽然回頭，見蘇子斬還立在屋簷下，風和雪從房檐下溜過，吹起他青絲錦袍，遠遠看來，冷寂得很，他又冷笑了一聲，出了院門。

蘇子斬在他徹底消失身影後，轉身回了屋，便見玉玲不知何時已醒來，一臉木然地立在屋內，一雙眸子卻死死地盯住了他。

蘇子斬面無表情地看了她一眼，沒說話。

玉玲木聲道：「二公子這般悄無聲息地放走了夫人，若是大公子知道，一定會要了你的命。夫人獨自走了，留二公子善後，顯然心中不在意二公子死活，二公子難道還要眼睜睜地看著她回到京城與太子殿下舉案齊眉，坐擁天下，而半絲爭奪江山的心也沒有嗎？」

蘇子斬看著她：「自古以來，邪不勝正，蘇子折是不會奪得了南楚江山的，玉家若真是為了天下黎民百姓好，便罷手吧！否則，玉家的求仁得仁，背負的只能是罪孽，而不是大義。我留下來，是為了她，也不是為了她，無須你挑撥。」

玉玲怒道：「大公子有兵馬，有勢力，有玉家，有嶺南王府幫持，如何會奪不了如今岌岌可危的天下？二公子未免太低估大公子了。」話落，又道，「若是大公子和二公子聯手，南楚江山一定可破。」

蘇子斬沉聲道：「我是不會與蘇子折聯手的，我只會阻止他。」

玉玲向前走了一步：「二公子就不怕我告訴大公子夫人已走了之事？」

「不怕，即便你如今告訴，她也已經走了，別說已走了半個時辰，就是已走一刻，蘇子折也追不回來了。」蘇子斬聲音平靜，「因為帶走她的那個人是雲遲，只要是雲遲，哪怕如今被他發現了，也追不回來。」

玉玲震驚地看著蘇子斬，沒想到，他都甦醒了記憶，竟然還這般輕易拱手將花顏相讓，讓雲遲輕而易舉地帶走了花顏。這一瞬間，她悲憫地看著蘇子斬：「二公子為了天下大義，為了黎民百姓，將自己置身何地？」

蘇子斬漫不經心地說：「我自己？活著就好。」

從出生到記事再到一年年的長大後，他總以為過了今日沒明日，哪裡想到還能活到今日？能夠活著，他便知足，能活著看著她安好，他更是知足。

玉玲閉上眼睛：「二公子殺了我吧！」

蘇子斬低頭看著她：「想死？」

玉玲單膝跪地，垂著頭道：「二公子不殺了我，大公子知道後，也會殺了我，死在大公子手裡，不如死在你手裡。」

蘇子斬抿唇，沉默地看著玉玲髮頂，片刻後，他沉聲道：「你起來吧！我不殺你，蘇子折知道後，我也會護你一命，只要我不死，你也不必死。」

玉玲抬起頭：「二公子是想收服我？」

蘇子斬背轉過身，看著窗外：「四百年前，玉家血祭了後樑江山，留了年幼子弟一點兒血脈，就該珍惜。無論是後樑也好，南楚也罷，只要天下百姓安好，便不該求別的了。何處忠魂埋忠骨？玉家不該再累到如今。若是救你一人，能救整個玉家，我有何理由不救？」

玉玲沉默，片刻後，低聲道：「二公子救了我一人，怕是也救不了整個玉家。玉家已與大公子結了血盟，早就牽扯的太深了。」

蘇子斬看著濃濃夜色：「黑夜遮蔽了天日又如何？黑夜早晚要過去，即便明日太陽被遮蔽，但最多也不過幾日，早晚會升起來。你方才沒出聲戳破我，告知蘇子折她人已走，可見心中還是存有良善之心。玉家人能救一個是一個吧！你總不希望，這一代血脈斷絕於此，以後天下再無玉家人。」

玉玲不說話了。

「起來吧！」蘇子斬輕聲道，「我說保你一命，我活著，必保你一命。」

玉玲掙扎片刻，又盯著蘇子斬背影：「二公子真覺得大公子沒機會奪南楚江山？」

「沒有。」蘇子斬聲音沒有半點猶豫，「你若是懷疑，不如就與我一起看著。」

玉玲這一刻似乎才真正地下定了決心，慢慢地站起了身，木聲說：「二公子趁著大公子還沒發現時，應該儘快做安排，否則以大公子的脾氣，一定會殺了你的。」

「蘇子折早先來這裡一趟，不管他是因為什麼原因有感，心中顯然是有了懷疑，如今我一旦動作，他便會立馬發現。」蘇子斬目光透過窗子，看向濃黑的高牆外，「我要雲遲帶著她安全走出荒原山，不能動。」

「二公子面對大公子，可有把握讓他不殺你？」玉玲又問。

「沒有把握。」蘇子斬收回視線，嗓音淡漠，「不過，我答應她活著，無論如何，也是要活著的。」

玉玲閉了嘴。

花顏自是不知道在她跟著雲遲走後沒多久，蘇子折竟然深夜去了她的住處。

她被雲遲抱在懷裡，用絕頂輕功帶著她離開了那一處院落，沒有驚動蘇子折的人。這一夜，風雪交加，哪怕雲遲負重一個人，但似乎上天都在助他們。

不過帶著一個人，哪怕雲遲有絕頂的輕功武功，到底走不快。

他一再小心謹慎，不敢停歇，一口氣帶著花顏行出沒有草木遮掩的十里地後，才停下了腳步。

花顏一直很安靜地待在雲遲懷裡，在雲遲停下來後，她伸手去摸雲遲額頭，哪怕夜風再冷，飄雪再涼，他額頭還是溢出了薄汗，她低聲說：「放我下來吧！你也歇會兒。」

「不能歇，我還可以帶著你走。」雲遲低頭看了她一眼，啞聲說，「還有二十里地，在九環山外，布置有古陣法，我獨自一人闖古陣法沒弄出動靜，但帶著你一起，怕是不能悄無聲息闖過去，勢必會驚動蘇子折，所以，必須要趕在他沒發現之前闖過去，否則若是他提前發現，我怕被他留住。」說完，他又補充，「不敢低估他，絲毫都不敢。」

他懷中抱著的是失而復得的珍寶，他不敢去賭那此時已被蘇子折發現追來的萬一，哪怕有蘇子斬攔著，他也怕那萬一。

花顏聽了這話，本就一直模糊的眼眶又濕了一片，小聲說：「雲遲，我們的孩子好好的呢，他都快會動了，一直很健康的。」

雲遲抱著她的手又緊了緊，低頭吻了吻她冰涼的臉頰，啞聲說：「你是個好母親。」說完，他不再說話，繼續提了一口氣，沿著來路向前奔去。

花顏也不再說話，她不知道自己算不算是個好母親，但多次鬼門關前走過，她感謝這個她一直想要且上天厚待終於落入她懷裡並且不離不棄地陪著她走過了最艱難日子的這個孩子。

他是她的珍寶，待他生出來，她一定好好疼他愛他。

從與蘇子斬告別離開，到提著口氣帶著花顏行出三十里地，雲遲只用了大半個時辰。

所以，當來到古陣法前時，雲遲終於覺得不能不歇一下了，否則，他怕是都沒力氣帶著她平安闖過古陣法，更遑論不驚動蘇子折了。

於是，他慢慢地放下花顏，自己也靠著一棵大樹坐了下來。

花顏看著他額頭滿是汗珠子，從懷中掏出帕子，輕輕地給他擦汗。

雲遲一把握住她的手，喘息著說：「冷不冷？」

「不冷。」花顏搖頭，「子斬特意囑咐讓我多穿些。」

雲遲抿唇，沉默了一瞬：「不冷就好。」

花顏想到她把蘇子斬扔下應對牽制蘇子折，也沉默了下來。

雲遲看著她，目光隱晦地縮了縮，心口扯的疼了疼，須臾，隱了一切情緒，伸手入懷，掏出幾個瓷瓶，從中選了一個，遞給花顏：「這一瓶是天不絕給的安胎藥，今夜太冷，若是稍有不適，就服一顆。」

花顏伸手接過，點了點頭：「好。」

雲遲又從中找出一個瓷瓶，倒出一顆藥，塞進了自己嘴裡，吞了下去。

「你吃的是什麼？」花顏看著他，黑夜裡，她依稀能看到他臉色發白，她不由緊張地問，「是病了？還是受傷了？」

「沒病沒傷。」雲遲搖頭，將瓷瓶收回了懷裡，「是補充體力的藥，稍後歇一下，咱們便闖陣出去。」

花顏看著他的模樣，不太相信，伸手拉過他的手，給他把脈。

雲遲啞然失笑：「多長時間不見，不相信我說的話了？」

花顏不吭聲，仔細給他把脈，她雖醫術只學了零星，但把脈也基本夠用，能查出他體內脈象虛浮，氣血虛弱，虛勞過度，她撤回手：「風寒未好，勞累太甚，待咱們出去，要好好用藥一陣子，否則落下病根，漸漸地拖垮了身體。」

雲遲點頭：「好，聽你的。」

花顏捧住他的臉，仔細地看了又看：「瘦成了這個樣子，一直沒好好吃飯？」

雲遲看著她，目光在黑夜裡落了星辰，低聲說：「除了你失蹤的前幾天，都好好吃飯了，就是想你。」

花顏也知道她失蹤這麼久，他受的煎熬怕是比她大多了，她撤回手，伸手抱住他：「我回來了，一定要給你好好養回來。」

雲遲「嗯」了一聲，嗓音帶著笑意，雙手也環抱住她。

二人便靜靜地抱坐在樹下，聽著周圍夜風吹過，飄雪靜寂，至少目前為止，蘇子折還沒發現他們。

兩盞茶後，雲遲恢復了體力，低聲說：「我們走吧！十七與雲暗等在外面。若是出陣驚動蘇子折，與他們會合後，我們怕是要快速趕路，去與蘇輕楓的兵馬會合，怕是至少一兩日為了躲避他們不得休息的。你要不要先服用一顆安胎丸？」

花顏想了想，問：「蘇輕楓的兵馬在哪裡？在北安城？還是被你調來了荒原山？他帶了多少兵馬？」

「他帶了北安城的所有兵馬，大約有三十萬，如今已到了寒洲關駐紮，我又收服了蘇子折養在霧濛山的二十萬兵馬，也命安十六帶去了寒洲關，我們出去後，直接去寒洲關。」

花顏計算了一下，寒洲關距離這裡最少兩日的路程，她深吸一口氣，拿出了一顆安胎丸，吞了下去，對雲遲點頭：「走吧！我受得住，孩子也受得住的。」

雲遲獨自闖古陣法，能悄無聲息地闖過，但帶著花顏，誠如他所說，增加了很大的難度，不可能不弄出動靜。

所以，在他們踏入古陣法後，儘管雲遲已經十分的熟悉這個古陣法，儘管已經一再小心，但過到一半時，還是踩了機關。

這機關一踩，不知從哪裡傳出了鈴聲，須臾間，鈴聲大震，接連著，整個九環山，都響起了鈴聲。

花顏面色一變，脫口喊了一聲：「雲遲。」

「沒事。預料之中，抱緊我。」雲遲衣袂飄飛，一手攬著花顏，身形在半空中打了個旋轉，一手丟出了一物，砸在了陣眼處。

瞬間，鈴聲停了。

花顏提著的心落下，想了想，對雲遲說：「鈴聲一響，蘇子折此時應該已經發現了，雖有子斬拖延些時間，但想必也攔不住他，他會立即追來，有沒有可能，將這個陣法改一改？攔一攔蘇子折？將他用他自己的陣法困一困？興許，能拖延些時辰。」

「嗯。」雲遲頷首，「我先將你送出去，然後，將陣法改一改，我已有打算。」

花顏聽他既有打算，便不再多言。

又過了盞茶時間，雲遲帶著花顏衝出了陣法。

二人一出來，瞬間就被安十七、雲暗、鳳凰衛統統圍住。

安十七驚喜地看著二人：「殿下，少主。」

雲暗也滿眼驚喜：「殿下可受傷了？主子可還好？」

「本宮沒受傷，太子妃也安好。」雲遲掃了一眼眾人，「剛剛闖陣法，驚動了蘇子折，你們先照顧好太子妃，我進去改了陣法，之後出來咱們就走。」

「小心。」花顏鬆開雲遲。

雲遲應了一聲，身影一閃，又進入了陣中。

安十七見花顏身子晃動，似站不穩，立即上前扶住她，一改驚喜，後知後覺的紅了眼眶：「少主，蘇子折那王八蛋可欺負你了？」

花顏扶著安十七的手臂站穩，看著雲遲消失的身影說：「蘇子折最初對我下了兩次殺手，只不過幾年前，我曾在白骨山救過他一命，所以，大約是顧念著我的救命之恩，才沒下的去手。後來有一次是真想殺了我，被蘇子斬趕到救了，除了這個，其餘的隔三岔五罵我幾句，倒也算不得欺負，更多時候，給我好吃好喝的。」

安十七還是心疼的不行：「恩將仇報的東西，少主對他有救命之恩，他竟然也下的去手。」

「若非靠著這救命之恩，我當日就被他殺死在皇宮了，他也不會費盡辛苦劫持我來這裡。」花顏抿唇，「他心裡扭曲，已狠的像魔鬼一般，幾乎滅絕人性。如今我走了，他怕是要加個更字。他曾經說過，若我離開，他就一日屠一城。」

安十七面色大變：「不能讓他得逞。」

「自然不能。」花顏轉頭，看著安十七，「哥哥可有話給我？」

安十七點頭，立即從懷中拿出一樣東西，遞給花顏：「公子將此物交給了屬下帶來給少主，公子說，暗主令已廢，另設臨安令，如今他將臨安令借給少主暫用，少主自己看著辦。」

花顏伸手接過臨安令，攥著的手指緊了緊，點了點頭。

安十七立即道：「公子如今在東宮養傷。」

花顏露出笑意：「哥哥懂我。」

安十七看著她，猶豫了一下，小聲問：「殿下怎麼將您救出來的？子斬公子呢？可跟您在一起？」

花顏收了笑意：「他不與我一起走，也沒辦法一起走，四百年了，等著他的人，就算不奪天下，他也不能負了他們的性命，總要帶著一起走。一兩人悄無聲息走容易，太多人離開，勢必驚動蘇子折。所以，如今他還在九環山裡。」

安十七聰慧，從花顏的隻言片語間便明白了，閉了嘴。

雲暗難得露出焦急：「不知殿下什麼時候出來？」

「改個陣法雖不容易，但對雲遲來說，也不太難，他對此陣已十分熟悉，用不了多久。」花顏肯定地說。

她話音剛落，雲遲從裡面出來，幾乎腳剛沾地，便一把攬起花顏，下令：「走！」

他身影離開九環山，向前方寒洲關的方向掠去。

安十七、雲暗、鳳凰衛立即跟上。

因一行人來時未曾騎馬，如今離開，自然也只能徒步。

來到一處分岔口，有三條路，花顏早先對荒原山十分熟悉的優勢便顯露了出來，對雲遲道：「走最左邊的那條，那條雖是通往山澗懸崖，但有辦法攀登過去，雖路途難些，但便於隱藏蹤跡，蘇子折即便親自追來，也一定料不到你敢帶著我走懸崖峭壁。」

雲遲腳步一頓：「危險嗎？」

「有你在，就沒有危險。」花顏看著他。

雲遲點點頭，不再多言，聽從了花顏的安排，踏入了她說的那條路。

與此同時，誠如雲遲花顏所料，陣法裡的鈴聲一響，蘇子折便收到了信號。

他正與閆軍師在書房，聽到鈴聲，他瞬間一寒：「有人闖進了陣法。」

閆軍師心神一醒，有人闖古陣法是大事兒：「屬下這就親自帶人去查。」

蘇子折剛要說我親自去，然後猛地打住，對閆軍師擺手：「你帶著人親自去，我去找蘇子斬。」

說完，他快速地衝出了書房，又去了蘇子斬的院落。

他總覺得今夜不踏實，說不上來，他這一次必須闖進屋中去確定花顏是否還在。

他很快就來到了花顏所住的院落，這一處院落，依舊很安靜，漆黑一片，他來到門口，猛地停住了腳步，清喊：「晉安。」

「主子。」晉安應聲現身。

「今夜可發現有不對之處？」蘇子折問。

晉安搖頭：「除了剛才一陣鈴聲響外，再無動靜。」話落，又補充，「因今夜下了雪，風有些大，暗衛怕是有些懈怠，不如往日嚴格。」

「給我帶著人守死這一處院落。」蘇子折看著眼前黑漆漆的院落下令。

「是。」

晉安一揮手，本來這一處院落都是蘇子斬的人，如今轉眼從外面圍上了蘇子折的人。

蘇子折吩咐完，抬步走進了院落，來到屋門口，他一腳踢開了門，等了一會兒，裡屋沒動靜，他面色陰沉，抬步走了進去。

他剛邁過門檻，一把劍橫在了他脖頸處，冰涼寒芒的劍刃，帶著寒冷之氣。

蘇子折腳步一頓，身子陡然一僵，臉色冷寒地偏過頭，便看到了立在屋門口側身站在門後的黑影，他寒著眸子問：「蘇子斬？你做什麼？」

蘇子斬面無表情，聲音平靜：「不做什麼，與你談個條件。」

蘇子折聲音森冷：「什麼條件？」

「你答應不對無辜的百姓動手。」蘇子斬穩穩地握著劍，「我放你一命。」

蘇子折勃然大怒，這片刻，他已覺得自己猜測的感覺怕是成了真：「你放走了她？」

他說著，目光看向裡屋，屋中黑暗，他只能看到橫在脖頸上的寒光閃閃的劍芒，模糊的看清一個女子的身影立在蘇子斬身後，但那不是花顏，而是玉玲。

蘇子斬默認了，玉玲站在那裡，也不像是被控制住了。

他震怒道：「玉玲，你出賣我？」

玉玲不說話，靜靜地站在那裡。

蘇子折氣急：「好一個玉家人，好一個出爾反爾言而無信口口聲聲給我做忠犬的玉家人。」說完，他陰森森地道，「我要殺了所有玉家人。」

玉玲依舊不說話。

蘇子斬只收服了玉玲而已，其於玉家人，還是效忠蘇子折的，他平靜地道：「你以為，只憑一個玉玲，能攔住我？看住我？蘇子折，你太高估你自己了。我送走花顏時，弄昏了她，她要一死，我攔下了她，所以，她這條命，便是我的了。」說完，他看著蘇子折，「我剛剛說的話，你答應不答應？」

「我不答應，有本事你就殺了我，你殺了我，你也一樣死在這裡。」蘇子折陰狠地看著蘇子斬，大喝一聲，「晉安，動手。」

他這一聲，灌注了內力，傳出了很遠。

晉安帶著人衝進了院子，青魂早有準備，等的就是這一刻，也立即帶著人現身，攔住了晉安帶來的人。

霎時，兩方對峙，殺氣一片。

STORY 103

花顏策

卷十一

作者　西子情
主編　汪婷婷
編輯協力　謝翠鈺
企劃　鄭家謙
美術設計　卷里工作室　季曉彤

董事長　趙政岷
出版者　時報文化出版企業股份有限公司
108019 台北市和平西路三段二四〇號七樓
發行專線——（〇二）二三〇六六八四二
讀者服務專線——〇八〇〇二三一七〇五
（〇二）二三〇四七一〇三
讀者服務傳真——（〇二）二三〇四六八五八
郵撥——一九三四四七二四時報文化出版公司
信箱——一〇八九九　台北華江橋郵局第九九信箱

時報悅讀網　http://www.readingtimes.com.tw
法律顧問　理律法律事務所　陳長文律師、李念祖律師
印刷　勁達印刷有限公司
一版一刷　二〇二四年十二月二十日
定價　新台幣三八〇元
缺頁或破損的書，請寄回更換

時報文化出版公司成立於一九七五年，
並於一九九九年股票上櫃公開發行，於二〇〇八年脫離中時集團非屬旺中，
以「尊重智慧與創意的文化事業」為信念。

花顏策 / 西子情作 . -- 一版 . -- 臺北市 : 時報文化出版企業股份有限公司 , 2024.12-
冊 ;　14.8×21 公分 . -- (Story ; 103-)
ISBN 978-626-419-074-9 (卷 11 : 平裝). --

857.7　　113018443

Printed in Taiwan